고구려 무협 역사소설

천부신검
天符神劍

제3권 천하제패의 종결지

한상륜 저

함께 통일로 가는 길

머 리 말

　이 작품의 배경은 시간적으로는 서기 618년부터 서기 668년에 이르는 고구려 말기이고, 공간적으로는 당시 광대한 고구려 제국의 영토였던 만주 및 한반도, 지나 등이다. 이 시기는 지나의 당나라 시절로서 고구려와 지나는 서로 동북아시아 당시 천하의 패권을 놓고 격돌하였던 시기였다.

　고구려는 원래부터 만주지역과 한반도에 웅거하면서 따무르자의 국시를 내걸고 옛 조선의 땅을 다 수복하는 것이 국가의 지상 목표였다. 따라서 중원으로 진출하는 것이 꿈이었던 만큼 국가는 강력한 지도력을 필요로 하는 것은 당연하였다. 그러나 4차례의 려수대전을 화려한 승리로 이끌었던 불세출의 명군 영양태왕이 서거하면서 고구려의 명운은 암운을 향해 치닫기 시작한다.

　그가 일점혈육도 남기지 않고 붕어하자 그의 이복동생인 건무가 고구려 27대 임금인 영류태왕으로 등극한다. 이미 려수대전에서 내호아가 이끄는 수군 4만을 몰살시킨 위대한 수군대장군이었던 건무는 웬 일인지 왕태제 시절부터 온건함을 보이더니 태왕으로 등극하자 노골적으로 친당노선을 걷기 시작한다. 결국 조야의 강경파들은 영류태왕에 대한 극심한 혐오에 시달리게 되며 고구려 900년의 역사는 당태종 이세민의 침략 야욕 앞에서 풍전등화에 처하게 된다.

　이때 우리 겨레의 불세출의 영웅인 연개소문이 등장하여 영류태왕과 온건파들을 말끔히 숙청하고 대당 강경노선으로 돌아서면서 고려군은 30만 정예군을 몰고 고구려 강토를 침략한 당태종의 군대를 안시전역에서 혁혁하게 물리치며 연개소문과 양만춘 등은 승세를 몰아 정신없이 패주하던 당군을 추격하여 장안성에 당당히 입성하게 되는 것이다. 여기서 연개소문 장군과 고구려군은 당태종으로부터 항복을 받고 지금의 북경을 포함한 만리장성 이북의 땅을 다 할양받고 당당하게 개선한다.

이 소설은 우리 민족의 시조인 환웅천왕이 백두산으로 천강할 때 천부인 3개를 가지고 내려왔다는 사실에 근거를 두고, 그 천부인 3개 중 하나로 추정되는 청동검이 바로 천부신검일 것이라는 사실에서 그 모티브를 따왔다. 천부신검이란 천부 즉 천국의 상징으로서 영적 힘을 가지고 있는 신성한 검이라는 뜻이다. 여기서 작가는 그 천부신검은 배달-조선-북부여-고구려에 이르는 정통 황제만이 그 시위무사를 통하여 그 전설적인 보호를 받을 수 있다고 추정한다. 즉 천부신검을 소유한 자가 우리 겨레의 정통성을 담보하는 천하최강의 무사인 것이고 이 무사가 바로 정통 황제를 보위하며 나라의 모든 무력을 대표하는 무사로서 활동하는 것이다.

이 소설은 당대 최강 국가였던 고구려의 고유한 무도정신을 탐구하고 9파 1방의 중원무협세계에만 빠져있는 우리의 민족적 자긍심을 회복하게 하는 것이 목적이다. 또한 사대 식민 사관으로부터 민족 주체 사관으로 복귀시키는 모티브를 제공하고 오늘날 진정한 천부신검의 회복은 강력한 무력의 회복뿐만이 아닌 영성 회복이 필요함을 역설하고 있다.

수향과 절해고도에서 함께 치료를 완료한 일우는 무극신검을 완성한 후 계백과 일대일 비무를 하여 승리한다. 이후 그는 백제 사절단 일행에 끼어 신라로 들어가지만 발각되어 김유신과 비무를 하게 된다. 그러나 두 사람의 비무가 너무도 길어지자 중단되고 그는 김유신의 미인계에 걸려 신라에서 원화인 김설랑과 억지로 혼인 생활을 하면서 신라탈출의 기회를 노리게 된다.

이후 그는 설랑과 사랑에 빠진 척하여 김유신과 여왕을 안심시킨 후 서라벌을 극적으로 탈출하여 백제 국경 근처까지 와서 납치한 김유신과 비무를 하여 승리한다. 그리고 백제로 다시 들어가 계수향과 혼인을 한 후 백제 무왕의 사절단 일행에 끼어 대화 왜로 들어간다. 그는 이곳에서 왜왕의 제의로 군사(軍師)노릇을 하는데 간인 황녀의 애타는 구혼을 뿌리치고 왜국 제일 무사를 물리친 후 당나라로 건너가게 된다.

중원에 들어온 선우일우 일행은 연개소문의 소개장을 가지고 이정 대장군을 만난 후 그의 딸 이매향과 함께 중원비무를 시작하게 된다. 일우는 화산제일검인 무영검신 엽명과의 비무를 힘겹게 승리한 후 종남산의 태을진인 왕진필과 비무를 하러 가던 중 당황제 이세민을 만나 그를 겁준다. 그는 왕진필과 비무를 끝내지 못하는데 이미 선계에 입문한 왕진필은 그가 검선이 될 것이라는 예언을 한 후 사라진다.

일우와 매향은 중원비무 도중 사랑에 빠져 서로 고백을 하고 이후 공동산 광혈검마 모용호량, 청성산 천장신무 요천덕, 아미산 철혈비연 다연스님과 치열한 비무 끝에 극적으로 승리한다.

차   례

제1장   중원에 나타난 설랑

일우 일행이 아미산을 떠나 나흘 만에 다시 장안성 밖의 이정의 집으로 돌아왔을 때 다섯 사람은 기절할 듯이 놀랐다. 그것은 백제 왕궁에서 살고 있어야 할 설랑이 일우의 아들을 안고 그곳에 나타났기 때문이었다. 그녀가 일우를 만났을 때 통곡을 하며 전해준 아내 계수향에 관한 소식은 첫 아들을 안고 기쁨에 차 있어야 할 일우를 완전한 절망의 나락으로 빠뜨렸다.

일우 일행이 백제를 떠나 왜국으로 천하비무를 떠나고 난 뒤 수향이 태기가 있어 열 달 만에 아들을 낳았다. 설랑은 즉시 그녀의 득남을 축하하고 아들을 보기 위해 무왕의 허락을 얻어서 수향의 사비성 남문 밖의 집을 방문했다. 그런데 무왕이 혹시 모르니 혼자 가지 말고 시위군사 열 명을 대동하고 가라는 것이었다. 신라에서 온 지 이미 일 년이 다 되어 오니 무슨 일이 있으랴 하고 그녀는 별로 걱정을 안 했다. 하지만 그녀는 무왕이 하도 강권하는 바람에 그 시위군사 열 명을 대동하고 수향의 집을 방문했다.

두 사람이 즐겁게 대화를 나누면서 일우에 대해 이런 저런 이야기를 하다 보니 야밤이 되었다. 그때 설랑이 아기를 안고 어르고 있었는데 갑자기 앞마당에서 시위들의 찢어지는 듯한 단말마의 비명 소리가 났다.

　설랑은 아기를 수향에게 얼른 넘겨준 후 칼을 들고 마당으로 나갔는데 검은 복면인들 다섯 명이 그녀에게 덤벼들었다. 시위 군사들은 자객들의 표창 공격을 받아 이미 모두 절명한 상태였다.

　그녀는 칼로 그들을 잘 상대했으나 그들의 어찌나 무공이 고강했는지 결국은 얼마 뒤 땅에 쓰러졌다. 그들이 칼로 설랑을 베려고 하는 찰나 얼마 전 해산을 하여 아무 힘이 없는 수향이 방문을 열고 활로 두 자객을 쏘아 죽였다.

　그리고 수향이 다시 활을 쏘려고 시위를 당기려는 순간 아이가 몹시 심하게 울어댔다. 그래서 그녀가 아기를 보려고 잠깐 고개를 돌리는 사이에 자객이 전광석화같이 수향의 목을 향해 칼을 던졌다. 수향은 미처 피하지 못하고 아기가 보는 앞에서 목에 칼을 맞고 방안으로 쓰러졌다. 아기는 자지러지게 울기 시작했다.

　설랑은 급히 땅에서 일어나 칼을 휘두르며 자객들과 싸우면서 방안으로 달려가 그녀를 눕혔다. 그리고 아이를 수향의 피가 안 묻은 방구석에 잘 뉘어놓은 후 밖으로 뛰어나와 세 자객과 다시 생사를 건 결투를 했다. 결국 그녀는 죽을힘을 다해 싸워 두 명을 자신의 칼로 베었다. 그러나 마지막 자객의 무공이 너무 고강하여 도무지 이길 길이 없었다. 그녀는 방안으로 뛰어든 후 문을 걸어 잠갔다.

　방 한구석에서 아이는 계속 몹시 심하게 울고 있었는데 방문 앞에는 자객이 방안으로 들어오기 위해 문을 세차게 잡아 흔들고 있었다. 설랑은 도무지 어찌할 길이 없어 그저 부처님만 찾으며 기도를 하고 있었다. 방안은 이미 절명한 수향의 몸에서 흘러나오는 피로 온통 피범벅이 되어 있었다.

이때 설랑은 수향의 시신 뒤에서 활과 화살을 발견하였다. 그녀는 칼을 버리고 활시위에 화살을 걸은 후 방문이 열리는 순간 자객을 향하여 온 힘을 다하여 시위를 당겼다. 다행히 화살이 자객의 심장에 적중하여 그 자는 바로 방 문 뒤로 쓰러졌다.

이후 수향의 시신은 계백과 어머니가 잘 거두어서 사비성 북문 밖 양지바른 야산에 잘 묻어주었다. 아들은 자신이 거두어서 백제 왕궁에서 잘 길러왔으나 아무래도 신라 측에서 계속 자신을 가만 놔두지 않을 것 같았다. 그래서 그녀는 무왕에게 말하여 일우를 만나고자 대륙백제로 떠나는 사절단에 끼어 무사히 백제의 영토인 요서의 진평군에 도착하였다. 그곳에서부터 백제 군사들의 호위를 받아서 이곳 장안성 밖의 이정 대장군 집까지 무사히 오게 되었다는 것이었다.

일우는 수향의 죽음 소식을 듣고 너무나 기가 막혀 혼절을 하였다. 이후 그는 수향을 위한 제단을 만든 후 그녀의 신위(神位)를 모셔 놓고 계속 물 한 모금도 마시지 않은 채 굶으며 오직 수향만 그리며 지냈다. 자신을 어떻게 구해준 수향이었던가? 일우는 사비의원에서 처음 수향을 만나던 순간부터 사비나루에서 그녀와 헤어지던 순간까지 두 사람의 추억을 계속해서 되풀이하고 또 되풀이했다.

한편 그는 새로 태어난 아들의 운명이 어쩜 그렇게 자신과 흡사한지 너무도 놀랐다. 불쌍한 녀석, 일우는 하지만 지금 아들보다도 죽은 수향만이 자신의 유일한 추억이었다. 일우는 왜에 있을 때 자꾸 수향과 설랑 그리고 설랑이 안은 아이의 꿈이 바로 지금의 상황을 하늘이 보여주신 것임을 알았다. *아아! 이제 천하비무고 조국이고 무슨 의미가 있을까?* 수향이 없는 세상은 차마 상상조차 할 수 없는 일우였다.

　그는 그동안 중원에서 자신이 수향과 설랑을 잊고 매향에게 **빠**져서 그녀들에게 서신 한 통 안 띄운 것을 생각하고 통한의 눈물을 흘리었다.

　설랑과 일우의 아들이 출현한 뒤로 이정의 대장원은 수향의 죽음으로 인한 애도와 침묵의 그림자가 어둡게 깔려 있었다. 일우는 방안에 틀어박혀 그 누구도 만나지 않았다. 그는 오직 수향의 신위(神位) 앞에서 향을 피워놓고 오직 그녀만을 추도하며 그렇게 시간을 덧없이 보내고 있었다.

　약 한 달간을 베옷을 입고 머리를 산발한 채 모든 곡기를 끊고 오로지 수향만 생각하며 견디던 일우는 결국은 수향의 제단 앞에 쓰러져서 의식을 잃어 가고 있었다. 그는 수향이 저 멀리 저승에서 큰 새털로 뒤덮인 호화스러운 마차를 타고 자신에게로 다가오는 것을 보았다. 일우는 너무 그녀가 반가워서 그녀를 안으려고 그녀에게 가까이 다가갔다.

　그러나 그녀는 그에게 자신은 이미 천계의 사람이 되었으니 손을 대지 말라고 하였다. 그녀는 자신은 이미 속계를 떠났지만 일우에게 귀한 아들을 낳아주었으니 잘 길러주고 그리고 제발 이제는 자신을 잊은 후 정신을 차려 장부의 대업을 이루라고 신신당부를 하면서 얼굴에 함박웃음을 띤 채 다시 수레를 타고 천계로 올라갔다.

　일우는 꿈인가 생시인가 놀라서 눈을 떴는데 전신에 아무 기운이 없어 그저 간신히 눈꺼풀만 들었을 뿐이었다. 그가 눈을 들어 바라보니 앞에 희미한 물체들이 보였다. 조금 정신을 차려서 보니 맨 앞줄에 설랑이 아기를 안고 자신을 근심스럽게 바라보고 있었고 그 옆에는 매향이 앉아서 자신을 불쌍한 듯이 쳐다보고 있었다. 그들의 뒤에 정고를 가운데 두고 좌우에 고천파와 유가휘가 자신을 근심어린 표정으로 바라보고 있었다.

일우는 입을 열어 무어라고 말을 하려고 했으나 전혀 말이 입에서 떨어지지 않았다. 그러자 설랑이 아기를 일우의 눈 앞에 놓았다. 아기는 아빠를 향해 무어라고 옹알옹알 거리더니 아빠의 눈을 고사리 같은 손으로 자꾸 만지려고 하였다. 일우의 눈에 한 방울 눈물이 맺혔다.

자식에 대한 아비의 사랑은 천륜이라고 했던가? 일우는 마음속에 수향이 그 아기를 자신에게 잘 길러달라고 당부했던 것이 기억이 났다. 그는 억지로 손을 뻗어 아기의 얼굴을 만져보려고 노력했다. 하지만 전혀 손이 앞으로 나가지를 않았다. 그때 정고가 앞으로 나오더니 일우의 손을 잡아서 아기의 볼을 만지게 했다. 일우는 스승에게 *감사합니다* 라고 말을 하고 싶었으나 전혀 말이 떨어지지 않았다.

"좀 어떤가?"

정고가 그에게 아버지 같이 다정하게 그의 뼈만 남은 두 손을 붙잡고 사랑스러운 표정으로 물었다. 일우는 스승에게서 아버지 같은 부성애를 느끼고 그의 자애로운 눈을 힘없이 바라보았다. 그러자 정고가 다시 입을 열었다.

"자네, 이제 죽은 처를 잊고 산아기를 돌봐야 하지 않겠나? 자네 아버지가 어떻게 자네를 키웠는지 잘 아네. 자네 어머니가 가신 뒤 자네를 업고 동네 집집마다 다니며 젖을 얻어먹여 키웠네. 그러니 자네도 이제 죽은 처를 잊고 일어나서 저 핏덩이를 위해 무언가 해야지. 다행히 자네는 아내가 또 있지 않은가? 그러니 이제 털고 일어나 기운을 차리게. 아무리 사람이 슬퍼도 어찌 한 달 이상을 곡기와 물을 끊고 살 수가 있나? 내 말이 야속하겠지만 자네는 홀몸이 아니고 또 자네 뒤에는 고구려 1,500만 백성들이 있다는 것을 명심하게. 또한 30만 조의선인군들이 자네의 금의환향만을 기다리고 있다는 것도 명심하시게.”

워낙 말 수가 없는 정고였지만 한 마디 한 마디가 다 천금 같은 무게가 있었다. 일우는 억지로 자리에서 일어나려고 몸을 일으켰다. 그러자 매향이 달려들어 그를 부축하였다. 순간 설랑의 눈이 번쩍 빛났다. 설랑은 아기를 다시 자신의 품에 안고 아이에게 미음을 먹이기 시작했다.

일우는 매향의 부축으로 간신히 일어나 앉았다. 그리고 두 손을 잡고 스승 정고에게 감사하다는 표시로 읍하였다. 일행은 이제 일우가 수향의 죽음으로 인한 슬픔과 좌절로부터 벗어나 다시 살기 위해 조금씩 노력하고 있는 것을 느끼고 한결 마음이 편해졌다.

그날부터 매향과 정고 일행은 일우의 영육을 회복하여 그를 과거의 그 영결한 천하제일 무사로 되돌리기 위한 구체적인 실천안을 마련하여 그것을 착실히 집행하기 시작했다. 우선 오랜 단식 끝에서 오는 후유증을 예방하기 위해 매향과 설랑이 주동이 되어 식단을 그의 쪼그라든 위에 맞게 짜서 먹이기 시작했다. 우선 그들은 그에게 보리물만 수일간을 마시게 했다. 그런 후 미음을 약 칠일 간을 들게 했고 그 뒤에 미역과 다시마 그리고 멸치를 갈아 만든 멀건 국과 동치미 국물 등을 들게 했다.

보름이 지나자 일우는 일어나서 걷기 시작했다. 그는 아침저녁으로 한식경씩 장원을 산책하여 다리의 힘을 기르기 시작했다. 그리고 다시 내공을 연마하기 위해 단전호흡을 부드럽고 편안하게 했다. 그러자 그의 시들었던 영육에 다시 기운이 소생하기 시작했다. 비록 아직은 그가 수향의 신위가 있는 제단 앞에 가서 매일 한 시진씩을 머물며 그녀와 무언의 대화를 하다 왔지만 그의 생활은 확실히 정상을 찾아가고 있었다.

정고와 매향은 매일 장안성으로 나가 가장 좋은 약재를 사다가 그에게 다려 먹였다. 두 사람은 일우에게 당장 필요한 것이 전신의 정·기·신(精·氣·身)과 혈과 골수 등을 원래대로 회복시키고 더욱 강장시킬 수 있는 약재가 필요했다. 물론 고구려 산삼이나 인삼이 일우에게는 매우 좋았지만 당나라에서 그 물건들은 부르는 게 값이라 너무 비쌌다. 하지만 매향은 천금을 털어서라도 일우를 다시 회복시켜야 하겠다고 우기고서는 당시 장안의 큰 집 한 채 값의 거금을 들여 300년 이상 된 백두산 산삼 세 뿌리와 백사 한 마리를 사왔다.

그 산삼 세 뿌리와 백사 한 마리를 달여 먹은 후 일우는 약 5일간을 일어나지 못하고 계속 잠만 잤다. 그러더니 그는 자리를 훌훌 털고 일어났다. 그는 온 몸의 기혈이 예전보다 훨씬 강하게 운행되고 있음을 깨달았다.

깨어난 일우는 아들을 모처럼 품에 안고 아이를 어르며 즐거운 망중한을 보내었다. 일우는 자신을 이렇게 회복시켜 준 일행들 특히 매향에게 진심으로 사례했다. 무엇으로 그녀의 은혜를 갚느냐고 일우가 묻자 그녀는 이미 일우가 자신의 생명을 두 차례나 구해주었으니 자신이 한 일은 별 것이 아니라고 하면서 손사래를 저었다.

일우는 어느 날 일행이 함께 모여 저녁을 먹을 때 아들의 이름을 무어라고 지어야 좋겠느냐고 그들의 의견을 물었다. 그러자 고천파가 예의 그 장난스런 말투로 말했다.

"선우부여가 어떤가? 남부여에서 남부여 여자에게서 낳았으니 그것이 딱 맞을 것 같은데, 안 그런가?"

그러자 정고가 고개를 끄떡였다.

"음, 그 이름이 좋군. 하지만 수향씨를 생각하는 것도 좋지만 고구려의 영웅이 되라는 이름이 좋지 않겠나?"

그러자 이번에는 유가휘가 입안에 밥을 잔뜩 집어놓고 우물거리면서 말했다.

"아따, 그 무슨 아들 이름을 나라와 연관시킨데요. 그냥 선우일우의 이름 첫 자 '일'과 계수향의 이름 첫 자 '수'를 따서 선우일수라고 해버려, 그게 두 사람의 못다 한 사랑을 이루는 기념이 되지 않겠남?"

일우는 유가휘의 말이 매우 고맙고 감사했다. 그의 선배로서의 우정이 진하게 그의 가슴을 울렸다. 설랑과 매향은 그들의 대화를 들으며 참된 사나이들의 우정과 의리를 느끼고 있었다. 하지만 설랑은 그 아들은 자신이 핏덩이부터 키우기 시작했으니 분명히 자신의 아들이라고 생각하고 있었다. 그래서 아이의 이름을 자신의 이름과 일우의 이름을 섞던지 아니면 고구려와 신라의 이름을 섞어서 만들면 어떨까 하고 생각하고 있었다. 하지만 그녀는 차마 자신의 이런 생각을 말로 하지 못하고 망설이고 있었다. 이때 매향이 그녀의 마음을 읽고 그들을 향해 조심스럽게 말했다.

"아기를 키우는 것을 여러분들이 다 하실 건가요? 아이는 엄마가 키우는 것 아네요? 왜, 엄마의 의견은 들을 생각들도 안 하시죠?"

그러자 일행은 꿀 먹은 벙어리가 되었다. 설랑이 사실 아이의 친엄마가 아니다 보니 은근히 무시하는 마음이 일우와 일행 모두에게 있었던 것이 사실이었다. 일우는 그간 아들을 키우느라고 온갖 고생을 하다가 무사히 아들을 이곳까지 데리고 온 설랑을 무시한 것이 매우 미안했다. 그래서 그는 그녀를 향해 부드럽게 말했다.

"매향소저의 말이 맞습니다. 엄마의 생각을 먼저 들었어야 하는데....... 그럼 아기 엄마는 어떻게 생각하는지 들어봅시다."

그러나 설랑은 자꾸 계면쩍은 표정을 지으며 말을 망설였다. 다섯 사람은 그녀의 입만 바라보았다. 그러자 한참 뜸을 들이던 그녀가 입을 열었다.

"제 생각에는 아기 이름은 선우신려(鮮宇新麗)가 어떨까 합니다. 고구려를 새롭게 하는 아이란 뜻도 되고 또 제 아들이자 일우씨 아들이니 신라와 고구려라는 뜻의 이름도 되지 않겠어요? 할아버님 이름자인 려자도 들어가니 그 분에 대한 존숭의 의미도 되고요."

이미 설랑은 자기 아들로 키워 온 아들의 이름에 대해 상당히 많이 생각을 해온 것 같았다. 일행은 이미 죽은 계수향이 설랑을 살린 것이 아들을 잘 키워달라는 의미라고 해석했다. 그래서 모두는 고개를 끄떡이며 그녀의 의견에 동의했다. 결국 일우의 아들은 엄마인 설랑의 의견에 따라 선우신려라는 이름을 얻게 되었다.

이후 일행의 삶의 중심은 이제 선우신려를 중심으로 펼쳐지는 것 같았다. 모두가 잠자리에서 일어나거나 잠자리에 들기 전 신려를 먼저 보았고 밖에 외출했다 들어오면 무조건 신려부터 찾았다. 이미 백제왕궁에서 설랑이 유모를 구해 젖을 1년간 먹이고 미음으로 대체했기 때문에 아이의 먹을거리는 아무 문제가 없었다.

그들은 신려를 기르는 것에 매우 흥미를 느끼며 그해 겨울을 그렇게 이정의 집에서 편하게 보내며 일우의 완전한 영육과 무공의 회복을 위해 노력했다. 한편 정고와 일우는 고천파, 유가휘, 매향에게 자신들만의 비전무학을 가르쳐주면서 그들의 큰 은혜를 조금이라도 갚고자 했다.

음력 새해가 3개월이나 지난 당태종 정관 12년(서기 637년) 3월 초 사흘 일우는 완전한 회복을 선언했고 일행은 다시 천하비무의 나래를 펼치기 시작했다. 그들의 다섯 번째 비무 상대는 점창산에 근거를 두고 있는 점창파의 장문인 일선소괴(一仙小魁) 천곡장으로 정해졌다.

제2장   점창산 일선소괴 천곡장과의 비무

점창산은 창산(蒼山)이라고도 하는데 평균 해발 3,500미터 급의 열아홉 개의 큰 봉우리와 그 사이에 열여덟 개의 아름다운 계곡이 병풍처럼 펼쳐져 있다. 또한 그 앞을 면적이 240 평방킬로미터나 되는 엄청난 담수호인 이해(洱海)가 그림처럼 펼쳐져 있다. 점창산은 명산 중에서도 신비한 산으로서 알려져 있는데 오늘날 운남성의 대리 지역에 있다.

당나라 초기 이해(洱海) 주변 지역에는 몽최(蒙崔), 월석(越析), 랑궁(浪穹), 등탐(鄧睒), 시랑(施浪), 몽사(蒙舍)등의 6개 조(詔: 부락)가 존재했다. 그런데 이 6개 부락 중에서 몽사조는 남쪽에 세력을 두고 남조(南詔)라 칭하였는데 그 부족장이 바로 일선노괴 천곡장의 아들 천랑추였다.

일선노괴 천곡장은 원래 백족(白族) 출신으로서 어려서 조실부모하고 나이 아홉 살 때부터 중원을 떠돌았다. 그는 거지, 객잔 점소이, 표사(鑣師), 산적 등을 두루 거치며 인생의 쓴 맛 단 맛을 다 맛보았다. 그는 19세 되던 해 수나라 양제가 황하와 하수를 연결하는 통제거 대운하를 파기 위해 대대적인 노역징발을 시작하자 이를 피해 곤륜산으로 도망을 가서 도사들에게 무공을 배우기 시작했다.

그는 약 6년간을 곤륜산에서 최고의 무공을 연마한 후 다시 강호를 떠돌았다. 그리고 당시에 무림인들 사이에 서로 쉬쉬하며 그 존재를 찾고 있던 절세무공 비급인 혼천팔무비급(混天八武祕笈)을 손에 넣게 되었다. 그가 그 비급을 손에 넣게 된 곳이 바로 점창산 깊은 산중에서 만난 태상노괴(太上老魁)라는 신비한 노인으로 부터였다.

그 노괴는 천곡장에게 자기는 백족 출신의 128세 된 신선인데 장차 천곡장의 후손이 이곳 점창산을 중심으로 큰 왕국을 열 것이라고 말했다. 그는 천곡장에게 백족 아이들을 어린 시절부터 이 혼천팔무를 가르치면 장차 중원마저 넘볼 고강한 무인들을 길러낼 수 있다고 했다.

혼천팔무는 글자 그대로 하늘의 질서를 혼란시킬 수 있을 정도의 8가지 무예였다. 그 8가지 무예는 중원에서 말하는 18반 무예나 각 문파들이 알고 있는 것과는 완전히 다른 비상한 무공이었다. 그것은 차라리 마공에 가까운 신인합일의 무공이어서 그 무공이 세상에 횡행할 때가 되면 그야말로 혼천지세(混天之世)가 될 것이 분명했다. 천곡장은 그 태상노괴에게서 혼천팔무에 관한 자세한 내용을 듣고서 마음속으로 환호작약했다.

혼천팔무는 다음의 여덟 가지 무공을 말한다. 첫째, 가만히 앉아서 상대를 마음만으로 죽이고 살릴 수 있을 정도로 공격할 수 있는 혼천심공(混天心功), 둘째, 정신을 통일하여 상대의 기를 송두리째 자신에게 흡수할 수 있는 흡기신공(吸氣神功), 셋째, 손가락 하나만을 튕겨 상대를 가루로 만들 수 있는 탄마지공(彈磨指功), 넷째, 음성만으로 상대의 공력을 무력화시키고 내장을 전부 파열시킬 수 있는 후 굉음공(吼轟音功), 다섯째, 양손을 휘두르기만 해도 상대를 초절정의 장풍으로 죽일 수 있는 풍살장공(風殺掌功), 여섯째, 몸과 그림자를 숨기고 비밀리에 상대에게 접근할 수 있는 무영신법(無影身法), 일곱째, 주문만으로 모든 무기를 마음대로 제어하고 공격하게 할 수 있는 주어신공(呪御神功), 여덟 번째, 마음대로 시공(時空)을 순식간에 이동할 수 있는 차원변환술(次元變幻術) 등이었다.

이 혼천팔무의 극한적인 경지는 신적인 무공인 것이어서 그야말로 경천동지의 파괴력이 있었다. 그러나 이 무공은 우선 초인적인 내공의 경지가 필요했는데 그것을 완성하기 위해서는 무엇보다도 스승의 절대적인 보호와 지도 그리고 최소한 30갑자(1800년) 이상의 공력이 전제되어야 했다.

그는 8년간을 그 비급의 내용대로 태상노괴의 세세하면서도 충실한 지도를 받아 결국 신인합일의 무공의 경지에 이르렀다. 그리고 그는 태상노괴로부터 일선소괴라는 별호를 얻었다. 그는 이후 하산하여 한 여자와 가정을 이룬 후 아들 여덟과 딸 넷을 얻었다. 그는 그들에게 다섯 살 때부터 혼천팔무를 가르쳐서 당세에 당할 자가 없는 무공의 최고수들로 만들었다.

이후 그는 그런 무시무시한 무력을 토대로 이해(洱海) 부근에 백족들의 여섯 군데 부락을 만들게 하고 자신의 부락은 남조라 한 후 자신의 첫 아들 천랑추를 군장으로 앉혔다. 그리고 계속 백족의 젊은 이들을 점창산으로 입산시켜 무술 훈련을 강도높게 시킴으로써 장차 대리 지역에 막강한 왕국을 형성할 준비를 착실히 해오고 있던 것이다.

현재 나이가 51세인 일선소괴 천곡장은 점창파의 1대 장문인으로서 점창산 중턱 8만평의 대지에 건평 3만평짜리 3층 누각인 혼천팔무궁에서 백족의 젊은이들에게 무공을 가르치며 왕국건설 준비에 여념이 없었다.

일우 일행이 점창산의 혼천팔무궁에 도착한 것은 당태종 정관 12년(서기 637년) 3월 10일 경 미시(오후1시-3시)가 끝날 무렵이었다. 그들이 혼천팔무궁에 도착했을 때 천곡장은 그들이 올 것을 미리 알고서 그의 제자들 55여명을 산의 입구에서부터 마중을 나가있도록 시켰다. 일우 일행은 천곡장의 형안에 매우 감탄하였는데 그 제자들 하나하나도 어찌나 영민했는지 참으로 놀라울 지경이었다.

일우 일행이 무궁에 도착하자 천곡장이 정문 앞에 나와 그들을 맞이할 준비를 하고 있었다. 그는 그들에게 정중하게 읍하면서 멀리 고구려에서 이렇게 중원 남쪽 변방인 대리까지 오시느라고 얼마나 수고가 많으셨냐고 위로의 말을 하였다. 그는 일우 일행을 무궁안에 있는 자신의 집무실로 안내하였다. 그리고 그곳에서 일행에게 최고 귀빈에게만 대접한다는 용정차를 내놓았다. 그는 일행에게 차를 권한 후 자신도 차를 마시기 시작하였다. 그리고 정고를 향하여 청려선인에 대한 안부를 물어봄으로써 대화를 시작하였다.

"본좌의 스승이신 태상노괴께서는 항상 청려선인 말씀을 해오셨지요. 동방의 최고 선인으로서 고구려를 포함한 옛 삼한을 지키시는 분이라고 말씀하셨습니다. 우리 백족은 원래 남천한 저·강족(氐·羌族)으로서 중원에 정착하기 보다는 이곳 서남방 변방에 머물러온 것입니다. 그러나 본좌의 스승은 말씀하시기를 우리들은 원래 다 단군 조선의 후예들이었는데 은나라의 제후국들로 있다가 점점 이렇게 갈라져 나왔다는 것입니다. 또 본좌의 스승이 말씀하시기를 언젠가 고구려에서 천하의 최고수가 올 터인데 그와는 절대 비무를 하지 말라고 하셨습니다. 사실 우리의 혼천팔무는 신입합일의 무공이어서 중원이나 고구려의 무술과는 많이 다릅니다. 그런데 왜 스승께서 고구려의 제일 무사와 비무를 하지 말라고 하셨는지는 모르겠습니다. 그러니 멀리까지 오신 것은 감사하지만 우리들은 같은 동족들로서 그저 좋은 관계를 가지고 서로 무술을 교환하는 정도로 그치고 비무를 하지 않는 것이 좋을 듯합니다. 본좌의 이런 생각을 이해하시겠는지요?"

일우와 일행들이 생각할 때 천곡장의 이 말속에는 스승의 말을 빙자해서 혼천팔무의 강함을 강조하고 고구려의 무공은 자신들을 도무지 이길 수 없으니 포기하고 물러가라는 것을 강조하고 있었다. 순간 일우는 자신이 천하비무를 떠나기 전날 밤 큰 스승이신 청려선인이 자신을 단독으로 불러 은밀히 전해주었던 혼천팔무에 대한 자세한 정보와 10자의 심결(心訣)이 생각났다.

그때 청려선인은 일우에게 만일 중원에 가서 혼천팔무라는 신인합일공 그러나 사실상 마공(魔功)을 만날 수도 있는데 그때 가서는 자신이 전해주는 심결을 깨닫고 그대로 상대를 해야 그들을 이길 수 있다는 것이었다. 그 심결은 조천지력승어혼천지력(肇天之力勝於混天之力 : 조천의 힘이 혼천의 힘을 이기리라)이었다.

당시 일우는 그 말이 무슨 말을 뜻하는지 잘 몰랐는데 오늘 천곡장의 말을 듣는 순간 그 말뜻을 퍼뜩 깨달았다. 그것은 세상을 창조한 힘이 세상을 혼란시키는 힘보다 우월하다는 뜻이었다. 즉 선이 악을 이긴다는 뜻이며 정(正)이 사(邪)를 이긴다는 뜻이었다. 따라서 자신이 그간 내공연단과 삼일신고(三一神誥)에 근거하여 배운 고구려의 정통 무예가 혼천팔무를 이긴다는 뜻이었다.

일우는 혼천팔무에 대해 잘 알지 못했지만 그 무술이 정파라기보다는 사파라고 생각하고 있었다. 그리고 청려선인의 말로는 혼천팔무를 시전하려면 최소한 30갑자(1800년)의 내공이 필요한데 사실상 당세에 그 정도 내공을 쌓은 사람은 매우 드물다는 것이었다. 일우는 큰 스승인 청려선인으로부터 60갑자 이상의 내공을 전수받았으므로 자신이 천곡장보다 내공은 더 강하리라고 생각하며 그에게 정중하게 읍을 한 후 입을 떼었다.

"궁주께서 말씀하신 것을 보면 아무래도 저희가 배운 정통 무술이 혼천팔무를 이길 수 없다는 뜻 같습니다. 하지만 제가 청려선인 큰 스승님께 들은 바로는 혼천팔무를 시전하려면 최소한 30갑자의 내공이 필요하다고 들었습니다. 그렇다면 궁주께서는 이미 그 정도의 내공을 초월하셨다는 말씀이신지요?"

일우가 이렇게 도전적으로 찔러오자 천곡장은 속으로 어린 녀석이 감히 나를 능멸하고 있구나 하고 생각했지만 겉으로는 가장 부드러운 모습으로 미소를 얼굴에 가득 띠운 채 조용하게 일우를 바라보며 말했다.

"그렇습니다. 선우 대협께서 아시다시피 이 혼천팔무는 30갑자 이상의 내공이 필요합니다. 물론 본좌는 이미 그 정도는 초월한 상태이고 현재도 많은 젊은이들에게 이 무공을 은밀히 전수하고 있습니다. 차라리 선우 대협도 이 기회에 이곳 점창산에 눌러 앉으셔서 이 신비한 무공을 같이 배우시는 것이 어떻겠습니까?"

이제 천곡장은 노골적으로 일우와 일행을 비웃고 있음이 분명했다. 일우를 제외한 모든 사람들이 그가 30갑자 이상의 내공을 이미 연성하였다는 말에 속으로 매우 놀랐다. 하지만 그들 모두는 그의 마지막 말에 매우 자존심이 상하였다. 당시 고구려인들은 자신들이 천손민족으로서 세상의 중심이며 모든 족속들은 그저 자신들에게 지도받아야 할 대상으로 여기고 있었다. 따라서 저·강족 출신의 이 늙은이가 혼천팔무를 믿고 아주 기고만장한다고 생각하고 매우 기분이 나빠지고 있었다. 그러자 매향이 천곡장에게 읍한 후 정중하지만 약간 비꼬는 듯이 말했다.

"궁주님께서 혼천팔무비급을 가지고 계신다는 소문이 났다면 이미 강호에 큰 살겁이 일어났을 텐데 이렇게 무사하신 것을 보니 아직 아무도 궁주님을 이기지 못한 모양이군요."

그러자 천곡장은 매향을 향해 약간 냉소적인 표정을 짓더니 천천히 말했다.

"감히 본좌와 겨룰 생각을 한 사람들은 이제껏 단 일합도 못 견디고 다들 황천행을 했지요."

일우와 매향 그리고 고천파, 정고 그리고 유가휘는 순간적으로 천곡장이 신선 같은 겉모습과는 달리 얼마나 야비하고 표독하며 잔인한 인간인지를 깨달았다. 그러나 그들은 그간 말로만 들어왔던 전설의 혼천팔무를 완전히 터득했다고 자부하는 천곡장의 말을 허풍으로 치부할 수도 없었다. 그렇다고 그 무공을 눈으로 한 번 보지도 못했는데 그저 그의 말을 듣고 여기서 비무를 포기하고 갈 수도 없었다. 매향과 고천파, 정고, 유가휘는 그저 일우를 쳐다 볼 뿐이었다. 그러자 일우가 천곡장에게 정중하게 말했다.

"소생 선우일우가 대선배이신 일선노괴 천곡장 점창파 장문인께 감히 혼천팔무를 경험할 수 있는 은전을 베풀어주시기를 앙망합니다. 설령 비무 도중 황천행이 된다 할지라도 좋으니 그 전설적인 마공을 경험할 수 있도록 해주시면 더할 나위 없이 감사하겠습니다."

일우는 일부러 혼천팔무를 마공이라 칭하여 천곡장을 화나게 할 생각이었다. 그러나 천곡장은 껄껄 웃으며 일우를 향해 한 마디 내뱉었다.

"마공이라, 핫핫 청려선인 늙은이가 참 제자 하나는 싸가지 없이 가르쳤구만."

그는 이 말을 할 때 혼천팔무 중 음성만으로 상대의 공력을 무력화시키고 내장을 전부 파열시킬 수 있는 후굉음공(吼轟音功)을 시전한 것이다. 순간 일우는 내공을 총동원하여 천곡장의 후굉음공이 일행 모두에게 미치지 않도록 강력한 영음대력신공(靈音大力神功)을 써서 그 공격을 막았다.

실로 순간적으로 일행 모두는 살벌한 음공으로 인해 온 몸의 내장이 다 뒤틀리는 것을 느끼며 자신들의 내공을 총동원하여 그것을 막았는데 순간 일우의 웅혼한 영음대력신공(靈音大力神功)의 힘으로 그것이 차단되자 *휴!* 하고 한숨을 내쉬었다.

그러자 이번에는 천곡장이 놀랄 차례였다. 그는 일우의 내공이 자신보다 분명히 아래라면 이미 자신의 후굉음공에 의해 내장이 터져있어야 하고 또 그의 떨거지들도 다 피를 토하며 죽어나자빠졌어야 했다. 그러나 그와 일행이 멀쩡한 것을 보니 매우 열이 났다. 그는 일우 일행을 반드시 쳐 죽여야 하겠다는 마음이 들었다. 그러나 그는 얼굴에 환한 미소를 띠우며 일우 일행을 향해 조용히 말했다.

"본좌가 선우대협의 비무를 받아주겠소. 단, 내 제자들 55명이 진설하는 혼천팔무진을 돌파하여야 하는 조건이오. 어때 할 수 있겠소?"

"제자들 모두가 장문인처럼 그렇게 무시무시한 내공을 닦았나요?"

매향이 비웃듯이 이렇게 말하자 천곡장은 속으로 더욱 이를 갈았지만 더욱 환한 미소를 머금으며 매향을 향해 말했다.

"30갑자의 내공 연성이 어디 쉬운 일입니까? 하지만 55명이 합공을 하면 30갑자의 내공은 간신히 되겠지요. 하지만 자신이 없으시면 이만 물러가셔도 괜찮습니다."

천곡장이 이렇게 비웃는 조로 말하자 일행은 일우를 쳐다보았다. 아무래도 힘들지 않겠나 하는 표정들이었다. 그러자 일우는 더욱 투지가 불타올랐다. 그래서 그는 천곡장을 더욱 분기탱천시킬 말을 골라서 했다.

"55명과 궁주께서 다 함께 내공을 합치셔도 소생을 이기기는 힘들 것입니다."

천곡장은 일우의 허풍을 듣자 당장 그를 찢어죽이고 싶은 심정이었다. 하지만 장차 황제의 아비가 될 사람이 이렇게 새외의 무사나부랭이의 호언장담에 넘어가서는 안 된다고 생각하고 마음을 가라앉혔다.

매향과 고천파, 유가휘는 몹시 일우의 시건방진 말 때문에 한 바탕 피바람이 불 것 같은 불길한 느낌이 들었다. 하지만 정고는 자신만만한 일우를 보며 스승 청려선인께서 무슨 비전(秘傳)을 그에게 준 것이 틀림없다고 생각했다.

"과연 고구려 제일 무사의 기백이시오. 이제 본좌의 제자들 중 가장 빼어난 55명이 합공으로 혼천팔무의 맛만 보여드릴 테니 그저 무사하시기만 바라오. 자, 그럼 이제 우리 연무장으로 가실까요?"

천곡장이 이렇게 일행에게 점잖게 말하며 자리에서 일어나 연무장으로 향했고 곧 그의 제자들 55명이 그의 뒤를 따랐다. 일우 일행은 그의 제자들 뒤를 따라 갔다.

연무장은 무궁(武宮) 뒤 산 밑에 있었는데 약 3,500평의 규모로서 땅에는 고운 금빛 모래를 깔고 황토로 잘 덮었으며 그 사방 주위에는 하늘까지 치솟은 우람한 전나무 등이 그 안을 바라볼 수 없을 정도로 빽빽이 심겨져 있었다. 북쪽 산자락 끝에는 약 한 장(3미터 정도) 높이로 만든 지휘석이 있었고 그곳에는 수십 명이 앉을 수 있도록 만든 등나무 걸상이 쭉 놓여 있었다.

천곡장이 지휘석 정 가운데 앉고 매향이 그의 왼쪽에, 고천파, 정고, 유가휘가 그의 오른쪽에 앉았다. 일우가 연무장의 정가운데 섰고 그의 주위를 55명의 천곡장 제자들이 둘러쌌다. 그들은 모두 하얀색의 무명으로 만든 무술복을 입고 있었는데 대부분 10대 후반과 20대 초반의 인물이 준수한 백족 남자 젊은이들이었다. 그들이 모두 제

자리에 서자 천곡장이 그들을 향해 호령했다.

"혼천팔무진을 펼쳐랏!"

그러자 55여명이 일우를 가운데 두고 1명, 4명, 8명, 18명, 24명씩 겹겹이 원을 지으며 이동을 시작하였다. 일우는 이들이 합공을 준비하고 있음을 알았다. 일우는 청려선인의 심결을 마음에 새기며 자신의 감식촉(感息觸), 심기신(心氣身), 성명정(性命精)을 모두 영력(靈力)으로 통일했다. 그리고 삼단전의 내공을 모두 그 영력이 지배할 수 있도록 했다. 그러자 일우의 몸에서 엄청난 신기(神器)가 형성되었다. 그의 전신에서 파릇파릇한 빛이 생겨나고 있었다.

천곡장은 물론 고천파 일행과 매향은 일우의 몸에서 갑자기 파릇파릇한 빛이 나기 시작하자 매우 놀라고 있었다. 갑자기 일우가 눈 앞에서 사라졌다 다시 나타났다 하기 시작했다. 천곡장은 일우가 혼천팔무와는 완전히 다른 금강불괴지신(金剛不壞之身)의 몸 혹은 원영신(元嬰身)을 얻은 것이 아닌가 하는 생각이 들었다.

일순 그는 스승인 태상노괴가 고구려에서 오는 천하 최고의 무사와 싸우지 말라고 한 이유가 이것 때문인가 하는 생각이 들었다. 하지만 그는 천하에서 자신이 가장 강력한 무공의 고수라고 확신했다. 이미 스승은 선계로 갔으니 자신만이 이 세상에서는 최고수였다. 그래서 그는 이번 기회에 반드시 일우를 죽여야 한다는 결심을 더욱 굳히고 있었다. 그는 큰 소리로 외쳤다.

"혼천팔무를 시전하라!"

그러자 55명이 모두 두 손을 합장하듯이 들고 일우를 향해 주문을 외우기 시작했다. 그들 54명은 일우의 바로 앞에 있는 한 명에게 자신들의 내공을 모두 전달하고 있었다. 그 마지막 한 명이 54명에게서 받은 내공은 모두 합쳐 20갑자(1200년)를 넘은 것이고 그 한 명이 가진 내공은 10갑자(600년)였다.

　그가 일우를 향해 혼천심공을 시전했다. 그에게서 나오는 무시무시한 살기가 마치 큰 용이 물어죽일 것처럼 자신에게 밀려오는 것을 느꼈다. 일우는 초절정의 내공으로 자신의 몸에 방탄지기를 형성하여 그의 공격을 막은 후 재빨리 무극신장을 써서 그를 공격했다. 태산을 무너뜨릴 만한 힘이었다. 그러자 그가 갑자기 사라졌다. 일우는 그가 지금 천장에 붙어 있는 것을 영안으로 보았다. 그는 천장을 향해 다시 무극신장을 날렸다. 그러나 그는 살짝 피하더니 일우를 행해 탄마지공을 날렸다. 일우는 즉각 탄마지공을 피해 몸을 숨겼다. 그러자 그 자리에 흙과 모래가 회오리바람을 일으키며 날아올랐다.

　일우는 갑자기 뒤 줄의 24명위에 나타나 그 중의 5명을 수박으로 가격하여 졸지에 쓰러뜨렸다. 그러자 19명이 자리에 있던 검을 그에게 집어던졌다. 그러자 가운데 있던 젊은이가 주어신공을 구사하여 칼들이 모두 일우를 향해 공격하게 했다. 일우는 등에서 자신의 검을 뽑아 어검술로 그것들을 공격하게 했다. 일우의 검은 빙글빙글 돌면서 그 칼들을 모두 후려쳐서 땅에 떨어뜨린 후 그 19명을 공격하기 시작했다. 그러자 그들은 모두 갑자기 눈앞에서 사라져버렸다.

　그러자 이번에는 앞줄의 16명이 후궁음공으로 일우를 공격했다. 그들이 *위!* 하고 내지른 소리가 일우에게 와닿는 순간 일우는 이감조식의 비법으로 감각을 멈추었다. 그리고 그들을 향해 비호같이 날아 순식간에 10명을 택견으로 날려보냈다.

이때 갑자기 남은 39명이 일우를 향해 흡기신공을 구사했다. 일우는 기가 그들에게 빨려 들어가는 것을 차단하기 위해 순간 무극신검 4초식인 무상지기를 시전했다. 그리고 자신의 60갑자 이상의 내공을 총동원하여 방탄지기를 발동시켰다. 그러자 이번에는 뒷줄부터 15명 정도가 피를 토하며 쓰러지기 시작했다.

이제 남은 사람들 24명도 도저히 일우의 무상지기가 더욱 강해 자신들의 기를 빨아들이자 모두 일제히 차원변환술을 써서 어디론가 사라져 버렸다.

일우는 그들이 나무 맨 꼭대기 위에서 자신을 향해 필살의 마지막 수인 일도연환지도(一刀連環之計)를 구사할 작정이라고 짐작했다. 아니나 다를 까 그들 모두가 칼을 들고 일직선을 지어 화살보다 더 빠르게 빙글빙글 돌아 하강하면서 자신에게 몰려오고 있음을 보았다. 일우는 24명의 아까운 젊은이들을 죽일 생각은 없었다. 그러나 그들의 공격이 하도 독랄한 마지막 살수라 어쩔 수 없이 그들의 어깨들을 칼로 벨 수밖에 없었다.

하지만 한 사람이 쓰러지면 또 한 사람이 순식간에 연이은 공격을 해대는 통에 일우는 그들을 전광석화같이 다섯 명을 베고 나서는 더 이상 안 되겠다 싶다고 생각하였다. 그는 하늘로 10장 정도를 솟구치며 그들에게 무극신검의 5초식인 무극파천황검을 시전했다. 그러자 그를 따라 다시 공중으로 날아오르며 공격하던 젊은이들은 모두 그의 무극파천황검을 감당하지 못하고 피를 토하며 땅에 쓰러졌다.

일우가 사뿐히 땅에 착지하여 검을 검집에 넣었다. 그러자 천곡장과 고천파 일행을 향하여 읍하였다. 완벽한 일우의 승리였다. 그러자 천곡장이 박수를 요란하게 치면서 자리에서 일어났다. 그리고 그는 땅에 쓰러져 있는 제자들에게 큰 소리로 외쳤다.

"다들 퇴궁하라!"

그러자 쓰러져 있던 젊은이들이 하나 둘 씩 모두 연무장밖을 빠져나갔다. 이윽고 아무 제자도 보이지 않게 되자 그는 일우에게 다가갔다. 고천파 일행과 매향도 얼른 자리에서 일어나 일우에게 다가갔다. 천곡장이 그에게 조용히 말했다.

"실로 엄청난 무공이오. 하지만 이 아이들은 아직도 연성중일 뿐 혼천팔무를 완성한 것은 아니요. 그러나 선우대협이 이 무공의 무서운 맛은 보았을 테니 오늘은 이만 물러가시는 것이 어떻겠소?"

일우는 혼천팔무가 예상보다 무서운 무술로서 이를 완성한 자가 사악한 인간이라면 강호에는 무수한 피바람이 일어날 것이라는 생각이 들었다. 그는 차라리 여기서 생사를 걸고 천곡장을 죽인 후 혼천팔무비급을 빼앗아 차라리 불태워 없애버려야지 앞으로 이 무공으로 인해 혼천지세가 도래할 것이라고 생각했다. 그래서 일우는 그를 죽이고 그 비급을 빼앗아 소각하기로 결심했다. 그는 천곡장의 눈을 똑바로 바라보며 결연히 말했다.

"궁주께서 저와 비무를 두려워하시는 것 같군요. 이런 쓰레기같은 무공을 연마하시어 이렇게 새파란 애숭이들을 망치시다니 궁주는 아무래도 강호에서 사라져야할 대상인 듯 싶소."

"새파란 애숭이가 이제는 본좌에게 죽을 때가 된 모양이구나. 그래, 아이들을 좀 물리치더니 눈에 보이는 것이 없는 것이냐? 오늘 내가 너를 죽이고 네 일행마저 다 죽여 그 시건방진 입을 다시는 놀리지 못하도록 하겠다."

천곡장은 부들부들 떨면서 일우를 향해 마치 독 오른 독사가 푸른 독을 내뿜듯이 말했다.

"흥, 늙은 마수가 이제는 최후 발악을 하겠다는 것이냐? 그 혼천팔무비급은 어디 있느냐? 강호의 안녕을 위해서 그 저주받은 무공책은 사라져야 하니 당장 내 놓아라. 아니면 너는 오늘 내 손에 죽을 것이다."

일우가 이렇게 사납게 말하는 모습을 본 매향과 고천파 일행은 너무 놀랐다. 평소에 화도 한 번 제대로 낸 것을 본 적이 없는 그들은 일우가 오늘은 필히 천곡장을 죽이고 혼천팔무비급을 빼앗아 소각시킬 생각임을 눈치 챘다. 일우가 그 사악한 무공에 매우 분노하고 있는 것이 분명했다.

그러자 천곡장이 갑자기 일우를 향해 오른 손을 번쩍 들더니 극성의 내공을 실은 풍살장공을 한 방 날렸다. 일우는 순간 방탄지기를 발동한 다음 비호같이 날아 천곡장을 향해 무극신장을 날렸다. 두 사람의 초절정의 내공을 실은 장풍이 부딪치자 일행은 몸이 흔들리더니 3장 밖으로 밀려가는 것을 느꼈다.

천곡장이 일우를 향해 혼천심공을 구사했다. 마치 용암이 밀려오듯 수만 도의 열기가 일우를 향해 몰려왔다. 일우는 온 몸에서 빙한지기(氷寒之氣)를 결집하여 그 열기를 이겨내었다. 그는 갑자기 몸을 비호같이 날려 천곡장의 머리를 수박으로 강타하면서 택견으로 그의 사타구니를 걸어찼다. 완전한 살수였다.

그러자 천곡장은 갑자기 사라졌다. 그는 일우의 1장 앞에서 주위를 돌며 환영분신술을 구사하며 수백 개의 천곡장을 만들었다. 각각의 천곡장이 주어신공으로 수백 개의 칼을 일우에게 날리며 공격하기 시작했다. 살벌한 칼바람이 *橫橫* 불어왔다. 일우는 이보법으로 정신을 집중한 후 그 수백 개의 천곡장 중에서 본신(本身)을 찾았다. 그러자 그는 품에서 비수 다섯 개를 꺼내 그 본신을 향해 전속력으로 날렸다. 어마어마한 내공이 실린 비수는 천곡장의 본신을 향해 연속으로 날아왔다.

그는 그 비수의 공격을 견디지 못하고 할 수 없이 본신을 드러내었다. 즉시 그는 자신의 내공을 총동원하여 후굉음공을 시전하였다. 지옥사자가 울부짖는 것 같은 무시무시한 소리가 태풍처럼 모든 나무들과 숲들 그리고 기치들 및 인간들의 귀청을 찢고 있었다. 고천파, 유가휘, 정고와 매향은 자신들의 마지막 내공까지 동원하여 그 후굉음공을 막고 있었으나 점점 힘이 들어 고통을 겪고 있었다.

일우는 온 내공을 총동원한 후 이감지식의 비법으로 그 후굉음공을 막으며 자신의 품에서 퉁소를 꺼내 불기 시작했다. 60갑자 이상의 내공이 실린 일우의 퉁소소리가 이제는 지옥사자의 울부짖음 같은 천곡장의 음공을 막고 그의 내장을 뒤틀리게 하기 시작했다.

천곡장은 후굉음공이 일우에게 안 먹혀들어가자 이번에는 흡기신공을 구사하기 시작했다. 갑자기 세상이 정적 속에 갇히더니 모든 생물의 기가 다 천곡장 쪽으로 빨려 들어가고 있었다. 그러나 일우가 무극신검 4초식인 무상지기를 펼치자 다시 천곡장에게 향하던 기가 일우 쪽으로 기울기 시작했다. 천곡장은 자신의 기가 일우 쪽으로 흐르려고 하는 찰나 100장 밖으로 몸을 날렸다.

그는 차원변환술을 쓰기 시작했다. 그는 순간 일우의 전면을 검으로 공격했다가 뒤로 공격했다가 좌측에서, 다음에는 우측에서 왔다 갔다 하면서 도무지 일우의 정신을 못 차리게 했다. 일우는 검을 들고 가만히 있다가 갑자기 사라졌다. 그러더니 천곡장의 머리 위에 나타나 그의 백회혈을 검으로 후려쳤다.

천곡장이 *후후!* 하고 비웃으며 일우에게 비수를 수십 개 던지더니 주어신공으로 그것들을 조종하면서 장검으로 일우를 공격하였다. 일우는 천곡장의 검이 마치 뱀처럼 구부러졌다 펼쳐졌다 하면서 자신을 공격해 들어오자 갑자기 무극신검전 초식을 다 구사하면서 무극파천황검으로 그를 공격했다. 그러나 천곡장은 도무지 미꾸라지 빠져나가듯이 잘도 그의 칼을 피하고 있었다.

일우는 마지막 수를 구사할 생각을 하였다. 즉 천곡장을 사로잡기 위해서는 그의 내공을 무력화시켜야 했다. 그러기 위해서는 그의 혈도를 막아야 했다. 일우는 순간 몸을 빙글빙글 돌리며 엄청난 검기와 검광을 일으켰다. 그리고는 공중으로 치솟아 천곡장의 바로 머리 위에 칼을 향한 채 거꾸로 섰다. 그는 칼로 그의 백회혈을 온 내공을 다해 칼날로 후려쳤다. 실로 너무 빠른 공격이라 천곡장도 그 칼을 피하기 힘들었다. 그는 차원변환술로 몸을 순간 이동시켰다.

그러자 영안으로 천곡장을 바라보고 있던 일우는 천곡장의 곁으로 동시에 함께 날아가 그의 어깨와 등의 혈을 조타비혈의 수법으로 힘껏 눌렀다. 천곡장은 졸지에 혈도를 일우에게 집혀 꼼짝 못하는 상황이 오자 기가 막혔다. 스승 태상노괴가 고구려의 천하제일 무사가 오면 비무를 하지 말라고 했던 이유가 그때서야 생각이 났다. 일우는 매향과 고천파, 정고, 유가휘에게 소리를 질렀다.

"이 마수를 잡았으니 이리로들 오세요."

고천파 일행이 천곡장 주위로 몰려들었다. 그들은 진짜 사악한 무공인 혼천팔무의 정체를 오늘에서야 똑똑히 보고 참으로 끔찍했다. 자칫하면 자신들마저도 오늘 죽을 뻔한 것을 생각하니 새삼 천곡장이 마수로서 흉측해보였다.

"정말 끔찍하고 사악한 무공이군요. 이제 이 자를 그냥 놔두다가는 중원에 피바람이 불어올 것이 틀림없어요. 그러니 아주 이 자리에서 이 자를 죽여 버립시다."

매향이 오늘 너무 호되게 놀랐는지 몸을 아직도 제대로 가누지 못한 상태에서 단호하게 말했다. 그러자 정고가 신중한 표정으로 말했다.

"이 자를 죽이는 것 보다 더 중요한 것은 빨리 혼천팔무비급을 찾아 소각시켜야 하오. 그것이 남아 있다가는 천하에 재앙이 도래할 것이오."

"맞습니다. 도무지 인간으로서 그런 마공을 익힌 마수가 있다니 전대미문의 일입니다. 이 자를 고문하여 그 비급을 찾은 후 당장 소각합시다."

고천파도 아직 충격을 이기지 못했는지 새파랗게 질린 얼굴로 목소리를 떨며 말했다. 그러자 유가휘가 달려들더니 천곡장의 뺨을 손바닥으로 후려치며 말했다.

"너 같은 마수들 때문에 무림인들이 욕을 먹는 거다. 당장에 때려죽여도 시원치 않을 놈, 어쩜 그렇게 사악하게 우리 모두를 죽이려고 날뛰었나?"

　일행은 모두 유가휘의 분노에 찬 행동을 이해하였다. 하마터면 모두가 그 자에게 깨끗이 죽을 뻔했기 때문이다. 일우가 천곡장을 향해 엄숙하게 말했다.

　"너는 이 자리에서 우리에게 맞아죽을 것이냐, 아니면 혼천팔무비급을 내놓아 우리 보는 앞에서 소각시킨 후 모든 무공을 폐하고 평범하게 살 것이냐? 둘 중의 하나의 길을 택하라."

　그 자리에서 꼼짝 못하고 있는 천곡장은 속에서 분노로 치를 떨고 있었다. 하지만 사태가 매우 심각하였다. 그가 이제 마지막 믿는 원군은 자기 아들 천랑추가 남조 군대를 이끌고 와서 이들을 도륙내는 길 뿐이었다. 하지만 제자들이 아무리 축지법을 써서 이해(洱海)하관에 있는 남조까지 다녀온다 하더라도 두 시진은 족히 걸리는 일이었다. 천곡장은 끝까지 시간을 끌 수밖에 없었다.

　그는 허공을 향하여 다시 후꾕음공을 시전하려고 하였다. 그러나 곧 눈치를 챈 일우의 칼이 그의 눈을 겨냥하였다. 일우는 천곡장을 향하여 칼로 난도질 하듯 차갑게 말을 하였다.

　"네가 지금 또 장난질을 하려고 하는 모양인데 네 입에서 한 마디라도 나오면 바로 이 칼로 네 눈을 찌르겠다. 허튼 수작하지 말고 빨리 혼천팔무비급을 내놓거라. 좋은 말로 할 때 안 들으면 네 목숨은 물론 네 자식들이 통치하는 남조부락마저 아예 쑥밭을 만들어 버리겠다. 알겠느냐?"

　그러자 매향과 고천파, 정고, 유가휘가 등에서 칼을 일시에 뽑아 천곡장에게 겨누었다. 일우가 다시 그에게 선언하듯 말했다.

"혼천팔무비급을 당장 내놓겠느냐, 아니면 이 자리에서 깨끗이 죽겠느냐? 다섯을 셀 동안 대답하라."

그러자 천곡장은 다섯 명의 태도로 보아 당장 자신을 죽일 것이 분명해보였다. 그는 자기 아들들이 도착하려면 아직도 많은 시간이 필요했기에 이들을 일단 혼천팔무비급의 가짜 필사본을 준 후 시간을 끌기로 했다. 그는 일행에게 사정조로 말했다.

"혼천팔무비급을 내 눈 앞에서 소각하는 조건으로 내놓겠소이다."

일우 일행은 그가 지금 살기 위해 그 비급을 내놓을 것이지만 그가 분명히 무슨 암수를 쓸 것이 분명하다고 생각했다. 그러자 일우가 고천파 일행에게 말했다.

"대사자님, 이 자를 도저히 움직일 수 없도록 포승줄로 꽁꽁 묶읍시다. 내가 몇 군데 혈도를 짚어놓았으니 지금 빨리 잡아야 합니다."

"알겠네. 이봐, 유 말객, 당장 우리 말로 가서 전대속의 포승줄을 좀 가져다 이 자를 완전히 돌돌 묶어버리지."

"알겠습니다."

유가휘가 시원하게 대답하더니 바람처럼 무궁의 마방으로 달려갔다. 잠시 후 그는 일행의 전대 속에 가지고 다니는 마(麻)로 만든 50장 정도 길이의 포승줄을 가지고 왔다. 그리고 그것으로 천곡장의 몸을 목서부터 다리 끝까지 둘둘 말았다. 용빼는 재주가 있어도 도저히 그 포승줄을 풀기는 불가능해졌다.

고천파와 유가휘가 천곡장을 양쪽에서 들었다. 그러자 일우가 다시 천곡장에게 냉정하게 물었다.

"혼천팔무비급은 어디에 있느냐?"

"내 집무실에 있소이다."

"만일 허튼 짓 하면 바로 죽여 버리겠다. 그러니 명심해라. 여러분, 이 자의 집무실로 갑시다."

그러자 일우 일행은 모두 천곡장의 집무실로 향했다. 잠시 뒤 집무실 앞에서 천곡장은 망설였다.

과연 이 자들이 가짜 필사본을 보고 속을까? 안 속으면 화가 나서 길길이 뛸 터인데. 차라리 원본을 주고 소각시켜버려? 그럼 나 이외에는 완벽한 혼천팔무를 아는 사람이 천하에 없을 것 아닌가? 아니다, 일단 속는지 안 속는지 한 번 시험해보자.

천곡장은 집무실로 들어서자 일우에게 그 비급은 자신의 책상 뒤 벽장속의 비밀함에 숨겨져 있다고 말했다. 그러자 매향이 성큼 성큼 걸어가서 그 벽장을 열려고 했다. 순간 일우가 그녀에게 소리를 질렀다.

"매향 소제! 가까이 다가가지 마세요. 워낙 음험한 인간이라 무슨 암수를 설치했을지 모릅니다."

매향은 멈칫 하고 뒤로 몇 발자국을 물러섰다. 일우가 일행에게 모두 바닥에 엎드리라고 말했다. 그러자 모두는 집무실 바닥에 납작 엎드렸다. 그러자 일우가 비수를 다섯 개 그 벽장의 사방과 한 가운데 원에다 던졌다. 그러자 갑자기 *꽝!* 하는 소리가 나며 벽장 위 천장서부터 바닥까지 졸지에 무너졌다.

일우 일행은 천곡장에게 매우 화가 났다. 하마터면 매향이 크게 다치거나 죽을 뻔 했던 것 아닌가? 일우는 그 비급을 뺏고 소각한 후 살려줄 생각을 하고 있었으나 그의 그 악독한 짓을 생각하자 살려줄 마음이 점점 사라져가고 있었다.

다행히 그 벽장 속에서 오동나무에다 검은 옻칠을 한 작은 비밀함이 나왔다. 일우는 천곡장에게 차갑게 말했다.

"여기에도 무슨 암수를 걸어놓았느냐?"

"아니오, 그건 그냥 평범한 상자외다."

천곡장은 이미 사색이 되어가고 있었다.

그러자 일우는 무극신장을 그 비밀함에다 날린 후 그 기운을 다시 자신 쪽으로 빨아들였다. 그러자 비밀함의 문이 *덜컹* 열렸다. 일행은 조심하면서 그 안을 들여다보았다. 그 안에는 아주 오래되어 거의 너덜너덜한 종이에 쓴 혼천팔무비급이 놓여있었다.

일우가 장삼 주머니에서 가죽 장갑을 꺼내어 손에다 끼웠다. 그리고 그 비급을 천천히 살펴보기 시작했다. 매향과 고천파 일행 또한 호기심에 일우의 곁으로 다가가 그의 어깨너머로 그것을 같이 읽기 시작했다. 그런데 그것을 다 읽고 난 일우는 갑자기 그 책을 천곡장에게 집어던졌다. 그리고는 벽력같이 외쳤다.

"이 간교한 자 같으니라고. 이것은 가짜 필사본이 아니냐? 원본이라면 어떻게 무공의 앞뒤가 그렇게도 안 맞을 수가 있단 말이냐? 지금 네가 죽고 싶어 우리를 가지고 노는 것이냐?"

"가짜라고? 이 자식이 정말 죽고 싶어 환장했구만."

유가휘가 천곡장에게 달려들어 다시 뺨을 손바닥에 내공을 실어 힘껏 후려쳤다. 그러자 천곡장의 입에서 붉은 피가 터졌다. 그는 더 이상 버티다가는 정말 자신이 이 자들에게 죽겠다는 생각이 들었다. 차라리 오늘 혼천팔무비급 원본을 주어서 소각시키게 한 후 자신의 머릿속에 있는 비급의 내용을 다시 살려 훗날을 도모하는 것이 더 현명한 일이라고 생각했다. 그는 오뚝이처럼 꽁꽁 묶인 상태에서 머리를 바닥으로 쳐 박으며 그들에게 울면서 외쳤다.

"죄송합니다. 차마 대협들을 제대로 알아보지 못하고 이렇게 거짓을 아뢰어 죽을죄를 졌습니다. 하지만 이 혼천팔무비급은 제 목숨이며 제 자식들의 앞날을 위한 무기였습니다. 무인이라면 누가 그렇게 쉽게 절세비급을 내놓으려고 하겠습니까? 대협들께서 오늘 목숨만 살려주시고 제 한 몸만 보전케 해주신다면 그 비급 원본을 기꺼이 내놓고 소각시키도록 하겠습니다. 이번에는 진짜이오니 제발 고구려 대인들께서 저를 살려만 주십시오. 이렇게 빕니다."

그가 오뚝이처럼 바닥으로 구르며 눈물을 비 오듯이 흘리자 일우와 일행은 순간 그가 측은해졌다. 천하제일의 무공 고수라고 자부했던 명색이 점창파 장문인이 자신들 앞에 그렇게 처참한 모습을 보이자 그들은 그에 대해 죽이고 싶은 생각이 점점 옅어졌다. 그러자 정고가 그에게 점잖게 말했다.

"장문인께서 우리들의 본심이 그 무공을 익히려는 것이 아니라 천하를 위해 부득이 소각하기 위함임을 이해하신다면 이제 원본을 내놓으시오. 장문인이 보는 앞에서 그 책을 소각하여 무림에 큰 살겁이 일어나는 것을 막아야 하오."

"알겠습니다. 그 비급은 제 책상의 바닥을 강하게 미시면 지하실로 내려가는 문이 있고 그 지하실의 남쪽 벽을 또한 강하게 미시면 철제함이 있을 것입니다. 그 철제함에는 자물쇠가 있는데 그 열쇠는 제 허리춤에 있습니다. 아무런 암수나 비밀 기관을 설치해놓은 것이 없으니 안심하시고 가져오십시오."

천곡장이 불쌍한 목소리로 이렇게 말하자 일행은 그가 말하는 것이 이번에는 진심임을 믿었다. 그러자 일우가 그의 말대로 책상 밑바닥을 강하게 밀었더니 그 부분이 스르르 열렸다. 일우는 지하실로 내려갔다. 그리고 다시 남쪽 벽을 강하게 밀자 그 또한 스르르 열렸다. 그곳에 철제함이 있었다. 일우는 그 철제함을 가지고 다시 집무실로 올라왔다.

그는 자신의 품에서 연개소문이 준 용연검을 꺼냈다. 그리고 그 칼로 그 자물쇠의 잠그는 부분을 후려쳤더니 *까아앙* 하는 소리가 나며 잘라졌다. 그 안에는 붉은 비단으로 둘둘 말아놓은 혼천팔무비급 원본이 있었다. 그것은 오래된 종이에 쓴 것이었는데 역사가 아주 오래된 것 같았다. 그가 가죽 장갑을 낀 손으로 그 책을 천천히 훑기 시작했는데 매향과 고천과 일행도 일우의 등 뒤에서 그것을 함께 읽었다.

일우 일행은 그 책을 다 읽고 나서 한숨을 내쉬었다. 결국 그 무공의 끝은 마인(魔人)이 되는 것이었다. 다섯 사람은 그 책이 세상에서 실전된 것으로 알려진 혼천팔무비급의 원본이라는 데 의견이 일치했다. 이제 그 책을 소각하는 일만 남았다. 일우가 일행에게 무궁 밖에서 이 저주받을 책을 소각하고 떠나자고 말하자 일행은 천곡장을 데리고 다시 궁 밖의 앞마당으로 나왔다.

그리고 일우 일행은 그 책을 가운데 놓고 빙 둘러서 그 책에 불을 놓기 위해 품속에서 각자 부싯돌을 꺼내었다. 그리고 막 부싯돌을 켜려고 하는 찰나였다. 갑자기 화살 수십 대 가 일행을 향해 날아왔다. 일우 일행은 깜짝 놀라 자리에서 일어나며 칼을 뽑아 화살을 막았다. 그들이 보니 혼천무궁의 전후좌우를 족히 2천 명은 될 듯한 군사들이 이미 그들을 사방에서 에워싸고 있었다.

그때 대장인 듯한 자가 자리에서 일어나 외쳤다.

"너희들이 살고 싶으면 그 비급을 우리에게 넘겨주고 떠나라. 만일 저항하면 모두를 처참하게 죽이겠다."

남조부락의 추장인 천곡장의 아들 천랑추였다. 천곡장은 이제야 자신이 살았구나 하고 생각하며 아들을 향해 큰 소리로 외쳤다.

"얘야, 절대 불화살을 쏘면 안 된다. 알겠느냐? 그리고 이 아비는 지금 이들의 인질이니 그 비급만 회수하고 이들을 그냥 살려보내라. 알겠느냐?"

그러자 천랑추는 천곡장을 향해 냉소적으로 말했다.

"그렇게도 그 비급을 넘겨달라고 통사정을 했는데도 내 말을 묵살하더니 이게 뭡니까? 천하 최고수라는 사람이 동이의 오랑캐들한테 잡혀 그 꼴이 뭡니까? 참 꼬락서니 하고는........."

천곡장은 아들이 그렇게 말하자 할 말이 없었다. 사실 어떤 경우가 되어도 자신은 자식들에게 모든 혼천팔무를 전수해준 적이 없었다. 각자에게 그저 한두 가지씩만 전수해주어서 그 분야에는 최고봉이 되었지만 전체를 아는 사람은 자신뿐이었다.

그는 제자들에게도 마찬가지였다. 제자들 중 아직까지 후계자로 생각한 사람이 없었기 때문이기도 하지만 그가 강호를 떠돌며 익힌 인간관은 바로 배신과 복수의 인생들뿐이었다. 그러므로 그에게는 자식들이고 제자들이고 완전히 믿을 수 있는 인간들은 이 세상에 아무도 없었던 것이다.

그는 이제 어쨌거나 일우 일행은 모두 죽은 목숨이라고 생각했다. 자식들이 이들을 쳐 죽이고 혼천팔무비급을 찾는 것은 이제 시간문제라고 생각했다.

매향이 땅에서 얼른 그 비급을 주워 붉은 비단에 싼 후 품에 넣었다. 일우는 일행에게 천곡장을 방패삼아 여기를 뚫고 나가자고 말했다. 일행은 모두 결연한 자세로 칼을 들었고 유가휘와 고천파는 천곡장을 안고서 포위망을 뚫으려고 시도하기 시작했다. 그러자 남조 군사들 수십 명이 칼을 들고서 그들에게 덤벼왔다. 그러나 그들은 일우 일행이 휘두르는 무시무시한 검기에 바로 자리에서 쓰러져버렸다.

이제 수백 명이 창을 들고 그들에게 접근해왔다. 군사들은 일우 일행을 독안에 든 쥐라고 생각하고 덤벼들기 시작했다. 그러나 그들의 빼어난 창술 실력에도 불구하고 그들은 일우 일행이 휘두르는 칼에 한 번에 수십 명씩이 죽거나 상하자 겁들을 먹기 시작했다. 하지만 아직도 그들은 숫자를 믿고 계속 창으로 그들을 공격했지만 도무지 그들의 털끝 하나 건드리지 못하고 계속 추풍낙엽처럼 쓰러지고 있었다.

한식경이 지나자 천랑추는 도저히 그들이 순순히 비급을 내놓을 생각이 없다는 것을 알아챘다. 그렇다고 자신들이 직접 나서서 싸울 생각은 추호도 없었다. 이미 천하최고수라고 항상 자부해온 자기 아버지마저 사로잡은 그들이고 보면 도저히 그들에게 이길 수는 없다고 그는 생각했다. 이제 그는 마지막 남은 한 가지 수 즉 일우 일행과 천곡장 모두를 한꺼번에 화살을 쏘아 벌집을 만든 후 비급을 찾는 수밖에 없었다. 그는 좌우에 있는 자기의 남녀 동생들 11명에게 자기 생각들을 말하자 그들은 모두 고개를 끄떡이며 동의를 표시했다. 아버지가 희생되서라도 그 비급을 찾아야 한다는 생각들이었다.

천랑추는 대기중인 궁수들 5백 명에게 활을 쏠 준비를 하라고 명령했다. 그들이 모두 활시위에 화살을 장전한 후 일우 일행을 향하여 활을 일제히 들었다. 그러자 천랑추가 큰 목소리로 일우 일행에게 외쳤다.

"자, 이제 우리는 더 이상 애꿎은 인명을 희생시킬 수는 없다. 만일 당장 그 비급을 우리에게 넘기지 않으면 너희들은 즉시 벌집이 될 것이다."

그러자 일우가 천랑추에게 웅혼한 목소리로 외쳤다.

"활을 쏘면 네 아비가 즉시 죽게 된다. 그러니 우리가 안전히 이곳을 나갈 때까지 군사들을 물려라."

그러자 천랑추가 일우 일행에게 외쳤다.

"핫핫, 한왕 유방은 초왕 항우가 유방의 아버지를 끓는 물에 삶아 죽이겠다고 하며 군사를 물리라고 협박했지만 이를 비웃으며 삶거든 그 국이나 한 그릇 달라고 했다. 우리 형제들은 아버지가 화살에 맞아죽어도 혼천팔무비급은 찾아야 하겠다. 그러니 빨리 그 비급을 내놓고 사라지던지 화살에 벌집이 되던지 알아서 해라. 지금부터 다섯을 세겠다. 하나, 둘, 셋, 넷, 다섯, 쏴라!"

한편 천곡장은 온 몸을 포승줄로 꽁꽁 묶인 상태에서 자기 아들에게서 그런 무자비하고 불효막심한 말을 듣자 속으로 기가 막혔다. 이제껏 자식들에게 강력한 왕국을 세워주고자 온갖 노력을 다했던 자신의 인생이 몹시 허망하기 짝이 없었다. 그는 빗발치는 화살에 결국은 인생을 마감하는구나 하고 생각했다.

그 순간 500여발의 화살이 연속적으로 하늘을 새까맣게 덮고 일우 일행을 향해 덮쳐왔다. 다섯 명은 그 화살 비를 피해 전력으로 공중으로 솟구쳤다. 그리고는 약 50장 밖으로 몸을 피했다. 그런데 일우는 공중으로 몸을 날리며 고천파 및 유가휘가 방금 내팽개친 천곡장의 온 몸 위로 쏟아지는 화살을 칼로 절단 내며 천곡장의 포승줄을 칼로 잘라냈다.

천곡장은 일단 자유의 몸이 되자 전신의 내공을 총동원하여 굉음후공을 천랑추의 군대 쪽으로 발산했다. 그러자 천지를 진동시킬 것 같은 무시무시한 소리가 군사들 수백 명이 일시에 쓰러지게 만들었다. 그는 자기 아들 천랑추와 그 옆의 형제자매들을 향하여 차원변환술로 날아갔다. 그리고는 그들을 향하여 풍살장공과 탄마지공들을 연거푸 쏘아댔다. 그러자 그들은 필사적인 힘을 다해 아버지의 공격을 막으며 그 자리를 피하느라고 정신이 없었다.

이제 일우 일행이 그 군사들을 향하여 칼을 휘두르며 공격을 개시하였다. 그러자 가뜩이나 천곡장에게 시달리던 군사들은 일우 일행을 막다 자꾸 수많은 군사들이 쓰러지자 도무지 무서워 견딜 수 없었다. 그들은 뒷걸음질을 치더니 날 살려라 하고 도망을 가기 시작했다. 천랑추는 드디어 살아남은 1,200 여명의 병사들에게 철수하라고 외쳤다. 그러자 그와 그의 살아남은 형제자매들 및 남은 군사들은 말을 잡아타고 남조부락으로 퇴각하기 시작했다.

그들이 다 철수하고 나자 천곡장은 하늘을 향해 멍한 상태로 가만히 서있더니 대성통곡을 하기 시작했다. 그러자 일우가 그에게 다가가서 위로를 하였다.

"장문인, 얼마나 상심이 크셨습니까? 원래 권력이란 부모 형제도 없다고 했습니다. 장문인께서 지금까지 훈련을 시켜온 것은 참 인간이 아니라 바로 마인들을 만들어 오신 것입니다. 혼천팔무는 바로 우리 인간들을 결국 마성으로 인도하는 저주스러운 무공인 것입니다. 이제 이 비급을 장문인 보는 앞에서 불태울 터이니 이제 그 무공을 스스로 폐하시고 새로운 정도의 무인으로 거듭나십시오."

"선우 대협과 일행에게 부끄럽기 짝이 없소이다. 내 자식들 하나 참된 사람들을 만들지 못하고 독사 새끼들을 만들었구려. 혼천팔무를 그간 자랑스럽게 연성해온 내 자신이 저주스럽소이다. 내 머리에 살아 숨 쉬는 그 마공이 언제 나를 주화입마시키고 마인으로 살아가게 할까 두렵소이다. 차라리 선우대협 일행께서 제가 다시는 무공을 못하도록 기경팔맥을 막아주십시오. 이제는 이 한 많은 인생 그저 혼자 산에 숨어 평범하게 살고자 합니다. 대협들 제발 부탁드립니다."

천곡장은 무릎을 꿇고 그들에게 자신의 무공을 제발 못 쓰게 해달라고 애걸복걸하였다. 그러자 매향이 품에서 혼천팔무비급을 꺼내 그의 앞에 던졌다. 일우 일행이 모두 놀라 그녀를 바라보았다. 그녀는 천곡장에게 엄숙하게 말했다.

"지금 우리가 보는 앞에서 천 장문인께서 이 비급을 손수 불에 태우십시오. 그럼 우리가 장문인의 진심을 믿겠습니다."

일우 일행은 순간 긴장하면서 칼을 손에 잡았다. 만일 천곡장이 다시 혼천팔무를 시전하면 그 자리에서 그를 막아야 한다고 생각했기 때문이었다. 그러자 천곡장이 하늘을 한 번 우러러 보았다. 그는 잠시 망설였다.

이것은 나의 일생의 꿈이 담긴 비급이었다. 하지만 이제는 자식들마저 이것을 위해 자신을 죽이려고 무방비의 자신을 향해 화살을 수천 발을 날렸다. 만일 일우가 아니었다면 자신은 그냥 벌집이 되었을 것이 아닌가?

천곡장은 갑자기 자리에서 일어나 스승인 태상노괴의 무덤이 있는 점창산 마룡봉 정상을 향해 마지막으로 큰 절을 하였다. 그리고는 이내 부싯돌을 쳐서 불을 만든 후 혼천팔무비급에 불을 붙였다. 그 전설의 무공 비급이 서서히 불길에 타들어갔다. 얼마 뒤 그 비급은 한 줌의 재로 변했고 천곡장의 야망도 한 줌의 재가 되었다.

하지만 일우 일행은 천곡장의 무공을 폐하지는 않았다. 우선 그가 진심으로 심산유곡으로 은거해서 혼자 도를 닦는다면 순일한 무공을 익힐 수도 있기 때문이었다. 또 아직도 그의 머릿속에 있는 혼천팔무를 빼앗기 위해 앞으로 강호의 숱한 야심가들에게 생사가 위태로울 경우가 많을 것이기 때문이었다.

일우 일행은 모든 것을 버리고 곤륜산의 가장 깊은 산속으로 은거하기 위해 혈혈단신 떠나는 천곡장을 배웅한 후 혼천팔무궁 마방에 매어놓은 말들을 타고 장안성을 향해 말을 달리기 시작했다.

제3장   매향과 일우의 갈등

　일우 일행은 약 칠일간의 여행 끝에 점창산으로부터 장안 궁성 밖의 이정의 집에 도착했다. 그들이 도착하자 설랑이 아들 신려를 안고 버선발로 뛰어나왔다. 그녀는 일행들에게 무사히 잘 다녀오셨냐고 인사를 하면서 매우 안도한 듯 가슴을 쓸어내렸다. 아무도 다치거나 죽은 사람이 없었기 때문이었다.

　그날 저녁 일우는 설랑과 매향을 포함하여 고천파와 정고 그리고 유가휘 등과 함께 저녁을 먹었다. 식사는 설랑이 이미 준비해 놓은 고구려 음식과 당나라 음식 등의 재료로 풍성하고 다양한 식단이 준비되었다. 식사를 시작하자마자 일우는 설랑에게 궁금한 듯이 물었다.

　"대체 무슨 일이 있었기에 그리도 걱정을 하고 계셨습니까?"

　그러자 설랑이 주뼛주뼛하며 말을 삼갔다. 그러자 일우 뿐만 아니라 매향과 고천파 일행이 그녀의 입을 주목하였다. 그녀는 그들이 모두 자신의 입을 주목하고 있는 것을 느끼고 할 수 없이 입을 열기 시작했다.

　"다섯 분이 점창산으로 떠나신 날 밤부터 내리 꿈을 꾸었는데 다섯 분이 절간의 사천왕같이 생긴 어마어마한 마구니들에게 시달리는 꿈을 연속으로 꾸었어요. 꿈속에서 신려아빠가 그 마구니들과 죽도록 싸웠는데 결국은 피투성이가 되도록 싸워서 이기기는 했지만 그 마구니들은 결코 죽지 않는 존재들이라 떠나면서 계속 끔찍하게 복수를 다짐하고 떠났어요. 어찌나 무서웠는지 매일 밤 가위에 눌려 고통을 겪었어요. 한밤 중 자다가 일어나 할 수 없이 불경을 외우다 잠들곤 했어요. 게다가 신려가 갑자기 열이 펄펄 끓어 의원을 데려다 치료하고 온갖 노력을 다 기울였지요. 며칠 동안 아이가 죽을까봐 노심초사를 했지요. 그런데 이렇게 모두가 무사히 돌아오시고 신려도 건강해졌으니 다 부처님 은덕인가 봐요."

설랑이 이렇게 말하자 매향이 무언가 집히는 듯 양미간에 오른손가락을 대고서는 한참 생각에 잠겼다. 그러자 모두가 이번에는 매향의 입을 주목하였다. 그녀는 천천히 입을 열었다.

"아무래도 우리가 그간 너무 비무에만 몰두하느라고 천지신명께 제를 올리거나 각자 믿는 신들에게 공양을 게을리 해서 신려 엄마가 그런 무서운 꿈을 꾸고 또 신려가 아팠던 것 같군요. 그러니 우리 다시 천하비무를 떠나기 전 하늘에 제사를 올리고 떠나는 것이 어떨까요?"

그녀는 매우 진지하게 말하였다. 그러자 유가휘가 손사래를 저으며 말했다.

"아따, 하늘에 제사는 무슨 제사래요? 인명은 재천이라는데 천하를 횡행하는 우리 칼잡이들이 그 무슨 나약하게 천지신명 운운하며 제사를 드린답니까? 다 서방님이 안 계시다보니 겁이 나서 꿈을 그렇게 고약하게 꾼 것이니 아무 걱정 말고 식사나 퍼뜩합시다."

유가휘는 이렇게 말하며 입안에 잔뜩 밥을 넣고 우물거리며 맛있게 씹어 먹었다. 그러자 정고가 심각한 표정을 지으며 말을 시작했다.

"아니요, 이 세상에 보이는 것들이 다는 아니요. 때로는 우리들의 인생을 귀신들이 개입해서 망치기도 하고 때로는 복도 가져다주곤 하지요. 그런데 우리가 혼천팔무라는 마공을 이 땅에서 막은 것은 마계에서 볼 때는 우리가 가장 원수 같은 존재들이 된 것이오. 그러니 우리가 아무리 정파의 무공을 지녔다하더라도 눈에 보이지 않은 마구니들의 공격을 무슨 수로 막겠소? 매향 소저의 말씀이 일리가 있소. 이제 우리들은 혼천팔무건으로 해서 몹시 마구니들에게 시달리게 될 것이오. 그것은 꼭 비무 도중 우리가 죽는다는 것만을 뜻하는 게 아니고 우리 식솔들과 주변 사람들에 대해 마구니들이 보복을 하는 형태가 될 수도 있고 우리들의 앞길이 꽉 막힐 수가 있다는 말이외다. 그러니 우리는 이제 각자 날을 정해 자신들이 믿는 신들에게 경건하게 제사를 올리고 또 근신하면서 앞으로 우리들에게 닥칠 좋지 않은 운명들을 피해가야 할 것이외다."

정고가 이렇게 진중하게 말하자 일행들은 각자 마음속으로 자신들에게 어떤 좋지 않은 일들이 있을까 걱정들을 하기 시작하였다. 결국 그들은 식사 도중 이러저런 종교적인 대화들을 나눈 후 각자 믿는 신들에게 당분간 제사를 드리며 근신하기로 결정했다.

그날 저녁 일우는 실로 오랜만에 설랑과 신려와 함께 오붓이 피붙이 가족들 끼리만의 시간을 가졌다. 이불을 피고 잠자리에 누운 두 사람은 신려의 재롱을 한참동안 즐겼다. 얼마 후 아이가 졸린다고 칭얼거리자 설랑이 아이를 안고 자장가를 불러주며 잠이 들게 했다. 이윽고 신려가 잠에 빠져들자 일우와 설랑은 백제에서 헤어진 뒤로 처음 남녀로서 얼굴을 마주 대했다.

"이제 수향 언니 생각이 안 나세요?"

설랑이 일우의 듬직한 품에 안기며 작은 목소리로 물었다.

"하필 왜 또 그 이야기요?"

일우는 갑자기 눈시울이 뜨거워졌다. 수향을 생각만 해도 가슴이 찢어질 듯이 아픈 그였다. 그런데 설랑은 이런 일우를 이해하는지 못하는지 오랜만에 남녀로서 만나 그런 질문을 하다니 일우는 그녀가 좀 야속했다. 그는 눈물을 한 손으로 훔치며 설랑을 한 손으로 밀었다.

"미안해요. 차라리 그때 내가 죽고 언니가 살았어야 하는데 내가 지금 살아 있는 게 너무 염치가 없는 것 같아요. 처음에 언니 무덤에 갔을 때는 정말이지 죽고 싶었어요. 사실 언니는 나를 살리려다 자신이 죽은 것 아녜요? 그래서 부처님께 차라리 왜 나를 데려가시고 우리 언니를 살게 하시지 그랬냐 하며 원망도 많이 했지요. 하지만 돌아서면 핏덩이 신려가 보였어요. 난 아이를 안고 언니가 날 살려 준 뜻이 이 아이를 잘 길러달라는 뜻이 아닌 가하는 생각이 들어 악착같이 참고 정말 신려만을 위해 열심히 살아왔어요. 여보, 저를 아직도 많이 원망하시죠?"

설랑도 눈물을 흘리기 시작했다. 그러자 일우는 아무 말 없이 그녀를 안고 한참이나 가만히 있었다. 얼마 후 둘이 다 진정을 하자 일우가 설랑에게 말했다.

"여보, 난 당신을 전혀 원망하지 않아요. 당신이 그날 잘못한 것은 하나도 없어요. 당신이 백제까지 따라온 것이 신라측에서 보면 나라 망신이겠지요. 그렇다고 암살을 계속 노린다는 것은 김유신이 너무 심한 것이지요. 난 당신이 살아남아서 신려를 이만큼 키워주는 것이 얼마나 감사한지 몰라요. 그러니 제발 나나 신려 생모에게나 절대 미안한 생각을 갖지 마세요. 또 앞으로 그 누구에게도 신려 생모가 아니라고 해서 위축되는 모습을 보이지 마세요. 그 아이는 당신의 아들이자 내 아들입니다."

일우가 이렇게 말하자 설랑은 더욱 그의 품에서 훌쩍이기 시작했다. 일우가 볼 때 아무래도 그녀는 수향이 죽은 것이 자신 때문이라고 생각하고 항상 죄의식을 가져온 것 같았다. 하지만 오늘 그녀는 일우의 넓은 품에서 모처럼 평온한 안식을 느끼는 듯이 보였다.

한편 설랑은 그동안 일우와 매향의 관계가 아무래도 보통 사이 같지 않다는 의심을 심각하게 가져왔었다. 그녀는 오늘 아예 일우에게 그와 매향과의 관계를 본격적으로 거론할 작정이었다.

그녀는 그의 품에서 몸을 뺀 후 머리의 비녀를 빼고 머리를 풀어 헤쳤다. 세상의 어떤 여인보다 아름답고 고귀한 자태인 설랑의 모습을 보자 일우는 오랜만에 그녀와 함께 자고 싶은 생각이 들었다. 그러자 설랑이 그의 두 눈을 정면으로 바라보며 물었다.

"여보, 당신은 매향 씨를 어떻게 생각하세요?"

일우는 설랑이 매향에 관해 묻자 마음이 철렁했다. 그렇다고 지금 마음의 상처가 심한 그녀에게 매향을 한 여자로서 사랑한다고 말할 수는 없었다. 일우는 마음을 정하고 덤덤하게 말했다.

"음, 좋은 사람이요. 내 천하비무에 매우 중요한 동지이자 안내인기도 하고요."

그러자 설랑이 *핏!* 하고 웃더니 일우를 정면으로 바라보며 말했다.

"거짓말 마세요. 당신이나 매향 씨나 둘 다 사랑에 빠져 있는 것이 여자의 직감으로 다 느껴지는데 무슨 그런 거짓말을 하세요. 차라리 그녀를 사랑한다고 말씀하세요. 내가 그녀를 질투할까봐 그러시는가본데 난 수향 언니가 죽고 난 뒤에 사실 당신을 혼자 차지하고 있다는 것이 너무 두려워요. 차라리 매향 씨 같이 당신을 무공으로나 나랏일이나 모든 면에서 도와주는 사람이 옆에 있었으면 참 좋겠다는 생각을 했어요. 그리고……"

그러나 일우는 거기서 그녀의 말허리를 잘랐다. 그리고 그녀의 입에 자신의 입을 맞추었다. 이윽고 두 사람이 오래 떨어져 있어 꺼져있던 정염의 불꽃이 활활 타올랐다. 일우는 손가락을 튕겨 등잔불을 꺼버렸다. 그리고 설랑이 누워있는 이불속으로 들어갔다.

다음 날 새벽 일우는 정원 연무장으로 제일 먼저 나가서 무공을 연습하기 시작했다. 잠시 뒤 매향이 환한 미소를 지으며 일우에게 인사를 했다.

"좋은 밤 지내셨어요?"

일우는 매향의 질문에 무언가 가시가 있는 것 같아 마음이 불편했다. 그래서 그는 대충 대답했다.

"아, 네."

그러자 매향이 갑자기 연무장에 있던 목검 두 개를 가져오더니 일우에게 하나를 내밀었다.

"한 수 부탁해요."

그녀는 그에게 정중하게 비무를 부탁하는 것처럼 말했다.

"아니 아침부터 무슨 비무입니까?"

일우는 어이가 없어 그녀를 바라보며 말했다.

"어떤 분은 편히 주무셨지만 못난 사람은 한 잠도 못자서 온몸이 다 쑤셔오네요. 그러니 몸을 좀 풀어야 하겠어요. 자, 갑니다."

매향은 일휘장금(一揮藏禽)의 수법으로 그의 전신을 목검으로 후려치듯 달려들었다. 일우는 그녀가 어젯밤 한 잠도 못 잤다는 말에 그녀가 자신과 설랑의 동침으로 인해 마음에 많은 고통을 받은 것을 짐작했다. 그는 날카로운 그녀의 목검 공격을 난조출롱(鸞鳥出籠)의 수법으로 피하였다. 그러자 이번에는 그녀가 용비격호(龍飛擊虎)의 수법으로 그의 가슴 부분을 강타하였다. 일우는 한 발자국 물러섰지만 그녀의 공격이 매우 표독하다고 느꼈다. 일우가 갑자기 외쳤다.

"아이고, 제발 살살 하세요. 이러다 맞아죽겠네."

"흥, 장부가 엄살은."

그녀는 연속으로 삼검을 그에게 시전하여 그를 세 장이나 물러나게 했다. 이때 정고가 일찍 나와서 두 사람이 시끄럽게 싸우는 모습을 보았다. 그는 쯧쯧 하더니 그냥 못 본 체하고 혼자서 무공을 연습하기 시작했다. 그러자 매향은 일우에게 엄숙하게 명령하듯 말했다.

"따라 오세요."

"아니, 이 아침에 어디를 가려고요?"

일우는 점점 수세에 몰리고 있었다.

"글쎄, 따라오라면 따라오세요."

그녀는 마방으로 가고 있었다. 일우는 할 수 없이 나무위에 걸어 놓은 장삼을 주섬주섬 주워 입고 그녀의 뒤를 따라갔다. 매향은 말에 올라타더니 일우에게 말했다.

"제 뒤에 타세요."

"아니, 어떻게 한 말에 둘이 타요? 차라리 제 말을 탈게요."

"글쎄, 타라면 타세요."

매향의 명령조 말에 일우는 할 수 없이 그 말에 올라탔다. 매향의 등 뒤에 앉아보니 매향의 향기가 났다. 일우는 될 대로 되라는 식으로 가만히 있었다. 매향은 집의 정문을 나서자 말을 힘차게 몰기 시작했다.

"대체, 지금 어디로 가는 길입니까?"

일우가 그녀에게 당황한 듯이 물었다.

"아무 말씀마시고 따라 오세요."

매향은 쌀쌀맞게 말하더니 더욱 말을 힘차게 몰았다. 일우는 멍청한 표정으로 말 등에 앉아 그녀의 마음을 헤아리고 있었다. 분명히 설랑과 자신의 동침으로 인해 그녀의 마음이 매우 불편한 것이 틀림없었다. 또 이제는 자신의 아내와 아들마저 나타났으니 그녀가 자신에 대해 연인으로서의 관계를 매우 후회하거나 회의하고 있음이 틀림없다고 생각했다.

매향이 모는 말은 황성 쪽으로 향하고 있었다. 일우는 왜 그녀가 황성 안으로 들어가려고 하는지 이해를 할 수가 없었다. 그러자 잠시 뒤 황성의 서문인 금화문을 통해 황성 안으로 들어온 매향은 이제 황성의 정문인 주작문을 향하여 말을 몰아가고 있었다. 일우는 거대한 궁성의 모습이 보이기 시작하자 은근히 걱정이 되고 있었다. 그녀는 계속 말을 황성 쪽으로 향하고 있었다. 곧 황성의 정문인 주작문이 나타났다.

그녀는 주작문을 지나 궁성의 정문인 승천문 쪽으로 천천히 말을 몰고 갔다. 일우는 그녀가 궁성 안으로 들어가려고 하고 있다는 것을 알았다. 그는 그녀에게 다급한 목소리로 물었다.

"대체 왜 황궁 안으로 들어가려고 하는 겁니까?"

그러자 매향이 그를 쳐다보지도 않은 채 냉랭하게 말했다.

"아무래도 우리 둘은 잘못 만난 것 같아요. 그래서 황상 폐하를 만나 이실직고해야 할 것 같네요."

"네? 그게 무슨 소립니까? 잘못 만나다니요?"

일우는 매우 당황해지기 시작했다.

"선우 공은 저보다 훨씬 아름답고 여성스러우며 매혹적이고 사랑스러운 아내와 또 눈에 넣어도 안 아픈 아드님이 계신데 저 같은 사람이 그동안 괜히 혼자서 짝사랑을 했던 것 같아요. 그러니 황상 폐하를 만나서 우리는 아무 사이도 아닌데 기군망상의 죄를 범했으니 죽여 달라고 복명할 수밖에요."

그녀가 주워섬기는 말은 모두 일우의 심장을 찔러대고 있었다. 말은 어느덧 승천문 앞에 섰다. 그러자 금위군사들 서너 명이 그녀에게 다가와 인사를 했다. 그 군사들은 이미 매향을 잘 알고 있는 듯

했다.

"매향 소저께서 이른 아침에 어떻게 황궁으로 납시셨습니까? 황궁에 무슨 볼 일이라도 계신가요?"

"그래요. 황상 폐하를 좀 만나야 할 것 같아요. 우선 금위군 도독님을 먼저 만나서 황상 폐하가 금원(禁苑)에 무공 연습을 하러 오실 때 좀 만나려고요."

그녀가 금위 군사들에게 부드럽게 말했다. 그 군사들은 지난 번황제의 종남산 불사 때 수행했던 군사들이라 일우를 기억하고 있었다. 그들은 일우에게 함빡 웃음을 머금으며 아는 척을 했다.

"정말 선우 무사님의 무공은 대단하십니다. 그런 무술을 우리 금위군들에게도 좀 가르쳐 주시면 안 되겠습니까?"

일우는 그들에게 그저 미소를 지어보였다. 그러자 매향이 일우에게 쌀쌀맞게 말했다.

"이제 말에서 내려 황궁 북쪽의 금원까지는 걸어가야 해요. 그러니 이제 말에서 내리세요."

일우가 말에서 내리자 그녀는 궁성의 숭천문 앞에 말을 매놓는 곳으로 말을 몰고 갔다. 그리고 말에서 내려 그곳에다 말을 매어놓은 후 일우가 서있는 숭천문 앞으로 다가왔다. 그녀는 일우에게 분명하게 말했다.

"자, 이제 우리 황상 폐하를 만나러 황궁 안으로 들어가요."

일우는 그 안으로 도저히 들어갈 마음도 없었고 또 은근히 당황제가 두려웠다. 정말 그녀가 두 사람 사이를 이실직고 하는 날이면 기군망상했다고 경을 칠 것이 틀림없었기 때문이었다.

"매향 소저, 정말 황제를 만나 우리 사이를 이실직고할 것입니까?"

일우는 좀 화가 나서 그녀에게 따지듯이 물었다.

그러자 매향이 그를 향해 원망이 가득 담긴 투로 쌀쌀맞게 말했다.

"이제 그 길 밖에는 없는 것 아닌가요?"

"우리 서로 사랑한다고 고백까지 한 사이였잖아요."

일우가 정말 화가 난 투로 말했다.

"흥, 선우 공은 사랑한다고 말만 했지 행동으로 보인 것이 하나도 없잖아요."

매향은 몹시 화가 나 있는 것 같았다.

"아니, 대체 내가 매향 소저에게 말만 하고 행동으로 안 한 것이 무엇인데요?"

"그걸 몰라서 물으세요? 여하튼 선우 공은 여자의 마음만 빼앗고 아무 대책도 없는 사람인 것 아세요?"

매향이 따지듯이 종주먹을 대자 일우는 말문이 막혔다. 그녀가 지금 무슨 소리를 하는지 대충 짐작을 할 수가 있기 때문이었다.

이때 태자 이승건이 시종들 및 시위군사들 수백 명과 마차를 타고 동궁을 나와 승천문 밖으로 나가다가 매향과 일우가 정문 앞에서 다투고 있는 것을 차양 밖으로 보았다.

현재 16세인 그는 한때 매향을 매우 좋아하였다. 워낙 성격이 호방하고 대담무쌍하여 부황 이세민과 많이 닮은 그였다. 그는 매향의 여걸 같은 풍모를 몹시 좋아했는데 워낙 숙성하여 매향을 여자로 여기고 집적거린 적이 한 두 번이 아니었다. 매향은 그가 워낙 방종하고 호색하는 형인데다 매우 예절이 없어서 그를 싫어하였다.

그는 지난 번 종남산 불사 때 부황인 이세민을 수행하지 않고 황궁을 지키고 있었기 때문에 일우를 전혀 알지 못했다. 그런데 매향이 정문 앞에서 그와 말다툼을 하는 것을 보고 두 사람 사이가 보통 사이가 아니라고 짐작했다. 그는 마차를 멈추라고 말한 후 마차에서 내렸다. 그러자 시종들과 시위 무사들은 공손히 읍을 한 상태로 이승건 뒤에 섰다.

"오, 매향 누님, 오랜만이군요. 그간 잘 지냈습니까? 오늘 어쩐 일로 황궁까지 오셨습니까?"

그는 매향을 향해 매우 반가운 목소리로 물었다.

"아, 태자 전하, 그동안 강녕하셨지요? 잠깐 황상 폐하를 만날까 해서 왔습니다."

그녀는 이승건에게 짧게 읍을 한 후 차분한 목소리로 말했다. 언제나 그가 자신을 볼 때마다 그의 그 음탕한 눈초리가 소름이 끼치도록 싫은 그녀였다. 이승건은 머쓱하게 자신을 향해 읍하고 있는 일우를 째려보더니 약간 신경질적인 목소리로 매향에게 물었다.

"이 분은 누구십니까?"

"아, 제 정혼자예요."

매향이 이렇게 말하자 이승건은 일우를 위 아래로 훑어보더니 그를 아는 체 했다.

"아, 동이에서 왔다는 그 엄청난 무사시군요. 부황께도 듣고 또 많은 사람들한테 이 무사님에 대해 소문을 들었어요. 어마어마한 무공의 소유자라고 난리들이더군요. 대체 어느 정도나 무공이 굉장하기에 그렇게도 요란스럽게 황궁 안팎에 소문이 난 것이지요?"

이승건은 일우를 보더니 매우 호기심이 당기는 것 같았다.

"아 예, 중원뿐만 아니라 동이와 동영, 돌궐, 토번, 천축까지 통틀어서 이 사람을 이길 사람은 아마 없을 것입니다."

그녀는 아주 자랑스럽게 일우에 대해 말했다. 그러자 이승건은 더욱 놀란 표정으로 일우를 바라보더니 갑자기 빠른 걸음으로 그에게 가까이 다가왔다. 그러더니 읍한 상태의 일우에게 갑자기 소림 18나한공 중 청룡파미(靑龍擺尾)의 수법으로 어깨를 후려쳤다. 일우가 읍한 상태로 잽싸게 몸을 피하였다.

그러자 이승건은 연달아 좌우편마(左右騙馬)의 수법으로 그의 양어깨를 가격했다. 순간 일우가 몸을 펴면서 양 팔을 뻗어 양 손으로 그의 양 팔꿈치 관절부분을 붙잡아 꼼짝 못하게 했다. 그러자 이승건은 일우의 양 손에서 엄청난 힘을 느끼고 고개를 설레설레 흔들었다.

이승건은 일우의 손아귀에서 빠져나오자마자 시위무사가 들고 있던 검을 빼앗아 청룡출연(靑龍出淵)의 수법으로 전광석화같이 몸을 날리며 일우의 가슴을 갑자기 찔렀다. 일우는 그림처럼 조용히 서 있다가 오른 손으로 그의 검을 붙잡았다. 그러더니 그 검의 끝 뾰족한 부분을 한 손으로 짓눌러 부러뜨렸는데 손 안에 잡힌 검 끝 부분을 짓눌러 아주 가루를 만들어 공중에 흩뿌렸다.

이승건은 기절초풍하였다. 그는 그동안 대체 얼마나 무공의 고수이기에 온 황궁 안팎이 일우에 대한 소문으로 난리인가 의심했었다. 그러나 막상 자신의 눈앞에서 보인 일우의 무공은 거의 신적인 것이었다.

이승건은 일우에게 정중하게 읍하더니 자신이 무례하게 시험한 것을 용서해달라고 말하였다. 그러더니 두 사람이 꼭 자신의 태자궁으로 함께 방문해달라고 정중하게 초청을 하였다. 그리고는 몹시 겁이 난 표정으로 시종과 시위무사들에게 빨리 가자고 말하고는 얼른 궁성 정문에서 사라져갔다.

"미안해요, 태자 전하가 너무 무례한 행동을 하셨죠?"

매향이 일우의 눈치를 보며 부드럽게 말했다. 일우는 경망스러운 이승건을 보고 당황제가 후계자는 잘못 골랐다고 생각을 했다.

일우가 아무 말 없이 황궁 안으로 발걸음을 옮기기 시작했다. 그는 매우 기분이 상한 듯 매향을 거들떠보지도 않은 채 천천히 황궁 안을 걷기 시작하자 매향 또한 그의 바로 뒤를 따라갔다. 그들은 황궁 안을 걷기 시작하여 장락문과 중복문과 연희문을 지나 대명궁(大明宮) 쪽으로 걸어가고 있었다.

그때였다. 뒤에서 누군가가 두 사람을 불렀다. 두 사람이 함께 뒤를 돌아보니 이정이었다. 그는 매우 놀라는 표정으로 두 사람에게 물었다.

"오, 너희들이 여기는 웬 일이냐?"

"아, 아버님! 저희는 그저 황궁 안을 산책하고 있어요. 그런데 아버님은 웬일이세요?"

매향은 어리광 섞인 표정으로 그에게 말했다. 일우는 그에게 말없이 읍하였다. 이정은 일우의 표정이 심상치 않자 그의 심기가 매우 불편한 것을 눈치 챘다. 그는 매향에게 조용한 목소리로 말했다.

"황상 폐하께서 갑자기 입궁하라는 통보가 와서 지금 인덕전(麟德殿)으로 가는 길이다. 혹시 너희들에 관한 문제 때문이 아닌지 모르겠구나. 그간 선우 공의 비무 도중 무슨 특별한 일이 없었느냐?"

"일이야 많았지요. 우선 청성산의 천장비무 요천덕이 황상 폐하께 선우 공을 우리 군대의 무술 사범으로 추천하겠다고 하면서 비무를 거부했지요. 그래서 제가 그에게 비무를 강권하느라고 우리가 황상께 따로 복명하겠다고 했어요. 그런데 그때 아무래도 그가 선우 공의 천하비무에 대해 황상께 보고를 할 것 같다는 느낌을 강하게 받았어요."

이정은 매우 근심스러운 표정으로 그녀를 바라보더니 다시 물었다.

"그 일 뿐이냐?"

"음, 점창산에서 일선소괴 천곡장과 비무를 한 후 승리했는데 그가 놀랍게도 강호에서 그간 실전되었던 혼천팔무비급을 소지하고 있었어요."

"무엇이 혼천팔무비급을?"

이정은 매우 놀라서 숨이 막히는 것 같았다. 그러자 매향은 아버지가 진정되는 것을 기다렸다가 그때 있었던 일을 그에게 대충 말해 주었다. 그러자 이정은 고개를 끄떡였다. 그는 아무래도 오늘 황제가 자신을 부른 것은 요천덕의 일우에 대한 복명과 혼천팔무비급과 관계된 일일 것으로 짐작했다. 하지만 딸인 매향의 말대로 혼천팔무비급이 소각된 것이 사실이라면 황제에게 크게 책잡힐 것이 없다고 그는 생각했다.

"두 사람은 아마 곧 황상 폐하께서 부르실 것 같으니 멀리 가지 말고 인덕전 근처에서 대기하도록 해라. 만일 이 문제를 자세히 밝히지 않으면 큰 사달이 날 것 같기 때문이야. 나는 우선 황상 폐하를 빨리 만나보아야 하니 이따 만나도록 하자."

이정은 이렇게 말한 후 인덕전을 향해서 급히 발걸음을 옮겼다. 일우는 무언가 좋지 않은 일이 일어나고 있다는 생각이 들었다. 그는 침울한 표정으로 함원전(含元殿) 쪽으로 발걸음을 옮겼다. 그러자 매향도 그를 바짝 뒤따라 왔다.

지금 일우의 마음속에는 매향에 대한 실망과 자신이 그간 그녀에게 빠졌던 것들이 매우 후회스럽기까지 하였다. 하지만 그녀를 사랑하는 마음이 쉽사리 정리될 것 같지 않은 것이 문제였다.

이미 마음속에 품고 있었던 수향에 대한 사랑과 그리움이 사라지고 있는 시점에서 사실 매향은 그의 무사로서의 삶을 지켜주는 버팀목이었다. 설랑이 물론 여성으로서 더 애틋하고 따스했지만 그녀에게서는 수향이나 매향 같은 강한 면이 없었다. 게다가 언제나 일우의 사랑을 받고자 하는 그녀는 어떤 면에서는 매우 수동적인 면이 다분했다.

그러나 지금 일우가 매향의 투정에 대해 할 수 있는 것은 아무것도 없었다. 수향의 죽음을 안 것이 이제 겨우 한 해도 가지 않았는데 어떻게 매향에게 장래 운운할 수 있겠는가 하고 그는 생각했다.

함원전(含元殿) 마당 앞에는 금위군사들 몇 명이 졸린 표정으로 멍하니 서있었다. 그들 모두가 일우와 매향을 아는 체 했다. 그러자 일우는 조용히 함원전 앞의 섬돌에 앉았다. 그러자 매향이 그의 옆에

와서 가만히 앉았다. 일우가 그녀에게 조용히 말했다.

"매향 소저가 나에 대해서 많이 실망하신 것 같은데 지금 저로서는 아무 말씀도 드릴 수가 없음을 이해해주시기 바랍니다. 내 아내 수향은 나에게는 어머나 누이 같은 존재였지요. 그녀가 죽었다는 소식을 듣고 나는 사실 삶에 대한 모든 욕망이 끊어졌었어요. 나는 백제에서 비무 도중 한 번 죽은 목숨인데 그녀의 헌신적인 도움과 보살핌으로 여기까지 왔지요. 내가 지금 아무리 매향 소저를 사랑해도 죽은 아내에 대한 망자의 도리를 생각해서라도 나는 매향 소저에게 우리의 장래에 대해 아무 것도 말씀을 드릴 수가 없습니다. 지금 진행하고 있는 천하비무가 끝나고 우리가 정말 서로 헤어져야 할 상황이 도래할 때 우리의 관계는 정립되겠지요. 그러니 이제 매향 씨가 황제에게 고하여 우리가 거짓 정혼한 것도 밝히고 또 우리가 정혼 문제로 이 나라에 온 것이 아니라 천하비무를 위해서 왔다는 것도 밝히세요. 어차피 아버님의 말씀으로 보아서 지금 황제가 모든 사실을 알고 무슨 대책을 세우려고 하는 것 같은데 이제 더 이상 우리 일이 비밀로 감출 문제는 아닌 것 같습니다."

일우가 이렇게 침울한 목소리로 말하자 매향은 그의 진심을 짐작할 것 같았다. 그러나 그녀는 그가 아직도 자신을 한 여자로서 진심으로 사랑하고 있는 지를 확인하고 싶었다.

"그럼, 선우 공은 저를 진정으로 사랑하고 있는 것은 사실인가요? 그냥 중원에 계실 동안 함께 지내다가 고구려로 돌아갈 때는 지금 부인만 데리고 돌아갈 생각은 아니신가요?"

일우는 그녀의 말에 어이가 없었다. 아무리 총명하고 용감한 그녀지만 여자로서는 어쩔 수 없이 여자인 것 같았다. 일우는 그녀를 달래야 할 것 같았다. 그는 얼굴에 미소를 띠우며 조용히 말했다.

"노자의 도덕경에 보면 도(道)라고 말하는 것은 도(道)가 아니다 하는 구절을 기억 못하시는가요? 대체 사랑한다는 것을 꼭 나 너 사랑해, 이런 식으로 말을 해야 사랑하는 것인가요? 참된 사랑은 그저 상대의 눈만 바라보아도 느끼는 것이 아닌가요? 그리고 내가 언제 매향 소저를 버리고 떠난다는 말을 한 적이 있던가요? 매향 소저가 고구려로 가고 안 가고 하는 것은 두 분 부모님과 상의할 문제고 우리의 사랑은 과거나 현재나 미래나 무슨 변할 일이 있다고 투정을 부리는지 이해할 수가 없군요."

"흥, 천하절색인 부인이 계시는데 저 같은 중원 여자를 염두에나 두시겠어요?"

매향은 일우의 말에 매우 흡족했지만 토라지는 모습을 보이며 톡 쏘듯이 말했다. 일우는 그녀의 태도가 너무 우스워 픽 웃고 말았다. 그는 눈에 사랑을 가득 담아 그녀의 얼굴을 매우 사랑스럽게 바라보았다. 그러자 곧 매향의 얼굴이 빨개지기 시작했다. 그녀는 자리에서 벌떡 일어나 인덕전 방향으로 뛰어갔다. 일우는 미소를 머금으며 그녀의 뒤를 쫓아갔다.

제4장 격노하는 당황제

대명궁은 당황제 이세민이 더위에 몹시 약한 늙은 태상황 이연을 위해 지어준 여름용 별궁이었다. 하지만 3년 전에 이연이 죽자 이세민은 그 궁전을 자신이 즐겨 사용했다. 인덕전은 손님들을 접대하는 연회 장소로 사용했고 함원전은 정전으로 썼다. 그의 집무실은 선정전이었는데 오늘 그는 인덕전에서 자신의 중요한 무장들과 전국의 주요한 무공 고수들을 초빙하여 연회를 베풀고 있었다.

그들 중에는 소림사의 장문인인 당오스님과 무당산의 천무진인 강희창, 그리고 청성산의 천장비무 요천덕 등이 있었다. 한편 남조의 천랑추 군장, 애주(崖州)[1]의 독룡마도(毒龍魔刀) 상관청수가 그 연회에 참석하고 있었으며 이정 대장군을 비롯하여 이적 대장군과 위지경덕 그리고 후군집 등 당나라의 최고 명장들이 참석하고 있었다.

이세민은 그들을 위하여 온갖 산해진미와 금준미주를 내놓고 아리따운 기생들이 그들을 접대하도록 하고 있었다. 이정은 그동안 그가 고창 원정에 대한 최종적인 결재를 내리기를 기대해왔는데 오늘

---

1) 지금의 해남도의 한 부분이다. 당나라 때는 해남도에 애주(崖州), 담주(澹州), 진주(振州), 만령(萬寧), 경주(瓊州) 등 5개주와 22개 현이 있었다.

연회 분위기로 봐서는 당분간 전혀 그럴 가능성이 없는 것 같았다.

겉으로 보기에 오늘 이세민은 매우 기분이 흡족해보였다. 그는 참석자들의 잔에 일일이 손수 술을 따라주고 친구처럼 대하면서 그들을 최대한 후대하고 있었다.

일행 중 오늘 이세민에게 특별한 용무가 있는 사람은 남조의 군장인 천랑추 뿐이었다. 그는 얼마 전에 일우 일행에게 빼앗긴 혼천팔무비급을 찾기 위해서는 황제에게 사실을 복명하고 일우 일행을 체포하는 수밖에 없다고 생각하였다. 그는 이미 연회 전 황제를 만나 일우 일행이 자신들의 혼천팔무비급을 빼앗아 달아났다고 보고하였었다. 그러자 황제는 그를 오늘 연회에 참석시켜서 중원 무림의 고수들에게 사실대로 말하라고 시킨 바 있었다.

한참 술잔이 돌고 분위기가 거나해지자 이세민은 드디어 참석자들 전체를 향하여 입을 열기 시작했다.

"오늘 제 장군들과 대협들을 부른 이유는 여기 있는 이 남조부락의 천랑추 군장이 소유하고 있던 전설의 무공비급인 《혼천팔무비급》을 고구려 오랑캐 땅에서 온 선우일우라는 자가 빼앗아 갔기 때문에 그것을 되찾기 위해서 제공들과 상의하기 위해 부른 것이오. 그러니 우선 남조의 천랑추 군장의 말을 직접 들어봅시다. 자, 천 군장은 말씀하시오."

그러자 천랑추는 혼천팔무와 그 비급에 관해서 자신이 적법하게 부친인 천곡장에게 물려받기로 되어 있던 것이라고 전제하였다. 그런데 선우일우 일행이 천곡장과 비무를 빙자하고 나타나서 사기적 방법으로 그 부친 천곡장을 사로잡은 후 그 비급을 탈취하여 감쪽같이 사라졌다고 말했다. 그는 혼천팔무의 위력에 대해서도 일행이 놀라자 빠질 정도로 엄청 과장하여 말했다. 그는 심각하게 사실을 왜곡하고 부풀려서 장황하게 늘어놓았다. 게다가 그는 일우 일행이 극심한 반당(反唐)적 사상을 품은 흉측한 자들이라고 황제와 일행 앞에서 중상모략했다.

이정 대장군을 제외한 황제 및 그의 무장들과 중원 고수들은 너무도 심각한 사태에 넋을 잃을 정도로 충격을 받아 할 말을 못하고 있었다. 이세민은 일우라는 고구려 오랑캐 무사 녀석이 처음부터 매우 수상했었다. 그러나 그가 이정 대장군의 딸 매향과 정혼한 사이이고 중원에는 그저 혼사 문제를 상의하러 왔다고 해서 별로 심각하게 생각을 안 했었다. 그러나 지금 벌어지고 있는 상황은 너무나 위험한 상황이라고 느꼈다.

그동안 자신이 속고 있는 사이에 중원의 모든 문파들과 고수들이 비무에서 그에게 다 패하고 있다는 것이 아닌가? 이는 자칫하면 고구려 침략을 앞둔 자신의 군대에게 사기 저하는 물론 고구려 무공을 무서워하고 숭배하는 결과를 낳을 수 있었다. 게다가 그가 무시무시한 전설의 마공인 혼천팔무비급까지 손에 넣었다면 이는 국가적 재앙이 될 것이 틀림없다고 그는 판단했다.

그는 오늘 이정이 있는 자리에서 대체 그가 무슨 생각으로 그런 위험한 자를 사위감으로 골랐는지 또 과연 그가 진짜로 매향과 결혼을 할 것은 사실인지도 따져보아야 하겠다고 벼르고 있었다. 또한 일우 일행과 매향을 당장 잡아들여 혼천팔무비급을 빼앗아야 더 이상 국가적 재앙이 도래하지 않을 것이라고 생각하고 있었다.

참석자 모두가 충격을 받아 할 말을 못하고 깊은 침묵에 빠져 있을 때 이정이 자리에서 일어나 황제에게 먼저 읍하고 일행에게도 읍한 후에 천천히 입을 열었다.

　　"먼저 황상 폐하께 제 자식들로 인해 큰 심려를 끼쳐드린 것을 죄송스럽게 생각합니다. 그러나 소장이 파악한 정보로는 천랑추 군장의 말이 사실이 아닙니다. 물론 제 아이들이 천곡장으로부터 혼천팔무비급을 빼앗은 것은 사실입니다. 하지만 그 비급을 빼앗은 이유는 그 무공이 너무도 끔찍하여 강호의 평화를 위해서 소각시키려고 한 것입니다. 그때 저 천 군장이 나타나서 아버지를 죽이고서라도 그 비급을 빼앗으려고 하였답니다. 그러자 격분한 천곡장이 되레 우리 아이들과 함께 결국 남조 군사들을 물리쳤답니다. 그 후 제 딸아이가 그 비급을 천곡장에게 돌려주자 그는 자신이 마공을 익힌 것을 후회하고 그 비급을 불태웠다 합니다. 그러니 천 군장이 말한 것은 전혀 사실과 다르오니 폐하께서 통촉하시옵소서."

　　이정이 이렇게 말하자 천랑추는 이를 부드득 갈며 전혀 이정의 말이 사실이 아니며 분명히 그 비급은 일우가 가지고 있을 것이라고 강변하였다. 이세민과 일행이 생각하여도 일우가 고구려인으로서 자신이 무슨 강호의 안녕을 위해서 그런 절세비급을 소각시킬 리가 없다고 생각하고 있었다. 이세민은 이정을 향하여 부드럽게 물었다.

　　"대장군의 말이 사실인지 아닌지는 우선 따님과 그 정혼자 그리고 그 비무에 함께 갔던 고구려 무사들을 모두 불러서 삼자대면을 하여야 할 것 같소. 지금 그들은 대체 어디 있소?"

　　그러자 이정은 황제가 자신의 말 보다는 천랑추의 말을 더 믿는

다는 것을 알아차렸다. 그는 일우와 매향이 황제에게 매우 위험한 상황에 처해질 것 같은 예감을 받았다. 하지만 지금 인덕전 밖에 있을 그들을 불러 황제 앞에서 사실을 밝히지 않으면 천하 무림의 공적이자 표적이 됨은 물론 황실과 국가의 큰 적이 될 것이 명백했다. 그는 순간 두 사람을 황제 앞에 대면시켜야 한다고 생각했다. 그래서 그는 황제에게 분명히 말했다.

"황상 폐하, 지금 제 아이들은 바로 인덕전 바깥에서 대기하고 있사오니 불러서 하문해보십시오. 다만, 선우일우의 일행은 지금 저희 집에 있사오니 불러서 저 천랑추와 삼자대면을 시키시면 사안이 명백히 드러날 것이옵니다."

이정이 이렇게 말하자 이세민은 즉각 옆에서 시위중인 금위군 도독 단표충에게 밖에 있는 일우와 매향을 대령하고 당장 이정의 집으로 긴급히 금위군들을 보내 일우의 일행을 잡아오라고 지시했다. 그러자 단표충이 부하들에게 밖에 있는 일우와 매향을 포승줄로 단단히 묶은 후 비무장 상태로 인덕전 안으로 끌고 오라고 시켰다. 그런 후 이정의 집으로 군사 200명을 보내 황명으로 일우 일행들을 체포한 후 꼼짝 못하게 포승줄로 묶어 데려오라고 시켰다.

이때 이정이 곧 그들을 뒤따라 나가 인덕전 밖에서 대화중이던 일우와 매향을 설득하여 금위군들로부터 순순히 포승줄을 받도록 하였다. 그는 자신이 어떤 일이 있어도 두 사람을 지켜줄 터이니 걱정 말고 황제에게 사실을 복명하라고 타일렀다. 곧 두 사람은 이정의 말을 따라 금위군들이 순순히 자신들의 전신에 포승줄을 묶도록 가만히 내버려두었다.

한편 이정은 자신의 집으로 일우 일행을 체포하러 가는 금위군 교위 황산호에게 서신을 써주며 고천파에게 주라고 말했다. 그 서신에서 그는 고천파와 정고, 유가휘 모두 절대 당군과 다투지 말고 순순히 황명을 받고 체포되어 오라고 말했다. 이후 그들의 신변은 자신이 보장할 테니 자신만 믿고 절대 당군과 충돌하지 말고 순순히 묶여서 오라고 말했다.

일우와 매향이 전신을 포승줄로 꽁꽁 묶인 상태로 황제 앞에 부복하자 이세민은 일단은 안심이 되었다. 속으로 그는 일우가 이미 그 무서운 혼천팔무를 익혀 자신을 포함한 장군들과 무공 고수들에게 대적하면 어찌하나 매우 걱정을 하고 있던 차였다. 그는 일단 일우를 매섭게 족쳐서 그간 자신을 속인 이유가 무엇인지 묻기로 했다.

"네가 그동안 짐을 속이고 중원의 고수들과 천하비무를 한 것이 사실이냐?"

그러자 일우는 이정을 바라보았다. 이정은 눈을 깜빡였다. 시인하라는 신호였다.

"소생은 매향소저와 혼사 문제를 상의하러 중원에 왔습니다. 그러나 장인 되실 이정 대장군께서 고창원정 준비에 영일이 없다고 하시면서 차일피일 혼사를 미루어왔습니다. 그런데 매향소저가 중원에는 너무나도 무예가 고강한 고수들이 많아서 고구려 무예와는 비교할 수 없다고 제게 자랑했습니다. 저는 그녀의 말에 그만 호승심이 발동하여 중원의 몇몇 고수들과 비무를 한 것은 사실입니다. 그러나 그 일로 인하여 제가 황상 폐하를 고의로 속였거나 천위를 손상시킨 바는 없사오니 통촉하시옵소서."

일우가 이렇게 교묘하게 둘러대자 이정과 매향은 속으로 참 말을 잘 한다고 감탄하고 있었다. 그런 이유로 해서 황제가 일우를 처벌할 근거는 전혀 못되기 때문이었다. 그러자 이세민이 할 말을 잃고 잠시 일우를 뚫어지게 바라보더니 이정을 향하여 점잖게 말했다.

"대장군의 나라를 위한 충성심으로 인하여 따님의 혼사가 지장을 받을 수는 없는 것 아니겠소? 이제 잠시 군무를 놓고 두 사람의 혼사를 서두르시는 것이 어떻겠소?"

"폐하, 성은은 망극하오나 지금 고창원정의 준비가 산적한 이때에 시기를 놓치면 서역의 비단길 확보가 점점 난망해지옵니다. 소신의 딸의 혼사는 고창 원정이 끝나고 해도 늦지 않을 것이오니 하명을 거두어 주시옵소서."

이정이 등에 식은땀을 흘리며 이렇게 주워섬기자 이세민은 할 말이 없었다. 그때였다. 갑자기 천랑추가 자리에서 일어나 황제의 앞으로 다가왔다. 그러자 단표충과 금위 군사들이 그의 앞을 가로막았다. 단표충이 그에게 호통을 쳤다.

"지금 무슨 짓이냐? 감히 어느 안전이라고 망발을 범하는 것이냐? 제 자리에 앉지 못할까?"

"폐하! 분명히 혼천팔무비급은 저 자가 지금 보관하고 있을 터, 빨리 회수하셔야 하옵니다. 그냥 놔두시면 장차 다시 동이 오랑캐들이 그 무공을 익혀 이 중원을 크게 어지럽힐 것입니다. 통촉하시옵소서."

천랑추는 황제의 힘을 이용하여 필사적으로 그 비급을 일우로부터 돌려받을 심산이었다. 그러자 일우가 두 눈을 부릅뜨고 그를 무섭게 노려보며 그에게 일갈했다. 그의 두 눈에서 퍼런 불꽃이 활활 타올랐다.

"네 이 불효막심한 인간아, 우리가 그 비급을 불태우려고 할 때 네가 그 비급을 빼앗으려고 우리와 네 아비를 네가 수천 발의 화살로 쏴 죽이려고 했다. 이후 네 아비가 너와 네 형제자매들을 죽도록 증오하며 자신의 무공을 나에게 폐하게 해달라고 사정을 하였다. 그때 매향 소저가 그 비급을 네 아비에게 던지며 본인이 소각하라고 하자 그는 미련 없이 그 비급을 소각하였다. 그런데 황상 폐하 앞에서 네가 어찌 감히 기군망상을 하는 것이냐?"

일우가 이렇게 당당하게 천랑추에게 호통을 치자 이세민과 일행들은 무언가 천랑추에 대해 의심이 들기 시작했다. 그러나 일우의 말이 사실이 아니라면 중원 무림은 고구려 세력에 의해 몰락하는 것이다. 그들은 그 문제가 매우 두려웠다. 그러자 점잖게 가만히 있던 소림사 장문인 당오스님이 매향에게 물었다.

"매향 시주가 지금 저 고구려 무사의 말을 확증할 수 있겠소?"

"네, 지금 제 정혼자의 말은 하나도 틀림이 없이 사실입니다. 저자들이 쳐들어왔을 때 그 비급은 제가 땅에서 주워 제 품속에 넣었는데 나중에 제가 천곡장에게 그것을 던지며 본인이 정말 무공을 폐하고 싶으면 그 비급을 소각하여 자신의 진심을 입증하라고 했습니다. 그러자 그가 바로 그것을 소각하였습니다. 우리는 정말이지 두 사람의 비무 도중 그 혼천팔무에 의해 모두 죽을 뻔 하였습니다. 정말 그 무공은 사람이 하는 것이 아니라 바로 마귀의 무공이었어요. 우리는 진심으로 강호의 안녕을 위해 힘들게 그 비급을 소각시킨 것인데 왜 우리를 이렇게 대하시는지 정말 모르겠습니다. 저 자는 제 형제자매들과 짜고 그 비급을 빼앗으려고 제 아비까지 수백 발의 화살로 쏘아 죽이려고 하던 자인데 무슨 저런 자의 말을 믿으시는지 모르겠군요. 저희는 정말 좋은 일 하고 뺨을 맞는 꼴입니다. 흑흑."

매향이 이렇게 말하며 흐느껴 울기 시작하자 이세민과 일행은 점점 천랑추가 의심스러워지기 시작했다. 그때 청성산의 천장비무 요천덕이 일우를 향해 물었다.

"선우 대협이 지금까지 한 말이 사실이라면 이제 혼천팔무비급은 사라진 것이 틀림없습니다. 그러나 그 무공은 그대로 일선소괴 천곡장과 점창파 제자들의 머릿속에 남아 있을 터, 그들을 강호에서 완전히 제거하기까지는 혼천팔무는 살아 있는 것이외다. 그러니 지금 시급한 것은 천곡장을 잡아서 그 무공을 못 쓰게 만들어야 할 것이오. 그러니 선우 대협은 당장 그 천곡장의 소재를 밝히시오. 그래야 두 분의 진정성을 믿겠소이다."

그가 이렇게 강경하게 말하자 황제와 모든 무장들 그리고 무공 고수들은 고개를 끄떡이며 공감을 표시했다. 그러자 일우가 고개를 들고 이세민을 바라보며 웅장한 목소리로 말했다.

"폐하, 천곡장은 소생과 매향 소저 그리고 저의 일행과 굳게 언약을 맺고 아무도 모르는 깊은 심산유곡으로 사라졌습니다. 그가 다시 강호에 출현한다면 모를까 손수 그 비급도 소각하고 자식들과의 인연도 끊은 후 입산한 사람을 어찌 가혹하게 다룰 수 있겠습니까? 이는 무림인이 걸어야 할 정도가 아니오니 통촉하시옵소서."

이세민은 지금 일우의 말에 속으로는 감탄하고 있었다. 하지만 지금 좌중의 분위기는 천곡장마저 제거하여야 장차 강호뿐만 아닌 국가적 재난도 면할 수 있다는 생각이었다. 그는 잠시 생각에 잠겼다. 만일 일우 일행이 와서도 똑같은 이야기를 한다면 사실 일우와 매향 그리고 그 일행은 크게 포상받을 행동을 한 것이었다. 하지만 남조의 천랑추를 달래지 않으면 백족들 6개 부락이 서남 변방을 어지럽히지 않는다는 보장이 없었다. 그는 매우 골치 아픈 문제에 부딪힌 꼴이었다.

바로 그때 인덕전의 입구가 열리며 온 몸이 포승줄로 꽁꽁 묶인 고천파, 정고, 유가휘가 안으로 들어섰다. 그들은 금위군사들에 의하여 일우와 매향의 바로 뒤에 무릎을 꿇린 채 앉게 되었다.

그런데 온 몸이 포승줄로 묶여 불편함에도 고천파가 갑자기 일어나 이세민에게 힘들게 억지로 삼고구배를 하였다. 일행은 모두 그의 행동거지를 주목하였다. 그는 당당한 목소리로 말하기 시작했다.

"황상 폐하, 소인은 고구려국 영류태왕의 삼종제인 중부대사자 고천파라 하옵니다. 저희들은 태왕 명을 받고 고구려 제일 무사인 선우일우와 귀국 군대의 이정 대장군의 따님과 혼사를 이루기 위해 이곳에 왔습니다. 그것은 양국 간 현하 친선관계를 더욱 돈독히 하고자 함인 것입니다. 헌데 중원 무술이 저희보다 훨씬 고강하다 하여 혼사 진행 도중 심심파적으로 잠시 최고수들과 비무를 하였던 것입니다. 하지만 점창파의 일선소괴 천곡장의 무술은 이미 신인합일공을 넘어 마공에 이르렀습니다. 저 서남 변방족들은 중원의 무림뿐만 아니라 장차 중원을 넘보고 있는 것이 분명했습니다. 그래서 당나라와 고구려의 영원한 화친을 꾀하고 중원의 평화를 위하여 저희가 혼천팔무비급을 아예 소각시키게 하였던 것입니다. 그런데 국가에 이런 대공을 세운 저희들을 포상은 고사하고 중죄인처럼 다루심은 폐하의 성덕에도 큰 지장이 있을 뿐만 아니라 장차 당과 고구려 양국의 화평과 친선에도 크게 피해가 있을 줄로 사료되옵니다. 자고로 성군은 주변에서 난신적자와 간신을 잘 물리치고 현신을 잘 등용하며 변방의 선린들과 우호적인 관계를 유지하여야 국가의 태평성대를 이룩할 수 있을 것이옵니다. 과연 현재 누가 옳고 그른 지는 영명하신 폐하의 성려로 판별하실 수 있사오니 통촉하시옵소서."

이세민은 고천파가 영류태왕의 삼종제이고 그가 중원을 위해 크게 공을 세운 것은 물론 매우 현명한 진언을 하자 크게 깨달았다. 즉 자신이 너무 고구려에 대한 나쁜 편견을 가지고 있어 남조의 군장인 천랑추의 말만 일방적으로 들은 것이다. 그는 다소 무안해졌다. 그러나 그는 근본적으로는 고구려의 기상을 꺾어야 중원의 기상이 산다고 보았기에 그들을 그냥 바로 풀어줄 수는 없었다. 그는 순간 좋은 생각이 났다. 그는 얼굴에 엄숙한 빛을 띠며 일행에게 말했다.

"고천파 대사자의 말이 지극히 옳도다. 그러나 아직도 너희들이 일선소괴 천곡장의 행방을 안 밝히는 것은 무림의 정도를 빙자하여 무림비급을 너희들이 차지하려는 흑심으로 여겨진다. 따라서 짐은 선우일우가 여기 있는 무림 고수들을 포함한 당제국 전국무술대회에서 입상한 상위 5명과 비무하여 지게 될 시는 반드시 천곡장의 행방을 밝힐 것을 명한다. 만일 선우가 이길 시는 물론 너희들은 모두 자유다. 오늘 이후 무술대회가 끝날 때까지 너희들은 이정 대장군의 집을 떠날 수 없다. 이매향도 마찬가지이다. 너는 짐을 기망하고 계속 선우일우를 도와 중원 무예를 망신시키고 있으므로 이번 무술대회가 끝날 때까지 너의 집 바깥으로 나갈 수 없다. 여봐라, 금위군은 선우일우 일행과 매향을 이정 대장군의 집에 즉시 연금하라."

그가 이렇게 명령하자 곧 금위군들이 단표충의 지휘 하에 그들을 데리고 나가 죄수들이 타는 함거에 실었다. 그리고 황성 서문인 개원문을 지나 이정의 집으로 그들을 데리고 갔다. 거기서 금위군들은 일우와 일행의 포승줄을 모두 풀어준 후 그들을 그곳에 연금을 시켰다. 이정의 집 주위에는 금위군사 2,000명이 삼엄하게 늘어서서 그들을 감시하기 시작했다.

한편 이세민은 그들이 떠나간 후 이정마저 여산의 고창원정군 주둔지로 보내버렸다. 그런 후 자기의 무장들 및 무림고수들과 머리를 맞대고 선우일우를 꺾을 수 있는 비책을 마련하기 위하여 온갖 머리를 다 짜내기 시작했다. 그들이 보기에는 이제 일우를 꺾을 수 있는 사람들은 중원뿐만 아니라 천하 어디에도 없을 것 같았다. 그러자 그들은 우선 이번 전국무술대회에서 다섯 명이 입상하면 일우가 그들과 하루 만에 비무를 끝내도록 하여 매우 지치도록 만들기로 했다. 이후 그가 승자라고 선언을 한 순간 마지막 비장의 최고수를 등장시켜 그를 무찌르기로 하는 작전을 수립했다.

제5장   당제국 전국무술 대회

다음날부터 당나라 전국에는 당제국 전국무술대회의 개최를 알리는 벽보가 방방곡곡에 나붙기 시작했다. 내용은 이번 전국무술대회가 정관 12년 5월 5일 황성 안 금위군 대연무장에서 열린다. 그런데 1위에서 5위까지 입상하는 자는 고구려에서 온 선우일우라는 자칭 천하 최고수와 비무를 하게 된다. 그에게 이기는 자에게는 자사(刺使)에 해당하는 중직과 상황보검(上皇寶劍)[2]을 내리고 황금 1만량을 하사하겠다고 하는 것이다.

또한 황제는 전국 무림의 최고수들에게 별도로 이 무술대회에 초청장을 보내고 반드시 참석하여 중원무술의 위대성을 마음껏 고양시키라고 사실상 강권하였다. 그러자 무림과 일반 백성들 사이에서는 이 무술대회 자체와 시상에 대한 관심보다도 선우일우에게 관심이 집중되었다. 그러자 그에 관한 별의별 소문이 눈덩이같이 확대되어 당나라 전역에 퍼져나갔다.

혹자는 그의 비무를 직접 지켜보았는데 그는 칼이나 무기가 필요 없이 눈으로 쏘아보기만 해도 사람을 죽일 수 있다는 것이다. 또

---

2) 황제가 국가 유공자에게 친히 내리는 보검으로서 이의 소지자는 국가 반역죄를 제외하고는 처벌받지 않는 특권을 받게 된다.

한 그는 하늘을 붕붕 날고 장풍을 마음대로 발사하며 기문둔갑에 능통하여 도술을 마음대로 하는 거의 신적인 존재라는 것이다. 또한 당나라 무림에서는 일우를 이기기 위해 최고수들끼리 연통하여 합공을 준비 중이라는 등, 황제가 일우와 직접 비무를 할 준비를 하고 있다는 등 밑도 끝도 없는 소문이 당나라 전역과 나아가서는 당에 온 무역상들과 유학생들 그리고 스님과 도사 등에 의해 고구려와 백제, 신라 및 왜국까지 점점 퍼져나가고 있었다.

한편, 이정의 집에 연금된 일우와 그 일행 그리고 매향은 옴짝달싹 못하고 집에 갇혀 죄인 아닌 죄인의 생활을 하고 있었다. 그들은 매일 매향과 머리를 맞대고 중원의 각종 문파들 및 고수들 특히 소림사 당오스님과 무당산 천무진인 강희창, 청성산 천장비무 요천덕, 그리고 애주(崖州)의 독룡마도 상관청수 등의 무공을 집중적으로 연구하며 실전에 대비하고 있었다.

그들은 황제가 이번에는 중원의 고수들로 하여금 기필코 일우를 꺾게 하려고 온갖 수를 다 궁리할 것이라고 짐작했다. 다만, 황제가 내세운 최고수들 말고 비장의 무공 고수가 누구인지에 대하여 집중적으로 검토했지만 도저히 황제 일파의 수를 알 수가 없었다. 일행은 그 마지막 최고수가 혹시 천곡장을 다시 등장시키는 것이 아닌가 하는 가능성을 점쳐보았지만 황제파들이 그가 곤륜산으로 간 것을 알 수 없으니만치 절대 그가 나타날 리가 없다는 데 의견이 일치했다.

정고는 오래 생각한 끝에 마지막 비장의 수는 아마도 황제 자신이 비무에 나올 수도 있지 않겠느냐는 의견을 조심스럽게 개진했다. 지금 39살인 황제는 어려서부터 무공의 천재였고 지금까지 온갖 내외공을 익혀왔으며 모든 무술에 최고수이니만치 그럴 수도 있다고 정고는 말했다.

하지만 매향은 그가 만일 지면 중원의 무술은 그야말로 개망신이니 만치 그가 만승천자가 되어가지고 쉽사리 비무에 나설 리는 없다고 정고의 의견을 반박하였다. 일행은 매향의 의견에 일리가 있다고 고개를 끄떡였다. 그들은 전혀 예상하지 못한 황제 측의 비밀 병기가 누구일까 추측하면서 장원 연무장에서 하루 종일 비무 실전 훈련에 대비하고 있었다.

가끔 금위군 도독 단표충이 이정의 집에 들러 일우 일행과 대화한 후 그들의 동태를 교위 황산호에게 일일이 물어서 황제 이세민에게 보고하고 있었다. 시간이 점점 지나자 금위군들은 일우 일행을 감시하기보다 그들과 어울려 무공을 연마하는데 흥미를 느끼기 시작했다. 그들은 황제의 명을 무시하고 매향이 시장을 보러 다니는데 함께 동행하기도 하며 때로는 일우 일행과 어울려 함께 식사를 하는 등 하였다. 그들은 점점 더 고구려의 고강한 무술에 흥미를 느끼고 그들과 심정적으로 공감하는 사이가 되어 가고 있었다.

드디어 시간이 흘러 정관 12년 음력 5월 5일 사시(오전 9시-11시)가 시작되자마자 장안성내 황성의 금위군 대연무장에서는 십만 명이나 되는 사상 최대의 관중이 몰린 가운데 대당제국 전국무술대회가 열렸다. 이날 참가자는 무려 1,208명이나 되었는데 그들 모두가 전국 10개도에서 예선을 통과한 최고수들이었다. 그날 장안성은 당나라가 개국한 이래 최대의 인파가 몰려 인산인해를 이루었다.

참가자들과 그들의 식솔들 및 친지들은 꿈에도 그리던 도성 장안성에서 황제 친림하에 열리는 무술대회에 참석하여 몹시 흥분하고 있었다. 또한 10만 명이나 되는 전국에서 몰려온 관중들 그리고 미처 대연무장에 들어가지 못해 아우성치는 사람들이 길거리를 횡행하고 있었다.

또한 이번 기회에 한탕 크게 장사하여 이익을 남기려는 장사꾼들 그리고 기생들과 창녀들 및 야바위꾼들이 눈을 번뜩이며 손님들을 끌기 위해 갖은 수를 다 쓰고 있었다. 심지어는 이 기회에 자신들의 종교를 선전하려는 절과 도관 그리고 경교[景敎][3] 등은 이런 호기회를 놓칠세라 더욱 홍보에 열을 올리고 있었다.

금위군들은 둘레가 600장(약 1.8km)이나 되고 직경이 350장(약 1.1km)이나 되는 타원형의 연무장 주위를 일만 명의 군사들을 동원하여 삼엄하게 경계를 서고 있었다. 연무장은 10층의 계단에 긴 장방형의 나무 걸상들을 깔아놓았다. 북쪽 끝의 정 가운데는 사방 30장(약 90m) 규모의 황제석이 황금색 일산을 두른 채 준비되어 있었고 그 좌우에는 문무대신들과 각국의 외교사절들이 엄숙하게 앉아 있었다.

이윽고 전국 무술 대회의 시작을 알리는 대적(大笛) 소리가 황실 취악대에 의해 장안성 하늘에 길게 울려 퍼졌다. 그러자 황제 이세민이 자리에서 일어났다. 그는 자리에서 일어나 열광하는 문무백관들과 무술 대회 참가자들 그리고 관중들에게 손을 점잖게 흔들어댔다. 더욱 더 환호성이 크게 울려 퍼져나갔다.

---

3) 이미 서기 635년에 네스토리우스파가 당나라에 천주교를 전파하였고 경교라고 이름을 붙였다. 이후 당과 만주 일대 및 일본과 소위 통일 신라 등에도 이 경교가 전도되었다고 한다.

그러자 이세민이 조용하라고 손을 멈추자 순식간에 관중들은 환호를 멈추고 그의 말에 귀를 기울였다.

"오늘 정관 12년 5월 5일 짐은 대당제국 건국 20주년을 축하하고 제국 내 신민들의 복리와 평화를 보장하며 억조창생들의 안녕을 위하여 중원무예의 위대한 기상을 떨치고자 오늘 대당제국 전국무술 대회를 개최하노라. 전국 10도의 예선전에서 올라온 1,208명의 참가자들은 정정당당하게 비무하여 자신의 실력을 마음껏 발휘하라. 이후 최종 승자 5인은 자칭 천하제일 무사라는 저 동이에서 온 오랑캐 무사를 당당하게 물리쳐 중원 무예의 위대함을 마음껏 진작하라. 그리하여 일신상의 부귀영화는 물론이거니와 청사에 길이 빛나는 공훈을 세우도록 하라!"

그가 이렇게 웅장한 목소리로 말하고 자리에 앉자 관중석에서는 한참동안 박수갈채와 환호가 계속되었다. 중원 황제로서 가장 인기가 높은 이세민의 인기를 실감나게 하는 장면이었다.

일우와 그 일행 그리고 매향은 오늘 아침 그동안의 연금에서 해방되어 금위군 교위 황산호의 안내로 지금 문무백관석의 우편에 있는 이정 대장군의 자리 옆 좌우에서 함께 앉아 이 무술대회를 관람하고 있었다.

무술대회의 방식은 1,208명을 121개조로 나누어 각 조의 열 명이 심사관들 앞에서 권법과 궁술, 검술, 마상술, 격검술, 내공 등을 겨루어 최종 조 1위만 다음 비무로 나갔다. 그런 후 그 121명이 다시 12개조로 나뉜 후 10명끼리 싸워 최종 승자 12명이 남았다. 다시 이 12명은 서로 비무하여 최종 순위 1위에서 5위까지가 결정되었다.

결국 이세민의 복안대로 최종 승자 1위에서 5위까지는 소림사의 당오스님, 무당산의 천무진인 강희창, 청성산의 천장비무 요천덕, 애주의 독룡마도 상관청수, 곤륜산에서 온 이형산이라는 무명검객하나가 뽑혔다. 이들 다섯 명이 최종 승자로 뽑힌 것은 무술 대회를 시작한지 두 시진이 지난 사시(오전 9시-11시)가 끝날 무렵이었다. 역시 전국무술 대회에서 숨겨진 황제 측의 비장의 무기는 없는 듯 했다.

이제 그들 다섯 명이 황제 앞에 서서 최종 승자로서 인사를 하자 그는 그들을 불러 어사화를 걸어주고 보검 한 자루와 황금 3천량씩을 하사했다. 그들이 사례하고 뒤로 물러나자 그는 심판장인 이적 대장군에게 선우일우를 연무장으로 불러내라고 지시했다. 그러자 이적이 큰 소리로 관중석을 향하여 외쳐댔다.

"동이에서 온 오랑캐 무사 선우일우는 당장 연무장 가운데로 나오라!"

일우는 찔끔 이를 악물었다.

동이에서 온 오랑캐 무사?

그는 왼편 자리의 정고와 고천파, 유가휘 일행을 바라보았다. 그러자 그들이 일그러진 얼굴로 그에게 억지로 웃으며 건투를 빈다고 인사를 했다. 그는 다시 오른쪽의 매향과 이정을 바라보았다. 그들은 벌개진 얼굴로 일우에게 말없이 고개를 끄떡였다.

일우가 계단을 걸어 천천히 연무장으로 내려가기 시작했다. 그러자 관중석에서 온갖 야유가 쏟아져 나오기 시작했다. 그들은 그간 동이에서 온 무사가 신인의 경지에 오른 비범한 사람일 것으로 생각했다. 그런데 지금 보니 이제 겨우 20대 중반의 곱상한 선비 같은 사람이다 보니 매우 실망을 하였다. 그들은 *우!* 하고 연속으로 일우에게 야유를 퍼부어댔다.

일우가 연무장 중앙에 서자 심판장인 이적이 비무의 원칙을 말했다. 지금부터 상위 입상자 5명이 차례차례 비무를 하는데 어떤 무기나 암기를 써도 상관없고 상대가 더 이상 싸울 수 없거나 항복할 때까지는 계속 연속으로 비무를 한다. 그런데 만일 관중들 중에서 최종 승자에게 이의가 있는 최후의 도전자 한 명이 마지막으로 그와 싸울 수 있다. 그때 승리한 자가 이번 대당제국 전국무술 대회의 승자가 되고 자사의 직과 상황보검 및 황금 1만 냥을 황제로부터 직접 하사 받는다 운운.

그가 이런 이상한 비무의 원칙을 큰 소리로 낭독하자 관중석에서는 더욱 연호와 환호 갈채가 끝없이 일어났다. 잠시 후 비무자들의 무기들과 말들이 지급되었다.

일우는 자신의 칼등을 검지로 쓰다듬어보았다. 그의 마음은 지금 울분에 가득 차 있었는데 무인으로서는 매우 위험한 상태였다. 그는 하늘에 칼을 들고 삼신하느님께 마음속으로 기도를 하였다.

"삼신하느님, 이제 소생이 중원의 적들 한가운데 섰습니다. 제마음을 명경지수처럼 유지시켜주시고 어떤 경우에도 누구를 미워하는 마음을 가지지 않도록 해주십시오. 이제 천하비무의 끝에 다다르고 있는 소생을 보호하소서."

일우가 이렇게 기도를 하고 있는데 갑자기 검은 말을 탄 요천덕이 그에게 벼락같이 달려와 그의 어깨를 장창으로 후려쳤다. 일우는 순간 몸을 한 바퀴 회전하며 그의 창을 피하여 그의 말 등에 선

채로 올라섰다. 관중석에서는 순간 숨이 멎은 듯 현란한 일우의 마상술에 넋을 놓고 있었다.

일우는 요천덕의 목 부분을 택견으로 힘껏 걸어차며 말에서 뛰어내렸다. 요천덕은 순식간에 일우의 택견 공격을 받자 달리는 말에서 사뿐히 땅으로 착지했다. 그러자 일우가 다시 몸을 비호같이 날리며 검으로 그의 인중부분을 날카롭게 공격했다. 요천덕은 간발의 차이로 그의 검을 피하여 하늘로 치솟으면서 장창으로 일우의 머리를 후려쳤다.

일우는 그의 매서운 장창을 피하며 택견으로 요천덕의 얼굴을 찼다. 요천덕은 그의 발공격을 피하더니 이번에는 창으로 그의 가슴을 날카롭게 찔렀다. 장창이 거의 일우의 가슴팍에 와 닿는 순간이었다. 일우는 오른 손을 들어 그의 장창 가운데 부분을 후려쳤다. 그러자 그 장창은 그대로 두 동강이 났다. 관중석에서 앗! 하고 놀라는 소리들이 났다.

요천덕은 장창이 못쓰게 되자 즉시 이번에는 어깨에서 검을 빼어 비룡파천(飛龍破穿)의 수법으로 일우의 가슴팍을 순식간에 다섯 군데나 호되게 찔렀다. 일우는 순간 위기를 느꼈으나 항룡잠운(亢龍潛雲)의 수법으로 간신히 그 검을 피했다.

그러자 승기를 잡은 요천덕은 이번에는 비뢰천강신검(飛雷天崗神劍)의 95식을 화려하게 펼쳤다. 이 검법은 마치 하늘에서 벼락이 칠 때 천둥번개가 먼저 요란한 소리를 내듯이 95가지의 초식으로 변화될 때 검이 천둥치듯 큰 소리를 내면서 시전자의 내공이 그대로 검기가 되어 상대의 내장을 무자비하게 공격하는 검법이었다.

일우는 순간 머리가 아찔하여졌다. 그는 자신의 검을 들어 요천덕의 공격을 막을 시간이 도무지 없었다. 일우는 그 찰나에 검을 들고 하늘로 5장이나 솟구쳤다. 그러자 요천덕도 동시에 하늘로 몸을 솟구쳤다. 두 사람은 공중에서 칼을 부딪치며 연속으로 십 합을 싸웠다.

이윽고 두 사람은 다시 땅에 착지하여 치열하게 싸우기 시작했다. 요천덕은 이번에는 칼로 큰 원을 그리더니 품에서 비수를 다섯 개를 꺼내어 일우의 심장과 두 눈과 음랑을 향하여 날렸다. 그는 내공을 총동원하여 그 비수들이 일우의 주요 부분을 강타하도록 만든 후 검을 들고 일우의 가슴을 향해 몸을 날렸다. 비수 5개와 요천덕의 검이 모두 한꺼번에 일우를 공격하고 있는 것이었다.

일우는 자신을 향해 날아오는 비수 5개를 어검술로 조종하여 방향을 엉뚱한 곳으로 향하게 만들었다. 그러나 그 사이에 요천덕의 검이 일우의 하복부를 강하게 찔러대었다. 순간 황제 이세민을 비롯한 모든 사람들이 자리에서 *와!* 하며 자리에서 벌떡 일어났다. 그가 드디어 일우를 이겼다고 착각한 것이다.

하지만 요천덕의 검이 일우의 하복부에 닿는 순간 댕강 부러져 버렸다. 이미 일우가 차력술로 하복부에 엄청난 힘을 가하자 그 힘으로 요천덕의 칼이 부러진 것이었다. 일우는 동시에 요천덕의 양 어깨를 양 손날로 힘껏 가격했다. 그러자 요천덕은 그 자리에서 맥없이 쓰러졌다. 일우의 완벽한 승리였다.

그러자 이번에는 일우가 숨을 돌릴 틈도 없이 애주의 독룡마도(毒龍魔刀) 상관청수가 5척이나 되는 대도를 휘두르며 일우에게 달려

들었다. 그의 대도는 이름 그대로 마도였다. 그의 대도는 사람이건 칼이건 어떤 무기건 또는 말이나 어떤 동물이던 닥치는 대로 파괴하였다.

그의 무공은 애주에 전해 내려오는 해도노마(海島老魔)라는 전설적인 마인에게서 시작된 것인데 그 절기를 노마파천해검(老魔破天海劍)이라 한다. 그 노마라는 마인은 원래 하남도[4]의 곡부에 있는 태산에서 온갖 강호의 무공을 섭렵하고 심지어는 마공들을 익히며 자신의 절기무공을 완성할 즈음이었다.

그의 아내가 그의 친구와 바람이 나서 줄행랑을 쳤다. 그는 그 아내를 자기 무공만큼이나 사랑했으므로 그 아내를 찾아 강호를 떠돌다가 결국 5년 만에 애주에서 자신의 아내와 그 간부를 찾았다.

그는 그 아내에게 집으로 돌아갈 것을 강력히 권했다. 그러나 그녀는 죽으면 죽었지 무공에만 미쳐 사는 인간과는 절대 같이 살 수 없다고 잘라 말했다. 그리고 그의 친구가 훨씬 인간적이며 자신은 이제 그를 목숨 바쳐 사랑한다고 말했다. 순간 이성을 잃은 그는 그녀의 두 눈을 손가락으로 후벼 파냈다. 그러자 그는 그 간부가 자신에게 검을 휘두르며 달려들었고 그는 그를 무자비하게 칼로 난도질했다. 그 후 그는 달아나는 자기 아내를 붙잡아 심장을 도려낸 후 바닷물에 집어던지고 자살을 시도했다.

그러나 그는 의식을 잃은 상태로 파도에 떠밀려 애주의 어느 무인도로 흘러 들어갔다. 이후 과거의 끔찍한 기억을 모두 잃어버린 그

---

4) 지금의 산동성.

는 광인이 되어 오직 무공 연마에만 정진하였다. 어느 날 그는 자신의 몸이 새털처럼 가벼워진 것을 느꼈다. 이때 그는 거대하게 밀려오는 파도를 향해 자신이 그간 갈고 닦은 무공을 시전하여 그 파도를 순식간에 검으로 산산조각을 내버렸다. 그는 그 검법을 이름하여 노마파천해검이라고 했다.

이후 노마는 무인도에서 혼자 살아갔는데 어느 날 상관초명이라는 10대 후반의 젊은 귀족이 그 무인도로 의식불명이 되어 밀려 들어왔다. 그는 동영에서 오다가 난파된 무역선에 승선한 178명중 살아남은 단 한 사람이었다.

노마는 전혀 무공을 모르고 또 무공 자체를 싫어하는 그 상관초명에게 강제로 무공을 가르쳐 천하의 최고수 중 하나로 만들었다. 그리고 그에게 결국 자신의 절기인 노마파천해검을 물려주고 세상을 떠났다.

바로 애주의 상관청수가 상관초명의 4대 손이었고 상관가문이 바로 애주에 거주하며 중원 무림에 이름을 알리기 시작한 것이다. 그러나 대도 하나로 천하를 횡행하는 그 무공은 너무도 잔혹하고 살인마의 음산한 기풍이 가득하였다. 그래서 그의 별호가 강호에는 독룡마도로 불리었던 것이다.

5척이나 되는 마도가 일우를 공격하기 시작하자 일우는 순간 그 마도가 천하무적의 칼임을 알아챘다. 그는 상관청수의 수백여 가지로 변화되는 노마파천해검의 초식이 너무도 잔혹하고 살벌하여 끔찍하였다. 얼마 전에 겪은 혼천팔무 보다 못하지 않은 마공임이 분명했다.

일우는 마치 거대한 파도를 순식간에 잘근잘근 잘라내는 것 같은 그 검법을 보고 소름이 쭉 끼쳤다. 강호가 결코 만만하지 않다는 것을 알았지만 이렇게 잔인한 마공이 또 있으리고는 상상도 하지 못했던 것이다.

일우는 도무지 그 검법을 파할 방법이 없었다. 그러자 승기를 잡았다고 생각한 상관청수는 무자비하게 일우에게 살수로 공격을 강화했다. 이제 일우의 생명이 경각에 달리는 상황이 도래했다. 순간 일우는 큰 스승인 청려선인의 열자 심결이 떠올랐다.

조천지력승어혼천지력(肇天之力承於混天之力)!

일우는 검과 자신을 하나로 일치시켰다. 그리고 하늘로 날아올랐다. 그는 상관청수가 휘둘러대는 노마파천해검의 흑암 같은 검기 속으로 날아갔다. 그리고 그는 초극성의 내공을 총동원했다. 그리고 자신의 온 몸에 수십 겹의 원광 같은 방탄지기를 형성하였다.

그리고 그는 상관의 현란한 수백여 가지의 변화무쌍한 초식들을 묵살하고 오직 상관의 심장만을 노렸다. 상관의 검기가 일우의 방탄지기에 걸려 *타다닥* 소리를 내며 그를 공격하였다. 하지만 일우가 더 강하고 빨랐다. 그가 상관의 심장 부위에 검을 들이대자 상관은 즉각 대도를 집어던졌다. 찰나에 생명을 잃을 위험을 직감했기 때문이었다.

그러자 이번에는 무당산의 천무진인 강희창이 그에게 혼원태극신검을 구사하며 일우에게 공격을 개시하였다. 이 검법은 무극에서 시작된 혼원지기가 음양의 태극으로 바뀌며 사상과 팔괘 그리고 육십사괘의 변화막측한 변화를 일으키는 원리를 검법에 적용한 것이다.

즉 검을 든 시전자의 웅혼한 내공이 검기로 바뀌면서 태극과 사상 팔괘 그리고 육십사괘의 신묘한 변화를 일으키며 검기는 시전자의 내공에 따라 상대를 완전히 검기로 뒤덮어 내상을 입히고 결국 피를 토하며 쓰러지게 만드는 검법이었다.

강희창은 검을 들고 마치 춤을 추듯이 공중을 날아 일우에게 다가오고 있었다. 순간 그의 검에서는 일우를 향하여 큰 원무리가 생겨나며 64 방위에서 풍겨 나오는 검기가 그를 완전히 포위하였다. 이제 일우는 그 검기를 빠져 나오기에는 너무 늦은 상태였다.

그러자 일우가 공중으로 5장 이상을 날아오르며 무극신검 전 초식을 일시에 구사했다. 두 사람의 검기가 부딪치자 비무 현장 주변의 나무들이 쓰러지기 시작했다. 그러자 폭풍우 같은 바람이 주변을 휩쓸었다. 이제 두 사람은 평생을 갈고 닦은 내공을 검기에다 실어 상대를 제압하고자 온갖 노력을 다하고 있었다.

일우는 혼천팔무의 주어신공보다 더 무서운 강희창의 검법에 공포감이 들고 있었다. 하지만 그의 웅혼한 내공은 점점 더 강하게 그의 검에 검기를 충일하게 하고 있었다. 그러나 강희창은 점점 자신의 내공이 일우의 검기로 인해 차단되는 것을 느끼기 시작했다. 대단히 위험한 상황이었다. 그는 어쩔 수 없이 하늘로 솟구쳐 100장 밖으로 뛰쳐나갔다.

그러나 이미 그의 입에서는 검붉은 피가 흘러내리고 있었다. 그는 더 이상 일우와 겨루다가는 생명이 위험해진다는 것을 순식간에 깨달았다. 그는 땅에 무릎을 꿇고 숨을 헐떡였다. 일우가 그에게 날아가 검으로 그의 목을 겨누자 그는 조용히 일우에게 항복을 선언하였다.

　이제 소림사 당오스님이 108개의 염주알을 굴리며 일우를 공격하기 시작했다. 그는 일우에게 날아오더니 그의 검을 일격에 부러뜨렸다. 그러자 관중석에서는 *와!* 하는 함성이 일었다. 과연 중원 제일의 문파인 소림사의 장문인답다는 감탄들이었다. 당오는 일우에게 나한십팔권을 현란하게 구사하기 시작했다.

　그의 권과 발은 글자 그대로 살인적인 무기였다. 그가 얼마나 절묘하게 소림십팔나한권을 구사하는지 일우는 너무 놀라고 있었다. 그의 손과 발이 일우를 공격할 때마다 *횡횡!* 하는 소리가 마치 칼바람을 일으키는 것 보다 더 무시무시했다. 일우는 바람처럼 그의 공격을 이리저리 피했는데 도무지 그를 공격할 틈이 없었다. 그러나 일다경이 흐를 때까지 당오가 아무리 무시무시한 권과 족으로 그를 공격하여도 아직 일우의 몸에 손끝하나 대지 못하고 있었다.

　그는 내심 초조하기 시작하였다. 웬만한 고수들은 소림십팔나한권의 중반쯤 시전되었을 때는 이미 전의를 상실하고 한참 온 몸을 얻어맞을 단계인데 일우는 동작이 거의 바람같이 빨랐다. 그러자 갑자기 일우가 당오의 머리통을 향하여 수도로 일격을 가했다. 당오는 일우의 수도를 자신의 주먹으로 막았는데 순간 주먹이 잘라지는 것 같은 고통을 겪었다. 그는 자신의 주먹이 이미 크게 상한 것을 느꼈다.

　그는 즉시 일우의 가슴을 향해 대력금강장을 날렸다. 일우는 수천 관의 바위덩어리가 자신의 복부를 쳐오는 것을 느끼고 복부에 방탄지기를 발동했다. 그러자 *펑!* 소리가 나며 일우의 몸과 당오의 몸이 3장씩 뒤로 물러났다.

일우는 그에게 온 내공을 총동원하여 무극신장을 날렸다. 이번에는 당오가 당할 차례였다. 그는 달마반탄지공을 써서 일우의 장풍을 막았으나 몸이 다섯 장이나 뒤로 쭉 밀려났다. 당오는 일우의 내공이 초절하여 도무지 자신의 내공으로는 그를 이길 수 없음을 순간에 깨달았다.

그는 갑자기 하늘을 날아오르더니 108개 염주알을 순식간에 일우의 눈을 향하여 연사(連射)하였다. 일우의 시야가 뿌옇게 가리었다. 순간 당오는 등에서 검을 꺼내 일우에게 달마십삼검을 전광석화같이 구사했다. 일우는 통념지공을 써서 그 108 염주알들을 그 자리에서 멈추게 했다. 그리고는 당오의 달마십삼검을 피해 100장 정도를 화살처럼 날아갔다.

그러자 당오는 날아가는 일우를 향해 검을 벽력같이 던졌다. 일우는 당오의 검이 자신 가까이 왔을 때 그것을 검지와 중지의 두 손가락으로 잡아서는 다시 당오에게 엄청난 내공을 넣어 집어던졌다. 당오가 위기에 몰렸다. 그는 갑자기 몸을 날려 칼을 피한 후 대나이신법(大那移身法)으로 공중으로 뛰어서 오더니 일우의 멱살을 미륵삼천해(彌勒三天解)의 금나술로 잡아채었다. 일우는 그의 손을 피하며 졸지에 그의 몸을 꽉 껴안은 후 그를 짓눌렀다.

당오는 삼만 관(112,500 kg)의 힘이 자신을 짓눌러오자 항마대력신공(降魔大力神功)을 써서 그 힘에 저항하였다. 그러자 일우는 더욱 힘을 가하여 십만 관(375,000 kg)의 힘으로 당오를 짓누르기 시작했다. 이제 숨이 막힐 지경이 된 당오는 순간 양쪽 팔꿈치로 전력을 다해 일우의 가슴팍을 후려쳤다. 그러나 일우의 몸은 철덩어리 같아 전혀 미동도 하지 않았다.

당오는 얼굴이 노랗게 변하고 있었다. 그는 더 이상 견디지 못하고 의식을 잃고 말았다. 일우의 완전한 승리였다.

이제 연무장 안에는 죽음 같은 침묵이 찾아들었다. 누구도 이 희대의 무공 고수를 이길 사람이 없을 것 같은 불길한 느낌이 그들 모두를 사로잡기 시작했다.

그러자 마지막 남은 무명 검객인 이형산이 황제를 향해 길게 읍하였다. 그런 후 그는 일우를 향해 다가오더니 약 30장 앞에서 그에게 점잖게 읍했다. 그의 눈을 바라보는 순간 일우는 그가 매우 초절적인 무공을 지닌 무사임을 알아차렸다.

그러나 황제를 비롯한 모든 관중들은 무명의 검객에 대해 별로 기대가 없어서 그런지 하품들을 하기 시작했다. 성질이 급한 사람들은 *에이!* 하고 중원 무예에 대해 실망하기 시작하고 있었다.

이형산은 그런 분위기를 아는지 모르는지 매우 느릿느릿하게 검을 뽑았다. 그러더니 일우에게 영음전법(靈音傳法)을 사용하여 고구려어로써 조용히 말했다.

"저를 이기시는 순간 선우공은 바로 금위군에 의해 척살될 운명입니다. 그러니 계속 밤이 될 때까지 비무를 계속하셔야 합니다. 저는 신성에서 지금 천리장성 축조중인 연개소문 사부께서 보낸 사람입니다. 명심하십시오. 절대 저를 이겨서는 안 됩니다. 그냥 계속 비무만 하시면 오늘 밤 새벽에 토번으로 탈출하실 수 있습니다."

그는 하늘을 나는 나비처럼 공중으로 천천히 날아서 일우에게 갑자기 독랄한 검법을 구사했다. 일우는 그의 말을 듣는 순간 믿어야 할지 어떨지 큰 의심이 들었다. 사실 자신이 오늘 이형산마저 이기면 당황제가 자신을 두려워하여 바로 척살할 위험에 있는 것이 사실이 었다. 그러나 아무리 이세민이 사악하다하여도 만승천자로서 수많은 관중들 앞에서 공공연한 살인 행위를 저지를까 하는 점이 의심이 들었다. 그러나 진짜로 그가 연개소문이 보낸 사람이라면 그는 일우 일행을 탈출시키기 위한 매개체일 수가 있었다.

일우는 머리가 혼란스러워지기 시작했다. 그러나 이형산은 무서운 초절적인 검법을 구사했는데 일우가 보니까 그의 검법은 지금부터 5년 전 그가 연개소문과 두건규의 비무시 보았던 일월검법과 비슷했다. 그렇다면 진정 이 사람은 연개소문 형이 보낸 사람이 맞는 것 아닌가?

일우가 상념에 잠기느라고 이형산의 검이 하마터면 일우의 가슴을 베어버릴 뻔하였다. 일우는 안 되겠다 싶어 용호검의 최상수인 용비승호(龍飛昇虎)를 시전했다. 그러자 이형산은 일월검의 최상수인 일충월함(日沖月含)을 구사했다. 일우는 그가 연개소문의 일월검을 최상수까지 구사하는 것으로 보아 그가 연개소문의 제자가 틀림없다고 생각하기 시작했다.

일우는 이형산의 말처럼 그저 비무에 최선을 다하는 것 처럼 보이게 하면서 시간을 끌기 시작했다. 이미 날은 신시가 지나고 있는지 서서히 어두워지기 시작했다. 그러나 황제와 관중들은 이형산이라는 무명의 검객이 일우와 막상막하로 벌써 수십 합을 겨루자 흥분들을 하기 시작했다. 드디어 숨어 있던 중원의 최고수가 등장했다고 여기고 그들은 일방적으로 이형산을 응원하기 시작했다.

그러자 정고는 지금 일우에게 무엇인가가 잘못 진행되고 있다는 생각을 하기 시작했다. 도대체 왜 일우가 전혀 공격을 하지 않은 채 이형산의 날카로운 실수들을 그저 방어만 하고 있는지 이상했다. 게다가 이형산의 검법은 연개소문이 5년 전 청려선방에서 두건규와 비무할 때 구사했던 일월검법인 것이 매우 이상했다. 그는 아무리 머리를 굴려도 도무지 이 사태를 파악할 길이 없었다.

그때였다. 매향이 정고에게 잠깐 보자고 말했다. 두 사람은 자리에서 일어나 1층 계단의 입구로 갔다. 그곳을 지키고 있는 금위군들마저 지금 두 사람의 비무에 빠져 누가 들어오고 나가는지 도무지 신경을 쓰지 않았다.

"대체 선우 공이 왜 저러죠? 전혀 이형산을 공격하지 않고 방어만 하면서 시간을 끌고 있는 것 같아요. 웬 일이죠?"

매향이 먼저 정고에게 심각한 표정으로 물었다.

"매향 소저도 그렇게 보고 계셨군요. 나도 지금 도무지 선우의 행동을 이해하지 못하고 있어요. 그런데 저 이형산이라는 자가 구사하는 검법이 연개소문의 검법인 일월검과 비슷해요. 그것이 지금 사태와 무슨 상관이 있는 것 아닐까요?"

정고가 이렇게 말하자 매향은 이형산의 검법이 어쩐지 낯이 익은 것 같았다. 그러자 매향은 혹시 아버지인 이정이 그 검법을 연개소문에게 배워서 누군가에게 가르친 적이 있었는지 알아보아야 하겠다고 생각했다. 그녀는 정고에게 잠깐 기다리라고 말하고는 이정에게로 급히 갔다. 그녀는 아버지의 귀에다 영음전법으로 물었다.

"아버님, 저 이형산을 아세요?"

"음, 잘 알지. 저 아이는 내가 군에서 한때 가르치던 아이인데 인성이 매우 교활하고 잔인하여 다른 곳으로 전출을 보냈다. 그게 벌써 10여 년 전인데 오늘 갑자기 저렇게 무술대회에 나왔구나. 그런데 왜 선우가 저 이형산이를 전혀 공격하지 않는지 모르겠구나."

이정 또한 영음전법으로 매향에게 말하였다.

"그가 연개소문의 일월검법을 구사하는 것과 무슨 상관이 없을까요?"

매향이 이렇게 묻자 이정은 집히는 것이 있었다. 그는 심각한 표정으로 매향에게 말했다.

"음, 그렇구나. 내가 연사부에게 배운 것을 저 아이에게 가르쳐 준 적이 있지. 음, 그렇다면 이형산이는 자신이 연개소문과 관계가 있다고 말하여 일우가 전혀 공격을 하지 못하게 만들고 있는 것일 수 있다. 이것은 손자병법 제5편에서 말하는 병세(兵勢) 중 기만술이다."

"이제 어떡하죠? 저러다가는 백발백중 패할 것 같은데요"

매향은 가슴이 타고 답답해지기 시작했다. 그렇다고 자신이 연무장 한가운데로 달려 들어가서 이 사실을 말할 수도 없고 참으로 큰 낭패였다. 그러자 다시 관중들의 *와!* 하는 엄청난 환성소리가 터졌다. 일우가 이형산의 공격을 막으려다가 땅에 쓰러진 것이다. 이형산은 일우에게 일어나라는 손짓을 했다. 그러자 관중들은 더욱더 신이 나서 *이형산! 이형산!* 하고 외치기 시작했다.

이제는 황제 이하 모든 관중들이 모두 이형산의 멋진 행동에 더욱 감탄하고 있었다. 그들은 그가 중원무예의 고강함과 고상함을 보여주는 것으로 여기고 더욱 그를 응원하였다. 한편 일우는 이형산이 자신을 죽일 수 있음에도 죽이지 않고 기회를 주는 것으로 보아 그의 말을 점점 액면 그대로 믿어가고 있었다.

이제 이렇게 싸우다 어둠이 사방에 깔리면 이 말도 안 되는 비무를 끝나고 토번으로 탈출하는 것이다 이렇게 생각한 일우는 그저 이형산의 공격을 막기에 급급하고 있었다.

한편 매향은 다시 정고가 있는 1층 입구로 나가 자기 아버지가 한 말을 그대로 전했다. 그는 비로소 일우가 이형산의 사기에 말려들고 있음을 깨달았다. 그러나 무슨 수로 이것을 알릴 수 있단 말인가? 도무지 방법이 없지 않은가? 그는 할 수 없이 다시 아까의 자리로 매향과 함께 돌아왔다.

그리고 고천파에게 영음전법으로 매향이 한 말을 전했다. 그러자 고천파는 기가 막혔다. 여기서 지면 천하비무고 뭐고 그간 수년간 고생한 것이 모두 무위로 돌아간다. 또한 자기는 고구려로 돌아갔을 때 일우를 제거하지 않는 죄를 물어 태왕에게 치도곤을 당할 것이다. 그는 이런 생각을 하고 도대체 이 사태를 어떻게 풀까 하고 생각을 했다. 지금 비무를 잠깐 중지시키고 그 사이에 일우에게 매향의 말을 전하는 것만이 유일한 길이었다.

고천파가 이리 궁리 저리 궁리하고 있을 때 갑자기 황제석에서 큰 소동이 났다. 그동안 벌써 5시진이 넘도록 용변을 참으며 흥분해서 계속 비무를 즐기던 태자 이승건이 데굴데굴 구르며 쓰러졌기 때문이었다. 당장 어의가 달려오고 난리가 났다. 그러자 황제 이세민은 심판장인 이적에게 당장 비무를 중지시키라고 명령하였다. 이적은 큰 소리로 외쳤다.

"잠깐 비무를 중지하라! 이는 어명이다. 비무는 잠시 뒤 다시 열릴 것이니 용변을 보고 싶은 자들은 빨리 용변을 보도록 하라!"

일우와 이형선은 비무를 중단하고 용변을 보러 가기 위해 연무장 1층의 해루(화장실)로 향했다. 그가 막 걷기 시작했을 때 매향과 정고 및 고천파가 전속력으로 일우를 향해 달려왔다. 일우는 그들의 표정이 심각하자 무슨 일이 있음을 짐작했다. 곧 그들이 일우의 앞에 섰다.

"왜, 자네 저 자를 공격하지 않는 겐가?"

정고가 평소와 달리 흥분한 듯 단도직입적으로 물었다.

"저 사람은 연개소문 형님이 우리를 내일 아침 탈출시키려고 보낸 사람입니다. 그의 일월검법으로 보아도 알 수 있잖습니까?"

일우는 매향이 건네주는 물을 마시며 별로 대수가 아닌 듯 그렇게 말했다. 그러자 매향이 혀를 끌끌 차며 말했다.

"저 자는 아버지에게 군에서 연개소문 사부의 일월검을 배운 자랍니다. 그런데 하도 교활하고 잔인하여 아버지가 파문시켰는데 지금 10년 만에 어디 갔다 나타났다는 겁니다. 그러니 그 자의 말을 믿지 마세요. 아버지는 그것이 손자병법에서 말하는 병세 중 기만술이라고 합니다."

그녀의 말을 듣는 순간 일우는 자신이 이형산에게 감쪽같이 속은 것을 알아차렸다. 그러자 일우는 입술을 굳게 다물고 일행들과 함께 해루에 다녀왔다. 잠시 뒤 태자 이승건의 급작스러운 발병이 소변을 하도 오래 참아서 생기는 급성 방광염의 발작임이 밝혀졌다. 그는 어의들의 시침과 투약으로 곧 정상이 되었고 안도의 한숨을 내쉰 황제 이세민에 의해 비무 재개의 명령이 곧 떨어졌다.

10만 관중들은 열화같은 박수로 이 희대의 중원 고수인 이형산을 더욱 열렬히 응원하기 시작했다. 그러나 비무가 시작되자마자 황제와 10만 관중의 성원은 순식간에 박살이 났다. 그것은 비무가 재개되자마자 분노한 일우가 이형산의 복부를 택견으로 가격하여 단 1합만에 그를 연무장에 쭉 뻗어버리도록 만들었기 때문이었다.

그들은 순간 모두 벙어리가 되었다. 그리고 마음속에 분노가 폭발하여 일우를 향하여 온갖 욕설과 야유를 퍼부으며 자신의 영웅을 무참하게 때려눕힌 그를 저주하고 있었다. 수천 명의 젊은이들과 불량배들이 일우를 때려죽인다고 연무장으로 뛰어내려 몰려오고 있었다.

그들이 모두 일우를 둘러싸자 일우는 가운데 그림처럼 조용히 서 있었다. 그러자 무모한 두 세 명이 그에게 조잡한 소림권으로 공격했다. 일우는 그들을 그저 손가락 하나를 튕겨 쓰러뜨렸다. 그러자 수백 명이 일시에 일우에게 달려들었다. 그러나 그들은 일우에게 순식간에 한 방씩 얻어터지고 땅바닥에 널부러지기 시작했다.

그때서야 금위군들이 소적을 불며 일우를 보호하기 위해 달려왔다. 그러자 잠시 뒤 황실 취악대의 대적이 *뚜뚜* 하며 연주되기 시작했고 관중들은 울분을 참고 자리에 앉았다. 그러자 심판장 이적이 큰 소리로 외쳤다.

"관중들 중에 이 비무 결과에 승복하지 못해 선우일우에게 도전하고자 하는 자는 이 자리에서 도전하라! 만일 도전자가 더 이상 없다면 오늘의 우승자는 동이에서 온 오랑캐 무사인 선우일우가 될 것이다."

일우는 속에서 울분을 터뜨리며 이적에게 한 주먹을 날리고 싶었지만 참고 또 참았다. 그때였다. 황제 이세민이 자리에서 일어났다. 그는 이적에게 엄숙하게 말했다.

"짐이 저 동이에서 온 오랑캐 무사인 선우일우에게 도전할 것이다."

그러자 모든 사람들이 기절할 듯이 놀랐다. 만승천자가 어떻게 과연 동이에서 온 오랑캐 무사와 싸울 수 있단 말인가? 그러나 관중들은 한편 자신들의 최고의 영웅인 황제 이세민만은 저 오랑캐 무사를 이길 수 있을 지도 모른다는 근거없는 망상을 가지고 흥미진진하게 두 사람의 비무를 지켜볼 생각을 했다.

그때였다. 갑자기 이정 대장군이 황제의 앞으로 달려가 무릎을 꿇고서는 큰 소리로 외쳤다.

"황상 폐하, 통촉하시옵소서. 무공이란 필부의 장기와 같은 것이어서 백성들의 무공이 강하다고 강한 군대가 되는 것이 아니옵니다. 지금 고구려 일개 무사 하나 따위에게 만승천자께서 천위를 보이심은 마치 하늘의 해가 반딧불과 그 밝기를 겨누는 것과 같사옵니다. 폐하의 절륜하신 무공과 병법은 이미 중원뿐만 아닌 온 천하에 이미 드높게 알려진 터이옵니다. 그리고 새외의 고구려도 이미 폐하의 천위에 굴복하여 입조하여 조공을 바치고 있지 않사옵니까? 폐하께서는 억조창생의 어버이로서 고구려 백성 또한 폐하의 백성이오니 오늘의 우승자인 선우일우를 포상하시고 널리 그 성덕을 천하에 드러내심이 가한 줄로 아뢰옵니다. 통촉하시옵소서."

이정이 이렇게 충성스럽게 말하자 이세민은 자신의 행동이 좀 경솔했음을 깨달았다. 그의 장기는 남의 충언을 잘 들을 줄 아는 것이었다. 그래서 아직도 중국에서는 그를 최고의 황제로 여기고 있는 것이다. 그는 곧 모든 문무백관들이 이정처럼 충성스럽게 자신의 진노를 가라앉히도록 비무 중지를 요청할 것으로 생각했다. 그래야 마지못해 어쩔 수 없이 자기 말을 취소해야 할 텐데 아직 누구도 아무 말 없이 그저 부복들만 하고 있었다.

이때였다. 이적이 큰 소리로 이세민을 향해 말했다.

"황상 폐하, 지금 하신 비무 신청을 거두시는 것은 가하지 않다고 생각하옵니다. 지금 저 오랑캐 무사를 폐하께서 꺾지 않으시면 장차 고구려가 기고만장해서 중원을 더욱 우습게 볼 것입니다. 또한 실망한 중원의 백성들이 더욱 고구려 무예를 두려워하고 숭배하게 될 터, 당연히 대당황제로서 저런 못된 자들을 폐하의 절륜한 무공으로 단 한 방에 물리쳐서 중원 무예의 진가를 올리시는 것이 가한 줄로 아옵니다."

그러자 승상 위징이 일어나서 이적을 꾸짖고서는 어떻게 그렇게 황상 폐하를 미련하게 보위하느냐고 하면서 이정 대장군의 진언이 옳다고 말하였다. 폐하가 오늘 만일 비무를 하시면 온 천하의 웃음거리가 됨은 물론 앞으로 전혀 천하에 영(令)이 서지 않으니 우승자를 크게 포상하시어 천자로서의 위엄과 성덕을 온 천하에 과시하셔야 한다고 강직하게 충언을 하였다.

그때서야 만조백관들은 이세민에게 '비무의 영을 거두시옵소서' 하고 앵무새처럼 되뇌었다. 이세민은 할 수 없다는 듯 비무 신청을 거두고 일우를 대당제국 전국무술대회 우승자로 선포하였다. 그는 일우가 중원에서 매향과 결혼하여 산다면 자사의 직을 제수하겠다고 말하였다. 또한 부상인 상황보검 한 자루와 황금 1만 냥이 일우에게 주어졌다. 이제 그는 국가의 반역죄를 저지르지 않는 한 당황제의 상황보검으로 인하여 당나라 안 어디서나 자유롭게 살아갈 수 있는 특권을 얻은 것이다.

일우는 그날 궁성 안의 대명궁 인덕전에서 황제가 주최하는 무술대회 입상자들을 위한 축하연회에 참석하였다. 그는 중원 무림계 최고수 인사들 및 문무백관들과 특히 태자 이승건을 비롯한 황족들 사이에 단연 영웅으로서 찬탄과 질시의 대상이 되었다. 그들 중 많은 사람들이 그와 진심으로 사귀고 싶어 했다.

특히 아름다운 귀족 미혼여인들은 매향을 몹시 부러워하며 자신들도 그렇게 멋진 신랑을 만났으면 좋겠다고 까르르 거리며 그녀에게 농담을 걸었다. 그들은 그에게 매향과 혼인한 후 이곳 중원에서 눌러 살면서 함께 친하게 지내자고 간곡히 권유를 하였다. 일우는 그저 그들에게 미소를 지으며 감사하다는 말만 되풀이 하였다.

황제 이세민은 일우와 일행을 가까이 오라고 하여 언제 매향과 혼인할 지를 은근하게 물었다. 그는 이정 대장군의 고창원정이 끝나면 바로 혼인할 예정이라고 답하였다. 그러자 이세민은 일우에게 중원에서 함께 살자고 권하며 원래 중원이나 고구려나 다 같은 삼황오제의 후손들이니 서로를 참되게 존중하면서 살아야할 것이라고 말했다.

일우는 성은에 감사하다고 말하면서 중원에는 참으로 고강한 무술 고수들이 많아서 자신이 많이 배우고 있다고 겸양의 말을 하였다. 그러자 그는 고천파에게 자신이 태왕 건무에게 서신을 써줄 터이니 돌아갈 때 선우일우는 놔두고 가라고 농담을 하였다. 여하튼 그는 매우 일우가 탐이 나는지 그에게 계속 이야기를 시키며 중원의 자랑을 늘어놓고 있었다.

연회는 자시가 지날 때에야 끝났고 일우와 매향 그리고 일우 일행들은 호랑이 아가리를 빠져나오는 심정으로 그날 대명궁 인덕전을 나와 황성의 금광문을 통해 이정의 집으로 말을 달렸다.

제6장 장안성을 탈출하다

이정의 집으로 돌아온 일우는 설랑의 축하를 건성으로 받는 둥마는 둥 했다. 그는 웬일인지 불길한 예감이 들어 그날 밤 집에 돌아오자 좌불안석이 되었다. 그는 아무래도 황제가 자신을 가만히 놔둘 것 같지 않다는 느낌이 들었다. 일우는 자신의 이런 불길한 느낌을 거실에서 대화를 하고 있던 일행들에게 말했다.

그러나 매향과 고천파와 유가휘는 황제가 공개적으로 상황보검까지 하사해놓고 이제 어떻게 자신들을 해칠 수 있겠냐고 하면서 모든 것이 일우의 기우라고 그의 심각한 말을 일축했다. 하지만 정고와 설랑은 일우의 입장을 이해하고 지지했다. 두 사람은 당황제가 분명히 고구려를 못 먹어서 안달인데 오늘 제국 전체의 신민들 앞에서 고구려 제일무사에게 완패했으니 일우와 일행을 가만히 놔두지 않을 것 같다고 말했다.

일행은 다음으로는 향후 비무의 향방을 놓고 새벽녘이 될 때까지 격론을 벌였다. 고천파와 유가휘는 당나라에서 더 체류하면서 중원의 도전자들을 더 받자고 주장하였다. 하지만 일우는 묘시가 시작하기 전 이정의 집을 나가 서역으로 탈출하자고 주장하였다. 그의 주장의 핵심은 분명히 오늘 오전 일찍 황제가 자신들을 해칠 지도 모른다는 것이었다. 이제 중원비무는 사실상 끝났으니 그만 서역으로 가자는 것이다.

격론 끝에 그들은 일우의 의견을 따르기로 했다. 그래서 그들은 서역에서의 첫 번째 비무대상자를 서돌궐의 철륵가휴(鐵勒可然)로 결정했다. 그는 이미 당나라에 망한 동돌궐의 힐리가한의 친위대장이었는데 지금은 서돌궐의 천산에 숨어 동돌궐의 부흥을 꿈꾸며 결사대를 양성하고 있었다.

그들은 새벽 일찍 중원을 완전히 떠나기 위해 짐을 꾸리기 시작했다. 매향은 처음에 당황했으나 이제는 죽으나 사나 일우를 쫓기로 작심하고 그녀도 짐을 꾸리기 시작했다. 설랑은 한편으로 그녀의 동행이 달갑지 않았으나 이제는 그녀가 가족의 일원처럼 된 것을 자신의 숙명처럼 받아들일 수밖에 없었다.

일행은 마차 한 대에 설랑과 아들 신려를 태웠다. 그리고 일우가 그 마차를 몰고 가기로 했다. 매향과 고천파, 정고, 유가휘 등 네 사람은 그 마차를 호위하며 자신들의 말을 타고 가기로 했다. 일행이 거의 모든 짐을 꾸리고 나자 멀리 동녘에서 먼동이 트기 시작했다.

그들이 막 이정의 집 정문을 나가려고 하는데 금위군 2천명이 그들의 앞을 가로 막았다. 교위 황산호가 마상에서 그들에게 큰 소리로 말했다.

"금위군 도독의 명으로 선우일우와 그 일행 및 이매향 등은 금일부터 별도의 명이 있을 때까지 이 집을 떠날 수 없다. 여봐라, 이들을 집안으로 들여라!"

황산호가 냉정하게 명령하자 금위군들 2천 명은 장창을 들고 일우 일행을 마치 토끼몰이 하듯 그렇게 집안으로 내몰았다. 일우 일행은 이 가택 연금이 말로만 금위군 도독의 명이지 실제로는 황제의 명령임을 알고 올 것이 왔구나 생각했다.

일행은 서로 얼굴들을 쳐다봤다. 이들과 싸우고 탈출하느냐 아니면 조용히 이정의 집에 연금당하느냐를 판단해야 했다. 일우는 이들과 싸우고 가도 충분히 승산은 있다고 생각했다. 그러나 그 뒤가 문제였다. 서역까지 가는 동안 끝없이 추적을 받게 되는 것이 문제였다. 또한 설랑과 아들을 보호할 길이 없었다. 그리고 그 뒤에는 매향과 이정이 크게 경을 칠 것이 분명했다.

다섯 사람은 모두 일우의 얼굴을 쳐다보았다. 그러자 금위군들이 점점 창을 들고 그들의 3장 앞까지 왔다. 이제 곧 창끝이 그들의 몸에 닿게 될 것이다. 일우는 마차의 방향을 바꿔 이정의 집안으로 다시 들어갔다. 그러자 나머지 사람들도 다시 말의 방향을 바꿔 이정의 집안으로 다시 들어왔다.

다시 집안으로 돌아온 일행들은 기가 막혀 할 말을 잃었다. 그러자 금위군들은 이정의 장원 주위를 2천명이 빙 둘러서서 철통같이 지키기 시작했고 정문 앞에는 큰 방을 붙였다. 그 방의 내용이 가관이었다.

방의 내용은 이 집에는 자칭 천하제일 무사인 선우일우와 일행이 있는데 그와 비무를 해서 이기면 자사의 중직과 상황보검 및 황금 3만량을 준다는 것이다. 다만 비무를 하려면 이곳을 지키는 금위군 책임자인 교위 황산호에게 비무신청금 은자 100량만 내면 누구나

다 그와 비무를 할 수 있다는 것이다.

이 방은 장안성 내 모든 문에 게시되었고 그날부터 선우일우와 비무를 한 번이라도 해보고 싶은 무사들이 줄을 서기 시작했다. 그들 중에는 중원 무림의 최고수들로부터 시정의 잡배와 명경거족들의 자제들에 이르기까지 실로 다양한 사람들이 이정의 장원을 찾아와 은자 100냥씩을 내고 일우와 재미로 또는 상품을 노리고 비무를 신청하였다.

일우와 일행은 마치 동물원에 갇힌 원숭이꼴이 되었다. 그는 연금 첫날부터 갑자기 몰려드는 수십 명의 비무 신청자들을 처리하느라 진땀을 빼기 시작했다. 그가 자신은 누구와도 비무를 하지 않는다고 하자 그들은 비무 책임자인 황산호에게 가서 강력히 항의했다. 그러자 황산호가 일우에게 말하기를 만일 비무를 안 하면 조정에서 일우와 일행을 모두 일시에 처단하라고 했다는 것이다.

이제 일우는 꼼짝없이 삼류 비무 대상자로 전락하기 시작했다. 비무신청자들은 일우와 한 번 겨루고 그와 비무를 했다는 것을 온 동네방네 다니면서 자랑했다. 즉 일우와 비무를 한다는 것은 칼을 든 자들에게는 일종의 훈장 같은 것이 되었다.

어떤 날은 비무신청자가 백 명 이상이나 몰려 일우는 제대로 식사를 할 수가 없었다. 이제 일우는 하루 종일 비무 신청자들과 씨름하느라 늦은 밤에 잠자리에 들 때면 완전히 녹초가 되었다. 일우는 완전히 당나라 조정의 농간에 말려 모든 정력을 다 빼앗기면서 검투사 같은 노예가 되어 가고 있었다. 일우 일행과 매향 및 설랑은 깊어가는 절망 속에서 어떻게 해야 이 지옥 같은 상황을 탈출해야 할 지

갖은 궁리를 다했지만 뾰족한 수가 없었다. 무조건 금위군들과 격전을 펼칠 수는 있지만 자칫 잘못하면 일우 아들과 그 부인이 위험해질 수 있었다. 그들은 그저 쥐 죽은 듯이 때를 기다리며 먹고 마시고 무공을 연마하면서 덧없이 세월을 보내고 있었다.

그러다가 약 2개월이 지난 어느 날 묘시(오전 5시-7시)가 끝날 무렵에 장안성 동북쪽 교외의 여산 밑에 주둔중인 고창원정군 대총관인 이정으로부터 긴급 전령이 도착했다. 그가 지금 몹시 위독하여 생사기로를 헤매고 있다는 것이다. 전령으로 온 군사는 황산호 교위를 통해 이매향에게 그 소식을 전했다. 그 전령은 따님과 장래 사위 되실 분이 당장 빨리 가서 임종을 지켜보셔야 하겠다고 말하였다.

그 소식을 듣자마자 매향은 눈물을 비오듯이 흘리기 시작했다. 그녀는 말을 탄 후 일우에게도 무조건 말을 타라고 하였다. 일우도 하던 비무를 중단하고 말을 탔다. 그러자 황산호가 두 사람을 향해 가실 수 없다고 단호히 말했다. 조정에서 허락이 떨어져야 한다는 것이다. 두 사람이 황산호에게 칼을 겨누며 빨리 군사들을 물리라고 명령조로 말했다. 그러자 그는 오른 손을 높이 들었다.

순간 500여명의 궁수들이 화살을 시위에 매긴 상태로 강궁을 들고 두 사람을 향해 몰려왔다. 그들은 두 사람에게 활을 쏠 준비를 했다. 일우는 당장 황산호를 베고 2,000여명의 금위군들을 쓸어버린 후 이곳을 죽기 살기로 탈출하고 싶었다. 그러나 그는 순간 설랑과 신려의 얼굴이 떠올랐다. 그러자 그는 황산호에게 외쳤다.

"황 교위가 인두겁을 뒤집어쓰고 있는 사람이라면 빨리 조정에 파발을 보내 우리가 떠나도 된다는 허가를 받아오라. 만일 네가 그것도 거절한다면 나는 이 자리에서 우리 일행과 함께 너희 2,000명 전원을 몰살시키겠다. 이것은 괜히 허풍이 아니다."

그가 이렇게 강경하게 말하자 황산호는 궁수들에게 활을 거두라고 말하였다. 그리고 이정의 전령으로 온 군사에게 금위군사 하나를 대동시켜 황궁으로 달려가 금위군 도독 단표충을 만나 상황을 전달하고 허락을 받아오라고 명령하였다. 그러자 두 사람은 말을 몰고 황성을 향하여 바람같이 달려갔다.

일우는 집안으로 들어가서 고천파 일행에게 아무래도 자신은 오늘 밤 매향과 이정 대장군의 군막에 갔다가 그곳에서 탈출할 수 있을 것 같다고 말했다. 일우는 황제가 아무리 철면피라 하더라도 자신의 최고 개국 공신인 이정 대장군이 지금 생사기로에 있다 하는데 어찌 매향과 자신을 이정의 군막사로 보내지 않겠냐는 것이다. 그때 분명히 두 사람은 먼저 탈출할 수 있을 것이라고 말했다. 그러니 일행들은 오늘 밤 금위군들이 경비를 소홀히 할 때 이곳을 떠나 서역으로 들어가는 관문인 사주(沙州)의 월아천(月牙泉) 입구에서 오늘부터 십오일 후 오시에 만나자고 하였다.

일우는 다시 설랑을 따로 만나 오늘 아무래도 탈출할 기회가 온 것 같으니 설랑과 신려는 정고가 지시하는 대로 백두산 청려선방으로 먼저 피해있으라고 말하였다.

때는 진시(오전7시-9시) 중반 쯤 되었을 때였다. 일행은 일우의 말에 설득되어 비로소 다시 짐들을 꾸리기 시작했고 설랑 또한 떠날 차비를 하기 시작했다. 그러자 얼마 후 짐을 다 꾸리고 난 후 정고가 일행 모두가 모인 자리에서 나지막하게 말했다.

"우리가 혹시라도 오늘 밤중으로 이곳을 탈출하면 우리는 내가 전에 근무하던 성도성의 성도표국으로 가서 설랑과 신려를 백두산 청려선방까지 안전하게 호송하도록 계약을 하는 것이 좋을 것 같소이다. 우선 설랑이 비록 무공이 뛰어나다 하나 백두산까지 이르는 길에 숱한 산적들과 마적들 그리고 신라의 자객들이 날뛰어 무사히 도착하기가 힘들 것이오. 그러니 중원에서 가장 믿을 만한 표국 중 하나인 그곳으로 먼저 가서 설랑과 신려를 맡긴 후 우리들은 서역으로 갑시다. 내 생각이 어떻겠소?"

일행은 성도표국에 대해 정고에게 자세히 물었고 또 매향을 통하여 그 표국이라면 믿고 일을 맡겨도 된다는 확답을 얻었다. 그러자 일행은 모두 정고의 의견에 동의했다. 그러자 정고는 설랑을 따로 만나 그녀에게 신신당부했다.

"설랑은 이제 홀몸이 아니니 절대 먼저 무공을 사용하지 마시고 웬만하면 표사들에게 맡기고 먼저 몸을 피하시오. 청려선방으로 가는 길은 내가 자세히 알려줄 것이고 용명과 청려선인께 보내는 서신도 써드릴 터이니 청려선방 산성 입구에 도착하면 내 신표와 그것을 보여주시오. 그리고 청려선인을 만나 이곳의 상황을 전하고 선우와 우리들은 서역으로 비무를 떠났다고 전해주시오. 아무쪼록 도적들과 자객들을 조심하시되 웬만하면 얼굴을 험하게 인피술로 위장하고 의복도 남장으로 변장한 후 떠나도록 하시오. 이제 선우의 천하비무가 막바지에 이르렀으니 고구려 땅에서 반드시 다시 만나도록 하십시다."

그가 이렇게 앞날을 훤히 보듯이 이야기하자 설랑은 가슴이 철렁하였다. 사실 자신들을 데리고 서역으로 비무를 떠나려던 일우의 계획은 처음부터 무리수였다. 그 험한 고산지대들과 설산을 넘어 돌궐, 토번, 천축 등을 두 살짜리 아이와 함께 간다는 것은 사실상 자살행위였기 때문이었다. 그녀는 이제 자신이 돌아갈 곳은 낭군의 고국인 고구려, 그것도 그의 고향인 청려선방임을 굳게 믿고 정고의 말에 고개를 끄떡였다.

일행이 모든 짐을 다 꾸리고 났을 때 금위군 도독 단표충으로부터 황산호에게 지령이 도착하였다. 이매향과 선우일우는 오늘 황상 폐하를 수종하여 이정 대장군의 문병을 떠나라는 것이다. 단표충은 금위군 2천 명 중 십여 명만 이정의 집을 지키고 나머지는 일우와 매향을 호송하라고 지시했다.

곧 매향과 일우가 말에 올라타자 금위군 1,990여명이 두 사람을 에워싼 채 장안성 내의 궁성을 향해 전속력으로 말을 몰았다. 일다경도 지나지 않아 그들은 궁성의 정문인 주작문 앞에 도착했다. 그들이 도착했다는 전령이 단표충에게 도착하자 그는 곧 황제 이세민에게 이 사실을 복명했다.

그러자 황제 이세민이 황금색 사륜 마차를 타고 위귀비와 후궁 2명 그리고 태자 이승건을 비롯한 아들 5명과 양성공주를 비롯한 딸들 3명, 그리고 장손무기와 방현령 등 문관들과 위지경덕과 후군집을 비롯한 무장들, 또한 어의들 3명을 대동하고 그의 금위군들 20,000여명에게 삼엄하게 호위를 받으면서 주작문 앞에 나타났다.

시간은 이미 오시(오전11시-오후1시)가 시작되고 있었다. 매향과 일우는 공손하게 황제 앞에 부복했다. 그러자 이세민은 일우를 뚫어지게 바라보았다. 이세민은 그가 노예 검투사처럼 하루 종일 어중이

떠중이 무사들과 비무에 시달리고 있다는 보고를 이미 단표충에게 받고 있었다. 그는 야윈 일우의 얼굴을 보면서 속으로 자신의 교묘한 연금 작전이 성공적이라고 생각하며 흐뭇해하고 있었다.

장안성에서 동북쪽으로 약 62리(25km) 떨어진 여산까지 황제의 어가가 도착한 것은 두 시진 정도가 지난 신시(오후3시-5시)가 끝날 무렵이었다. 황제가 도착하자 고창원정군의 부총관이 장병들 수천 명을 대동하여 그를 맞이했다. 그가 황제 앞에 부복하자 그는 이정이 지금 어느 정도로 위중하냐고 물었다. 그러자 부총관은 지금 대총관은 생사기로에 있으며 전혀 의식이 없다고 복명하였다.

이세민은 매향과 일우 및 태자 이승건과 양성공주 그리고 위귀비와 어의들을 데리고 단표충과 함께 이정의 군막사로 들어갔다. 그러자 이정의 아내 장저화와 군의들 및 간호담당 군사들이 자리에서 일어나 황제를 맞이하였다. 이정은 침상에 누워있었는데 전혀 의식이 없는 듯 하였다. 그의 온통 허연 머리와 수염이 이제 67세인 이정의 모습을 더욱 늙어보이게 했다.

매향은 병석에 누워 다 죽어가는 아버지를 보자마자 울음을 터뜨렸다. 일우는 눈시울이 뜨거워져갔다. 그러자 장저화가 가까이 와서 매향을 안으며 그녀를 달래었다.

지금 방안에는 진한 탕약 냄새로 코를 찌를 듯 하였는데 일행 모두는 그 냄새가 역겨워 몹시 괴로울 지경이었다. 그러나 이세민은 전혀 내색을 안고 이정의 앞으로 다가가서 조용히 양반다리 자세로 앉았다. 그리고 이정의 두 손을 잡았다. 뼈만 남은 앙상한 이정의 몰골을 보자 이세민은 가슴이 저려왔다.

한창 팔팔한 18세의 청년인 이세민은 이정의 나이가 45세쯤 일 때 수나라 장군이던 그를 태원에서 사로잡은 적이 있었다. 그가 병법과 무공에 대단히 뛰어난 장수라는 장손무기의 말에 그는 그를 자신의 사람으로 만들기 위해 그를 상부(尙父)처럼 대하기로 굳건히 약조한 바 있었다. 어린 이세민이 비록 무공과 병법에는 천재적이었지만 그가 숱한 수나라의 군웅들을 제압한 것은 모두 이정이 있었기 때문이었다.

이후 이정은 동돌궐을 정복하고 토욕혼의 침공을 막는 등 당나라 무장으로서 최고의 무공을 세웠다. 이정은 아무리 큰 공을 세웠어도 항상 겸손하고 온유하며 소박했다. 그는 도무지 세상의 명리를 추구하지 않았다. 그에게는 그저 나라와 백성만을 생각하는 무장의 깊은 심덕이 있었다.

이제 39살인 이세민은 아버지뻘인 이정의 앙상한 몰골을 보며 그동안 자신이 참 그에게 무심했다는 생각이 들었다. 지금 나이면 남들은 그저 집에서 쉬면서 손주들의 재롱이나 즐길 나이였건만 이정은 국가의 최고 우환거리 중 하나인 고창국 정벌의 대임을 맡아 동분서주하고 있다가 이런 중병에 걸린 것이다. 이렇게 생각한 이세민은 눈물을 주르륵 흘리며 이정의 손을 굳세게 잡았다. 그리고 그가 마치 듣는 것 처럼 그의 얼굴에 대고 조용히 말했다.

"대장군, 짐이 부덕하고 용렬하여 노장군을 아직도 이렇게 고생시키다가 죽을병이 들게 하였구료. 대장군, 짐을 용서하시오. 그리고 제발 다시 살아서 노년을 행복하게 사시오. 이제 고창 원정이나 모든 군무에서 편안히 쉬시게 할 터이니 제발 자리를 털고 일어나시오. 짐이 대장군만 생각하면 늘 가슴이 찡했는데 오늘 이렇게 편찮으신 모습을 보니 참으로 가슴이 찢어질 듯 싶소이다."

이세민이 이렇게 말하며 오열하자 이정의 입이 오물오물 거렸다. 눈을 뜨려고 하는지 눈꺼풀이 조금씩 움직였다. 그러자 어의 하나가 달려와 그의 맥을 짚어보았다. 조금 의식이 돌아온 듯 했다. 그가 이세민에게 말했다.

"황상 폐하, 대장군의 의식이 조금 돌아온 것 같사옵니다. 지금 대장군이 폐하께 무슨 말씀을 하고 싶어 하는 것 같습니다."

그러자 이세민은 눈을 빛내며 이정의 입 가까이에 귀를 가져다 대었다. 그의 입에서 온갖 탕약 냄새와 악취가 났지만 이세민은 개의치 않고 그의 입 가까이에 귀를 들이대었다. 이정이 띄엄띄엄 이세민에게 하는 말을 그가 자세히 들어보니 "폐-----하, 저------자식 ---------용----하----서" 하는 소리였다. 이세민은 그가 매향과 일우를 용서하라는 말로 짐작했다. 그러자 이세민은 이정의 귀에다 대고 큰 소리로 말했다.

"대장군, 두 자제들은 내 자식들이나 마찬가지인데 무슨 용서고 아니고가 있겠소. 두 자제들은 내가 책임질 터이니 아무 걱정 마시고 하루 빨리 쾌차하시오."

그러자 이정의 두 눈에 눈물이 주르륵 흘러내렸다. 매향과 일우는 더욱 통곡하기 시작했다. 그러자 이세민은 지금 매우 마음이 찔리기 시작했다. 이정이 그간 두 사람과 그 일행들의 가택연금과 노예 검투사 같은 생활을 전해 듣고 마음고생이 몹시 심해 중병이 든 것이 틀림없다고 그는 짐작했다.

그는 자신이 좀 심했다고 생각했다. 하지만 일우와 매향을 그냥 놔두면 점점 고구려 정벌이 힘들어질 것이라고 이세민은 생각했다. 그러나 지금은 죽어가는 이정을 달래기 위해 무조건 두 사람을 용서하겠다고 말하는 수밖에 없었다. 그래서 이세민은 두 사람을 용서할 테니 제발 나으시라고 이정의 뼈만 남은 양손을 붙잡고 간절하게 말했다.

이세민은 어의들에게 이곳에 상주하면서 무슨 일이 있어도 이정 대장군의 중병을 치료하여 그를 살려내라고 강력하게 명령하였다. 만일 그를 살려내지 못하면 모든 황실 어의들에게 책임을 묻겠다고 엄포를 놓았다. 그런 후 그는 이정에게 몸조리 잘 하라고 말한 후 자리에서 일어났다.

장저화는 황은에 감사한다고 여러 차례 고개를 숙여 이세민에게 인사를 했다. 그는 대장군 부인께서 대장군을 잘 보살펴달라고 신신당부를 한 후 무어 필요한 것이 없느냐고 물어보았다. 장저화는 잽싸게 매향과 사위감이 남편의 곁에서 간호를 하게 해달라고 간청을 하였다. 이세민은 *음!* 하고 난색을 표하더니 차마 그것만은 거절할 수 없어 그렇게 하겠다고 허락을 하고 곁에 있던 단표충에게 눈을 찡끗했다. 네가 잘 알아서 두 사람을 잘 감시하라는 표시였다.

이정의 문병을 마친 이세민은 근처의 여산 산록에 있는 화청지 온천으로 향하였다. 당나라 황실 전용의 온천인 그곳은 수질도 매우 좋고 평안한 분위기가 일품이었다. 그는 오늘 밤 그곳 온천에서 하루 밤 유숙하고 내일 느지막하게 환궁할 예정이었다.

단표충은 교위 황산호를 불러 금위군 1,990명이 일우와 매향이 어디로 가지 못하게 잘 감시할 것과 무슨 일이 생기면 즉각 화청지로 와서 보고하라고 지시하였다. 그런 후 그는 금위군 20,000여 명을 인솔하여 황제를 보위하며 여산 산록에 있는 화청지로 향하였다.

즉시 금위군들은 이정의 막사를 포위하고 일우와 매향을 감시하기 시작했다. 그러나 금위군들에게 자리 배치를 막 완료한 황산호 교위는 그곳에서 익주 동향 친구인 무성길를 만났다. 무성길은 그에게 오랜 만에 술을 함께 마시자고 권유하였다. 그러자 황산호는 군무 중 음주는 호된 처벌을 받을 텐데 괜찮으냐고 물었다.

무성길은 대총관이 그동안 하도 강훈련을 시켜 군사들이 너무 힘들어해왔다고 말했다. 그런데 대총관이 요즈음 생사기로에 처하자 군기가 느슨해져 모두들 술을 달라고 난리를 쳐왔다. 상황이 그 지경이다 보니 폭동이 일어날 지경이라 부총관이 어쩔 수 없이 술을 마시도록 허락했다고 말했다.

그러자 황산호도 무성길과 한 잔 두 잔 술을 들기 시작했다. 또한 이미 이정의 막사를 지키고 있던 고창원정군들은 이정의 막사를 둘러싸고 있는 금위군들에게 술을 권하였다. 금위군들은 오랜만에 마시는 술맛에 혀가 절로 풀릴 정도였다. 이윽고 금위군들과 고청 원정군들은 어울려 함께 흥청망청 술자리를 즐기기 시작했다.

이정이 매우 아픈 상황임에도 대부분의 고창원정 군사들은 그간의 고된 훈련을 잊고자 오래간만에 술자리를 가진 것에 매우 흡족해하고 있었다. 황산호 교위가 지휘하는 금위군들은 매향과 일우가 제 아버지가 저리도 아픈데 차마 어디로 도망을 가겠느냐고 생각하고 고창원정군 병사들과 희희낙락하며 즐거운 시간을 보내고 있었다.

시간이 흘러 미시(오전1시-3시)가 끝나갈 때 모든 어의들과 간호 군사들이 다 돌아가고 매향과 일우가 이정을 간호하고 있었다. 장저 화는 이정과 떨어진 침상에서 깊이 잠들어 있었다. 이정이 다 죽어가 는 힘없는 손짓으로 매향과 일우를 불렀다. 두 사람은 정신이 번쩍 들어 이정에게 가까이 다가갔다. 그러자 이정이 매향의 귀에다 대고 다 죽어가는 목소리로 말했다.

　"둘------고----려-----가-------- "

　매향이 그의 말뜻을 알아들었다. 물론 일우도 그의 말을 알아들 었다. 둘이 고구려로 가라는 말이었다. 그녀는 긴장하며 그에게 아버 님이 이렇게 편찮은데 어떻게 갈 수 있느냐고 머리를 흔들었다. 그러 자 이정이 다시 그녀에게 숨을 헐떡이며 힘들게 말했다.

　"기----가 더----상 없------"

　기회가 더 이상은 없다는 뜻이었다. 그녀는 눈물을 비오듯이 흘 리며 안 된다고 고개를 가로 저었다. 그러자 이정이 다시 일우를 가 까이 자신에게 오게 했다. 일우가 그의 입에 귀를 들이대자 이정이 그에게 숨을 헐떡이며 숨넘어갈 듯이 말했다.

　"황----는 반------고----려----칠 -----다."

　일우는 이정이 '황제는 반드시 고구려를 칠 것이다'라고 말하 는 것을 알았다. 이정은 매향에게 가까이 오라고 손짓을 하였다. 그 녀가 가까이 오자 그는 일우와 매향의 손을 꼭 붙잡고 숨을 헐떡이 며 힘들게 말했다.

　"당---둘---떠---라, 고---려---가--혼---후--부---잘---살--- 라."

두 사람은 그가 '당장 둘이서 떠나라, 고구려에 가서 혼인한 후 부디 잘 살아라' 라고 말하는 것을 알아들었다. 두 사람은 이정이 눈을 감고 자신들을 보지 않자 그가 너무도 자신들을 걱정하고 있음을 알아챘다. 일우는 매향에게 아버님의 의견을 존중하여 이곳을 당장 떠나자고 말했다. 그러나 매향은 자꾸 아픈 아버지에게 눈을 돌리며 눈물만 비 오듯이 흘리고 있었다.

그러자 갑자기 눈을 뜬 장저화가 두 사람에게 나지막하지만 분명히 말했다.

"너희 두 사람 때문에 아버지가 저리 되셨다. 빨리 이곳을 떠나 고구려로 가거라. 이제 너희들은 중원에서 살기는 틀렸으니 그곳에 가서 혼인하고 잘 들 살아라. 이것이 아버지의 소망이자 내 소망이다. 아버지가 살고 죽는 것은 하늘에 맡길 수밖에 없다. 그러니 지금처럼 어수선할 때 떠나거라."

이렇게 말한 후 장저화도 눈을 감아버렸다. 두 사람은 그때서야 이정의 두 손을 꼭 잡은 후 장저화의 손도 꼭 잡았다. 그리고 눈을 감고 있는 그녀에게 말없이 인사를 한 후 그의 군막을 빠져 나왔다.

이미 여산의 모든 고창 원정군들이나 금위군들은 술에 깊이 취해 잠들어 있었다. 그들은 군막의 뒤편에 묶어놓은 자기 말들에게 살금살금 접근했다. 그들은 말들의 머리를 쓰다듬어 주며 조용히 있으라고 말했다. 그들은 조용히 말 등에 올라탔다. 그리고 여산의 고창 원정군 진지를 천천히 빠져 나가기 시작했다.

그런데 그들이 그 진지의 입구를 막은 목책 부근에 왔을 때 보초를 서던 군사들 다섯 사람이 그들에게 정지! 하면서 두 사람의 말을 세웠다. 두 사람은 즉각 말을 세웠다. 그러자 군사들 다섯 명이 그들에게 횃불을 들고 접근했다. 그러나 그들이 이정 대장군의 딸과 그의 정혼자임을 알자 그들은 아무 말 없이 목책문을 열고 그들을 통과시켜주었다.

두 사람은 장안성을 향해 전속력으로 말을 달렸다. 그들은 약 반시진 후 장안성 동문인 춘명문 근처에 도착했다. 그러나 그들은 성문을 통과할 수는 없었다. 성문 안으로 들어가자마자 즉시 체포될 것이 뻔했기 때문이었다. 두 사람은 곽성 주변을 한 바퀴 돌아 서쪽으로 향한 후 서돌궐로 향할 생각이었다.

그들이 장안성 곽성을 한 바퀴 돌아 서쪽으로 향했을 때는 이미 먼동이 터오고 있었다. 매향과 일우는 지금 이정의 집 근처를 지나고 있었지만 뒤도 돌아보지 않고 전력으로 사주성을 향해 달려갔다.

그러나 그들이 장안성 외각을 막 빠져 나가기 시작했을 때 금위군 교위 황산호가 새벽에 잠이 깨어 혹시나 하고 이정의 막사에 들렀다. 거기에는 다 죽어가는 이정과 완전히 잠에 곯아떨어진 장저화만 있었다. 그는 즉각 일우와 매향이 탈출한 것을 알아차렸다.

그는 긴급 전령을 화청지에 있는 단표충에게 보내 일우와 매향의 탈출 소식을 알렸다. 그리고 자신을 포함한 최고수 250여 명의 금위군들과 함께 일우 일행을 잡으러 서역으로 향했다. 그는 일우 일행의 다음 천하비무 대상자가 틀림없이 서돌궐의 철륵가휴라고 생각하고 천산으로 가기 전 서돌궐 국경 밖에서 그들을 잡으려고 전력을 다해 뒤를 쫓기 시작했다.

한편 단표충의 보고를 받은 황제 이세민은 대노하여 황산호의 목을 당장 베라는 명령을 내렸다. 그러나 단표충은 그같은 무공 고수를 참하시면 금위군들이 반발할 것이라고 황제에게 충언하였다. 어쩔 수 없이 황산호를 용서한 이세민은 이번 일우와 매향의 탈출이 이정과 그 아내의 계획적인 묵인 내지는 방조가 있지 않았나 의심했다.

하지만 그는 단표충으로부터 이정은 아직 회복이 불가능하고 장저화마저 건강 상태가 극히 악화되어 가고 있다는 보고를 받았다. 하긴 자신이 일우와 매향을 용서한다고 이정 부부에게 확약한 것을 이제 와서 두 사람에게 책임을 물을 수는 없었다.

그는 단표충에게 지시하기를 우선 금위군 산하의 가장 잔혹한 척살대원 200여명을 파견하여 끝까지 일우 일행을 추적하여 체포하거나 척살하라고 하였다. 또한 서돌궐까지 가는 모든 관문의 경계를 강화하여 일우와 매향을 어떠한 일이 있어도 체포해오라고 지시했다. 만일 그들이 반항하면 죽여도 좋다는 명을 내렸다.

또한 다음 비무대상자로 지적되는 서돌궐 최고의 고수인 철륵가 휴의 후원자인 서돌궐의 아사나하노(阿史那賀魯) 칸(왕)에게 서신을 보내 일우 일행이 나타나면 무조건 체포하여 당나라에 보낼 것이며 여의치 않으면 주살하라는 협박조의 밀명을 보냈다. 또한 다음 비무대상자로 여겨지는 토번의 가르포체의 군주인 송첸캄포에게도 같은 내용의 밀명을 보냈다.

한편, 일우와 매향이 이정의 병문안을 가던 날 밤 고천파와 정고 및 유가휘 그리고 설랑은 남은 10여명의 금위군들을 집안으로 불러들여 최고의 술과 음식을 진탕 대접했다. 물론 그 술에다 성능이 매우 좋은 수면제를 아주 진하게 탔다. 그 수면제는 예전에 일우가 설궁 탈출을 기도했을 때 정고가 수향에게 다량으로 받아놓은 것 중 일우에게 넘겨주고 만일을 대비해 남겨 놓은 것이다.

금위군들이 모두 잠에 곯아떨어지자 고천파 일행과 설랑은 이정의 집을 탈출하여 성도(成都)로 향하였다. 고천파와 유가휘는 각자 말들을 몰았고, 정고는 마차 안에 설랑과 신려를 태운 후 그 마차를 손수 몰았다. 설랑은 정고가 이미 역용술(易容術)로 그녀의 얼굴에 소가죽으로 만든 인피구를 뒤집어씌워 못생긴 곰보 추녀로 만들었는데 또한 남장을 하였다. 그들은 밤새내 그리고 여명이 트기 시작할 때부터 3시진 이상을 말과 마차를 달려 성도에 도착하였다.

그들은 성도에서 가장 유명한 성도표국에 들어갔다. 성도표국은 당나라 서부지역에서는 가장 크고, 일을 잘 하기로 소문이 난 곳이었다. 그곳에는 주로 귀중한 물건 배송과 문서 전달, 그리고 요인 호송 등이 전담이었는데 그 비용이 비싸기로 유명하였다. 하지만 그 일처리의 정확성이나 성실성 및 기밀엄수에 있어서는 타 표국의 추종을 불허했다.

그곳은 정고가 백두산 청려선방에 입산하기 전 표사로 일했던 곳이었다. 그는 백두산 청려선방에 들어오기 전 10대 후반에 양친 부모를 잃고 수나라 서쪽 변방인 사천 지역에서 가장 큰 약재상을 하고 있는 자신의 외숙을 찾아 이곳으로 흘러들어 왔었다. 하지만 이미 외숙은 그곳을 떠난 지 오래라 그를 만나지 못하였다.

그곳에서 정고는 일자리를 찾고 있었다. 그러던 어느 날 어려서부터 무예에 조예가 있던 그는 성도 성내에서 불량배들에게 봉변을 당할 뻔 했던 성도표국의 주인 풍전호의 딸 풍미사를 구해주었다. 그

인연으로 풍전호를 알게 되어 그는 그 표국에서 표사로 일하면서 풍미사와 사랑하는 사이가 되었다. 하지만 그는 수나라가 중원을 통일한 후 고구려 침략을 준비하기 시작하자 풍전등화 같은 처지에 있던 조국을 버릴 수 없어 여수대전 전에 고구려로 돌아갔다.

정고는 청려선방에 입산한 후에도 가끔 풍전호에 관한 소문과 풍미사가 좋은 남자를 만나 시집을 갔다는 소식을 간헐적으로 들어왔던 터였다. 그러던 그가 50이 넘은 장년의 신선같은 모습으로 성도표국에 나타난 것이다. 성도표국의 주인 풍전호는 이미 수년 전에 죽었고 그 딸 풍미사가 그 표국을 혼자 운영하고 있었다. 그녀는 정고를 만나자 마치 죽은 낭군이 살아온 듯이 기뻐하였다.

그녀는 정고와 단 둘이 있게 되었을 때 자신의 지난날을 이야기했다. 그녀는 정고가 고구려로 떠난 뒤 몇 년간 그가 돌아오기만 학수고대를 했으나 그가 이미 백두산에 입산하여 조의선인이 되었다는 소식을 듣고 그를 더 이상 기다리지 않고 포기하였다. 그는 아버지의 외가 쪽 사람의 소개로 마음씨 착한 신랑을 만나 결혼을 하였으나 그는 3년 만에 일점혈육도 남기지 못하고 손발이 썩는 이상한 병으로 죽었다.

그녀는 이후 시집생활을 정리하고 아버지 밑에서 표국을 운영하면서 많은 것을 배웠다. 이후 아버지 풍전호가 죽자 그녀는 그 표국을 자신이 이어받아 표사들만 120여명을 거느리고 일꾼들만 370명이 넘는 사천제일의 표국으로 성장시켰던 것이다.

두 사람은 노년에 다시 만난 기쁨도 컸지만 서로 그리며 살아왔던 지난 세월 동안 각자가 성공적인 삶을 산 것을 대견해하였다. 정고는 안 받겠다고 수차례 사양하는 풍미사에게 황금 3,000량을 주고 설랑과 신려를 백두산 청려선방으로 들어가는 바위 입구까지만 호송하기로 계약을 맺었다.

풍미사는 성도표국에서 가장 무공이 뛰어나고 신실한 남장여자 표사들인 가현령과 방손미 그리고 종경아를 설랑과 신려의 호송 표두로 임명했고 그들 휘하에 각각 4명씩의 여표사들을 두어 총 15명이 그들을 호위하게 했다. 세 남장 표사들은 지금 20대 후반이었는데 천애고아가 된 10대 초반부터 아미산에서 철혈비연 다연스님에게 무공을 배웠으나 그녀와 뜻이 도무지 맞지 않아 하산하여 풍미사 밑에서 표사의 일을 하고 있었다.

세 사람은 성품은 지극히 성실하고 담박하였으나 매우 고집이 세고 지독하기로 평판이 났다. 게다가 한 번 맡은 일에 대하여는 끝까지 목숨을 걸고 완수하는 것으로 유명했다. 그래서 그들은 풍미사에게 절대적인 신임을 받고 있었다.

정고와 고천파 그리고 유가휘 등은 설랑과 신려가 탄 마차가 세 사람의 남장 표두들과 12명의 여표사들 호위 하에 고구려의 백두산으로 향하는 것을 끝까지 지켜보았다. 그런 후 일우와의 약속 장소인 사주성의 월아천을 향하여 말을 달렸다.

제7장   설랑이 청려선방에 도착하다

　　한편, 사천 성도표국에서 정고 일행과 헤어진 설랑은 신려와 함께 사륜마차를 타고 성도표국의 남장 여자 표두들인 가현령과 방손미 그리고 종경아와 12명의 여표사들의 호위를 받으며 고구려 백두산으로 향했다. 그들은 성도에서 검남도-산남도-하남도를 거쳐 백제의 대륙 동남부 영토로 들어선 후 청도나루에서 배를 타고 고구려 장안성으로 들어가는 여정을 택하기로 했다.

　　그러나 그들이 가는 길마다 출몰하고 있는 산적들과 비적 떼들이 문제였다. 그들은 당통일 전쟁 때 패잔병으로서 당나라에 끝까지 저항하며 각 산으로 달아나 은거하고 있었는데 작게는 수십 명 많게는 수백 명의 집단을 형성하고 있었다. 아직도 조정의 관할권이 미치지 않는 이 녹림의 세력들은 국적과 지위 여하를 막론하고 걸리는 대상마다 닥치는 대로 잔혹하게 죽이고 살상하며 재물을 빼앗았다. 게다가 걸리는 여성들은 붙잡아다가 자신들의 공동 재산처럼 성(性)을 공유하는 등 인륜을 포기한 막가는 삶들을 살고 있었다.

　　그러나 더욱 큰 문제는 아직도 설랑을 죽이는 것을 포기하지 않고 있는 신라 조정이 당나라에 유학을 온 학생들을 가장하여 호시탐탐 그녀의 목숨을 노리고 있다는 것이었다. 그들의 마차가 검남도를 지나 산남도의 숭산 입구에 도착한 것은 성도를 출발한 지 약 보름이 지난 어느 날이었다. 그들은 그동안 강행군을 하고 싶어도 어린 신려의 안전 문제로 인해 최대한 천천히 진행하고 있었다. 하지만 숭산 근처에 이르렀을 때는 이미 날이 어두워져 도저히 산길을 지나갈 수가 없었다.

세 명의 표두는 설랑과 상의하여 숭산 입구의 한 허름하지만 넓은 장원형 민가에 숙박을 하기로 하였다. 민가는 이미 당의 통일 전쟁 때 많이 상한 듯 천 평이 넘는 장원 뜰은 아직도 불에 탔거나 그슬린 물건들이 여기 저기 널려 있었다. 폐가는 아니지만 거의 폐가 수준인 그곳을 지키고 있는 사람은 70대는 넘어 보이는 듯한 인상이 후덕한 노파였다.

노파는 천성적으로 불심이 좋은 사람인 듯 그들 일행에게 대접이 융숭하였다. 설랑이 그녀에게 상당한 돈을 주려고 하였지만 그녀는 그것을 받기를 한사코 거절하였다. 그리고 그들에게 마실 물과 먹을 음식들을 가져다주며 부디 이 밤을 잘 지내고 먼 길을 떠나라고 덕담을 하였다. 이 산에는 산적들이 여기저기 뱀처럼 똬리를 틀고 있으니 절대 야밤에는 산을 넘어서는 안 된다고 강조하는 것이었다.

이미 몹시 지친 설랑과 신려는 노파가 제공하는 방에 들어가서 목재로 만든 침대에 누웠다. 표두들은 한 명씩, 표사들은 네 명이 한 조씩 돌아가면서 설랑과 신려의 방 앞에서 그들을 지켰고 나머지 사람들은 큰 방 두 개를 빌려 함께 눈을 붙이기 시작했다.

그러나 한 밤중인 축시가 시작되어 모두가 깊은 잠에 곯아떨어지자 갑자기 노파는 장원 밖 대나무 밭으로 나갔다. 그리고는 숭산 동쪽 하늘을 향해 산화전을 한 대 발사했다. *쉬익!* 하는 불화살이 밤 하늘의 어두움을 순간적으로 밝혔다. 노파는 아무 일도 없었다는 듯 자신의 방으로 와서 천연스럽게 잠을 자는 척하고 있었다.

약 한식경이 흘렀을 때 숭산 동쪽으로부터 약 250명의 산적 떼들이 말을 타고 달려와서 장원을 완전히 포위했다. 그리고는 장검과 장창, 철퇴, 쇠채찍, 불화살을 장전한 활을 들고 저승사자 같은 모습으로 장원 안을 노려보았다. 두목이 옆의 부하들에게 눈짓을 했다. 그러자 눈 하나가 없고 팔 하나가 없는 땅딸보 하나가 장원의 문 위에 있는 둥근 고리를 살짝 잡아 당겼다. 그러자 잠시 뒤 아까 그 노파가 안에서 문을 활짝 열어주었다.

그러자 말 위에 있는 두목이 그녀에게 음침한 목소리로 물었다.

"먹잇감들은 몇 명이우? 돈들은 좀 있는 것 같수?"

그러자 그녀는 두목인 듯한 자에게 의기양양하게 말했다.

"돈이 무척 많은 것들 같으니 샅샅이 잘 훑어라. 그리고 칼을 든 것들이 15명이고 못생긴 곰보 놈 하나와 그 아새끼 하나가 있다. 그런데 그것들이 모두 아무래도 계집들 같단 말이야..........."

산적들은 그녀의 마지막 말에 눈이 번쩍 빛났다. 돈이 많은 계집들이라 참 구미가 당기는 먹잇감들이었다. 그들은 야수같이 눈알을 번득이며 흥분된 목소리로 그 노파에게 말했다.

"먹잇감들을 이제 깨워 보시구랴."

"한 놈도 살려주면 안 된다. 우리 영업에 막대한 지장이 있으니 재물을 다 뺏고 모두 보내버려라, 알겠냐?"

노파는 갑자기 야차 같은 목소리로 그들에게 명령조로 말했다. 그러자 두목이 비웃듯이 내질렀다.

"아따, 할마시가 성질도 더러워요. 야들야들한 계집들이면 살려서 산채로 끌고 가면 가뜩이나 계집에 굶주린 아그들이 많은 데 뭐하러 죽이요?"

"이 놈아, 그 계집 좋아하다가 골로 가지 말고 재물을 빼앗은 후 싸그리 죽여라. 네 아비가 계집 하나 살렸다가 그 년이 달아나 관가에 고발하는 바람에 네 아비가 황천으로 간 것을 벌써 까먹었냐? 이 영업을 제대로 해먹으려면 증거를 깨끗이 없애야 다음 손님을 맞이할 것이 아니냐? 이 에미 말을 들어라 제발......"

노파는 이렇게 말하며 장원 안으로 다시 들어갔다. 그리고는 한참 잠에 빠져 있던 설랑의 방문을 힘차게 두드렸다. 설랑은 지금 몹시 흉몽을 꾸고 있었는데 노파의 떠는 목소리를 듣자 퍼뜩 잠이 깨었다. 방 밖의 표두 가현령과 네 표사들도 자신도 모르게 잠에 빠져 들어있었었는데 노파의 떠는 목소리에 칼을 들고 벌떡 자리에서 일어섰다.

"무슨 일입니까?"

억지로 남자처럼 쉰 목소리를 내며 가현령이 노파에게 물었다.

"아이고 큰 일 났어요. 어떻게 알았는지 산적들 수백 명이 산에서 내려와 이 집을 완전히 포위하고 있어요. 제발 아무도 다치지 말고 무사해야 할 텐데 이 일을 어찌하나.............."

노파는 식은땀을 흘리며 벌벌 떨고 있었다. 그러자 가현령이 표사들에게 눈짓을 했다. 다른 표사들을 깨우라는 의미였다. 표사들은 갑자기 긴장된 모습으로 다른 방으로 가서 깊이 잠들어 있는 표사들을 흔들어 깨웠다. 산적들 수백 명이 집을 포위하고 있다는 말에 모두는 칼을 들고 벌떡 일어났다.

그때 가현령이 노파에게 착 가라앉은 쉰 목소리로 물었다.

"산적들이 이 집에 자주 왔나요?"

"아이고, 수년 동안 이런 일이 전혀 없었는데 이 무슨 일이라요. 이제 이 집은 망했구만요."

노파는 청승맞게 훌쩍거리기 시작했다. 그때 설랑이 그들 앞에 모습을 드러냈다.

"무슨 일이길래 이리 시끄러운 것이냐?"

얼굴이 박박 얽은 곰보 남자 형색을 한 설랑의 목소리 또한 둔탁한 저음이었다. 정고가 그녀의 목소리 또한 남정네의 것으로 발성될 수 있도록 인피구안에 조음장치를 넣어서 그녀의 목소리는 완벽히 남성적으로 변해 있었다.

"대인 어른, 주무시는 데 깨워 죄송합니다. 산적들이 이 집을 포위하고 있답니다. 어떻게 할까요?"

종경아가 허리를 굽히며 남성적인 목소리로 설랑에게 물었다.

"그런 쓰레기들은 너희들이 나가서 모두 해치워버려라. 그리고 이 노파가 그 자들 끄나풀 같으니 인질로 잡아라."

설랑이 이렇게 매섭게 말하자마자 방손미가 노파의 혈도를 잽싸게 눌러 그녀를 꼼짝 못하게 제압했다. 노파는 후환이 두렵지 않으냐고 하면서 길길이 뛰었다. 이미 자신의 본색이 탄로난 뒤라 그녀는 설랑 일행에게 온갖 욕을 해대며 저주를 퍼부어 대었다. 그러자 표사하나가 분기를 이기지 못하고 그녀의 빰을 후려쳐서 코피가 터지도록 만들었다.

　종경아가 노파의 목에 칼을 들이대며 지하실이 어디 있느냐고 위협적으로 물었다. 노파는 말을 안 했다가는 죽일 것이 빤해지자 부들부들 떨면서 설랑과 신려가 은신할 지하실을 안내했다. 설랑은 등에 칼을 두 자루 메고 활과 화살 수십 발을 전통에 넣고 난 후 비수 열 개를 허리춤에 찼다. 그리고 정고가 만일을 대비해서 준 혼일산 다섯 개 중 두 개를 종경아에게 넘겨주었다. 그리고 신려를 데리고 그 지하실에 일단 은신하며 상황을 지켜보기로 하였다.

　표두들과 표사들은 노파의 팔을 포승줄로 묶은 후 그녀의 목에 칼을 대고 장원 대문을 안에서 슬쩍 열었다. 그리고 산적들이 포위하고 있는 장원 앞으로 모두 칼을 들고 일시에 나갔다. 산적들은 두목의 어미가 그들에게 붙잡혀 나오자 그들에게 활을 쏘지 못하고 멈칫하며 두목의 명령을 기다렸다. 산적 두목은 순간 열불이 났다. 그는 표사들에게 찢어발기듯이 외쳤다.

　"이것들이 간땡이가 부었구만. 겨우 열다섯 명 주제에 칼을 들고 우리 엄마를 겁박해? 너희들 계집들 맞지? 너희들 당장 우리 엄마를 풀어주고 항복하면 우리들이 재물만 접수하고 너희들은 모두 살려준 후 우리 산채로 가서 좋은 남정네들과 짝 지워주고 아주 행복하게 일생을 보장하겠다, 어떠냐?"

　"놀고 있네. 임마, 너희 놈들이 지금 숫자만 믿고 까부는 모양인데 당장 말에서 내려와 항복해라. 다섯 셀 동안 항복하지 않으면 네 놈들이 오늘 제삿날이 될 것이다, 알겠냐?"

종경아가 낮으면서도 음산한 목소리로 이렇게 말하자 산적들은 마상에서 박장대소하며 그녀를 비웃었다. 그들은 *제네들이 우리를 오늘 황천행을 시킨데 글쎄* 하면서 서로를 마주보고 비웃었다.

그때였다. 방손미가 갑자기 몸을 날려 말위에서 비웃고 있는 산적들 세 사람을 단 칼에 베었다. 그러자 표사들은 일시에 몸을 날려 산적들을 마구 척살하기 시작했다. 순식간에 20명이 참살당했다. 그러자 산적들은 갑자기 독랄한 공격을 이기지 못하고 당황하기 시작했다. 그러자 노파가 찢어발기듯이 외쳤다.

"불화살을 쏴라 이 등신들아!"

그러자 퍼뜩 정신을 차린 두목이 이제는 계집이고 뭐고 인정사정을 봐줄 수 없다는 듯 부하들에게 불화살을 쏘라고 명령했다. 그러나 그 열다섯 명은 불화살을 지푸라기 베듯 두 동갱 내면서 산적들을 마구 베기 시작했다. 일다경도 되지 않아 약 50명이 참살되자 산적들은 은근히 그녀들이 무서워지기 시작했다. 더욱이 세 표두들의 절륜한 무공은 산적들 모두가 덜덜 떨기에 족했다.

머지않아 약 80여명의 산적들이 목숨을 잃었다. 산적들은 자꾸 자기편이 죽어나가자 할 수 없이 최후 수단 즉 쇠그물로 그들을 잡기로 했다. 결국 그 쇠그물에 비교적 무공이 약한 표사들 다섯 명이 걸려들었고 그들은 산적들에게 무참하게 학살당했다. 이제 10대 150의 싸움이 시작되었다. 이 열 명은 무공이 매우 고강하여 표두이고 표사이고 막론하고 강호의 일류 검객들이었다.

그들은 치열하게 싸우고 싸웠다. 그러나 두 시진의 치열한 싸움 끝에 결국 표사들 다섯 명이 더 희생되었다. 산적들은 이미 70명으로 줄어들어 있었다. 그때 노파가 두목에게 지하실을 가리켰다. 지하실에 큰 먹잇감이 있다는 표시였다. 두목이 한참 싸우고 있던 부하들 다섯 명에게 빨리 지하실로 내려가서 먹잇감을 잡으라고 명령하였다.

모두가 한참 절체절명의 싸움에 몰두하여 여념이 없을 때 무공이 가장 뛰어난 산적 다섯 명이 살금살금 장원의 뒤를 돌아 뒷문으로 해서 지하실로 향하였다. 순간 그들의 이동을 눈치 챈 종경아가 그들을 잽싸게 뒤쫓았다.

잠시 뒤 산적들 다섯 명은 지하실에서 지금 긴장 상태로 싸움의 향방을 기다리고 있던 설랑과 신려를 잡으러 내려왔다. 그들은 지하실의 쇠문을 열쇠로 열었다. 그리고 일시에 문을 차고 안으로 들어섰다. 그러나 방안에는 아무도 없었다.

그들은 전후좌우 위 아래로 눈을 돌리며 먹잇감들을 찾았다. 순간 비수 다섯 개가 그들을 향해 정확하게 날아왔다. 두 산적이 *억!* 하고 몸을 꺾으며 앞으로 쓰러졌다. 세 산적은 그때서야 천장을 올려다보았다. 그 순간 고구려 맥궁 세 발이 세 산적을 향해 발사되었다. 두 산적은 그 화살을 피했으나 한 산적은 그 화살에 맞아 피를 토하며 죽었다. 이때 설랑이 파리처럼 붙어 있던 천장에서 급속히 내려오면서 두 산적을 향해 칼을 휘둘렀다.

약 오합을 겨루었을 때 종경미가 지하실 안으로 들어왔다. 두 사람은 산적 둘을 상대로 치열하게 싸웠다. 하지만 그 산적들의 무공은 워낙 고강하였다.. 두 사람은 온갖 무공을 동원하여 두 산적을 제압하려고 하였지만 도무지 �섭사리 그들을 이기기가 힘이 들었다.

이때였다. 설랑이 갑자기 품에서 검은 구슬을 꺼내 두 산적을 향하여 힘껏 집어던졌다. 그러자 그 구슬 속에서 독파리 수만 마리가 두 산적에게 달려들었다. 두 산적들은 *으악!* 소리를 지르면서 지하실 밖으로 뛰쳐나갔고 독파리들은 그들을 끝까지 쫓아다녔다.

그때서야 설랑과 종경아는 한숨을 돌리며 가슴을 쓸어내렸다. 그러자 종경아가 갑자기 생각난 듯 설랑에게 물었다.

"대인 어른, 아드님은요?"

"지금 이 지하실 밑의 비밀 통로의 안전한 곳에 있게 했소."

설랑이 무거운 저음으로 이렇게 말하자 종경아는 안심이 된다는 듯 한숨을 쉬었다. 그러자 설랑은 갑자기 웬 불안한 느낌이 들었다. *만일 신려가 없어졌다면?* 그녀는 지하실 비밀통로를 열고 밑으로 급히 내려갔다. 종경아가 그 뒤를 따랐다. 하지만 신려는 그곳에 없었다. 순간 설랑은 가슴이 철렁했다.

그녀는 *신려야 신려야* 하고 서너 번을 불렀지만 아무런 대답이 없었다. 그녀는 순간 가슴이 콱 막히는 듯 했다.

이 아이가 어디로 갔을까? 분명히 이 지하실 밑의 통로로 내려가서 안전한 곳에 있게 했는데 대체 어디로 간 것일까? 이 아이가 혹시 지하 통로를 타고 쭉 가버린 것이 아닐까?

갑자기 설랑은 가슴이 두근거리기 시작했다. 두 사람은 통로를 타고 계속 나아갔다.

이때였다. 지하 통로 저쪽 끝에서 누군가가 다가오고 있었다. 어둠속에서 철벅철벅 다가오는 소리에 두 사람은 초긴장하여 칼을 들고 그 자가 모습을 드러내기를 기다렸다. 저쪽 통로 끝의 어둠속에서 희미한 여명을 배경으로 웬 귀신같은 존재가 나타났다. 머리는 완전히 산발하고 잿빛 옷은 온통 피로 물들어 있었는데 왼 손으로는 무엇인가를 안고 오른 손에는 비수를 들고 있었다. 두 사람이 여명 속에서 자세히 보니 그것은 아까 그 노파였다. 그녀는 원한에 사무친 얼굴로 설랑과 종경아를 향해 음산한 목소리로 말했다. 그때 아이의 비명 섞인 울음소리가 지하 통로에 울려 퍼졌다.

"네 년들 때문에 내 자식들이 다 죽고 이제 나도 살 길이 없어졌으니 네 아들놈을 지금 죽여 원수를 갚겠다. 나쁜 년들, 어디 자식이 죽은 어미의 고통이 어떤 지 맛을 좀 보아라."

그 노파는 이렇게 말하며 비수를 들어 신려의 심장 부분을 찌르려고 하였다. 신려는 *아악* 하면서 큰 소리로 울고 있었다. 두 사람은 몸을 날려 그곳까지 가는 순간에 이미 신려가 칼에 찔려 죽으리라는 계산을 하고 있었다. 도무지 시간이 없었다. 노파가 희뿌연 눈알을 부라리며 막 비수를 들어 신려의 심장에 칼을 대는 순간 갑자기 뒤에서 날아온 비수 하나가 그녀의 목을 정확하게 관통하였다. 노파는 으으 하면서 앞으로 꼬꾸라졌고 신려는 흰 비단 옷을 입고 얼굴에는 흰 망사를 한 선녀같은 여인의 품안에 안겨졌다.

"주모께서는 어서 이리로 오셔서 아드님을 데려가세요."

옥구슬이 쟁반에 구르는 듯한 아름다운 묘령의 여인이 지하실 끝 통로에서 설랑과 종경아를 기다리고 있었다. 설랑은 지옥을 갔다 온 기분으로 몸을 날려 통로 끝으로 갔다. 그 끝에서 그녀는 백의여인에게 신려를 받아 가슴에 안았다. 그녀는 눈물을 펑펑 쏟으며 아이의 뺨에 자신의 뺨을 마구 비벼대었다. 공포에 질려있던 신려는 그때서야 안심한 듯 스르르 눈을 감았다. 백의여인은 순간 지상으로 날아

올라갔다.

"잠시만요. 이 은혜를 어떻게 갚죠? 그리고 존성대명을 좀 가르쳐주시면 안 될까요?"

순간 설랑과 종경아도 지상으로 몸을 날려 올라갔는데 그들은 거기에서 참으로 놀라운 광경을 목격하였다. 거기에는 이미 산적들 250명이 깨끗이 참살되어 시체가 다섯 겹으로 포개져 있었고 이미 그들은 극독물로 인해 흔적도 없이 녹아들어가고 있었다.

더욱 놀라운 것은 하늘의 선녀들처럼 아리따운 일곱 명의 백의여인들이 부상당한 사천표국 표사들과 표두들을 정성껏 치료해주고 있었다. 두 사람은 상황을 짐작하고 기가 막혔다. 일곱 명의 선녀같은 사람들이 일행들을 도와 산적들을 모두 도륙하고 시체마저 깨끗이 소각하는 중이었던 것이다.

설랑이 지상으로 신려를 안고 나오자 백의여인 일행과 사천표국 표두 및 표사들 모두가 그녀에게 깊이 허리를 숙이며 최대한의 경의를 표했다.

설랑이 그들을 향해 깊이 읍을 한 후 그 둔탁한 목소리로 물었다.

"대체 누구시기에 이리도 저희들에게 구명지은을 베풀어주셨는지요?"

그러자 똑같이 전신에 백의를 입고 얼굴에는 백의 망사를 한 일곱 명의 백의여인들은 이구동성으로 말했다.

"저희는 소주군님과 주모님을 무사히 백두산까지 모시라는 단주님의 하명을 받고 성도에서 지금까지 일행을 그림자처럼 따라왔습니다. 하오니 아무 걱정하지 마십시오."

설랑은 그때서야 이 모든 것이 일우를 끔찍이 사랑하는 매향이 장안 칠선녀에게 하명한 것임을 알아챘다. 만일 그들이 아니었다면 자신은 오늘 신려를 잃고 함께 죽었을 것이다. 그녀는 다시 한 번 장안 칠선녀에게 깊이 감사했다. 그러자 그녀들은 뒤에서 끝까지 보호할 테니 아무 걱정 마시고 갈 길을 계속 가시라고 말하더니 순식간에 경신술을 써서 어디론가 사라져버렸다.

설랑은 그녀들이 사라지고 난 뒤 살펴보니 표두들 세 사람은 무사했지만 표사들은 이제 열두 명에서 겨우 다섯 명이 남았다는 것을 알았다. 신려는 아까의 충격으로 계속 엄마 품에서 떨어지려고 하지 않고 칭얼거렸다. 설랑은 매향의 배려에 얼마나 감사한지 몰랐다. 그녀와 일우가 이미 정분이 깊이 든 것을 알고 때로는 여자의 본능으로 일우의 바람기를 원망하며 매향에 대해 몹시 질투가 났지만 날이 가면 갈수록 매향이야 말로 일우에게 정말 필요한 여자가 아닐까 하고 생각하던 그녀였다. 이제 오늘 밤의 일로 그녀는 이제 매향을 더욱 한 식구로 여겨야 한다는 것을 절실히 느끼게 되었다.

설랑과 그 일행은 그곳을 떠나 하남도를 거쳐 백제 영토로 들어갈 때까지도 계속 되어지는 산적과 비적들의 지독한 공격을 대 여섯 차례 받았다. 또 설랑을 암살하려는 신라측 자객들의 공격을 세 차례나 받아야 했다. 또한 하남도의 한 여각에 투숙했을 때 그들이 마시는 식수와 음식에 독극물을 풀어 그들을 죽이고 재물을 빼앗으려고 한 여각 주인도 있었다. 심지어는 첩첩산중에서 길을 잃고 밤새내 헤매다가 지쳐 호랑이와 늑대들의 밥이 될 뻔한 적도 있었다.

그럴 때 마다 장안 칠선녀들은 어김없이 나타나 그들을 위기에서 구해주었다. 그러나 그들이 백제 영토에 들어섰을 때 이미 표사들 중 세 사람이 더 사망한 뒤였다. 결국 그들이 청도나루에서 고구려 장안성으로 가는 무역선을 탔을 때는 세 사람의 표두와 두 사람의 표사만이 덩그러니 남아 있었다.

설랑 일행은 고구려 무역선을 타고 황해 바다 중간 쯤 왔을 때도 태왕 측의 자객들에 의해 공격을 받았다. 이 싸움 중에 결국 표두 방손미와 두 표사가 목숨을 잃었다. 그러나 이 와중에도 어디선가 완전히 변장한 장안 칠선녀가 나타나 설랑과 신려 일행을 극적으로 구해주었다.

설랑 일행은 성도를 떠난 지 장장 여섯 달 만에 간신히 고구려 수도인 장안성에 도착했다. 그들은 장안성에서 새로 산 말과 마차를 타고 이틀 동안 달려 백두산의 청려선방으로 들어가는 동굴의 바위 앞까지 도착하였다. 설랑은 거기에서 성도표국의 표두들 및 표사들과 헤어졌다. 그리고 그녀는 신려를 안고 정고가 가르쳐준 대로 바위 문 앞으로 가면서 멀리 산정에서 자신들을 바라보며 손을 흔들고 있는 장안 칠선녀들에게 아쉬운 작별의 손을 흔들었다.

이윽고 그녀는 정고가 가르쳐준 대로 바위 문을 열고 청려선방을 향해 걸어갔다. 그녀는 얼마 후 산성문 입구에 도착하였다.

산성 입구를 지키던 조의선인들은 웬 곰보 추물 남자 하나가 진시 끝날 무렵에 선우일우의 아이를 안고 정고의 신표와 서신을 제시하자 기절할 듯이 놀랐다. 그들은 당시 청려선방의 모든 행정을 책임지고 있는 용명에게 연통하여 이 이상한 방문객을 보고하고 어떻게 처리해야할 것인지 물었다.

용명은 나타난 사람이 선우일우의 아내라면 계수향일 텐데 그녀가 어떻게 그렇게 추물인지, 또 남장을 하고 있다는 것이 이상했다. 게다가 그녀가 또 선우일우의 아이를 안고 직접 청려선방에 나타난 것이 너무도 의아했다. 그는 수하의 제자들 3인을 데리고 본인이 직접 산성문 입구로 갔다.

그는 그곳에서 곰보 추물로 변장한 설랑을 만났다. 그리고 그녀가 안고 있는 선우신려를 보았다. 아이는 제 할아버지인 선우려상을 아주 빼다 박은 것이 틀림없는 선우일우의 아들이었다. 그는 그녀에게 점잖게 물었다.

"혹시 백제 계백 장군의 매씨인 계수향 의원이십니까?"

설랑은 계수향 이름이 나오자 눈물이 찔끔 나왔다. 그녀는 청려선방 사람들이 계수향이 선우일우의 처인 것으로만 알고 있는 것이 다소 서운했다. 하지만 자신을 위해 죽은 그녀를 생각하니 다시 가슴이 미어지는 것 같았다.

그녀는 아무 말 없이 정고가 용명에게 써준 서신을 품에서 꺼내주었다. 거기에는 그녀와 일우의 관계, 그리고 계수향의 사망과 설랑의 당나라 행, 일우의 천하비무 진행상황, 중원 무림의 제패에 따른 당황제의 핍박과 도주 및 서역행등이 자세히 써있었다.

용명은 울고 있는 설랑에게 몹시 미안했다. 그런 사정이 있는지를 모르고 직접 물어서 그녀의 가슴이 아프게 한 것은 자신의 불찰이라고 생각했다. 그는 그녀를 위로한 후 그녀를 데리고 청려선인이 거주하는 누각으로 갔다. 그는 마침 조반을 먹고 잠시 휴식을 취하고 있던 중이었다. 용명이 방 밖에서 그에게 큰소리로 말했다.

"스승님, 선우일우의 아내인 설랑과 그 아들 선우신려가 멀리 당나라에서 도착했습니다."

그러자 청려선인은 방문을 열고 밖으로 나와 설랑과 신려를 바라보며 흥분한 듯이 말했다.

"호오, 일우의 아내와 아들이 도착했다고? 이런 경사스러운 일이 있나? 자 안으로 들어갑시다."

용명은 수하 제자들을 돌려보내고 설랑과 함께 청려선인의 방으로 들어갔다. 설랑은 신려를 방바닥에다 내려놓고 청려선인에게 큰절을 했다. 그녀는 일우에게 말로만 듣던 신선인 청려선인을 바라보자 그만 감격하여 눈물이 솟구쳤다. 그녀가 보니 과연 그는 일우 같은 천하제일 무사의 큰 스승이 될 만한 분이었다. 저절로 존경심과 순종심이 일어났다. 그녀는 조용히 절을 한 후 방바닥에 무릎을 꿇고 앉았다.

그러자 청려선인은 그녀에게 편하게 앉으라고 부드럽게 권유하였다. 그는 일우의 아들이 자신에게로 기어오자 아이를 번쩍 안고서는 뺨에다 자신의 뺨을 비벼대었다.

"어이고 이 귀여운 녀석, 영락없이 제 할아버지를 닮았구나. 참 잘도 생겼지, 어이고 내 새끼."

그는 아이를 안고 어르고 여기저기를 만져주며 극진한 사랑을 표현하였다. 그는 얼마간을 아이와 놀더니 이윽고 설랑에게 한 마디를 했다.

"이름이 무엇이오?"

"말씀을 놓으십시오. 소녀는 김설랑이라 하옵니다."

설랑은 미소를 지으며 그에게 말했다. 그러나 조음장치를 인피구에서 이제 제거한 그녀의 목소리는 옥이 구르는 듯 하였다. 하지만 목소리와 달리 그녀의 얼굴은 지금 얽은 곰보의 모습을 한 추물이었다. 그러자 청려선인이 그녀를 바라보며 나지막하게 말했다.

"설랑은 이제 그만 인피구를 벗도록 하시오. 이제는 아무 위험도 없으니 안심하고 본색을 드러내도록 하시오."

"큰스승님께서는 어떻게 소녀의 얼굴이 인피임을 아셨습니까?"

설랑은 그가 자신의 얼굴이 인피임을 알자 매우 놀라서 솔직하게 물어보았다. 그러자 청려선인은 껄껄 웃으며 그녀에게 말했다.

"원래, 사람의 목소리는 그 얼굴에 나타나는 조음기관에서 생성되는 것이오. 그러나 지금 설랑의 목소리는 전혀 얼굴과 일치가 되지 않고 또 체형으로 보아 그 얼굴이 설랑의 얼굴이 아님을 알 수 있소. 원래 신의(神醫)는 환자의 목소리를 듣거나 얼굴만 보아도 그 병을 알 수 있는 것이오. 게다가 지금 쓰고 있는 인피구는 우리 청려선방에서 가장 정교하게 제작한 것이니 아마 정고가 만들어 준 것이 틀림없겠구려."

"네, 맞습니다. 제 얼굴은 정고 스승님이 만들어준 것입니다."

이렇게 말하며 설랑은 고개를 돌리고 그 인피구를 벗어버렸다. 그러자 눈이 부실 정도로 아름다운 절세미녀인 설랑의 본 얼굴이 드러났다. 청려선인과 용명은 그녀의 아름다운 모습에 매우 흡족한 듯이 만면에 미소를 머금었다.

청려선인은 용명을 향하여 일우가 계수향과는 헤어졌느냐고 물었다. 그러자 그녀는 정고가 청려선인에게 써준 서신을 공손히 내놓았다. 그는 그 서신을 자세히 읽더니 *쯧쯧* 하며 가슴이 아파 한참이나 말없이 눈을 감고 있었다. 이윽고 그는 다시 신려를 품에 안더니 설랑에게 부탁하듯이 말했다.

"내 손에서 이 아이의 할아버지와 아버지를 길렀소만 이 아이는 아마 내 손에서 길러내기는 어려울 것 같소. 물론 우리가 지극한 사랑으로 아이를 돌보고 가르치겠지만 이 아이를 잘 기르는 것은 이제 설랑의 몫이오. 죽은 생모를 생각하고 더욱 아이를 잘 길러 할아버지나 아버지처럼 조국 고구려를 빛내는 위대한 영웅으로 키우기를 바라오."

"네, 큰 스승님. 이 아이는 제 친아들이나 마찬가지입니다. 죽은 수향 언니를 생각해서라도 더욱 잘 기르겠습니다. 앞으로 많이 도와주십시오."

설랑이 이렇게 싹싹하게 말하자 청려선인과 용명은 고개를 끄떡이며 그녀의 말을 긍정하였다. 그때 아리선녀가 밖에서 청려선인에게 외치듯 말하였다.

"큰 스승님, 저 아리입니다. 들어가도 될까요?"

"오, 어서 들어오시게. 그렇잖아도 부르려고 했네."

청려선인이 이렇게 말하자 아리가 그의 방으로 들어왔다. 그녀는 용명의 제자들로부터 일우의 아내와 아들이 왔다는 소리를 조금 전 들었었다. 그녀는 하던 부엌일을 다른 사람에게 맡기고 급히 이곳으로 들어온 것이다. 그녀는 설랑을 보자마자 그녀를 가슴에 끌어안았다. 이미 나이가 35세가 넘은 그녀는 자신이 기른 일우가 장가를 들어 아내와 아들을 둔 것이 매우 대견하였다.

설랑은 그녀가 바로 친누이처럼 일우를 기른 아리선녀임을 알고 그녀를 힘껏 끌어안았다. 두 사람 사이에 한 사람을 두고 맺어진 혈육 같은 진한 정이 흘렀다. 잠시 뒤 두 사람이 포옹을 풀고 나자 아리는 신려를 안고 한참동안 기쁨의 눈물을 흘렸다. 신려는 아리의 코를 자꾸 만지려고 하였는데 그녀는 아이를 어찌나 예뻐하는 지 모두가 그 광경을 보고 흐뭇해하였다.

청려선인은 설랑과 신려가 살 누각을 정해주고 이곳에서 지내는 데 전혀 불편함이 없도록 하라고 용명에게 지시하였다. 그리고 아리에게는 설랑을 도와 신려를 잘 길러줄 것과 설랑이 이곳에서 잘 적응할 수 있도록 도와줄 것을 부탁하였다.

그들은 설랑으로부터 일우가 중원 무림을 제패한 이야기 특히 전설의 혼천팔무의 전승자인 점창파의 천곡장을 물리치고 혼천팔무 비급을 불태우게 한 이야기 등을 흥미진진하게 들었다. 또한 당나라의 이정 대장군이 연개소문을 사부로 받들며 그 외동딸 매향이 일우 일행을 도와 일우와 천하비무를 함께 다니고 있는데 둘이 당황제의 마수를 피해 서역으로 달아난 사실 등을 이야기해주었다. 그녀는 일우가 그녀와 매우 사랑하는 사이가 되어 아마도 함께 고구려에 들어올 것 같다는 말도 하였다. 그러자 청려선인은 일우가 타고나기를 너무도 염복이 많아 큰일인데 다행히 절제심이 많아 큰 문제는 없을 것이라고 말하였다.

설랑의 이야기를 다 듣고 난 후 그들은 자리를 파하였다. 설랑은 아리의 안내로 청려선방의 여기저기를 구경하며 말로만 듣던 남편의 조국 고구려의 민간수련집단 중 가장 큰 백두산의 청려선방의 실체를 똑똑히 보았다. 그녀가 보니 신라의 화랑도 조직은 조의선인 조직에 비하면 조족지혈(鳥足之血)임을 깨닫고 씁쓸하였다. 그날부터 그녀는 그렇게 청려선방에서 신려를 데리고 정착하기 시작했다.

제8장 량주(涼州)로 가는 길

　일우와 매향은 여산의 고창원정군 진지로부터 약 6시진 정도를 말 위에서 마른 고기만 씹어 먹고 물을 마시며 계속 사주를 향해 달렸다. 두 사람은 금위군들의 추격이 두려웠으며 또 자신들의 탈출을 안 황제 이세민이 분명히 척살대를 보내 자신들을 죽이려고 할 것이라고 짐작했다. 또한 이세민은 자신들이 서역으로 가는 모든 관문을 통과할 때마다 자신들을 체포하거나 죽이라고 명령할 것이 분명하다고 판단했다.

　그들은 사주로 가기 위해 우선 난주를 거쳐야 했다. 그러나 마른 고기와 물만 먹고 마시며 약 1800여리를 말로 이동하기는 매우 어려운 일이었다. 비록 두 사람의 말이 성능이 매우 좋은 토번산 말이었지만 하루에 6시진 동안 말을 달린다는 것은 말의 안전에도 대단히 위험한 일이었다.

　그들이 진주(秦州)5)에 이르러 말을 멈추었을 때는 이미 해가 서산에 기울고 있었다. 두 사람은 부득이 진주성내로 들어가서 객잔에 들기로 했다. 두 사람은 말을 타고 성내를 이곳저곳 다니면서 객잔을

---

5) 오늘날의 감숙성의 천수시로 진(秦)나라의 본거지였다. 또한 이곳이 금성일 때 신라가 이곳에서 시작되었다는 설이 있다.

찾았는데 마침 건양객잔(建陽客殘)에 빈 방이 있어 그곳에서 투숙을 하게 되었다.

그 객잔은 3층으로 된 대형 누각으로서 1층은 150평이나 되는 반점이었고 2, 3층에는 수십 개의 객실이 있었다. 1층에는 저녁 식사를 하고 있는 사람들로 만원이었는데 많은 사람들이 서역 출신의 사람들처럼 보였다.

그들은 그 객잔에 들어오자마자 마방에 말을 맡기고 나서 자신들의 방이 있는 3층으로 올라갔다. 두 사람은 신변의 안전 문제로 인해 부득이 한 방을 쓰게 되었는데 남쪽 끝에 있는 2인용의 넓은 방을 쓰게 되었다. 두 사람은 그 방에 들어가서 여장을 풀자마자 피곤이 몰려오기 시작했다. 너무도 먼 길을 쉬지 않고 달려오느라 지칠 대로 지친 것이다. 일우가 눈을 감고 누워 막 잠이 들려고 하는데 매향이 그를 깨웠다.

"선우 공, 저녁 식사를 하고 주무셔야 하지 않겠어요? 아무래도 내일 새벽 일찍 떠나려면 오늘 든든히 먹어야할 것 같은데요."

일우는 눈꺼풀이 무거워 눈을 뜨지 못하는 듯 눈만 깜빡거렸다. 그러자 매향이 그에게 다가와 그의 목에 자신의 오른 팔을 대고 그를 붙잡아 일으켰다. 그러자 일우가 벌떡 일어났는데 그만 그의 입술이 그녀의 입술 근처에 닿고 말았다. 그녀가 장난스러운 표정으로 그의 두 눈을 바라보았다. 두 사람의 눈이 서로 마주치자 두 사람은 서로에게 매우 끌리는 것을 느꼈다. 하지만 일우는 순간 죽은 아내인 수향을 생각하고 그녀에게서 고개를 돌렸다.

그때였다. 점소이가 방문을 두드렸다. 두 사람이 아무 대답이 없자 점소이는 방문 앞에서 안을 향해 큰 소리로 말했다.

"손님들, 지금 저녁 식사를 안 하시면 오늘 저녁은 없습니다. 빨리 내려오셔서 식사를 하십시오."

일우는 그녀에게 내려가서 식사를 하자고 말했다. 그녀는 할 수 없이 머리와 옷매무새를 만지고서는 그와 함께 1층 반점으로 내려갔다. 두 사람은 만일을 대비해 검을 가지고 갔다.

그들이 남쪽 창 가까이에 있는 자리에 앉자 10대 후반의 점소이가 다가와서 그들에게 물었다.

"손님들, 무엇을 드실 건가요?"

"이 집에서는 무엇을 제일 잘 하나요?"

매향이 점소이에게 물었다.

"저희 집에서는 군만두와 돼지 절편 그리고 양고기 구운 것이 아주 일품이지요. 한 번 잡숴보시면 그 맛을 평생 잊지 못할 겁니다."

두 사람은 점소이의 넉살에 서로를 쳐다보며 미소를 지었다. 밉지 않은 녀석이라는 생각이 들었다. 두 사람은 그 모두를 가져오라고 시켰다. 물론 밥도 충분히 가져오라고 말했다. 그가 주문을 받고 간 후 일우는 앞으로 매향과 단 둘이 당분간 다닐 여행에 대해 어떻게 해야 하나 하는 생각이 문득 들었다. 자신은 죽은 아내의 3년 상을 아직도 치루고 있는 몸이라는 생각이 퍼뜩 들었다. 그의 이런 생각을 짐작했는지 매향은 그저 그의 얼굴만 뚫어지게 바라보더니 그에게 불쑥 말했다.

"우리 둘이서 그냥 끝까지 천축까지 갔다 오면 참 좋을 것 같아요."

"앞으로 고생이 산더미 같을 텐데 재미가 있겠어요?"

일우가 그녀에게 빙긋 웃더니 이렇게 말했다.

"고생보다도 재미가 더 많을 것 같아요. 중원에서 여행도 많이 다녀보았지만 서역행은 이번이 처음이거든요."

매향이 이렇게 종알거리듯 말하자 일우는 그녀가 참 극성맞은 여자라는 생각이 들었다. 도대체 무서움을 모르는 여자가 아닌가 하는 생각이 들었다.

"앞으로 그가 우리를 그냥 놔두겠어요? 아마 끝까지 괴롭힐 것 같은데요."

일우가 이렇게 걱정스럽게 말하자 매향은 그에게 더욱 장난스럽게 말했다.

"천하제일의 고수와 다니는데 무어가 걱정이에요? 이젠 너무 상대방의 입장만 봐주지 마세요. 알겠죠?"

그들은 앞으로 벌어질 일에 대하여 도란도란 이야기를 하면서 식사가 오기를 기다렸는데 한식경이 다 되도록 주문한 식사가 오지 않았다. 그때였다. 갑자기 *아악!* 하는 비명소리가 났다.

두 사람이 고개를 돌려 왼편을 바라보았다. 반점 한 가운데서 덩치가 코끼리만한 거한이 점소이의 따귀를 올려붙여서 그의 코피가 터지고 얼굴이 시퍼렇게 부어올라 있었다. 그 거한은 점소이를 들어서 바닥에다 내팽개치려 하고 있었다. 주인은 벌벌 떨면서 입구 계산대 뒤에 몸을 숨기고 있었다.

일우는 순간 섭물취공(攝物取功)의 수법으로 그 점소이를 자신

쪽으로 끌어당겼다. 곧 점소이가 일우 쪽으로 날아와서 바로 옆 빈자리에 앉게 되었다. 그러자 점소이를 바닥에 패대기를 치려던 거한은 눈이 휘둥그레져서 그가 공중으로 날아가는 모습을 멍청히 바라보고 있었다. 또한 반점 안에 있던 약 70명의 손님들도 넋 나간 표정으로 그 광경을 바라보고 있었다.

점소이가 자리에 착석하자마자 얼굴에 온통 수염투성이인 20대 후반의 그 거한은 일우가 곱상하게 샌님처럼 생긴 것을 보고 호승심이 발동하였다. 한번 맞짱을 뜨면 자신이 충분히 승산이 있을 것으로 생각하였다. 그는 갑자기 일우를 향해 달려왔다. 그리고 그의 면상을 향해 오른 주먹을 강하게 날렸다.

그러나 순간 그는 온 몸의 혈도를 매향에게 제압당하여 그 자리에서 꼼짝 못하게 되었다. 그녀가 오른 손날을 휘둘러 그의 가슴 급소 한 방을 치자 그는 마치 코끼리가 쓰러지듯 그 자리에서 *쿵!* 하고 무너졌다.

그러자 객잔주인이 계산대 뒤에서 달려 나왔다. 그는 그 거한의 코밑에 오른 손 검지를 대어보았다. 다행히 그의 숨은 붙어있었다. 그는 물수건으로 그의 얼굴을 닦아주었다. 그때 갑자기 서쪽 구석에서 사태를 지켜보고 있던 거한의 똘마니들 여덟 명이 장검을 휘두르며 두 사람에게 달려들었다. 그러나 그들은 매향이 비수처럼 날리는 대나무 젓가락들에 모두 마빡이 찍혀 그 자리에 쓰러졌다.

그러자 객잔주인은 더욱 안절부절 못하며 그들 아홉 사람을 간호하기에 여념이 없었다. 일우가 이상하게 생각하고 주인에게 큰 소리로 물었다.

"그들이 대체 누구기에 주인장이 그리도 안절부절 하시오?"

매향 또한 주인을 이상하게 생각하고 있던 터라 그를 뚫어지게 바라보고 있었다.

"아이고, 대협들의 도우심은 감사하나 이제 저희 객잔은 망했습니다. 이 분은 여기 진주자사인 후군집 님의 친아우이신 후군태 님이고 나머지 분들은 그 분의 호위무사들입니다. 이제 이 분들이 깨어나시면 분명히 자사님에게 말씀드려 두 분을 처벌할 터이고 저희 객잔은 두 분의 폭력을 방조했다고 문을 닫게 할 겁니다. 그러니 이를 어쩌면 좋겠습니까? 차라리 두 분이 진주 자사부에 가서 자수하고 선처를 구하시는 것이 어떻겠습니까?"

두 사람은 주인의 이런 말을 듣자 어처구니가 없었다. 개에게 물릴 뻔한 사람을 도와주려고 했다가 되레 개에게 물린 꼴이었다. 두 사람은 주인의 말을 묵살했다. 그리고 빨리 식사나 가져오라고 시켰다.

잠시 뒤 깨어난 진주자사의 동생인 후군태와 그 호위무사들은 일우와 매향을 흘겨보면서 객잔을 황급히 빠져나갔다. 그러자 점소이가 주방에서 음식을 날라다가 두 사람 앞에다 놓았다. 그는 두 사람에게 정말 감사하다고 몇 번이나 고개를 숙이며 감사를 표시했다. 일우와 매향은 점소이에게 돈을 좀 쥐어주면서 아무래도 이곳에 있기는 힘들 것 같으니 다른 좋은 취직자리를 알아보라고 말했다.

두 사람은 하루 종일 물과 마른 고기만 먹고 지낸 터라 객잔의 음식들을 맛있게 먹어치웠다. 그리고 자신들의 침소가 있는 3층 북쪽 끝 방으로 갔다. 두 사람은 단 둘이 있게 되자 다시 연애감정이 들기 시작했다. 그러자 일우는 죽은 수향을 생각하고 참아야 한다고 이를 악물고서는 이부자리를 방 한쪽 구석에 따로 폈다. 그리고 조용히 눈을 감고 잠을 청하기 시작했다.

매향은 일우가 생각보다 쌀쌀맞게 나오자 자신도 오기가 생겼다. 그녀는 속으로 흥, *누가 이기나 보자* 하는 심정이었다. 그녀는 일우와 멀리 떨어진 구석에 이부자리를 펴고 자리에 누웠다. 매향은 방안에서 퀴퀴한 홀아비 냄새 같은 것이 나는 것 같았다. 별로 깨끗한 방은 아니었지만 일우가 이틀간이나 안 씻어서 그런가 하고 그녀는 참을 도리 밖에 없었다.

그녀는 눈을 감자 병든 아버지의 얼굴이 떠올랐다. 참 자신도 한심한 불효녀라고 생각했다. 어쩌다 저런 새외의 무사를 만나 이렇게 함께 천하비무에 동행하다가 사랑에 빠졌는지 자신도 알 수 없었다. 게다가 자신은 늙고 병든 부모의 수발을 내팽개치고 남자 그것도 유부남의 꽁무니나 쫓아다니는 한심한 처녀라고 생각했다. 하지만 그녀는 벌써 잠이 들어 코를 드르렁 골며 자는 일우를 바라보면서 왜 자신은 그가 그리도 사랑스러운지 이유를 알 수가 없었다.

무공이 초절한 것과 경세지학을 품고 있는 것 때문인가 하고 생각했지만 그것은 아닌 것 같았다. 그렇다고 일우가 만인을 압도할 만큼 선풍도골의 잘 생긴 사람도 아니었다. 그런데 왜 그녀는 그가 그리도 좋은 지 알 수 없었다. 그를 위해서라면 자기 목숨을 초개와 같이 내놓아도 아깝지 않은 그녀였다.

아직 연애의 진도라고는 겨우 장안취루에서 입맞춤을 한 것이 고작이었지만 그녀가 보기에 일우는 확실히 자제력이 엄청난 남자였다. 장안취루에서 그리도 술에 취해 있을 때 자신이 생애 최고의 정성을 들여 화장을 하고 사향을 몸에 간직한 채 그를 유혹하였어도 그는 전혀 미동도 하지 않았다. 오늘 밤도 한 방에 단 둘이 있는데 분명히 그가 자신의 몸을 탐할 줄 알았다.

그러나 그는 저렇게 태평하게 코만 드르렁 골며 자고 있지 않은가 말이다. 그녀는 자신이 여성으로서 그에게 큰 매력을 보여주지 못한 것이 아닌가 하고 생각했다. 하지만 그 또한 자신을 사랑하고 있는 것은 분명하다는 생각이 들었다. 그런데 왜 저렇게도 자신을 억제하며 죽은 아내인 계수향만을 추념하며 시간을 보내는지 그녀는 참 알 수 없었다. 그녀는 이런 저런 생각을 하며 깊이 잠들어 있는 일우의 모습을 물끄러미 바라보았다.

그러다가 그녀도 눈꺼풀이 천근같이 무거워지면서 잠에 빠져들기 시작했다. 그들이 한참 잠에 취해 있을 때인 미시(오전1시-3시) 중반 쯤 이었다. 그들의 방문을 점소이가 마구 흔들어 대었다. 그는 다급한 목소리로 두 사람이 자고 있는 방문을 향해 말했다.

"두 분 대협들, 빨리 일어나세요. 지금 후군태 일당들이 수백 명의 군사들을 데리고 몰려오고 있습니다. 빨리 일어나지 않으시면 큰일 납니다. 빨리 일어나세요."

일우가 먼저 눈을 떴다. 그는 매향을 흔들어 깨웠다. 그러나 그녀는 눈을 감은 채 그의 품에 찰싹 안겨왔다.

"매향 소저, 지금 위기입니다. 점소이가 말하기를 아까 그 자가 수백 명의 군사들을 이끌고 이쪽으로 오고 있답니다. 빨리 여기를 빠져 나가야 할 것 같아요. 일어나세요."

일우가 이렇게 말하자 그때서야 매향도 눈을 번쩍 떴다. 두 사람은 검을 들고 전대를 등에 맨 채 방문을 열었다. 점소이가 혼자 서 있었다. 그는 두 사람에 대한 보은 때문인지 여태까지 자지 않고 자신의 방에서 창문 밖으로 후군태 일당이 몰려오나 망을 보고 있었다. 그러다가 멀리 달빛에서 그와 수 백 명의 군사들이 말을 타고 오는 것을 보았다. 그래서 그는 자신의 방에서 급히 나와 그들에게 들키기 전 목숨을 걸고 두 사람에게 제보를 하였던 것이다. 두 사람은 점소이의 안내대로 북쪽 창문을 통해 몸을 날려 이미 그곳에 점소이가 대기시켜 놓은 말 등에 뛰어 탔다.

"이제 이 객잔을 빠져 나가실 때 저를 다른 마을까지만 데려다 주세요. 저도 이미 이곳에서는 살 수가 없게 되었습니다. 그러니 힘드시지만 저도 말을 좀 태워주세요."

점소이가 이렇게 말하자 매향은 그에게 자신의 말 뒤에 타라고 말했다. 두 사람이 막 말 잔등을 후려쳐서 건양객잔을 빠져나갈 때였다. 약 550여 명은 되는 군사들이 말을 타고 후군태와 그 호위무사들의 뒤를 따라 건양객잔을 포위하기 시작했다.

후군태 일행과 20여 명의 군사들은 1층 별실에서 한참 잠을 자고 있는 객잔주인을 깨웠다. 그들은 그에게 일우와 매향의 거처로 안내하라고 칼을 들이대었다. 그러자 주인은 부들부들 떨면서 목숨만 살려달라고 애걸복걸하며 일우와 매향의 객실로 그들을 안내했다. 그들이 방문을 확 열어 젖혔을 때 그 방안에는 아무도 없었다. 그들은 전후좌우를 둘러보다가 북쪽 창문이 열린 것을 발견했다.

그들이 창문 밖으로 보니 멀리 일우와 매향이 희미한 달빛 아래서 말을 타고 달아나고 있었다. 일행은 객잔 주인에게 다시 한 번 이 따위 짓을 하면 가만 놔두지 않겠다고 을러대었다. 그리고는 559 명이 말을 달려 일우와 매향을 전속력으로 쫓아가기 시작했다.

일우와 매향 그리고 점소이가 진주성 북문에 왔을 때 군사들 삼십 명이 성루에서 세 사람을 향하여 화살을 쏘아댔다. 일우는 칼을 휘두르며 그들의 화살을 분지르면서 품에서 콩알만한 철환을 수십 개 꺼내 그들에게 내공을 실어 전력으로 집어 던졌다. 군사들이 모두 철환에 이마를 맞고 죽어 성루에서 굴러 떨어지기 시작했다.

북문은 이미 굳게 닫혀 있었다. 일우가 말에서 내려 차력을 써서 수천 관의 무게가 나가는 쇠막대로 막아놓은 성문을 열어 젖혔다. 그들은 북문을 떠나 난주 방향으로 달려가다가 어느 산 밑에 있는 마을 어귀에 도착하자 점소이를 말에서 내려주었다. 일우는 전대에서 황금 100량을 꺼내 그에게 주면서 몸조심하고 부디 잘 살라고 격려를 하였다. 점소이는 눈물을 글썽이면서 두 분 대협의 안전과 행복을 빌겠다고 말한 후 두 사람과 헤어져 마을 쪽으로 터벅터벅 걸어갔다.

그들은 그가 떠나자 다시 전속력으로 난주 방향으로 말을 달렸다. 그러나 그들이 약 두 시진 쯤 산길로 말을 달렸을 때 매향의 말이 *히/히/힝* 하고 비명을 지르더니 발을 꺾으며 앞으로 꼬꾸라졌다. 아마도 너무도 힘이 들어 지쳐 쓰러진 것 같았다. 매향이 쓰러지는 말에서 잽싸게 뛰어내려 사뿐히 착지하였다. 일우도 얼른 말에서 내려 그 말을 살피러 갔다. 그러자 매향이 걱정스러운 듯이 일우를 쳐다보며 말했다.

"이제, 어떡하죠? 말이 너무 힘들어 쓰러졌으니 말예요. 아무래도 이 말은 숨을 이렇게 몹시 헐떡이는 것을 보니 곧 죽을 것 같네요. 이제 타고 갈 말도 없어졌는데 곧 군사들은 몰려올 것 같고 큰 걱정이네요. 그런데 내 생각으로 아까 본 그 군사들이 황궁 금위군들인 것 같아요."

"음, 매향소저 말이 맞는 것 같군요. 분명히 그들은 우리 뒤를 전속력으로 쫓아온 황산호 교위 수하의 금위군들인 것 같아요. 이제 곧 그들이 뒤쫓아 올 터인데 뒤는 험한 산이니 어쩌나......."

두 사람은 청각을 곤두세웠다. 약 500장 정도 되는 거리에서 수백 마리의 말이 달려오는 소리가 들렸다. 두 사람은 도무지 그들과의 접전을 피할 방법이 떠오르지 않았다. 그러자 일우의 머릿속에는 한 가지 방법이 떠올랐다. 즉 자신이 혼자서 그들과 한참 싸우다가 도저히 불리해지면 혼일산을 던져 그들이 정신을 못 차리고 헤맬 때 그들의 말을 빼앗아 타고 달아나는 수밖에 없었다.

일우와 매향은 잠시 뒤 죽은 말을 한 쪽으로 치우고 둘이 일우의 말에 올라탔다. 그리고 남동쪽 방향을 응시하며 태산처럼 장중하게 서있었다. 일우가 매향에게 엄숙하게 말했다.

"이번 싸움은 나와 당황제와의 싸움이니 매향 소저는 아버님을 고려해서 절대 이 싸움에 끼어들지 마세요. 비록 지금은 매향 소저가 당황제에게 의심받고 있으나 이정 대장군님의 나라에 대한 충의가 매향 소저로 인해 의심받아서는 아니 될 것입니다. 그러니 내가 설령 이들과 싸우다 죽는 다해도 매향 소저는 이 싸움에 절대 개입하지 마세요."

그러자 그 말을 듣는 순간 매향은 일우의 고매한 인품과 자신에 대한 배려에 매우 감사했다. 하지만 자신을 아직 동반자라기보다는 그저 협조자로 여기고 있는 일우에게 좀 화가 났다. 그녀는 일우에게 쏘아붙였다.

"지금 무슨 송양지인6)을 강론하고 계시는가요? 죽느냐 사느냐 하는 판에 나라가 어디 있어요? 일단 적을 죽여야 내가 사는 것 아닌가요? 내 걱정 마시고 선우 공이나 몸조심 하세요."

일우는 자신에게 눈을 흘기는 매향을 보고 그녀의 속마음을 읽었다. 즉 자신과 운명을 함께 하려는 것이다. 잠시 뒤 후군태 일행과 기마 군사들 559여 명이 그들 앞을 달려왔다. 그들은 말 위에서 일우와 매향이 한 말 위에 앉아 자신들을 대기하고 있는 것을 보고 깜짝 놀랐다. 그들은 두 사람의 100장 정도 앞에서 갑자기 말을 멈췄다. 그때였다. 일우가 전신의 내공을 총동원하여 벽력같이 외쳤다.

"너희들이 쫓아 올 줄 알았다. 너희들이 죽음을 자초하고 있구나. 어느 놈부터 죽을 거냐. 자, 한 번에 몽땅 덤벼라. 핫핫핫핫핫!"

그러자 그들은 자신들의 귀의 고막이 터지고 온 내장이 울렁거리는 등 지독한 통증을 느꼈다. 그들은 귀를 두 손으로막으며 일우의 벽력음공(霹靂音功)을 막으려고 온갖 노력을 기울였다. 하지만 자신들의 내공이 딸리자 이백여 명이 벌써 견디지 못하고 말에서 굴러 떨어졌다.

---

6) 송나라 양공의 어짐. 너무 착하여 쓸데없는 아량을 베푸는 것. BC 648년 송나라 양공이 초나라와 대군과 싸울 때 초군이 홍수(泓水: 河南省)를 건너올 때까지 아량을 베풀고 기다리다가 패하고 자신도 부상을 입어 죽은 고사를 일컬음. 일반적으로 지나치게 착하기만 하여 권도(權道)가 없음을 이름.

그때였다. 황산호가 천둥처럼 외쳤다.

"공격하랏!"

남은 삼백 오십 여명이 장검과 장창과 쇠도끼 등을 휘두르며 두 사람을 일시에 공격하기 시작했다. 그러자 일우가 몸을 마상에서 날리면서 앞에서 달려오는 수십 명을 일시에 검을 휘둘러 모두 베어버렸다. 그는 쓰러지는 한 군사의 말을 빼앗아 탔다. 그리고 전속력으로 말을 달리며 나머지 군사들을 무섭게 베기 시작했다. 그가 얼마나 말을 빨리 달리며 검을 번개같이 휘둘러대는지 마치 하늘의 신장(神將)이 하강한 것 같았다.

그는 죽어가는 군사들로부터 칼 열 자루를 빼앗아 그것들을 온 내공을 총동원하여 다시 어검술로 조종하였다. 칼 열 자루가 빙빙 돌면서 마상의 금위군들의 목을 후려치기 시작했다. 일백여 명이 곧 죽어 나자빠졌다. 이윽고 일우의 무극신검 전 초식이 일시에 구사되기 시작하자 후군태 일행과 진주부 군사들 그리고 금위군사들은 모두 피를 토하며 쓰러지기 시작했다.

황산호는 위기를 느끼고 100장 밖으로 순식간에 튀어나갔다. 그러자 일우는 다시 말위에서 몸을 날려 날아가는 황산호를 검으로 공격하였다. 황산호는 이미 내상을 입은 상태라 변변히 공격을 하지 못하고 일우의 검에 어깨를 베어 땅에 쓰러지고 말았다. 그는 황산호에게 무서운 목소리로 말했다.

"너희 황제에게 전해라. 만일 우리 뒤를 계속 쫓으면 모두 이 꼴이 된다고 하라. 그리고 감히 고구려를 우습게보지 말라고 전해라. 알겠느냐?"

매향은 일우의 무신(武神)같은 무서운 모습에 일말의 소름이 전신에 쫙 돋으면서도 웬일인지 몸이 떨리는 쾌감을 느꼈다. 그녀는 너무도 일우가 멋있어 보였다. 황산호는 일우의 칼이 자신의 목을 칠까 봐 몸을 덜덜 떨면서 그저 *예예!* 하며 그에게 부복하고 있었다.

한식경도 채 지나지 않아 559명 중 중상을 입은 한 명을 제외한 모두가 일우의 초절적인 무공에 의해 몰살당하고 만 것이다. 일우가 중원으로 들어와서 웬만하면 사람을 죽이기 싫어했으나 이번에는 어쩔 수 없는 상황이 되자 마치 하늘의 신장처럼 무시무시한 힘을 발휘하여 자신들을 추적해 온 당나라 황궁의 금위군사들을 완전히 쓸어버린 것이다.

일우는 만일을 대비해 빼앗은 칼 다섯 자루를 말에 실었다. 그의 몸에서 피 냄새가 진동했다. 그는 매향에게 *씨익* 웃으며 다시 난주를 향하여 달리자고 말했다. 매향은 그의 미소에 섬뜩함을 느끼면서도 마음속에서는 기쁨이 샘솟아나서 미소로 그에게 화답하였다. 두 사람은 다시 난주를 향하여 산길을 전속력으로 달리기 시작했다. 보름달을 지난 하현달이 두 사람위에 우유 같은 뿌연 달빛을 흩뿌리고 있었다.

두 사람이 약 두 시진동안 말을 달리자 이미 동녘 산위에서 둥근 해가 여명을 드러내기 시작했다. 두 사람은 근처의 위수(渭水)가로 갔다. 도저히 일우의 몸에 흥건한 피를 씻지 않고서는 벌건 대낮에 다닐 수가 없었기 때문이었다. 두 사람은 말에서 내렸다.

매향이 두 마리 말을 돌보기로 하고 일우 혼자 위수가에서 몸을 씻기로 하였다. 일우가 등 뒤에서 옷을 벗는 동안 그녀는 그가 벗는 모습을 안 보려고 멀리 북서쪽 하늘로 눈을 돌렸다. 일우는 내의만 남겨놓고 옷을 모두 벗은 채 강가에서 몸의 피를 씻기 시작했다.

강위에서 안개가 피어오르고 있었고 물새들이 푸드득거리며 날아갔다. 피가 너무 많이 몸에 배어 있었고 심지어는 내의에까지 온통 피가 스며들어 피비린내가 코를 진동하고 있었다. 일우는 물속에서 부득이 내의마저 벗고 몸에 묻은 피를 씻어야 했다. 그때였다. 매향이 다급하게 외쳤다.

"누가 와요. 빨리 물에서 나오세요."

일우는 매향이 지금 장난을 치고 있는 것을 직감했다.

"지금 어쩔 수 없이 내의도 벗었으니 내 내의를 전대에서 꺼내 좀 갖다 주세요."

일우가 느긋하게 이렇게 말하자 매향은 장난기가 발동하였다. 그녀는 일우의 내의를 전대에서 꺼내 손에 들고 일우가 목욕을 하고 있는 곳 까지 다가왔다. 그녀는 일우의 물속에 잠긴 나신을 바라보며 종알거리듯 말했다.

"흥, 누가 온다는데도 미동도 하지 않고 시녀처럼 시켜만 먹는군요."

"하하, 올 테면 오라고 하지요. 이렇게 벌거벗고 몸을 씻으니 세상이 다 내 것 같군요. 매향 소저도 벗고 좀 씻으시지요. 아마 이제 난주까지 남은 구백리 길에 다시 씻을 기회가 없을 텐데요."

일우가 이렇게 태평스럽게 말하자 매향은 기가 막혔다. 무슨 사람이 여자 앞에서 부끄럽지도 않은가 생각이 들었다. 유부남이라 과연 뻔뻔스럽군 하고 그녀는 생각했다. 그녀는 일우에게 쏘아붙였다.

"흥, 처녀 앞에서 부끄럽지도 않은가 보군요. 그리고 어떻게 백주대낮에 처녀가 강가에서 몸을 씻는 단 말에요? 빨리 옷 입고 나오세요. 정말 사람들이 보면 어쩌려고 그래요. 자요, 안 볼 테니 돌아서서 옷을 입으세요."

매향이 고개를 돌리고 그의 내의를 그에게 주었다. 그러자 일우는 픽 웃으며 물속에서 나와 내의를 주섬주섬 주워 입기 시작했다. 순간 매향이 고개를 돌려 일우의 멋진 나신을 보고 말았다. 그녀는 순간 얼굴이 홍당무가 되어 말 있는 쪽으로 달려가더니 말을 타고 혼자서 마구 달려가기 시작했다.

일우는 내의와 겉옷 그리고 장삼들을 잘 차려 입은 후 머리를 뒤로 넘겨 묶고서는 말 있는 데로 갔다. 그리고 말을 타고 매향이 간 쪽으로 달려가기 시작했다. 저 멀리 약 1000 장 앞에서 매향이 말을 달리고 있었다. 일우는 그녀가 짓궂게도 자신의 나신을 훔쳐본 것을 생각하고는 쓴웃음을 지었다.

가도 가도 끝없는 산길이었다. 난주까지 가려면 아직도 900여 리를 더 가야 한다고 생각하자 갈 길이 까마득했다. 하지만 두 사람은 말을 달리고 또 달렸다. 두 사람은 한 시진 쯤 달리다 산길에서 말을 멈추고 쉬면서 풀이 있는 곳을 찾아 말들에게 풀을 먹여야 했다. 난주로 가는 길의 남동부는 주로 산으로 이루어진 길이었기에 말들이 먹을 풀은 충분했다.

북서쪽으로 올라갈수록 길에서는 대막(大漠)에서 불어오는 황사가 매우 심하게 날리고 있었다. 아무리 씻었어도 소용이 없었다. 곧 먼지를 뒤집어쓸 수밖에 없는 땅이었다. 그러자 그들이 난주의 근처까지 왔을 때는 하늘에 온통 시커먼 먹구름이 깔리더니 큰 비가 내리기 시작했다.

그들이 만 하루를 꼬박 달려 난주 근처 황하 나룻가에 도착했을 때는 이미 밤이 깊어 미시(오전 3시-5시)가 끝날 무렵이었다. 두 사람의 몸은 이미 큰 비에 흠뻑 젖어 아주 흥건한 상태가 되어 있었다. 두 사람은 비로 인해 엄청 불어난 흙탕물 같은 황하를 바라보며 한숨을 내쉬었다. 강을 건널 수 있는 배들이 전혀 보이지 않았기 때문이다.

그들은 나룻가에서 잠시 망연자실하고 있었는데 마침 중형의 목선 하나가 그들에게 접근했다. 비가 심히 오는 바람에 어제부터 하루종일 공치다시피한 선주가 이른 새벽에 혹시나 강을 건너는 손님이 있나 해서 일찍 나왔다가 일우와 매향을 발견하고 다가온 것이다.

약삭빠른 선주가 두 사람에게 한꺼번에 두 사람과 말을 다 나를 수 없으니 한 번에 한 사람과 말 한 마리씩만 건너야 한다는 것이다. 그는 그들에게 한 번 도강하려면 1,000전을 내라고 요구했다. 두 번 가야 하니 2,000전을 내라는 것이다.

매향이 비에 젖은 전대에서 당나라 돈인 건원중보로 2,000전을 지불했다. 그러자 그 선주는 *쉐쉐!* 하면서 얼굴에 가득 미소를 띠며 그 돈을 받더니 매향과 말부터 배에 태우고 황하를 건너기 시작했다. 빗발이 점점 강해지자 매향과 말을 태운 배는 기우뚱거리며 물살을 거슬러 강안으로 건너가고 있었다. 일우는 조마조마 하면서 그 배가 도강하는 것을 지켜보고 있었다. 약 반식경이 흘러 배가 강안에 도착하자 매향이 황하 저편에서 일우에게 무사히 도착했다고 손을 흔들었다.

배가 다시 일우 쪽으로 왔다. 그가 말에서 내려 말을 쓰다듬으며 배로 가자고 말했다. 말이 추운지 머리를 한 번 흔들어대며 몸의 물을 흩뿌려댔다. 그러더니 말은 일우가 이끄는 대로 배위에 올라탔다. 선주는 다시 조심조심 배를 몰고 황하를 건너기 시작했다. 비는 점점 심하게 오면서 황하의 물결은 큰 파도처럼 넘실거렸다.

매향은 강안에서 일우가 탄 배가 도강하는 것을 조마조마하게 바라보고 있었다. 배는 좌우로 기우뚱 기우뚱하면서 반식경 만에 물살을 거슬러서 간신히 난주 쪽 강안에 도착했다. 일우가 선주에게 수고했다고 치하하면서 황금 다섯 냥을 전대에서 꺼내 주자 선주는 허리가 땅에 닿을 듯이 일우에게 인사를 하였다.

두 사람이 다시 말에 올라 난주에 도착해보니 난주의 성곽 중 남문은 이미 굳건하게 잠겨 있었다. 두 사람은 이미 난주에서도 이미 자신들이 지명 수배되어 있으리라고 짐작했다. 두 사람은 질퍽거리는 진흙탕을 지나 성곽을 돌아서 북서쪽 끝으로 가다가 약간 높은 언덕 두둔에 올라섰다. 그래도 성곽위의 도로까지는 한 장 반(약 4.5m)은 되는 것 같았다.

일우는 매향에게 말에서 내리라고 말했다. 그리고 말들을 나란히 세워 포승줄로 연결하였다. 자신이 먼저 말의 목을 앞에서 안고 두 마리 말을 끌고서 공중을 날아 성곽 위 도로로 내릴 터이니 매향은 말 뒤에 늘어뜨린 포승줄을 잡고 올라오라고 말했다. 그러자 매향은 경공술로 성곽 위까지 날아올라갈 수 있으니 걱정 말라고 말했다. 그러나 그 무거운 두 마리 말을 들고 그 높은 곳으로 어떻게 날아 올라갈 지 그녀는 한편 걱정이 되었다.

일우가 앞 말의 목을 끌어안았다. 그리고는 엄청난 신력(神力)을 발휘하여 말들을 데리고 몸을 한 장 반 정도 공중으로 솟구치면서 성곽 위 도로에 사뿐히 착지하였다. 일우는 두 마리 말들이 잘 했다고 등을 쓰다듬어주었다. 그러자 곧 매향이 성곽 위 도로로 사뿐히 날아올랐다. 두 사람은 말들을 묶은 포승줄을 풀고 다시 말 등에 올라탔다.

그때였다. 남문 근처 성루에서 보초를 서고 있던 군사들이 무엇인가 성벽으로 날아오르는 것을 어두운 달빛 속에서 희미하게 보았다. 그들은 자신들이 잘못 보았나 생각했지만 분명히 어두운 그림자가 성곽 위를 날아올랐다고 똑같이 느꼈다. 그들은 징을 치면서 성곽 위 군사들 모두에게 침입자가 있음을 알렸다.

일우와 매향은 성곽 위 도로에서 땅으로 말을 타고 뛰어내리려고 했다. 그러나 말들이 두려운지 앞발을 들고 하늘을 향하여 *히히힝* 하면서 뒷발질을 치고 있었다. 뛰어내릴 수 없다는 뜻이었다. 그러자 일우가 매향에게 말들을 버리고 그냥 뛰어내리자고 말했다. 그러나 매향이 고개를 저었다. 말을 버리고 갈 수는 없다는 뜻이었다.

이미 군사들 삼백 명이 북문 성곽 위 도로로 몰려오고 있었다. 그들은 일우와 매향으로부터 약 200장(약 600m) 정도 앞으로 오자 화살을 날리기 시작했다. 화살이 *휙휙* 두 사람 사이를 빗발치듯이 날아오자 말들도 성문 안으로 뛰어내릴 결심을 했는지 앞발을 높이 들고 한번 *히히힝* 하고 큰 소리를 내고서는 성문 안의 땅바닥으로 용감하게 뛰어내렸다.

땅에 무사히 착지한 일우와 매향은 전속력으로 난주 성안에서 서문을 향해 달리기 시작했고 군사들 또한 성곽 도로 위에서 땅으로 내려와 두 사람을 뒤쫓기 시작했다. 조용했던 난주 성안이 갑자기 소란스러워졌다. 두 사람은 젖 먹던 힘을 다 내어 말들을 달렸고 말들 또한 죽고 싶지 않았는지 보조를 잘 맞추고 있었다.

두 사람이 질퍽거리는 진창길을 지나 약 한 식경을 전속력으로 달렸을 때 난주 성곽의 서쪽 문이 보였다. 이 문을 지나면 드디어 서역으로 가는 비단길로 들어서게 되는 것이다. 두 사람은 이른 아침인데도 성곽 서문에서 수십 명의 보초들이 서역으로 가는 행인들을 한 사람 한 사람 검문하고 있는 것을 보았다.

두 사람이 보초들 앞에 서자 그들은 두 사람에게 말에서 내리라고 명령했다. 그러나 두 사람은 내리지 않았다. 그들은 벌컥 화를 내며 당장 말에서 내리지 않으면 체포하겠다고 으름장을 냈다. 그들은 그러면서 종이에 그려진 인상착의를 살펴보면서 두 사람이 당황제의 명에 의해 지명 수배된 선우일우와 이매향임을 즉각 알아챘다.

순식간에 수십 명이 장창과 칼을 들고 두 사람을 포위했다. 뒤에서는 삼백 명의 군사들이 두 사람을 잡으러 달려오고 있었다. 이제 두 사람은 앞뒤에서 포위된 상황이 되었다. 그러자 일우가 매향에게 눈짓을 했다. 치고 나가자는 표시였다. 두 사람은 순간 말의 고삐를 획 잡아채서 전속력으로 달리며 군사들 열 댓 명을 칼로 후려쳐서 쓰러뜨린 후 서문을 나섰다.

즉각 군사들이 그들을 뒤쫓기 시작했고 잠시 뒤 서문에 당도한 군사들도 두 사람을 추적하기 시작했다. 그러나 일우와 매향이 서문을 빠져 나왔을 때는 비가 억수로 퍼붓기 시작하여 앞이 보이지 않는 상황이 되었다. 두 사람은 하늘이 도우심이라고 생각하며 서역으로 가는 또 다른 길목인 량주(涼州)7)를 향하여 말을 전속력으로 몰았다.

하지만 두 사람이 북서쪽으로 한 시진쯤 말을 달려가자 그곳에는 이미 비가 멈추었고 해가 하늘에 떠있었다. 길 양 옆에는 한가롭게 낙타로 옥수수 밭을 가는 농부들이 보였다. 두 사람은 아무래도 이곳에서 쉬었다 가야 할 것 같았다. 자신들도 지쳐 있었지만 말들도 지쳐 있었기 때문이었다. 아직도 량주까지는 400리는 더 남은 듯 했다.

매향이 말을 멈추며 말했다.

"선우 공, 우리 인가를 빌려 잠시 쉬는 것이 어떻겠어요. 이제 더 이상 지쳐 한 발 자국도 앞으로 나갈 수 없을 것 같아요. 말도 좀 쉬어야 할 것 같고요."

"그럽시다. 그러나 아무래도 추격하는 금위군들이 머지않아 쫓아올 것 같은 생각이 드는군요. 차라리 가다가 어디 야산이라도 만나면 동굴을 찾아 들어가서 몸을 말리며 휴식을 취하는 것이 어떻겠어요?"

일우가 진지하게 말했다. 그러자 매향은 동굴을 찾아 둘이서 같이 쉬자는 일우의 말에 매우 기분이 좋았다. 하지만 일단은 튕겨야 한다고 생각했다. 그녀는 쌀쌀맞게 말했다.

---

7) 지금의 감숙성 무위시.

"야산으로 들어가는 것은 좋은데 동굴 속에서 혼인도 안 한 남녀가 함께 지내는 것은 좀 볼 상 사납네요. 그냥 각자 동굴을 하나씩 찾아서 지내는 게 나을 것 같은데요."

그러자 일우가 그녀의 눈을 빤히 쳐다보면서 조용하게 말했다.

"아마 동굴 하나 더 찾으려면 산 전체를 헤매야 할 텐데 그러다 둘 다 고생만 할 것이고 게다가 매향 소저 혼자 있으면 매우 위험할 텐데 그래도 괜찮겠어요?"

"홍, 제 걱정은 그만 하시고 우선 아무 야산이나 가서 동굴이나 찾아보시죠. 그러나 이 말이 도무지 꼼짝도 안 하려고 하니 어떡하죠?"

그녀가 이렇게 말하자 일우는 그녀가 지금 튕기고 있음을 알았다. 속으로 일우는 웃었지만 그녀의 앙큼스러움이 한편은 귀엽기도 했다. 그는 매향에게 미소를 띠며 말했다.

"그럼 우리 말에서 내려 그 녀석들을 끌고 근처 인가에 가서 우선 먹을 것을 먹이고 좀 쉬게 한 후에 어디 야산을 찾아봅시다. 저기 옥수수 밭에서 일하는 농부들에게 물어봅시다."

두 사람은 말에서 내려 말들을 이끌고 옥수수 밭에서 낙타로 밭을 갈고 있는 어느 농부에게로 다가갔다. 농부는 얼굴이 구리빛인데 나이는 40대 중반 같았고 눈이 자그맣고 반짝거리는 것이 매우 특이했다. 일우가 그에게 당나라 말로 부드럽게 말했다.

"저 혹시 저희가 잠시 쉬고 이 말들에게 여물을 먹일 인가가 어디 근처에 없을까요? 비용은 충분히 드리겠습니다."

그러나 그 농부는 고개만 갸우뚱하고 전혀 일우의 말을 알아듣

지 못하는 것 같았다. 그러자 매향은 그가 토번족(=지금의 장족)이라고 생각하고 그에게 능숙한 토번어로 말을 걸었다.

"여기 근처에 잠시 쉬었다 가고 싶은 데요. 그리고 말들에게 먹이를 좀 주고 싶은 데 혹시 인가가 근처에 없을까요? 비용은 충분히 내겠습니다."

그때서야 그 농부는 얼굴에 가득이 미소를 띠고 그녀에게 말했다.

"그러시면 저희 집으로 가시죠. 이 밭에서 조금만 더 북쪽으로 가면 됩니다. 두 분이 쉬실 만한 방도 충분하고 말 먹이도 많이 있습니다. 돈은 안 주셔도 됩니다. 이렇게 만난 것도 다 부처님이 주신 인연인데 돈을 받을 수는 없구요. 행인을 잘 대접하는 것이 저희 부족에게는 되레 축복받는 길입지요."

그 농부는 자리에서 일어나 낙타를 데리고 두 사람을 앞장서서 걷기 시작했다. 허리가 약간 뒤틀린 것으로 보아 심하게 농사일을 해온 사람인 것 같았다. 일우와 매향은 말들을 데리고 그의 집을 향해 걷기 시작했다. 약 일다경을 걷자 북쪽에 야트막한 야산이 나타났고 그 야산에 띄엄띄엄 집들이 보이기 시작했다.

두 사람은 초가지붕에 토담을 두른 농부의 집 안으로 들어섰다. 닭들이 그들을 보고 *꼬꼬댁* 하며 날개 짓을 심히 했다. 거위들은 또한 요란스럽게 꺽꺽거렸다. 이방인 침입자가 온 것이 달갑지 않은 것 같았다. 농부의 아내는 비슷한 나이 또래인데 얼굴이 햇빛에 많이 그을려 있었고 험한 일을 많이 해서 그런지 손이 매우 거칠고 투박해 보였다. 그녀는 지금 대나무 바구니를 엮고 있다가 그들이 오자 얼굴에 환한 미소를 머금으며 자리에서 일어났다.

농부는 아내에게 두 손님을 잘 대접하라고 말한 후 말들에게는 당근과 건초 등을 풍족히 가져다주었다. 말들은 허겁지겁 먹으며 행복한 듯 고개를 돌려 두 사람을 힐끗 바라보았다. 일우와 매향은 자기 말들의 등을 쓰다듬어 주며 실컷 먹으라고 말했다. 두 사람은 비에 흘딱 젖은 옷을 벗고 싶었다. 하지만 전대 안에 있는 새 옷들도 이미 비에 흘딱 젖어 갈아입을 수도 없었다.

잠시 뒤 두 사람 앞에 농부의 아내가 정성을 들인 식사를 내왔다. 큰 옥수수가 10 개에 찐 붉은 감자가 20여 개, 그리고 양고기를 구워 썰은 것과 양젖 등 매우 풍족한 식사였다. 일우와 매향은 몸은 비록 아직 축축했지만 매우 시장했으므로 그 음식들을 맛있게 먹기 시작했다. 농부 내외는 두 사람의 먹는 모습을 흡족한 듯 바라보고 있었다. 그들이 거의 식사를 끝낼 무렵이 되자 이윽고 농부의 아내가 매향을 향해 토번어로 말했다.

"옷들이 그리 젖었으니 얼마나 축축하고 답답들 하시우, 차라리 방에 들어 가셔서 먼저 갈아입고 식사를 하실 걸 그랬나 보오."

그러자 매향이 그녀에게 함빡 미소를 지어보이며 말했다.

"그럴 사정이 있어서요."

그러자 농부 내외는 긴장의 빛을 보였는데 농부 아내가 매향에게 물었다.

"혹시 누구에게 쫓기고 있는 것 아니시오?"

매향은 이 부분에서 거짓말을 할 수가 없었다. 자칫 잘못하면 자신들 때문에 이 두 사람이 위험해질 수가 있기 때문이었다.

"그렇습니다. 지금 저희는 황궁 금위군들에게 쫓기다 다시 란주성 군사들에게 쫓기고 있어요. 아마 곧 황실 척살대들이 몰려올 지도 모르겠어요. 저희들이 이 집에 머물다가는 이 집이 큰 피해를 볼 터이니 저희들은 급히 떠나야 합니다. 두 분의 도움은 정말이지 감사합니다. 평생 잊지 못할 겁니다. 부처님께서 두 분을 크게 복주시기를 빕니다."

매향이 이렇게 말하자 농부 내외는 더욱 눈을 빛내며 자세한 사정을 말하라고 매향에게 재촉했다. 매향은 할 수 없이 두 사람에게 자신들에 대해 모든 것을 밝혔다. 그러자 그들은 일우가 고구려 사람이고 천하비무 중이며 이미 중원 무림을 제패하고 이제 서돌궐을 거쳐 토번에 들어간다는 사실을 알고 매우 흥분들을 하기 시작했다.

두 사람은 고구려와 토번은 원래 먼 옛날부터 동족이었기에 당연히 자신들은 고구려 사람인 일우를 도와야 한다고 강조했다. 두 사람은 그간 살면서 이 땅에 전쟁이 끝없이 일어나는 것이 모두 화하족(華夏族)[8]과 유목민족들 사이의 욕심 때문이라고 하였다. 그리고 그들은 특히 화하족이 너무 주변 이웃 나라들을 괴롭힌다고 욕을 하여 매향의 얼굴을 붉게 만들었다.

사정을 안 두 사람은 일우와 매향에게 젖은 옷을 모두 자신들의 토번 옷으로 갈아입고 자신들만 아는 산 중턱의 동굴속으로 가서 숨어 있으라고 말하였다. 그 동굴은 원래 이곳에서 그간 중원인들과 유목민족들 사이에 전쟁이 났다 하면 토번족인 마을 사람들이 가서 숨

---

[8] 중국 민족을 일컫는 말이다.

는 곳이라고 하였다.

농부 내외는 만일 황궁 금위군들이나 란주성의 군사들이 몰려와서 두 사람의 행방을 물으면 그저 북서 방향의 사막 쪽으로 달려갔다고 말할 터이니 아무 걱정 말라고 하며 빨리 젖은 옷들을 갈아입으라고 재촉하였다. 농부 내외는 말들도 데리고 들어가서 숨어 있으라고 하였다. 추적하는 자들이 말들을 보고 두 사람이 이곳에 있는 것을 알 수도 있다고 말하였다.

의외의 원군을 만난 일우와 매향은 그들의 인도를 받아 말들을 데리고 집 뒤 북서쪽에 있는 해발 100여장(약 300m) 정도 되는 야트막한 산으로 이동하였다. 그 산은 나무와 숲이 띄엄띄엄 펼쳐져 있었고 흙은 거의 붉었다. 다만 매우 길게 동서 방향으로 늘어져 있었고 계곡이 매우 깊게 발달되어 있었다. 두 사람이 산 중턱의 계곡 아래로 내려가서 조금 더 걷자 나무들로 가려져 있어 거의 입구가 보이지 않는 동굴 앞에 도착했다.

두 사람은 말들의 사지를 구부리고 몸을 옆으로 세워 간신히 그 동굴 안으로 들어갔다. 동굴은 생각보다 넓었다. 말들이 서 있을 정도였는데 약 200여장(600 m)의 길이가 되는 것 같았다. 바닥에는 고운 모래들을 좍 깔아놓았고 그 위에는 마른 짚들을 두텁게 깔았으며 이부자리 또한 여러 채가 준비되어 있었다. 동굴 천장 위 곳곳에는 구멍을 뚫어 그 위에 나뭇잎들로 덮어서 호흡하는데 지장이 없도록 하였다. 또한 동굴의 북쪽 끝은 산의 정상으로 이르는 길로 나가게 되어 있었다.

두 사람은 말들에게 재갈을 물리고 한 구석에 누울 수 있게 하였다. 그런 후 두 사람은 동굴 밖으로 나와 농부 내외에게 매우 감사하며 이 은혜를 어떻게 갚아야할 지 모르겠다고 치사하였다. 그러나 두 농부 내외는 집에 들어온 새는 잘 보호하여서 하늘로 날려 보내는 것이 도리라고 말했다. 또한 다친 짐승도 내 집에 들어오면 치료해서 보내는 것이 도리인데 하물며 천하제일 무사를 모시게 돼서 되레 자신들이 더 영광이라고 말하는 것이었다. 그러니 아무 걱정 말고 이곳에서 머물다가 추격대가 지나가면 그때 떠나라고 말하였다.

일우는 전대에서 황금 백 냥을 꺼내 두 농부 내외에게 주려고 했지만 그는 한사코 거절했다. 선행은 많이 하면 할수록 자신과 후손들에게 복이 되는 것인데 값을 받으면 선행이 아니라 거래라고 말하는 것이었다. 일우와 매향은 두 사람이 거의 도인 수준의 사람들인 것을 알아챘다.

그들이 동굴에서 집으로 떠나고 난 후 두 사람은 토번옷을 입은 채 동굴 안에서 드러누웠다. 오늘 밤에는 오랜만에 편안한 잠을 잘 수도 있을 것 같았다. 두 사람은 매우 피곤한 상태에다 젖은 옷들을 다 갈아입고 헐렁헐렁한 토번 옷들을 입자 전신의 긴장이 풀어지기 시작했다.

두 사람은 나란히 누워 천장을 바라보고 있었다. 그러자 매향이 일우에게 물었다.

"만일 저 농부 내외가 우리들이 이 동굴에 있는 것을 금위군들이나 란주성 군사들 혹은 황궁 척살대에게 불어버리면 우린 어떡하죠?"

"뭐, 처음 상황과 같은 것이 되겠죠. 다만, 우리 옷들이 토번 옷으로 바뀐 채 산속으로 달아나는 것이 다른 점이겠죠."

일우가 별로 걱정이 안 된다는 듯 매향에게 무덤덤하게 말했다.

"선우 공은 전혀 걱정이 안 되세요?"

매향은 자리에서 윗몸을 일으켜 얼굴을 일우에게 향한 채 그의 두 눈을 뚫어지게 바라보며 물었다. 일우는 순간 그녀의 몸에서 며칠간 제대로 못 씻은 여자의 강한 체취를 느꼈다. 그러나 그는 눈을 감고 조용히 말했다.

"물실신인 이의무탁(勿失信人 以疑無託)9)"

"흥, 하여튼 선우 공의 강심장은 알아주어야 한다니까요. 지금 잠이 와요? 곧 추격 군사들이 온 산을 덮을 지도 모르는데.............."

매향이 이렇게 종알거리자 일우가 갑자기 그녀의 입술에다 강하게 자신의 입술을 맞추었다. 그리고는 몸을 일으켜 그녀를 꽉 껴안았다. 매향은 갑자기 당한 일이라 정신이 하나도 없었지만 황홀했다. 그녀는 지금 일우의 이 무례한 행동을 거부해야 하나 말아야 하나 머리로 계산을 하고 있었다. 마음속으로 강하게 거부하고 싶은데 몸은 계속 그의 품에 있는 것이 너무 좋았다. 그녀는 몸이 붕붕 뜬 것 같은 상태에서 그냥 가만히 있었다. 그러자 일우가 포옹을 풀더니 그녀에게 부드럽게 말했다.

"매향 소저, 이제 우리 그만 자 둡시다. 우리가 지금 자지 않으면 아마 앞으로 계속 잠을 잘 기회가 없을 지도 몰라요. 그러니 잘 수 있을 때 잡시다."

---

9) '믿지 못하여 맡기지 못함으로써 믿을 만한 사람을 잃지 말라.' 는 뜻이다.

이렇게 말하며 일우는 이부자리를 가지고 한 구석으로 가더니 그것을 바닥에 깔았다. 그리고는 그 위에 누워 드르렁 코를 골며 잠자리에 빠져 들어가기 시작했다. 매향은 일우의 폭력적인 입맞춤에 정신을 빼앗기고 있다가 문득 일우의 말을 듣고 정신을 차렸다. 따귀라도 한 대 올려붙였어야 하는데 참 멍청하게도 그에게 강제 입맞춤을 허락한 꼴이 되자 그녀는 약이 올랐다.

하지만 코를 드르렁거리며 자는 그의 모습을 보니 그녀는 그가 너무도 사랑스러웠다. 그녀는 그에게 다가가서 자는 그의 얼굴에 자신의 얼굴을 대고 그의 입술에 자신의 입술을 대었다. 그의 얼굴에 희미한 미소가 피어올랐다. 매향은 그의 바로 옆에 이부자리를 펴고 잠을 청하기 시작했다. 그러나 그녀의 귀는 지금 너무도 예민하여져 사방 300장 거리에서 오는 개미 움직이는 소리도 들을 수 있었다.

그녀는 몸을 이리 저리 굴리면서 잠을 청했지만 도저히 잠이 오지 않았다. 그때 일우가 으음 하면서 몸을 굴려 자신을 껴안았다. 매향은 가슴이 쿵쾅거리기 시작했다. 하지만 일우는 그냥 쿨쿨 잠만 계속 자고 있었다. 그녀는 그가 언제 자신을 탐할지 몰라 조마조마 하면서 시간을 보내다가 드디어 반 시진 쯤 지났을 때 잠에 곯아떨어지기 시작했다.

일우가 정말 늘어지게 한 잠을 자고 일어났을 때 매향이 자신을 껴안고 잠들어 있는 것을 보았다. 일우는 그녀의 사랑스러운 얼굴에 입맞춤을 한 후 그녀의 팔을 몸에서 뺐다. 그리고 반가부좌를 틀고 앉아 운기조식을 하기 시작했다. 온 몸에 기운이 용솟음치기 시작했다. 그는 전신의 기가 머리끝부터 발가락 끝까지 활화산처럼 흐르는 것을 느끼고 상단전으로 의식을 집중하였다. 그리고 농부의 집 근처를 일념으로 상상하였다. 과연 추격군사들이 왔을 것인가 하고 그들의 모습을 집중적으로 상상하였다. 수백 명이 이미 농부의 집을 포위한 것이 보였다. 일우는 눈을 번쩍 떴다. 그리고 매향을 흔들어 깨웠다. 그녀는 '*아이 더 잘래요*' 하면서 몸을 다른 쪽으로 굴렸다.

시각은 이미 신시(오후 3시-5시)가 지날 무렵 쯤 되는 것 같았다. 그는 더욱 그녀를 강하게 흔들었다. 그러자 매향이 눈을 번쩍 떴다. 그녀는 일우가 긴장한 모습으로 앉아 있는 것을 보자 자신도 갑자기 긴장감이 몰려왔다. 그녀는 일우에게 다급한 목소리로 물었다.

"무슨 일이에요?"

"지금 그 농부의 집을 추격군사들이 좍 포위한 것 같아요. 제가 영안으로 보니 약 500 명의 군사들이 몰려 온 것 같아요. 그러나 저러나 그 농부가 우리들을 집으로 데려오는 것을 누군가 보고 추격군들에게 발고했다면 그들도 무사하지 못할 테고 우리들도 결국 한바탕 또 이 산에서 피바람을 일으켜야 할지도 모르겠군요."

일우가 이렇게 말하자 매향은 심각한 표정으로 그에게 말했다.

"그것 보세요. 아까 내가 이 상황이 올 것 같아 미리 이야기한 것인데 실컷 잠만 늘어지게 자더니 결국 추격당한 것 아네요? 차라리 동굴 북쪽 끝으로 해서 산 정상을 통해 달아납시다. 그들과 부딪히면 우선 말들이 죽게 될 것이고 말이 없으면 량주와 감주를 거쳐 사주까지 가기가 불가능해질 겁니다."

일우는 매향의 따끔한 말에 할 말이 없었다. 두 사람은 곧 말들을 데리고 동굴의 북쪽 끝으로 갔다. 그리고 동굴을 빠져 나와 산 정상을 향해 오르기 시작했다. 두 사람이 막 말을 타려는 순간 추격군들이 말을 탄 채 농부 내외의 온 몸을 포승줄로 꽁꽁 묶은 상태로 질질 끌면서 동굴 쪽으로 오고 있었다. 그들은 산 정상을 향하여 말을 타고 달려가는 두 사람을 보자 추격군사의 대장인 듯한 자가 큰 소리로 외쳤다.

"저기다! 저 연놈들이 도망간다. 빨리 잡아라!"

두 사람은 전속력으로 말을 달려 산 정상으로 달려갔다. 두 사람은 산 정상 북쪽에 말들을 큰 나무에 급히 매어놓은 후 산 정상으로 날아 올라갔다.

산 정상은 둘레가 약 300장 정도 밖에 안 되는 자그만 공터였다. 그러자 황실 척살대 200여 명이 말을 타고 나르듯이 그들을 뒤쫓았다. 잠시 뒤 두 사람이 산 정상에 섰을 때 척살대원들이 칼과 활을 들고 산 정상으로 접근하였다. 그 뒤에는 장창과 칼을 든 군사 300여 명이 그들 뒤에서 말을 타고 따라오고 있었다.

잠시 뒤 무공이 고강한 척살대원들 50여 명이 검은 복면에 검은 복장으로 몸을 휘감은 상태로 산 정상으로 날아올랐다. 그들이 검을 일직선으로 향한 채 말에서 내린 일우와 매향에게 날아왔다. 일우와 매향은 그들과 대판 싸우기 시작했다.

매향이 휘둘러대는 검법은 지금 매화현천검과 무극신검을 응용한 무극현천신검이었다. 그동안 그녀는 일우와 정고에게서 틈틈이 배운 무공이 크게 발전하여 강호의 최고수들 수준이 되어 있었다. 척살대원들이 무공이 고강했지만 일우와 매향이 휘둘러대는 무극신검과 무극현천신검 앞에는 추풍낙엽이었다.

두 사람이 합공으로 무섭게 공격을 해대자 반식경도 채 되지 않아 척살대 50명이 목숨을 잃었다. 그러자 다시 50여명이 날아 올라와서 두 사람을 첩첩히 에워쌌다. 그러자 일우가 다섯 자루의 검을 날려 어검술로 그들을 마구 베기 시작했다. 그는 공중에서 마치 원을 그리듯 빙글빙글 돌면서 척살대원들을 무자비하게 베기 시작했다. 매향 또한 그들을 닥치는 대로 베어 다시 반식경이 지났을 때는 거의 50 여명이 그들에게 죽거나 크게 중상을 입고 있었다.

그러자 산 아래에서 상황을 지켜보던 척살대장이 두 사람이 한참 싸움에 몰두하고 있을 때 강궁을 날리라고 궁수들에게 명령했다. 잠시 뒤 일우와 매향이 공중으로 날아올랐을 때 100 명의 궁수들이 강궁을 그들에게 발사했다. 하지만 일우와 매향은 화살 위로 날아오르더니 칼을 들고 산 아래로 일직선으로 날아내려 오면서 그들을 무자비하게 베기 시작했다.

궁수들이 일시에 처참하게 죽어가자 남은 모든 군사들이 일시에 몰려들어 일우와 매향을 죽이려고 하였다. 그러나 일우와 매향은 공중을 날아서는 산 정상 북쪽 밑에 매어 놓은 말을 잡아타고는 다시 산중을 향하여 달아나기 시작했다. 그들이 약 반식경을 달아났을 때 추격군사들은 그들의 행방을 놓쳤다.

그들은 무리를 지어 두 사람을 잡으려고 산의 여기저기를 헤매고 다녔다. 그러나 두 사람이 숨은 근처에 왔을 때는 어김없이 수십 개의 비수가 날아와 그들을 죽음으로 몰아넣었다. 추격 군사들은 도무지 그들이 어디 숨어 있는지 찾을 수가 없었다. 나무 위에 있는 가 하고 하늘을 올려다보면 어김없이 비수가 날아왔다. 땅에 있나 하면서 땅을 쳐다보면 또 어김없이 비수들이 날아왔다.

이미 유시(오후5시-7시)가 끝날 무렵이 되자 산중은 어둑어둑해 지기 시작했다. 척살대장은 이미 달도 없는 밤에서 추적이 불가능하 다고 생각하고 아직 살아있는 130여 명의 군사들에게 농부 내외를 끌고 산을 내려가라고 명령했다. 그들이 산길을 내려가기 시작하는데 어디서 난데없이 비수들이 날아와 삼십 명을 죽여 버렸다.

척살대장은 난생 처음 죽음의 공포를 느끼기 시작했다. 그림자도 볼 수 없는 적이 근처에 있다고 생각하니 끔찍했다. 그는 온 청각과 시각을 집중하여 어디에서 적이 출현할 것인가 하고 살펴보고 있었 다. 그때였다. 하늘 위에서 갑자기 시커먼 복면과 복장을 한 시체 다 섯 구가 그들 앞에 쿵 하고 떨어졌다. 군사들은 공포에 질리기 시작 했다.

그때 갑자기 척살대장은 목의 끝에 서늘한 감을 느꼈다고 생각 하는 순간 자신의 목과 몸이 별개로 분리된 것을 알았다. 몸체도 없 는 듯한 유령같은 무사가 지금 자신들 사이에 있는 것이다. 추격군사 들은 덜덜 떨며 농부 내외를 내팽개친 채 걸음아 날 살려라 하고 산 밑으로 마구 달아나기 시작했다.

이제 남은 척살대원은 겨우 7명이었다. 그들은 검을 들고 어둠 속에 보이지 않는 적을 향해 칼을 겨누었다. 그러나 그들은 모두 목 이 예리한 칼날에 잘리는 순간에서야 어둠속에 숨은 유령같은 무사 의 얼굴을 보았다. 그동안 일우는 어둠속에서 초극성의 내공을 동원 하여 원영신의 상태로 몸을 숨겼다 나타났다 하면서 유령같은 상태 가 되어 적들을 비수만 가지고 섬멸한 것이다. 살아남아 도망 간 군사들은 겨우 92명 뿐이었다.

두 사람이 본래 모습을 드러내자 두 농부 내외는 아마도 이들이 하늘에서 내려온 신장(神將)이라고 생각하고 땅에 얼굴을 파묻고 계속 절을 했다. 매향이 다정한 음성으로 능숙한 토번어를 써서 그들에게 말을 걸자 그때서야 그들은 두 사람이 누구인지를 알아보았다.

일우와 매향은 그 농부 내외의 포승줄을 풀러주었다. 그리고 두 사람을 각각 자신들의 말에 태운 후 그들의 집으로 데려갔다. 농부 내외는 죽을 목숨을 다시 살려주셔서 고맙다고 다시 한 번 머리를 숙여 두 사람에게 깊은 감사의 말을 하였다. 그러자 일우가 전대에서 황금 오백 냥을 꺼내 주면서 이제는 이곳에서 살기는 틀렸으니 날이 새는 대로 토번으로 들어가서 살라고 말하였다. 그러자 농부 내외는 기꺼이 그 황금을 받았다.

두 사람은 하룻밤 더 유숙하고 가라는 두 농부 내외의 간절한 바람을 부드럽게 사양하였다. 그리고 피투성이인 자신들의 토번 옷을 두 사람에게 벗어주고 농부 내외가 빨아 놓은 자신들의 원래의 옷들을 챙겼다. 농부 내외는 두 사람에게 며칠은 먹을 만한 마른 양식들을 싸주면서 인연이 되면 토번에서 다시 만나고 싶다고 하였다.

농부 내외와 따뜻한 작별을 하고 나서 일우와 매향은 달도 안 뜬 어두운 밤길을 더 이상 갈 수 없으므로 아까 낮에 실컷 잤던 산중의 동굴로 갔다. 그들은 그곳에서 모처럼 편히 쉬고 잠을 잔 후 내일 새벽 여명에 다시 량주를 향하여 출발하기로 하였다.

동굴 속에서 두 사람은 지독한 피비린내를 참으며 서로 등을 돌린 채 잠을 청하였다. 말들도 몹시 피곤했는지 콧구멍으로 씩씩 숨을 내뿜으며 잠을 자고 있었다.

제9장 사주로 가는 길

여기는 당황궁의 황제 집무실인 궁성안의 대명궁 근정전. 황제 이세민은 얼마 전 다 죽다 살아난 이정을 병부상서로 임명하고 고창 원정군 대총관의 후임을 물색하고 있던 중이었다. 지금 이정이 얼굴이 굳은 상태의 이세민에게 바닥에 부복한 채 자신의 사임을 청하고 있었다.

"폐하, 진주자사 후군집과 난주자사 진경으로부터 온 장계에 의하면 황실 금위군사 250여명과 진주 군사 330명 및 진주자사인 후군집의 친아우 후군태와 그 호위무사 8명 등 그리고 금위군 척살대 200명 및 난주군사 222명 등 총 1011 명 등이 선우일우와 제 여식을 진주서부터 난주를 지나 추적하던 중 그들에게 몰살되었다 하옵니다. 이번 사태는 모두 소신이 부덕하여 아이들을 잘못 길러 일어난 일이오니 소신을 파면하시고 중벌을 내리시옵소서."

이세민은 속으로 이정의 사임 요청을 받고 찔끔하였다. 사실 자신이 두 사람을 용서한다고 죽어가던 이정에게 약속한 것이 얼마 전 아닌가? 그런데 자신이 금위군 도독인 단표충에게 두 사람을 잡던지 죽이던지 하라고 명령한 것을 어떻게 이정에게 책임을 물을 수 있겠나 하고 그는 생각하였다. 그는 진작부터 자신이 선우일우의 너무도 초절적인 무예를 질시하고 그가 고구려 원정에 방해가 될 까봐 제거하려던 것이 잘못임을 깨닫고 있었다. 그러니 그 누구에게도 이번 사태에 대해 책임을 물을 수는 없었다. 그는 이정의 얼굴을 차마 바로 보지 못하고 그에게 물었다.

"후군집의 친아우가 죽었다고요? 그래 후군집은 무어라 합니까?"

"그는 지금 진주와 난주 및 량주의 군마 3만을 동원하여 선우일우와 제 여식을 잡아 죽이겠다고 폐하께 서북 3주의 군사동원령의 재가를 주청하였사옵니다."

이세민은 속으로 한숨을 내쉬었다. 친아우가 일우와 매향에게 죽었으니 후군집의 불같은 성격상 큰 사단이 날 일이었다.

"폐하, 소신을 이번에 병부상서에서 내치시고 들끓는 진주와 난주 및 량주 등 서북부의 민심을 안정시키지 않으시면 장차 고창 원정에 막대한 지장을 초래할 것이옵니다. 하오니 당장 소신의 사임을 허락하여 주시어 서북방면의 인심을 달래시옵소서."

이정이 이렇게 충성스럽게 말하자 이세민은 골머리가 아파지기 시작했다. 더 이상 선우일우와 매향을 쫓다가는 서역으로 가는 모든 관문의 군사들이 절단날 것이 명백했기 때문이었다. 그는 며칠 전 단표충을 통하여 황산호가 죽어가면서 황제에게 전한 일우의 마지막 말을 듣고 모골이 송연하였다.

이세민은 일우가 한편은 찢어죽이고 싶을 정도로 괘씸한 오랑캐 무사였지만 그의 초절정의 무공과 눈같이 깨끗한 애국심은 높이 살만 하였다. 거기다가 이정의 무남독녀인 이매향의 정혼자이고 보니 더 이상 피를 보다가는 이정으로부터 완전히 자신에 대한 지지를 잃을 것이 분명했다. 또한 아까운 자신의 군사들만 잃고 서북 지역의 민심만 악화시킬 것이 분명했다.

그는 이정에게 단호하게 지시했다.

"앞으로 선우일우와 이매향의 서역 비무를 방해하는 어떤 자들도 엄벌에 처할 것이요. 그러니 병부상서는 서역의 사주까지 이르는 모든 관문에 이런 나의 명령을 황제의 명으로 긴급히 전하시오. 그리고 병부상서는 이번 일에 아무 잘못이 없으니 사임을 할 이유가 전혀 없소. 모든 것이 짐의 부덕으로 일어난 일이니 짐은 경에 대해 아무 문책을 할 일이 없소. 그러니 경께서 이번 일을 그저 잘 수습해주시기를 바랄 뿐이오."

이정은 역시 황제는 그릇이 큰 사람임을 느꼈다. 이번에 일어난 모든 일이 자신의 책임임을 깨끗이 인정하고 그 뒷수습을 병부상서인 자신에게 일임한 것이다. 그는 황제에게 '성은이 망극하옵니다.'하고 큰 절을 하였다.

이정은 고창 원정군 대총관에 누구를 임명할 것인지를 잠시 이세민과 상의하였다. 그는 후군집을 황제에게 추천하였다. 지난 번 동돌궐 원정에서 보여 준 그의 장수로서의 기민한 판단력과 과단성 그리고 돌격력 등을 높이 산 것이다. 하지만 황제는 조금 더 후임 선정을 고려해보자고 말하였다.

얼마 후 이정은 이세민의 근정전에서 물러나와 병부로 돌아갔다. 그는 담당자를 불러 황제의 어명을 서역에 이르는 모든 관문들에 전하는 긴급 파발을 파견하도록 조치했다. 긴급 파발은 당나라 전역에 걸쳐 있는 역참제도를 통해 아무리 먼 곳도 일주일이면 중앙 조정의 명령이 닿을 수 있도록 되어 있었다. 따라서 장안성으로부터 진주와 난주 및 량주를 거쳐 감주 및 사주까지는 아무리 길어보았자 7일이면 황제의 명령이 도달할 수 있었다.

하지만 이런 형편을 모르는 일우와 매향은 다음날 인시(오전3시-5시)가 끝날 무렵에 어제 그 동굴에서 일어나 다시 량주를 향하여 말을 몰고 가기 시작했다. 량주까지는 그곳에서 계속 북서쪽으로 400 여리를 더 가야 하는데 대막에서 불어오는 황사가 심했다. 길들은 메마른 사막길을 향하여 가는 것이기 때문에 건조하고 답답했으며 먼지가 끝없이 피어올랐다. 말들은 한 시진 쯤 가면 쉬고 쉬고 해서 약 4시진 만인 오시(오전11시-1시)가 끝날 무렵에야 겨우 량주성 남문 밖에 도착했다.

두 사람이 남문을 들어서자마자 분위기가 심상치 않았다. 그들이 남문을 들어서자마자 수직 군사들 다섯 명이 그들의 위아래를 훑어보더니 아무 말 없이 사라졌다. 일우와 매향은 그들이 이미 소문을 듣고 겁을 먹었나 생각하였다. 하지만 두 사람은 성 안에 살기가 그득한 것이 적어도 일만 명의 군사가 자신들을 노리고 있음을 느꼈다.

그들이 막 서문을 향하여 말을 옮겼을 때 와! 하는 고함소리와 함께 적어도 일만 명은 될 듯한 군사들이 마치 사냥감인 호랑이들을 몰이하듯 그렇게 몰려왔다. 일우와 매향은 그들이 자신들을 첩첩이 에워싸자 더욱 투지가 불타올랐다. 두 사람이 등에서 칼을 빼어들자 한 장수가 완전 무장을 한 채 말을 타고 천천히 두 사람 앞에 다가

왔다. 진주자사인 후군집이었다.

그가 마상에서 두 사람에게 외쳤다.

"너희들은 감히 황명을 거역하고 서역으로 비무를 하러 간답시고 벌써 1011명이나 되는 귀한 인명을 살상했다. 특히나 너희들은 감히 내 동생인 후군태를 살해했다. 너 이매향은 중원인으로서 대장군이자 현재 병부상서인 네 아버지를 배반하고 고구려 오랑캐에게 들러붙어 감히 내 동생을 죽이고 황군을 쳐 죽이다니 이러고도 네가 네 아버지를 무사하게 할 것 같으냐? 어떻게 감히 나라를 배신하고 아직 결혼도 안한 남자의 나라편이 된다는 말이냐?"

매향은 후군집의 말에 어이가 없었다. 그녀는 그의 말이 끝나자마자 그의 말을 반박했다.

"나는 우선 후 자사님의 아우를 죽인 적이 없어요. 그리고 나는 나를 죽이려고 달려드는 떼거지들로부터 내 자신이 살기 위해 그들을 베었을 뿐입니다. 그리고 나는 이 분이 아무 잘못도 없는데 진주부 군사들 그리고 황궁 금위군들이 일방적으로 이 분을 공격할 때도 그 자리를 피해 있었는데 무슨 자다가 봉창 두드리는 소리인지 모르겠군요. 그러니 후 자사님이 그 문제로 인해 내 아버지를 걸고 넘어가지 마세요."

매향이 이렇게 말하자 후군집은 할 말이 없었다. 사실 그는 자기가 모시던 상관의 딸을 죽이고 싶지는 않았다. 그러나 자신을 아버지처럼 따르던 늦둥이 동생이 비명횡사하자 그는 반드시 그의 복수를 할 것을 천지신명께 다짐하였었다. 하지만 매향의 말이 사실이라면 지극히 다행이었다. 자기가 존경하는 상관인 이정 대장군이자 병부상서와 원한 관계를 맺을 필요가 없었기 때문이었다.

그는 이제 모든 복수의 칼이 일우에게 겨누어졌음을 깨달았다. 후군집은 당나라 4대 명장의 한 사람이었다. 그리고 성질은 불같은 사람이었지만 근본적으로 현명한 사람이었다. 사실 그는 이번 사태의 진상을 나름대로 잘 파악하고 있었다.

일우가 자신의 동생을 고의로 죽인 것은 아니었다. 일우와 매향은 자신의 동생이 누구인지 모르고 그가 건양반점에서 횡포를 부리자 점소이를 좀 도와주었다. 그리고 동생은 개인적인 원한을 풀려고 자신에게 와서 눈물로 호소하면서 엄청 부풀려 일우와 매향의 죄를 씹어대었다. 그때 하필이면 황실금위군 황산호 교위가 밤늦게 진주 자사부에 왔다.

그는 일우와 매향을 황명으로 잡으러 왔다고 말하며 군사를 내달라고 요청하는 바람에 후군태는 진주부 군사들 300여명의 인솔자로 따라갔다가 변을 당한 것 뿐이었다.

후군집은 만일 두 사람을 무력으로 체포하려고 시도했다가는 적어도 1,000 명이 그들의 초절정의 무공에 희생될 것이 분명했다. 후군집은 순간 지혜를 써서 두 사람을 일단 체포한 후 황제에게 보낸 장계에 따른 비답을 보고 두 사람의 신병 문제를 결정하자는 생각을 했다. 그래서 그는 두 사람에게 부드러운 목소리로 말했다.

"좋다. 매향이의 말을 믿기로 하자. 그러니 자네는 이 싸움에서 빠지고 이제 선우일우와 나 단 둘이서 이번 사태를 해결하자. 어떠냐?"

일우는 그의 말을 듣고 그가 매향과는 다투지 않겠다는 뜻을 읽었다. 일우는 잘 되었다고 생각했다. 그녀가 지금 자신과 함께 당군과 싸우면 이미 병부상서가 된 이정 대장군이 실각하고 반대파들의 온갖 공격에 시달릴 수도 있다. 그러니 후군집의 말처럼 두 사람이 이 문제를 결정하는 것이 옳다고 생각했다. 그래서 그는 매향에게 부드럽지만 단호하게 말했다.

"매향 소저는 후군태의 죽음 그리고 금위군들과 진주부 군사들의 죽음과는 아무 상관이 없으니 이 다툼에서 빠지세요. 알겠죠?"

그의 이 말에 매향은 반발심이 생겼으나 새로 병부상서가 된 아버지를 곤란하게 할 수는 없었다. 그녀는 아무 말 없이 일우의 말에 고개를 끄떡였다. 일우는 후군집에게 엄숙하게 물었다.

"후 자사의 말이 좋소이다. 그래 어찌하자는 말씀이요?"

"지금 선우 무사가 우리와 싸우면 물론 1,000여 명을 금방 살상할 수 있을 것이다. 그러나 개인의 무공이 아무리 고강해도 군사 10,000명을 당할 수는 없다. 그러니 여기서 무기를 내려놓고 조용히 량주 자사부에 가서 황명을 기다리자. 내가 이미 장계를 올렸으니 곧 황명이 당도할 것이다. 내가 다시 이매향은 이번 일과 아무 관계가 없다고 황제에게 복명할 것이다. 어떠냐? 여기서 서로 피 비린내 나는 싸움을 하여 양쪽이 무고하게 죽을 것이냐? 아니면 일국의 우위 대장군의 말을 믿고 무기를 버리고 일단 나와 함께 량주자사부에 들어가서 내 손님으로 지내다 황제의 뜻을 따를 것이냐? 이는 삼국시대 관운장이 장요의 권유를 받고 조조에게 조건부로 항복한 고사와 같다. 여기 모인 모든 사람 앞에서 맹세한다. 너를 절대 체포하거나 연금하거나 하지 않을 것이다. 다만, 손님으로 대하다가 황명에 따라

처결하고자 한다. 이미 이정 대장군이 병부상서가 되셨으니 황제께서 차마 그 사위될 사람을 처단하지는 못할 것이다. 그러니 이 자리에서 네가 결정해라. 일만 명과 싸우다 장렬히 죽을 것이냐? 아니면 일국의 우위대장군의 손님이 되어 량주부에서 같이 있다가 황제의 뜻을 따를 것이냐?"

후군집은 과연 대단히 지혜로운 사람이었다. 일우는 자신에게 강궁을 겨누고 있는 수천 명의 궁수들과 장창을 든 수천 명의 군사들 그리고 칼과 도끼를 들고 있는 수천 명의 군사들 게다가 최후로 자신을 잡기 위하여 준비한 쇠그물 부대 등을 천천히 둘러보았다.

일우는 순간 여기서 인생의 갈림길에 왔음을 알았다. 만일 후군집을 못 믿으면 그의 제안은 사기고 그는 비참하게 학살당할 것이다. 그러나 만일 그가 말한 대로 그의 손님으로 량주부에 가 있다가 기회를 봐서 탈출을 하든지 아니면 이정의 힘으로 정말 사면이 되어서 무사히 서역으로 갈 수 있을 지도 모른다.

순간 일우는 후군집을 정면으로 바라보았다. 그의 얼굴 또한 평탄하게 살 사람의 상은 아니었다. 어쩌면 그와 자신은 동일한 운명의 사람인지도 모른다. 그를 믿었다 일어나는 모든 결과는 두 사람 사이의 복잡한 운명의 실이 어떻게 풀려나갈 것인가에 달려 있다고 그는 생각했다. 하지만 그는 문득 자신의 운명보다는 매향과 이정을 위해서라도 무조건 후군집을 따라야 한다는 생각이 들었다. 그가 자기 친동생의 죽음으로 인해 앙갚음을 할 만큼 졸장부는 아니라고 일우는 생각했다.

그는 오른 편의 매향을 바라보았다. 두 사람은 말없이 눈빛을 교환하였다. 두 사람은 이윽고 칼을 마상에서 집어던졌다. 그러자 일만 명의 군사들은 두 사람의 칼에 비참하게 맞아죽을 상황이 종료되자 와! 하고 함성을 질렀다. 어쨌거나 후군집이 승리한 것이다.

후군집은 일우와 매향에게 말을 타고 가까이 다가왔다. 그리고 투구를 벗고 두 사람의 현명한 결단에 경의를 표했다. 그리고 세 사람은 일 만의 군사들을 거느리고 보무도 당당하게 량주 자사부로 행군하기 시작했다. 량주 성내의 모든 백성들이 무슨 큰 구경거리가 생긴 듯하자 길거리에 나와 그들의 행군을 구경하였다. 이미 유령 신장이라고 소문이 난 일우의 모습을 보며 그를 사로잡은 후군집이야말로 최고의 명장이라고 엄지손가락을 치켜세웠다.

반식경 만에 그들은 량주 자사부에 도착하였다. 후군집은 군사들을 휴식하도록 조치한 후 일우와 매향 그리고 자신의 시위무사 한 사람만 데리고 량주자사인 이효공을 만나러 그의 집무실로 들어갔다. 그 집무실은 마치 왕궁의 정전처럼 웅장했는데 약 200평은 넘는 것 같았다. 그 안에는 온갖 진귀한 서역의 그림들과 불상들 그리고 가구들과 유리 물건들이 가득했다.

이효공은 매향을 보자 그녀를 얼싸안고 어깨를 두들겨주며 싸우지 않고 잘 왔다고 격려하였다. 지금 벌써 50이 넘어가는 중후한 인품의 무장인 그는 또한 일우에 대해 너무도 잘 알고 있었다. 그는 이곳에서 다시 한 번 큰 살겁이 일어나서 자신이 존경하는 이정 대장군의 장래 사위와 부딪치고 또 그 딸 매향이 상하게 될까봐 노심초사하고 있었다. 그런데 후군집의 지혜로 피 한 방울 흘리지 않고 문제가 해결되자 깊은 안도의 한숨을 내쉬었다.

그는 일우에게 부드러운 음성으로 말했다.

"선우 공과 매향이가 고생이 극심했소이다. 이미 후 자사의 장계가 병부상서인 이정 대장군을 통해 황제께 들어갔을 테니 수일 내로 무슨 좋은 소식이 있을 것이오. 그 소식이 당도할 동안 여기 내 관할인 량주부에서 아무 근심걱정 마시고 편히 지내시다가 서역 비무를 떠나도록 하시오. 이미 이 지역에서 선우 공이 유령신장이라고 불릴 만큼 엄청나게 유명해졌구료. 여기 계시는 동안 전혀 불편함이 없을 만큼 내가 조처해드릴 터이니 아무쪼록 편히 지내도록 하시오."

"소생은 결코 진주 자사님이나 량주 자사님 또는 황제께 항복한 것이 아님을 해량하십시오. 저는 설령 황제께서 다시 저를 막으시더라도 서역으로 갈 것이오니 이 점을 헤아리시고 가급적 무력 충돌이 없이 조용히 지내다가 가게 되기를 바랍니다. 그리고 이런 자리를 마련해주신 후 자사님과 이 자사님께 깊은 감사의 말씀을 드립니다. 계 씨에 관한 일은 후 자사님께 심심한 사죄를 드립니다. 전혀 제 본의가 아니었으니 널리 용서하시기 바랍니다."

일우가 이렇게 말하자 후군집은 *휘!* 하고 한숨을 내쉬며 눈물이 한 방울 눈에 맺혔다. 일우와 매향은 죽은 후군태를 후군집이 얼마나 끔찍이 사랑한 줄을 알 것 같았다.

"선우 공의 의사는 충분히 알겠소. 공은 오늘 이 자리에는 우리 손님으로 온 것이오. 또 우리 모두는 병부상서님과의 인연도 있고 하니 우리 오늘 오랜만에 술잔을 기울이며 즐거운 주연을 가져봅시다. 이 자사님, 저도 오늘 손님으로 여기에 왔으니 우리 다 함께 흥겨운 주연을 즐길 기회를 주실 수 있으시겠지요?"

후군집이 이렇게 말하자 이효공은 그의 긴 턱 수염을 만지면서 껄껄 웃었다. 그리고는 호방하게 일행에게 말했다.

"이렇게 기쁜 날 아니 마시고 어찌 대장부라 하겠소이까? 내가 오늘 1,000여 명의 생목숨이 피 한 방울 안 흘리고 살아난 것을 기념하여 크게 연회를 베풀 것이오. 모처럼 우리 모두 즐거운 시간을 가지도록 합시다. 자, 우리 자리를 옮기도록 합시다."

이효공이 이렇게 말하며 앞장서서 량주 자사부의 대연회장으로 옮겼다. 원래 량주자사부는 오호십육국 시대에는 왕궁으로 쓰던 곳이었는데 당나라의 영토가 된 뒤로 자사부 공관으로 쓰게 되었다. 그래서 약 3,000여 명을 동시에 수용할 수 있는 대연회장은 마치 당나라 황궁의 인덕전과 비슷했다. 말이 자사이지 이효공은 사실상 거의 일국의 왕처럼 살고 있는 것이었다.

일우와 매향 그리고 두군집과 이효공 등 및 그 휘하의 문관들과 장교급들 이하 약 300여명이 그 대연회에 참석하였다. 그들은 서북부와 서역에서 나는 온갖 산해진미와 금준미주를 즐기면서 서역에서 온 가무단과 동물 곡예단 및 당나라 서북부 출신의 토번족, 토욕혼족, 회족, 백족 등 각종 이민족으로 이루어진 무용단들의 희한한 춤들과 기예들을 보며 망중한을 보내고 있었다.

대연회 중 후군집의 제안으로 당나라 서북부 군대의 최고수인 당하력과 일우의 맨 손 격투기가 있었는데 일우가 십여 합 만에 그를 쓰러뜨렸다. 그러자 당나라 군사들이 열화같이 일우의 유령 검법을 보고 싶다고 난리들이었다. 이미 유령신장으로 소문이 난 일우의 실체를 보고 싶은 그들이었다.

일우는 여러 번 거절했으나 매향까지 나서서 실력을 보여주어야 모두 꼼짝들 못 할 것이라고 설득하는 바람에 부득이 소위 유령검법을 보여주었다. 그는 초절정의 내공을 동원하여 원영신의 상태로 몸이 사라졌다 나타났다 하면서 무극신검을 선보였다. 이효공과 후군집을 비롯한 모든 참석자들은 일우의 초절적인 무공에 경악을 금치 못하였다.

이정과의 인연으로 맺어진 사람들이라 그런지 일우와 두 자사들은 금방 간담이 상조하는 사이가 되었다. 일우가 막상 그들과 깊이 대화를 해보니 당나라 조정에는 인품과 능력이 탁월한 명장들이 너무도 많은 것 같았다. 그들 또한 일우를 통하여 고구려라는 나라가 과연 전통과 역사가 있는 대단한 나라임을 느끼고 있었다.

그날 밤 자시가 끝날 무렵에야 대연회가 끝나고 일우와 매향은 량주부 객관에 있는 최고 귀빈실에서 함께 지내게 되었다. 두 사람은 당분간 연금 상태임을 알고 있었지만 두 자사의 태도와 이정의 직책으로 보아 황제 이세민이 더 이상 자신들을 추적하지 않으리라는 확신이 들기 시작했다.

다음날 진시(7시-9시)가 끝날 무렵 후군집과 진주부 군사 5,000여 명은 진주로 철군을 하였다. 후군집은 일우와 매향에게 부디 서역 비무를 잘 끝내고 돌아오는 길에 다시 진주에 들러달라고 말하며 석별의 아쉬운 정을 드러냈다. 일우도 비록 나라는 달라도 일대의 영웅호걸과 헤어지게 되어 매우 섭섭했다.

후군집과 그 일행이 진주로 떠나자 일우와 매향은 이효공 휘하의 장수인 소규석과 군사 200여명의 호위 아래 량주의 관광길에 나섰다. 그들은 천제산 대불과 구리분마, 대운사(大雲寺)의 거종(巨鍾), 경운사(慶雲寺)의 고탑 등을 둘러보았다. 일우는 그것들을 고구려의 절이나 불상 등과 비교해 볼 때 별로 뛰어난 예술품이 아니라 별 흥미가 없었다. 그러나 그들의 성의를 생각해서 열심히 관광을 하는 시늉을 하였다.

일우와 매향은 매일 저녁 이효공과 그 수하 장수들이 베푸는 연회에 참석하여 그들과 깊은 우의를 다졌다. 낮에는 관광을 다니던지 무공을 연마하고 저녁에는 연회에 참석하는 것이 두 사람의 일과였다. 두 사람은 객관 귀빈실에서 같은 방을 쓰고 있었지만 아직 포옹과 간단한 입맞춤 이외에는 더 이상의 육체적 접촉이 없었다. 일우는 수향의 상중이기 때문에 매향을 가까이 할 수 없었고 또 아직 두 사람의 미래가 어떻게 될지 모르기 때문에 매향의 정조를 보호해주려고 노력하고 있었다. 이런 일우에 대해 매향은 속으로 점점 애가 타고 있었는데 그의 초인적인 자제력에 혀를 내두르고 있었다.

그렇게 두 사람이 량주 자사부에서 칠일 정도 시간을 보내던 중 황제 이세민의 칙서 즉 선우일우와 이매향의 서역 비무를 누구도 방해하거나 금하지 말라는 명령서가 황제의 옥쇄와 병부상서의 관인이 동시에 찍혀서 량주자사부에 도착했다. 이효공은 자신의 일처럼 기뻐했으며 이제 두 사람은 완전히 자유로운 몸이 되었다고 축하했다. 그간의 군사적 살상 또한 부득이한 자구책이었으므로 그 죄나 책임을 일체 사면한다는 황명도 또한 첨부되어 있었다.

때는 정관 12년(영류태왕 19년, 서기 637년) 음력 7월 18일 일우와 이매향은 그간 자신들을 이모저모 많이 도와주고 인간적으로 깊이 사귀어서 정이 많이 든 량주자사 이효공과 눈물어린 석별의 정을 나누었다. 두 사람은 이효공이 서역 비무를 위해 특별히 사주까지 타고 갈 수 있도록 만들어준 고급 사륜마차를 타고 수행하는 마부와 함께 서역으로 가는 마지막 관문인 사주를 향해 3,000리(1,200㎞)의 머나먼 길을 떠나기 시작했다. 먼지와 모래가 휘날리는 사막으로부터 고원의 초원과 기련산의 끝없이 펼쳐진 목초지들을 지나 그들은 사륜마차를 타고 편안히 서역으로 가는 여행을 즐기었다. 두 사람은 마치 신혼부부가 된 것 같은 기분을 느끼며 그렇게 사주를 향해 달려갔다.

한편, 고천파와 정고 및 유가휘는 사천 성도의 성도표국에서 풍미사와 헤어진 후 북서부로 말을 달려 토욕혼의 지배하에 있는 험준한 산악과 사막 등을 지나 량주시로 들어왔다. 그때는 이미 당황제의 일우 일행에 대한 수배령이 해제되어 일우와 매향이 이미 사주를 향하여 떠나고 난 일주일 뒤였다. 세 사람은 량주성내 어디에서도 자신들을 제지하는 세력이 없자 서문을 유유히 통과하여 사주를 향하여 전속력으로 말을 달렸다.

결국 일우와 매향이 사주에 도착한 뒤 약 오일 만에 세 사람은 사주의 월아천에 도착하였다. 그들은 그곳에서 사주의 이곳저곳을 관광한 후 그곳에 도착한 일우와 매향과 재회하게 되었다. 그동안 일우와 매향이 진주와 난주 및 량주에서 겪었던 이야기를 하자 그들은 너무도 놀랐다. 무려 1,000여 명이 살상당하고 난 뒤에야 당황제의 수배령이 해제된 것임을 알았기 때문이다. 또 량주부에서 일우가 자칫하면 후군집에게 죽을 뻔한 것을 알아챘기 때문이다.

다섯 사람은 사주의 막고굴 불상 등과 명사산 등을 관광한 후 그곳 사주객잔에서 일박을 한 후 머나먼 서역 비무의 길을 떠났다.

제10장   서돌궐 철륵가휴의 원한

 돌궐(=투르크)의 민족적 기원이 어떤 지는 아직도 완전히 밝혀진 것은 없다. 그들은 흉노족인 유연이 5세기 초 몽골 초원에 대제국을 세웠을 때 그들 휘하의 한 부족을 이루고 있었다. 그러나 그들은 강성해져 서기 552년에 유연을 멸한 후 돌궐제국을 세워 화하족을 끊임없이 위협해왔다. 그들은 또한 주변 민족들과도 매우 대립적인 관계를 가졌었다. 6세기에 그들은 동북방면으로 진출하면서 고구려와 대립하였고, 7세기에는 고구려와 연합하여 당나라를 위협하기도 하였다.

 수문제 시절 그들은 수나라의 이간책으로 말미암아 동돌궐과 서돌궐로 나뉘었다. 동돌궐이 전체의 가한(황제)이고 서돌궐은 부가한(부황제)였다. 그러나 그 이원적인 통치는 큰 분열의 씨앗이었다. 두 돌궐은 끝없이 대립 경쟁하면서 당나라에 이용당했는데 결국 서기 630년 당태종 초기에 동돌궐은 이정과 이적 및 후군집 등에게 완전히 멸망당하고 말았다.

 서돌궐은 당태종 초기에 열 개로 나누어진 십성부락(十姓部落)을 아사나가노(阿史那賀魯)가 통일하여 강력해졌다. 이때 많은 동돌궐인

들이 서돌궐로 들어왔다. 철륵가휴는 원래 동돌궐 힐리가한의 호위대
장이었다가 동돌궐이 멸망하자 서돌궐로 탈출하였었다. 그는 천산북
로 밑의 서돌궐 수도인 돌궐아경에 웅거하여 많은 동돌궐 젊은이들
에게 무예를 가르치며 동돌궐부흥 운동을 주도하고 있었다.

그는 현재 나이가 32세로서 약관 20세에 이미 동서 돌궐 전체의
무술대회에서 우승한 이후 연속 4회를 우승하였다. 이후 힐리가한의
호위대장이 되어 3만의 친위군을 이끌었다. 그의 무공은 전통적인 북
방 유목민족들의 주무기인 기마술과 창술 및 궁술에 기초를 둔 것이
었고, 맨손 격투기에 능해 맨 손으로 사나운 호랑이를 때려잡을 만큼
강력한 힘의 소유자였다. 그가 적과 싸울 때는 얼마나 사나운지 한
번에 수백 명을 잔혹하게 쳐 죽였다. 그가 전장에서 한번 호령을 하
면 모두가 겁을 먹고 벌벌 떨기 일쑤였다.

그러나 동돌궐이 당나라에 패망한 후 그는 절치부심하고 중원무
예를 배우기 위하여 온갖 노력을 했다. 기동성과 힘만 가지고 하는
유목민족의 무예로는 도저히 변화무쌍하고 웅혼한 중원무술을 당할
수 없다고 생각하였기 때문이었다. 그는 서돌궐로 들어온 뒤 서돌궐
가한인 아사나가노의 후원으로 천산(天山)에서 100여 년 동안 신선도
를 닦고 있는 전설의 신선인 천산신인(天山神人) 문하로 들어갔다.

천산신인은 돌궐인으로서 이미 지금의 우랄산맥과 알타이 산맥
및 천산 산맥 지역에 전해져 오던 고대 환국의 신선도의 비전을 이
어받아온 사람이었다. 그의 내공은 이미 100갑자(6,000년)에 이르렀고
무공은 거의 도술을 마음대로 구가하는 수준이었다. 그는 물 위를 걸
어 다니는 것은 기본이고 영하 50도 이하의 천산 산맥의 박격달봉(博

格達峰)에서도 태평하게 운기조식을 할 정도였다. 또한 그는 그 추운 천산천지(天山天池)의 물속에 들어가서도 하루 종일 견딜 수 있는 수준이었다. 그는 동방의 청려선인만큼 서방의 신선으로서 거의 신적인 수준의 내공과 무공을 완성한 당대 최고의 신선 중 하나였다.

그는 동돌궐의 부흥을 위해 자신을 문하에 거두어달라는 철륵가휴의 청을 일언지하에 거절하였다. 그것은 그가 도무지 신선이 될 자격이 없는 피비린내 나는 무장의 운명이었기 때문이었다. 그러자 철륵가휴는 죽음을 무릅쓰고 무려 천산의 박격달봉을 세 차례나 올라와서 조국의 광복을 위해 그에게 제자로 거두어달라고 눈물로 호소하였다.

그의 순수한 조국애에 감동한 천산신인은 철륵가휴에게 세 가지의 어려운 과제를 내주면서 만일 그것을 풀면 제자로 받아주겠다고 약속하였다. 첫째는, 한겨울인 음력 11월 하순 자시에 달이 뜨지 않은 천산 천지에 들어가서 한 시진 동안을 버티는 것이었다. 그것은 말이 과제이지 거의 죽으라는 것과 마찬가지였다. 그때 천산 천지의 온도는 거의 영하 50도를 넘었고 물은 거의 얼어붙어 있을 때였다. 게다가 해발 7000m 급의 산 정상은 휘몰아치는 폭풍우와 눈발 등으로 인해 거의 등반 자체가 불가능하였다.

하지만 철륵가휴는 조국 동돌궐을 부흥시키겠다는 무서운 집념으로 죽음을 각오하고 그 과제를 수행하기 위해 천산신인의 지시대로 11월 하순 어느 날 자시에 달도 뜨지 않은 무시무시한 천산 천지를 혼자서 등반하였다. 강풍과 폭설이 휘몰아쳐서 거의 한 발자국도 내디딜 수 없는 상황이 되었지만 그는 죽음을 무릅쓰고 천산천지 물가에 도달하였다. 그러자 산에서 들려오는 무시무시한 바람 소리가 마치 무서운 짐승들의 울부짖음처럼 귀청을 찢고 있었다. 그는 천지신명께 기도하며 얼음을 깨고 그 안에 들어갔다.

천지의 물속은 처음에 들어갈 때는 살을 찢는 것 같이 혹독한 괴로움이었지만 죽음을 무릅쓰고 일단 물속에 들어온 그는 모든 것을 초극하고 있었다. 자시가 끝날 무렵 그의 의식은 이미 사라져가고 있었다. 그는 가물가물해가는 의식속에서 죽음이 이승 저편에서 자신을 손짓하고 있는 것을 보았다. 그가 막 죽었다고 눈을 감은 순간 그는 어떤 거대한 신력이 자신을 물 밖으로 끌어내고 있는 것을 느꼈다. 그는 공중을 수백 장 날아 잠시 뒤 천산신인이 거주하는 동굴 안으로 들어가게 되었다.

그는 천산신인이 자신의 등 뒤 명문혈로 엄청난 진기를 넣어주자 온 몸이 불덩이처럼 뜨거워진 것을 느꼈다. 그가 의식을 회복하자 천산신인은 그에게 두 번 째 과제를 내주었다. 그것은 알타이산의 동굴들 어느 한 곳을 가면 고대 환국의 문자인 녹도문이 있는데 그 녹도문 중 한울님이 환인님에게 천산에서 도를 전해주는 것을 그려오라는 것이었다. 녹도문에 대해 전혀 알지 못한다고 철록가휴가 대답하자 천산신인은 천부경 81자를 그에게 입으로 가르쳐주면서 오직 주문과 기도를 통해 영감으로 찾아야 한다는 것이었다.

철록가휴는 근본적으로 현명한 사람이었다. 그는 천부경 81자를 모두 다 외웠다. 그리고 자신의 수하 81명을 데리고 알타이산으로 달려갔다. 알타이산은 그리 높은 산이 아니었고 또 원래 돌궐족들이 살던 곳이라 그리 낯이 설은 곳들은 아니었다. 그는 수하들에게 똑같이 천부경 81자를 외우게 한 후 알타이산 중턱에 자리한 수백 개의 동굴들을 뒤지기 시작했다. 그는 약 스무 하루 만에 그 녹도문을 찾고야 말았다. 그는 그림을 잘 그리는 수하에게 그 녹도문을 그대로 그리도록 시켰다. 그리고 그것을 가지고 의기양양하게 천산의 박격비달봉의 천산신인을 만나러 갔다.

신인은 그것을 보고 그가 지혜와 영감이 괜찮은 자임을 인정하였다. 이제 마지막으로 그가 내놓은 과제는 당나라 황제가 가장 아끼는 보검인 황룡팔보검을 훔쳐오라는 것이었다. 당황실의 최고 보물인이 검은 전설의 도검 장인인 막야가 제작한 것으로서 칼자루에 황룡이 새겨져 있고 그 칼자루에는 여덟 개의 보물이 박혀져 있었다. 그보물은 이 세상에 존재하는 귀금속 중 가장 소중한 것들인 금과 옥과 진주, 비취, 금강석, 홍보석, 녹주석, 강옥 등이었다.

그 칼은 항상 황제의 침상 머리맡에 있었는데 황제와 동침하는후궁들마저 그 칼의 존재를 알 수 없을 정도로 은밀하게 감추어놓고있었다. 철륵가휴는 이 문제가 가장 어려운 것임을 느꼈다. 그는 자칫하면 죽을 수밖에 없는 이 무시무시한 과제를 놓고 잠시 망설였다. 도무지 불가능한 과제라는 생각이 들었다. 그러자 그는 자신의 사촌동생 중 당나라 말에 능통하고 꾀가 비상한 철륵사타에게 이 문제를상의하였다.

두 사람은 장시간 상의한 후 한 가지 방책을 내었는데 그것은당황제가 출행할 때 행궁에서 지내는 당황제의 침소에 침투하는 것이었다. 그들은 서돌궐 가한이 이미 당황실에 심어놓은 세작들을 통해 이세민이 출궁하여 행궁에 머물 때를 노렸다.

그때는 서기 631년 경 가을 어느 날이었는데 당태종이 황제가 되고 나서 처음으로 소림사를 방문하여 자신을 구해 준 소림사 승려들을 포상하러 갔을 때였다. 그들은 그때 축시경(밤1시-3시) 소림사 행궁에서 한참 잠에 빠져 있던 이세민과 후궁 몰래 그 행궁 지붕 위를 뚫고 그 안에다 마취제를 살포하여 의식을 잃게 만들었다.

철륵가휴는 경신술이 마치 물 찬 제비 같은 부하 하나를 밧줄로 매달고 그를 그 방의 천장 위 기와 지붕을 뚫고 그 안으로 들어가게 했다. 그리고 이세민의 침대머리맡 안에 있는 황룡팔보검을 훔친 후 그를 다시 천장 위로 들어 올리게 했다. 그들은 그 밤으로 소림사 경내를 벗어나 감쪽같이 서돌궐의 천산으로 내달렸다. 그가 내민 황룡팔보검을 확인한 천산신인은 마침내 그를 자신의 유일무이한 제자로 받아주었다. 그리고 그를 박격비달봉에 머무르게 하면서 무공을 전수하기 시작했다.

신인은 그에게 내공의 기초부터 시작하여 물과 불에 들어가도 죽지 않는 무공, 물 위를 마음대로 걸어 다니게 하는 등 온갖 전설적인 내외공을 그에게 전수하여 주었다. 이윽고 약 6년이 흐른 지금 그의 무공은 천하 최고수의 수준이 되었다. 마침내 그는 동돌궐의 유민들 중 젊고 유망한 젊은이들을 모아서 그들을 가르치고 이끌면서 당나라의 허점을 엿보고 있었다.

일우 일행은 사주에서 낙타를 구입한 후 천산북로를 향하여 나아가기 시작했다. 그들이 천산에 도착했을 때는 이미 음력 8월 초순이 다 되어가고 있었다. 그들은 서돌궐의 수도인 돌궐아경으로 바로 들어갔다. 그곳에서 그들은 고천파의 인도로 각국 외교 사신들이 거주하는 궁성 안의 객관을 찾아갔다.

그곳에는 이미 고구려 사신들이 와서 지내고 있었는데 사신들의 대표인 고선계는 고천파와 사촌지간이었다. 일우 일행은 고선계를 통하여 서돌궐의 현 정치 상황에 대해 상세히 들었다. 그들은 특히 서돌궐 가한과 결탁한 철륵가휴에 대해 많은 정보를 입수했다. 하지만 그들은 서돌궐의 경제 사정이 몹시 악화되어 모든 행정 각 부문에서 뇌물을 안 쓰면 도무지 만사가 통하지 않는다는 사실을 알았다. 일우 일행이 철륵가휴와 비무를 할 수 있는 방법이 없느냐고 묻자 고선계는 아마도 가한의 환관장인 야타로사로에게 엄청난 뇌물을 써야만 가능할 것이라는 말을 들었다. 일우 일행은 고선계를 통해 야타로사로에게 황금 1만냥을 황제에게 바친 후 야타로사로를 그의 집무실에서 만났다.

야타로사로는 그렇잖아도 자신의 권위를 우습게 여기고 가한에게만 갖은 아첨을 다해 동돌궐부흥운동이라는 허무맹랑한 짓을 하고 있는 철륵가휴가 눈에 가시였다. 그가 볼 때 철륵가휴는 그저 힘만 세어 제 무공이나 믿고 가한을 속여 호의호식하면서 당나라에게 장래 크게 경을 칠 짓을 하고 있는 것이다. 만일 동돌궐부흥의 비밀결사 중 한 사람이라도 철륵가휴를 배신하여 당나라에 모든 것을 불어버리면 동돌궐의 부흥은 고사하고 서돌궐마저 크게 문책당하여 나라가 망할 우려가 있었다.

그래서 그는 틈만 나면 철륵가휴를 가한에게 씹어왔지만 가한은 어쩐 일인지 무조건 그를 감싸고돌았다. 야타로사로는 도저히 가한을 통하여서는 철륵가휴를 제거할 수 없게 되자 나름대로 제거할 길을 찾아왔다. 그러나 막상 그가 이 세상 최고 수준의 살수라는 자들을 철륵가휴를 제거하러 비밀리에 보내었어도 그들은 철륵가휴의 그림자조차 밟지를 못하였다.

이런 소문을 암암리에 들은 서돌궐 사람들은 그래서 철륵가휴에 대해 무신(武神)에 대한 극진한 존경심과 함께 그가 아마도 이 지상 최고의 무사일 것이라는 밑도 끝도 없는 찬탄을 하고 있었다. 가한은 날이 갈수록 더욱 그를 신임하여 툭하면 불러다가 함께 술을 마시고 무공을 논하며 자신의 자식들에 대한 무술지도를 그에게 맡기고 있는 형편이었다.

이런 상황 하에서 일우 일행이 거의 천하를 제패하고 이제 마지막 단계에서 서돌궐의 철륵가휴와 비무를 하러 찾아온 것이다. 게다가 그 무시무시한 중원의 점창파 장문인 천곡장 마저 일우에게 당했다니 이제야말로 저 콧대 높은 철륵가휴를 몰락시킬 절호의 기회가 온 것이다. 그는 황금 1만량의 뇌물을 받으면서 고구려 천하비무단이 매우 예절바른 자들이면서도 그들의 무공이 그 누구도 비할 수 없을 만큼 초절한 것으로 판단하였다. 그는 그들을 잘 활용하여 가한에게 이번에 큰 점수를 따자고 작심했다. 그래서 그는 그 뇌물을 모두 가한에게 바치겠다고 고선계에게 힘주어 말했다.

그러자 고선계는 고천파에게 고천파는 정고에게 눈짓을 했고 이에 정고는 부득이 일우에게 눈짓을 하자 일우는 고개를 끄떡였다. 그에게 따로 황금 3천량의 뇌물이 주어졌다. 그러자 그는 단박에 황금 1만량의 뇌물을 들고 일우 일행을 모두 데리고 가한의 알현을 신청했다. 가한은 자신의 환관장이 황금을 1만량이나 고구려 천하비무단의 이름으로 바치자 매우 기분이 흡족했다. 가뜩이나 궁궐의 자금이 달려 고민하던 판에 그는 환관장의 뇌물을 받고 무조건 일우 일행을 자신의 황궁 정전에서 접견하기로 했다. 이미 일우의 소문을 야타로 사로에게 들은 서돌궐의 대부분의 문무제신들이 정전에 모여 호기심이 잔뜩 서린 눈으로 그들을 기다리고 있었다. 서돌궐의 문무제신들이란 말이 문무제신들이지 모두가 다 호전적이고 싸움과 무예에 출중한 장수들이다 보니 그들은 지상 최강의 무술인을 가리는 싸움에 대해 일생일대의 기회라고 생각하고 가한이 일우 일행을 알현하는 모임에 참석한 것이다.

돌궐어에 능통한 고구려 사신 고선계의 통역으로 그들은 아사나가노 가한과 알현을 시작하였다.

"오, 그 먼 형제의 나라 고구려에서 이렇게 이곳까지 친선을 위해 왕림해주셔서 너무나도 고맙소. 그런데 고구려 태왕 폐하께서는 강령하시오이까?"

서돌궐황제 아사나가노는 위엄있지만 친근한 목소리로 일우 일행에게 말했다. 그러자 고천파가 일행을 대표해서 잔뜩 위엄을 차린 후 장중하게 말했다.

"먼저 저희 고구려국의 천하비무단은 서돌궐 가한 폐하의 만수무강을 비옵니다. 저희 태왕께서는 옥체 강령하옵시며 고구려 신민들은 모두 개국 이래 최고의 태평성세를 구사하고 있사옵니다. 태왕께옵서는 서돌궐 가한 폐하의 성덕을 항상 칭송하고 계시며 양국의 우호친선이 그 어느 때보다 강고해지고 있는 것에 대해 흡족해하고 계시옵니다. 또한 저희 일행 모두는 가한 폐하와 모든 신료들의 환대에 몹시 감사드리고 있사옵니다. 하옵고........."

이렇게 말하는 순간 서돌궐 가한이 *잠깐!* 하고 소리를 지르더니 고천파의 말허리를 잘랐다. 그러자 일우 일행과 문무제신들이 놀라서 가한의 입을 쳐다보았다.

"고구려가 사상 최대의 태평성세라는 고 대사자의 말은 믿기 어렵소. 우리 서돌궐에서 볼 때 이미 고구려는 망한 나라요. 당나라가 지금도 호시 탐탐 고구려를 침략할 준비를 하고 있는 이 때 귀국은 무슨 여유가 있다고 천하비무단이 각국을 순회하며 비무를 하고 있는 것인지 이해를 못하겠소이다. 그럴 시간이 있다면 차라리 귀국의 다 썩어가고 있는 군대나 조련시키는 것이 좋을 것이오. 그리고 우리 서돌궐에는 철륵가휴라는 천하 최고의 무신이 있어 감히 그를 겪을 자는 이 세상에서 없소이다. 그러니 괜히 비무 도전을 하여 망신당하지 말고 일찍 귀국하시는 것이 나을 것이요. 그런 줄 알고 그냥 돌아가시오."

이렇게 말하더니 가한은 자리에서 벌떡 일어나 자기 궁으로 돌아가려고 하는 것이 아닌가? 일우 일행은 얼굴이 벌개져서 할 말을 못하고 멍하니 있었다. 그때였다. *호호호호호!* 하는 여성의 찢어발기는 듯한 웃음소리가 정전을 쩡쩡 울렸다. 매향이었다. 가한은 뒤돌아섰고 일우 일행과 서돌궐 문무제신 모두가 매향을 노려보았다. 그러자 환관장 야타사하로가 내시 특유의 째지는 듯한 고성으로 외쳤다.

"무엄하다. 여기가 어느 안전이라고 감히 일개 아녀자가 요망을 떠는 것이냐? 당장 닥치지 못할까?"

환관장은 몸을 부들부들 떨면서 가장 충직한 신하처럼 그렇게 외쳤다. 하지만 매향은 더욱 큰 소리로 웃어 제키더니 내공을 잔뜩 실어 큰 목소리로 외쳤다.

"호호호호, 서돌궐이 겁쟁이라 동돌궐이 망할 때 팔짱 끼고 구경만 했다더니 과연 그 말이 사실이구나. 너희가 이러고도 망한 동돌궐을 부흥시키겠다고 군사들을 키우고 있단 말이냐?"

그녀의 이 말에 정전 안이 갑자기 싸늘한 침묵 속으로 빠져들었다. 모두는 갑자기 등골에 한 줄기 찬바람이 휙 스쳐지나가는 것을 느꼈다. 잠시 무거운 침묵이 흐른 후였다. 갑자기 가한이 매향을 향해 부들부들 떨면서 물었다.

"네 년은 누구이기에 감히 짐의 안전에서 그따위 불경한 말을 할 수 있단 말이냐? 네가 무슨 근거로 그런 허튼 말을 할 수 있다는 말이냐? 네가 감히 짐과 서돌궐을 욕 보였으니 여기서 살아 돌아갈 생각은 말아라. 여봐라, 당장 저 년을 체포하고 갈기갈기 찢어죽이도록 하라."

과연 포악하기로 소문난 아사나가노였다. 이때였다. *잠깐!* 하는 소리가 나며 정전을 막 들어오는 사나이가 있었다. 키는 6척 장신에 몸은 다부지고 머리는 박박 깎았는데 어깨에는 장검을 두 자루 메고 손에는 가죽 채찍을 들고 허리에는 작은 비수들을 잔뜩 꽂고 있었다. 모든 사람들은 일제히 그를 응시했다. 철륵가휴였다.

"가한 폐하! 이 년은 바로 당나라 오랑캐들의 대장군인 이정 놈의 딸년이며 저 자들이 바로 동돌궐 부흥군들 200여명을 몰살한 바로 그 자들이옵니다. 오늘 제가 저들을 다 쳐 죽여 지난 날 억울하게 죽은 우리 동료들의 원수를 갚고자 합니다. 하오니 자칭 천하제일의 무사 놈과 제가 일대 일로 비무를 해서 제가 이기면 저들을 모두 잡아 죽여 포를 떠서 억울하게 죽은 우리 동료들의 제사를 지내게 해주시옵소서. 폐하! 소신의 평생지한을 풀어주옵소서."

그러나 이제는 아사나가노의 놀랄 차례였다. 만일 그녀가 이정 대장군의 딸이라면 이것은 당나라와의 전쟁 아닌가? 비록 십성부락을 통일했어도 아직 재정과 조직 및 군사 모든 면에서 부족하여 당나라와는 전쟁을 할 수는 없는 노릇 아닌가? 그는 순간 화가 나서 그녀에게 욕을 하고 체포하라고 했지만 금방 일국을 책임진 가한 본연의 자세로 돌아갔다. 사실 동돌궐이 망한 것은 가슴 아픈 일이지만 그렇다고 다시 서돌궐마저 망한다면 자신들의 부족들은 어디로 가서 살 것인가?

그는 다시 호피로 씌운 황금 보좌에 덜컥 앉으면서 멍하니 문무제신들을 바라보았다. 어느 놈이 좀 일어나서 이 상황을 해결해주지 않나 하는 심정이었다. 이때였다. 환관장 야타사하로가 눈짓을 하자 친위대장 두하사노치가 일어섰다.

"폐하, 지금은 당나라와 척을 질 때가 아니옵고 저희 서돌궐 군사들은 동돌궐부흥 운동을 지원한 적이 없사온데 저 이정 대장군의 여식께서 무엇인가 잘못된 정보에 기인해서 그런 말씀을 하신 줄로 아옵니다. 또한 고구려가 현 태왕 하에서 날로 약화되고 있다 하오나 저희와 동족으로서 형제 국가임은 분명한 일. 오늘 고구려 천하비무단과 철륵가휴의 비무에는 서돌궐과 아무 관계가 없은 즉 철륵가휴의 소청을 들어주시면 아니 되옵니다."

그때였다. 갑자기 철륵가휴가 두하사노치에게 크게 인상을 한

번 썼다. 그러자 두하사노치는 갑자기 입에서 피를 토하며 쓰러지는 것이 아닌가? 일우 일행은 철륵가휴가 초절정의 내공을 동원하여 그의 기도를 막아 급살시킨 것을 알아차렸다. 실로 무서운 내공이었다. 일우는 순간 전신에 소름이 끼쳤다. 전설적인 파심공(破心功)를 직접 눈으로 보는 순간이었기 때문이었다.

그러자 가한은 도무지 믿기지 않아 두하사노치를 바라보다 다시 철륵가휴를 바라보았다. 그러나 그는 천정을 쳐다보며 딴전을 피우고 있었다. 서돌궐 가한과 문무신료들 그리고 환관장 야타사하로는 등에 식은땀이 주룩 흘러내렸다. 만일 그의 말을 안 들으면 아무 타살의 증거도 없이 죽는 꼴이 된다는 것이 아닌가? 이윽고 가한은 천천히 그러나 떨리는 목소리로 말했다.

"철륵가휴의 소청을 허락한다. 지금부터 7일 이내에 황궁 연무장에서 철륵가휴와 고구려 선우일우는 일대 일로 비무를 개시한다. 만일 철륵가휴가 이기면 선우일우 일행 모두 특히 당나라 이정 대장군의 딸 이매향 등 모두는 철륵가휴가 마음대로 처분해도 좋다. 단, 선우일우가 이기면 철륵가휴는 그의 일행에게 절대 손을 댈 수 없다. 어떤가? 양측은 동의하는가?"

"가한, 소신은 황궁 연무장이 아니라 천산 천지에서 저 고구려 무사와 비무를 하고자 하옵니다. 또한 소신이 이번 비무에서 진다면 소신은 모든 무공을 폐한 후 천산으로 들어가 수도나 하고 살 것이옵니다. 하오나 소신이 이긴다면 반드시 저 이매향을 비롯하여 선우일우와 그 일행들 모두를 저의 손에 넘겨주시어 억울하게 죽은 동료들의 복수를 하게 해주시옵소서. 이 점을 분명이 저들이 동의해야 비무에 응할 것이옵니다."

철륵가휴의 목소리는 떨리고 있었다. 얼마나 그들에 대한 원한이 사무쳐 있었는지 짐작할 만하였다. 일우 일행은 서로 얼굴을 바라보았다. 그들은 서로 고개를 끄떡였다. 이기지 않으면 어짜피 살아날 수 없는 상황이었다. 그래서 고천파가 그들을 대표해서 가한에게 말했다.

"저희 고구려 비무단 일행과 이매향 소저는 철륵가휴의 제의에 동의하는 바입니다. 만일 저희가 이기면 가한 친림하에 철륵가휴의 모든 무공을 폐할 터이오니 그 점 동의해주시기 바랍니다."

그러자 가한은 고개를 끄떡이며 동의를 표한 후 지금부터 이주일 뒤 사시 정각에 천산의 천지에서 전 동돌궐 친위대장 철륵가휴와 고구려 제일무사 선우일우의 비무가 열린다는 사실을 가한의 이름으로 서돌궐 천하에 선포하였다. 그러자 서돌궐 전역이 이 희대의 비무를 관람하기 위해서 천산 천지가로 몰려들기 시작했다.

가뜩이나 호전적인 서돌궐 사람들은 자신들의 무신인 철륵가휴에게 도전한 고구려 젊은이가 이미 천하를 거의 정복하고 거의 막바지 단계에서 그에게 도전했다는 소식에 매우 흥미를 느꼈다. 자신들이 떠받드는 무신의 무공이 어느 정도인지 확인하는 것도 재미있겠지만 저 멀리 동방의 형제국 고구려에서 최강의 무사가 자신의 나라에 들어와 목숨을 걸고 비무를 한다는 것에 그들은 말로 다할 수 없는 희열을 느꼈다.

그들은 일우의 중원에서의 비무에 대해 끝도 한도 없는 상상을 더해 이 비무가 그야말로 사람들의 대결이 아니라 거의 신들의 대결이기 때문에 그 비무가 이 세상에서 가장 신성한 천산 천지에서 한 낮에 벌어진다고 주장했다. 그들은 비무 소식을 듣자마자 비무가 벌어지는 천산 천지 주변에 이미 막사를 짓고 그 속에 들어가서 기거하며 이 희대의 비무 날짜를 손꼽아 기다리기 시작했다.

한편 일우 일행은 고구려 사신들의 객관에 머물면서 철륵가휴와의 일전을 대비하며 비무 점검을 하고 있었다. 그러나 문제는 그의 무공에 대해 아무 것도 아는 것이 없다는 것이었다. 천하의 무학에 정통한 이매향 마저도 철륵가휴에 대해 아는 것이 별로 없었다.

힐리 가한의 친위대장 시절 철륵가휴의 무공 이래봤자 무식하게 힘만 센 유목민족의 전투 무술이다 보니 별로 중원 무학에 채집할 필요조차 없었던 것이다. 그러나 막상 현지에 와서 들은 철륵가휴는 이미 인간의 경지를 넘어선 신적 무술의 경지에 이르렀다는 것이 아닌가? 하지만 일우 일행은 그가 왜 하필이면 천산 천지 물가에서 비무를 하자고 하는 지 도무지 이해를 할 수가 없었다. 그들은 철륵가휴의 비무 전략이 무엇인지 알 수가 없어 만 3일을 그저 평범한 무공 연습으로 시간을 허비하고 있었다.

그러던 3일 째 저녁에 웬 토번의 전통 종교인 본교(本敎) 샤먼 옷차림을 한 낯선 사람 하나가 그들이 머물고 있는 객관에 나타났다. 그리고는 다짜고짜 일우와의 면담을 요청했다. 일우는 무엇인가 집히는 바가 있어 그를 만나보고자 했다. 그 샤먼은 탈바가지로 얼굴을 가렸는데 도무지 정체를 드러내려고 하지 않았다. 그는 어수룩한 고구려어를 음산한 목소리로 짤막하게 내뱉었다.

"그대가 여기까지 살아온 것은 기적이다. 하지만 이번만은 틀렸다. 그냥 고구려로 도망치는 것이 나을 것이다."

일우는 대체 이 자가 무슨 속셈으로 이런 소리를 하는지 매우 궁금했다. 그래서 일우는 그를 심하게 자극해볼 작정이었다.

"하하, 천하에 나를 이긴 자가 없는데 감히 돌궐 강아지 하나가 어떻게 나를 상대한단 말이냐? 가소롭다."

"흥, 큰소리치는 것을 보니 겁이 나기는 나는 모양이구나."

샤먼은 몹시 기분이 나쁜 모양이었다. 목소리가 약간 떨리는 듯했다. 일우는 그가 지금 매우 감정이 격발되었다고 생각했다. 샤먼은 일우를 쳐다보더니 갑자기 전설적인 수익신공(水翼神功)을 아느냐고 물었다.

수익신공이란 이미 이 지상에서 사라진 것으로 모두들 알고 있는 전설의 마공인데 이것은 물을 날개삼아 물위를 걷거나 날며 물을 무기로 해서 싸우는 거의 신적 무술이었다. 수익신공은 이미 수천 년 전에 물의 신이라고 알려졌던 하백이 창안한 것으로서 그의 가문에만 전해져 내려왔다.

그것은 시전자가 거의 용과 같은 지경의 내공을 통해 물을 마음대로 조종하는 것으로서 물 자체가 가장 무서운 무기였다. 물을 마음먹기에 따라 칼로도 쓸 수 있고 또 채찍으로도 쓸 수 있으며 때로는 가장 강력한 기를 발산하는 무서운 무기였다. 만일 수익신공을 익힌 자가 마음만 먹는다면 자신의 주변에 있는 물 모두가 무기였으며 그 물이 시전자의 내공과 결부된다면 결국 상대를 물의 힘으로 압살 혹은 해살(解殺)이나 세살(細殺) 혹은 미살(微殺)할 수 있는 것이다.

일우는 그 무공에 대해 자신의 큰 스승인 청려선인에게 들은 바가 있었다. 그러나 청려선인은 수익신공을 구사할 수 있는 자는 천하에서 천산신인 뿐인데 만일 돌궐에서 수익신공을 하는 자를 만나거든 물을 이기는 것은 흙(土克水)이라는 오행의 원리를 사용하라는 말뿐이었다.

갑자기 일우는 그 샤먼이 수익신공을 이길 수 있는 무엇인가를 알고 있다는 생각이 들었다. 그래서 그는 그 샤먼에게 깊이 읍한 후 자신의 내실로 들어오셔서 이야기할 수 없겠느냐고 정중하게 청했다. 그러자 그 샤먼은 으흠! 하고 헛기침을 하더니 일우를 따라 그의 내실로 들어갔다.

두 사람은 자리에 보료를 깔고 앉아 이야기를 시작했는데 그때서야 샤먼은 탈바가지를 벗었다. 일우에게는 20대 후반으로 그 보이는 샤먼은 안광이 형형하고 얼굴에 환한 빛이 나는 것으로 보아 깊은 도력과 무공을 갖춘 수도자가 틀림없었다. 일우는 그 샤먼에게 정중하게 고개를 숙여 인사를 올린 후 겸손하게 말했다.

"샤먼님, 소생이 무례했던 것을 용서하십시오. 그저 샤먼님을 시험했을 뿐이오니 오해하시 마시고 소생이 수익신공을 이길 수 있는 비결을 가르쳐주십시오."

"음, 일우 공이 천하를 제패할 무사가 되기는 이번 일전이 가장 큰 고비가 될 것이외다. 그러나 내가 알 수 있는 사실은 수익신공을 이기는 길은 오행설의 토극수를 실전에 활용하는 길뿐이오. 다시 말하면 수익신공은 온 몸이 물에 의해 침투되지 않을 강력한 토성을 지녀야 한다는 말이외다."

일우는 이 부분에서 깜짝 놀랐다. 자신의 큰 스승인 청려선인과 똑같은 말을 하였기 때문이었다. 그렇다면 이 자는 누구이길래 또 왜 자신을 도와주려고 하는 것일까? 일우는 순간 궁금증이 들어 그의 얼굴을 정면으로 바라보며 물었다.

"샤먼님께서 하신 말씀은 바로 저의 큰 스승 청려선인께서 하신 말씀과 같습니다. 그렇다면 샤먼님은 수익신공을 이길 비책을 가지고 계신 듯 한데 소생에게 그것을 알려주실 수 있으신지요."

"핫핫, 선우 공이 눈치는 한 번 빠르구려. 그렇소. 나는 수익신공을 이길 수 있는 비책을 가지고 있소이다."

일우는 입에 침이 바짝 마르는 것을 느꼈다. 그는 마지막으로 그렇다면 그가 왜 자신을 돕는 지를 알아봐야 하겠다고 생각했다. 일우는 빙글빙글 웃고 있는 그에게 조심스럽게 물었다.

"그런데 왜 샤먼님께서는 이 부족한 소생을 도우시려고 하시는 지요. 손수 철륵가휴와 비무를 하실 수도 있으실 텐데요."

그러자 그 샤먼은 그 화경만한 눈알을 좌우로 굴리면서 일우에게 말했다.

"핫핫, 선우 공이 무엇인가를 잘 모르시는구료. 철륵가휴는 이제껏 누구와도 비무를 한 적이 없소이다. 이번 비무는 그와 이매향 그리고 선우 공 일행과 얽힌 깊은 원한을 풀기 위한 길일 뿐 그는 그 누구와도 비무를 하지 않았고 앞으로도 그럴 것이외다. 그러니 이번 비무에서 선우 공이 진다면 영원히 그가 천하 제일인자가 될 것이외다. 그렇다면 나와 선우 공의 대결은 영원히 이루어지지 않을 것이 아니오? 핫핫!"

"그렇다면 샤먼께서는 소생이 철륵가휴를 이기고 난 후 천하제일 자리를 놓고 소생과 비무를 하실 계획이십니다 그려."

일우는 한편 어이가 없었다. 적의 손을 빌어 적을 제압한 후 그 적을 다시 제압하자는 속셈 아닌가? 그렇다면 이 자는 대체 누구란 말인가? 일우는 그 샤먼의 정체가 매우 궁금해졌다. 그러자 그 샤먼은 자리에서 벌떡 일어나 일우에게 큰 보자기 하나를 내밀면서 말했다.

"이 보자기 안에 있는 흑토를 전신에 바르고 절대 물에 젖지 않도록 한 후 그와 싸우시오. 그리고 이기면 바로 토번의 황궁으로 와서 가르포체를 찾으시오. 선우 공의 승전을 기원하며 이만 난 가리다."

일우는 기절할 듯이 놀랐다. 토번 왕인 송첸캄포의 재상 가르통첸의 아우로서 토번군 30만의 무술 사부이자 토번의 제일 무사이며 사실상 토번의 병권을 완전히 장악하고 있는 가르포체가 아닌가? 그런 그가 이 비무 소식을 듣고 일우가 철륵가휴에게 이기게 하기 위해서 이곳까지 왔다는 말 아닌가?

일우는 순간 자리에서 벌떡 일어나 그를 향해 두 손을 잡고 깊게 허리를 숙여 읍한 후 그를 배웅하러 그와 함께 객관 문을 막 나서려고 하였다. 그때 이매향이 마침 일우를 만나러 들어왔다가 가르포체와 눈이 마주쳤다. 두 사람은 서로 깜짝 놀란 듯 잠시 할 말을 잃고 그 자리에 멈추어 섰다. 그러자 일우는 두 사람 사이가 보통 사이가 아닌 것을 금방 눈치 챘다. 이매향이 가르포체에게 쌀쌀맞게 말을 걸었다.

"흥, 군사께서 이 야심한 밤에 어떻게 여기까지 오셨지요? 혹시 선우 공을 암암리에 철륵가휴에게 지게 하려고 오신 것은 아닌가요? 그리고 철륵가휴를 물리친 후 천하를 제패하겠다는 속셈이 아닌가요?"

"호오, 이 소저가 선우 공을 직접 인도하고 다닌다는 소식을 들었지만 이 이역만리까지 직접 수행하고 다니는 것을 보니 두 분 사이가 보통이 아니겠구려. 부친 이 상서께서는 안녕하시오?"

가르포체 또한 가시가 돋친 말투로 이매향의 말을 받았다. 일우는 두 사람 사이에 깊은 앙금이 있음을 눈치 챘다.

"호호호호, 내가 선우 공과 함께 다니던 말든 그것이 군사와 무슨 관계가 있나요? 그리고 아직도 천하제일이 되시겠다는 야망을 가지고 계시다면 이제는 포기하세요. 아마 그 누구도 여기 선우 공을 이기기는 불가능할 걸요."

이매향은 일우에게 다가와서 그와 팔짱을 끼고 빙글빙글 웃으며 가르포체의 약을 올리는 듯 했다. 가르포체는 잠시 얼굴이 하얗게 변하더니 금방 평정지심을 되찾았다. 그러더니 그는 매향을 무시하고 일우에게 읍한 후 토번 황궁에서 만나자고 말하고는 경신술을 써서 객관 문 위로 날아 가버렸다.

일우와 매향은 선우의 방에 들어가서 자리를 잡고 앉자 마자 심각한 표정으로 대화를 나누기 시작했다. 먼저 말을 건 것은 일우였다.

"저 사람과 매향 소저가 잘 아는 사이인가 본데 대체 무슨 사이입니까?"

일우는 두 사람 사이가 보통 심각한 사이가 아니였음을 의심하고 있었다.

"흥, 잘 아는 사이는 무슨 잘 아는 사이? 저 혼자 좋아 날뛰다 제 풀에 지친 사람이죠."

매형은 대수롭지 않다는 듯이 그냥 넘어가려고 했다. 그러나 일우는 두 사람 사이가 대단히 의심스러웠다. 아무래도 결혼 운운 했던 사이였으리라고 짐작했다.

"혹시 저 사람이 매향 소저에게 청혼을 했었던 가요?"

일우는 눈을 가늘게 뜨고 매향의 표정을 응시했다. 그러자 그녀는 일우의 눈을 쳐다보면서 쌀쌀하게 말했다.

"내가 미쳐서 저런 산송장 같은 사람에게 시집을 가요? 그러려면 차라리 산속에 들어가서 비구니가 되고 말지.........."

"대체 무슨 사이였는지 좀 시원하게 말해보세요."

일우는 답답해 죽겠다는 표정을 지으며 매향에게 빨리 두 사람 사이의 얽힌 인연을 자세히 이야기해 달라고 사정을 했다. 그러자 매향은 가르포체와 자신과의 인연을 담담히 이야기하기 시작했다. 그녀가 말하는 그와의 인연이란 그가 아버지 이정 대장군 휘하에서 애제자 겸 무술 사범으로서 당군을 가르치고 있었다. 그는 이정을 도와 동돌궐을 정복하고 또 토욕혼의 침입을 막는데 많은 공헌을 했다.

이정은 그에게 늘상 감사와 빚진 심정을 느끼면서 토번인인 그가 보기 드문 인품과 무공 그리고 병법과 지혜를 갖춘 큰 인물이라고 보고 매향에게 넌지시 그와의 혼인을 권유했다. 그러나 매향은 가르포체를 별로 달가워하지도 않았고 또 딱 잘라 싫다고 아버지에게 말을 하지도 않았다.

두 사람은 그저 오누이처럼 지냈는데 어느 날 밤 두 사람이 연습삼아 비무를 마치고 난 후 그가 갑자기 매향에게 청혼을 하였다. 매향은 일언지하에 거절했는데 실망한 가르포체는 그 뒤로 자신의 막사에서 두문불출하고 전혀 밖으로 나오지 않았다. 저간의 사정을 알게 된 이정은 매향과 가르포체를 불러 그녀의 의사를 확실하게 물었다. 그러자 그녀는 자신은 아버지의 젊은 사부라는 고구려의 연개소문 정도의 인물이 아니면 절대 시집을 가지 않겠다고 단호하게 말을 했다. 그러자 가르포체는 얼굴을 붉히며 다시는 두 사람 앞에 나타나지 않겠다고 말을 한 후 그날 밤으로 토번으로 가버렸다.

그 뒤 토번에서 자기 형인 가르통첸이 송첸캄포의 재상이 되어 군권을 쥐게 되자 그를 도와 토번 군을 강력하게 양성하는 데 일조를 했다. 그리고는 개인적으로는 천하제일의 무사로서 군림하겠다는 야망을 품고 이미 중원과 고구려 그리고 동영(=일본) 및 천축의 모든 무술의 정수만을 취합하여 자신만의 비기를 만들었다.

이후 그는 자신에게 도전한 무사들 39명을 이미 모두 한 칼에 살해하여 자신의 비기가 얼마나 강한 지를 천하에 드러냈다. 이름하여 본류신공(本流神功)! 그의 본류신공은 토번족 전통의 종교인 본교의 주술 대상인 천신과 지신 그리고 온갖 마귀와 귀신들을 섬기는 데에 기본을 둔 마공이었다.

그의 마검 속에는 무시무시한 귀기가 서려있었는데 그가 칼을 빼면 음산하기가 끝도 없는 귀신들의 한이 천지에 뻗치었다. 그리고 바로 단칼에 적들은 그 귀기에 홀려 칼 밥이 되고 마는 것이다. 차마 사람으로서는 행해서는 안 될 마귀의 세계에 그는 자신을 던지고 만

것이다. 그 원인이 자신의 청혼 거절인지 아닌지는 모른다. 하지만 그가 원천적으로 그 본교의 샤먼으로서 저 원시적인 음산한 본성을 자신과 아버지 앞에서 속이고 가장 인간적인 체 신임을 얻어 당군에서 모든 것을 다 배우고 익히고 알아버렸다. 그런 후 지금은 당나라를 원수로 여기고 침략을 준비하는 파렴치한 인간인 것이다. 이것이 그녀가 일우에게 말한 가르포체와의 인연이었다.

참으로 기구하다면 기구할 두 사람의 얽힌 인연이었다. 하지만 그렇다면 그가 왜 자신을 도우려 나타난 것일까? 일우는 갑자기 그가 주고 간 흑토를 담은 큰 보자기가 생각나서 그것에 대해 매향에게 사실대로 말했다. 매향은 매우 의심쩍은 표정으로 그의 말을 듣고 있었다. 말을 마친 일우가 그것을 풀어보려고 했다. 그러자 매향이 크게 소리를 질렀다.

"안돼요. 저자가 선우 공을 절대 도울 리가 없어요. 그 보자기를 땅 바닥에 던져버린 후 물을 부어보세요. 아마 큰 사달이 날 걸요."

일우는 그녀의 말에 일리가 있다고 생각하고 그 보자기를 방 밖마당으로 던져버렸다. 그리고 두 사람은 객관의 부엌으로 가서 큰 물통에 담긴 물을 그 보자기에 들어부었다. 그러자 그 보자기가 갑자기 *부시식* 소리를 내며 타들어갔다. 두 사람은 순간 암수에 걸린 것을 확인하고 몸을 백장 밖으로 날렸다. 그 순간 거대한 폭발음과 함께 화광이 하늘로 붉게 솟구치면서 고구려 사신들이 묵고 있는 객관 전체 창문들이 크게 흔들렸다.

그러자 고천파와 정고 및 유가휘와 고선계 등 고구려 사신 모두가 방밖으로 일시에 뛰쳐나오며 큰 소리를 질렀다.

"무슨 일인가?"

이미 객관 지붕 위를 날아 밖으로 피신한 두 사람은 어이가 없어 한참이나 망연자실하고 있다가 그들의 고함 소리에 정신을 차리고 다시 객관 정문을 통해 마당으로 들어갔다. 마당에는 화염과 연기 및 불기둥이 아직도 충천하고 있었는데 이미 서돌궐 가한의 경호병 수십 명이 중무장한 상태로 고구려 객관으로 달려왔다.

그들은 고선계의 통역을 통해 일우의 자세한 설명을 듣더니 무엇인가가 짚히는 듯 다시 가한의 정궁으로 달려갔다. 고구려 사신들과 일우 일행은 거실로 들어가서 이 사태에 대해 깊이 논의를 시작했다. 먼저 성질이 급한 유가휘가 일우에게 삐지는 소리를 한 마디 툭 던졌다.

"아따, 일우 아우님 덕택에 황천행을 할 뻔 했구만. 강호에 출림한 지가 언젠데 아직도 그리 순진하게 남의 말을 믿는단 말인가?"

"매향 소저 아니었으면 오늘 선우는 그냥 끝장날 뻔 했구만. 아직도 강호 무서운 줄 몰랐는가? 큰일이로다. 쯧쯧"

고천파가 한심하다는 듯 혀를 끌끌 찼다. 정고는 아무 소리없이 눈을 감고 조용히 그들의 말을 듣고 있었다.

"다 제 어리석음과 불찰 때문입니다. 죄송합니다. 그리고 매향 소저에게 다시 한 번 진심으로 감사드립니다. 제가 다시 구명지은을 입었군요."

일우는 이렇게 말하며 일행에게 깊이 고개를 숙여 읍하며 사죄를 한 후 매향에게도 깊이 머리 숙여 감사를 표했다. 그러자 고선계가 심각한 표정으로 말을 했다.

"아무래도 가르포체와 철륵가휴가 깊은 관계인 듯 하고 가한은 두 사람과 깊은 관계라 앞으로 남은 열하루 동안 비무고 뭐고 여러 분들을 제거하려고 할 것 같군요. 무슨 대안을 세워야할 것 같군요."

그러자 고구려 사신들 다섯 사람 모두와 정고를 제외한 일우 일행이 고개를 끄떡였다. 그들은 아직도 눈을 감고 묵묵히 가만히 있는 정고에게 시선을 돌렸다. 일행의 눈빛이 자신에게 집중된 것을 느끼고 정고는 천천히 눈을 떴다.

"지금으로서는 우리 모두가 이 객관에 연금된 것이나 마찬가지요. 지금 이 나라의 상황으로 봐서는 가한이 철륵가휴를 두려워하고 있는 것이 틀림없는 일. 그렇다면 우리 모두가 이 객관을 벗어나야 할 것이요. 아마 잠시 뒤 서돌궐 왕궁 호위병사들이 이번 사건을 평계로 수천 명이 몰려올 것이 틀림없소. 그러니 빨리 일우와 매향은 이곳을 탈출하여 천산에 깊이 은신하고 있다가 비무 당일 날 전광석화같이 나타나게. 그리고 아까 이야기한 수익신공을 이길 수 있는 길은 토극수의 오행 원리가 아니고 철륵가휴를 천지에서 어떻게 해서든지 물 밖으로 끌어내는 길 밖에 없네. 그리고 선우가 극성의 내공을 동원하여 무극신검으로 싸운다면 결코 수익신공을 이기지 못할 리가 없으니 너무 걱정하지 말도록 하게. 빨리 두 사람은 몸을 피하는 수밖에 없네. 두 사람이 없어지면 고구려 사신들과 우리들을 양국의 국교 상 함부로 대할 수는 없으니 두 사람은 빨리 피하게."

정고가 이렇게 간곡히 말하자 일행은 고개를 끄떡였다. 선우는 그들이 걱정이 되어서 차마 떠나지 못하고 주저하고 있는데 매향은 선우에게 빨리 가자고 그의 팔을 잡아챘다. 이미 객관을 향해 달려오고 있는 기마군사들이 탄 말 발굽소리가 그들의 예민한 청각에 포착되었다. 일우와 매향은 칼과 전대를 등에 매고 급히 거실 밖으로 나가 객관 지붕위로 날아올랐다.

그 순간이었다. 은은한 달빛을 배경으로 검은 복면을 쓴 그림자 하나가 두 사람을 향하여 날쌘 제비처럼 날아왔다. 그 자는 두 사람을 향하여 계란만한 철환 두개를 던졌는데 그 철환은 두 사람을 빙빙 돌며 점점 맹렬한 속도로 가까이 다가왔다. 두 사람은 검으로 그것을 쳤다가는 분명히 폭발한 것 같은 예감이 들어 몸을 이리 저리 날리며 피하고 있었다.

그러자 매향이 찢어발기듯이 당나라어로 외쳤다.

"천하에 비겁한 자 같으니라고. 네가 그러고도 우리 아버지의 애제자였더란 말이냐?"

"훗훗, 애제자? 다 지난 시절의 이야기다. 당노들과는 더 이상 상종을 않겠다. 더욱이 그 당노들의 앞잡이가 된 고구려 떨거지들에게 인정사정을 두지 않을 것이다."

일우는 그 자가 바로 자신을 죽이려했던 가르포체인 것을 알았다. 일우는 객관 근처까지 수천 명의 기마병들이 말을 타고 오고 있는 것을 보았다. 지금 지붕위에서 싸울 시간이 없었다. 일우는 매향에게 자신을 끌어안으라고 눈짓을 했다. 두 개의 철환이 막 두 사람이 몸에 닿으려고 하는 순간 일우는 극성의 내공을 동원하여 엄청난 속도로 회전하면서 객관 밖으로 날아갔다.

마치 회오리바람이 지상의 모든 것을 쓸어버리듯이 땅 위의 모든 것이 바람 속에 날아가기 시작하더니 돌풍이 가르포체를 갑자기 덮쳤다. 그는 자신도 초극성의 내공을 동원하여 그 돌풍을 빠져 나와 일우가 날아간 방향으로 몸을 돌려 날아갔다.

제11장 서돌궐 철륵가휴와의 비무

이미 일우와 매향은 천산 어귀에 있는 왕궁을 벗어나 천산을 향하여 초절정의 경신술인 축지법으로 날아가다 시피 하고 있었다. 이미 달빛이 온 천산에 교교히 흐르고 있었는데 음력 8월의 밤 천산은 이미 서늘한 기운이 온 산속을 덮고 있었다. 약 한 시진을 달리자 그들은 이미 천산 천지가 가까운 박달격봉 근처에 다가가 있었다.

일우는 매향이 다소 힘들어 하는 기미가 보이자 잠시 바위위에 앉아 휴식을 취하자고 제안했다. 두 사람은 바위위에 잠시 몸을 눕히고 숨을 고르고 있었다. 그때였다. 어디서 너무나도 아름답다 못해 천상의 소리같은 퉁소소리가 나기 시작했다. 일우와 매향은 자신들도 모르게 그 퉁소 소리를 따라 갔다.

그러자 얼마 지나지 않아서 박달격봉 꼭대기에서 온 몸에 하얀 옷을 입고 하얀 수염이 무릎까지 닿았으며 하얀 눈썹이 초승달처럼 나있는 웬 신선 같은 노인 하나가 그들의 눈에 들어왔다. 일우는 순간 그 노인이 청려선인이 늘상 말하던 서방의 신선인 천산신인임을 알아차렸다. 그러자 그 노인은 두 사람을 향해 나지막한 고구려어로 말했다.

"자네가 청려선인의 애제자 선우일우군이고 옆에는 이정 대장군의 여식 이매향인가?"

일우와 매향은 한없이 부드러우면서도 강한 그 노인에게 범접하지 못할 위엄을 느끼고 공손히 말했다.

"멀리 고구려에서 온 선우일우와 당나라에서 온 이매향이 천산신인께 문후를 여쭙니다."

"그래, 잘 들 왔네. 아마 자네들이 요즘 내 제자인 철륵가휴 때문에 애들을 많이 먹고 있겠지. 게다가 가르포체 마저 자네들을 암살하려고 설쳐대고 있어 매우 피곤할 것이야. 하지만 이제 이곳까지 왔으니 아무 걱정 말고 내가 머무는 동굴 속에서 잘 쉬며 무공을 연마하다가 천지에서 철륵가휴와 비무를 잘 치루고 돌아가게. 두 녀석들은 아마도 자네들이 여기 있다고는 조금도 생각하지 못할 것이야. 핫 핫! 그건 그렇고 청려선인은 안녕하신가? 하긴 자네는 고구려를 떠나 천하비무에 나선 지가 오래되어 큰 스승의 안부도 잘 모르겠구만. 우리들은 그래도 몇 년에 한 차례씩은 선계에서 만나고 있다네."

일우는 천산신인이 왜 자기 제자와 비무를 앞둔 자신을 도우려고 하는 지 이해할 수가 없었다. 매향 또한 그의 속을 짐작하느라 여념이 없었다. 그러자 천산신인이 두 사람을 부드럽게 바라보더니 나지막하게 말했다.

"왜 내가 자네들을 돕는 지 궁금하다는 표정이군. 선우일우 군이 천하제일의 무사가 되리라는 것은 이미 우리 선계에서는 다 알고 있는 일. 이미 선계의 입문자인 왕진필이 우리들에게 자네에 대해 다 보고하여 자세히 알고 있지. 이번 비무에서도 자네가 이기리라는 것은 이미 예정되어 있는 일이지. 아니 이후 토번에서 가르포체 그리고 천축의 최고수들, 또한 고구려의 마지막 상대 연개소문이와의 마지막 결투에서 모두 자네가 이길 것이야. 그런데 자네는 그동안 비무 대상 자들을 한 명도 죽이지 않아서 큰 덕을 쌓아왔네. 하지만 내 제자 녀석은 지금 동돌궐부흥운동이라는 허망한 놀음에 빠져 숱한 사람들을 살상하더니 이제는 죽은 동료들의 원수를 갚는다고 자네 둘을 암살하려고 가르포체와 함께 설쳐 대고 있지 않은가? 그러니 어찌 내가 자네 둘을 돕지 않겠는가?"

"그러셨군요. 신인께서는 현재 벌어지고 있는 일을 모두 영안으로 다 보고 계시는군요. 감사합니다. 그런데 저희들은 무엇으로 신인께 보답을 드려야 할 지 모르겠습니다."

일우가 두 손을 잡고 깊이 읍하며 신인에게 인사를 하자 신인은 껄껄 웃더니 일우의 두 눈을 정면으로 바라보더니 호탕하게 말했다.

"설령 이번 비무에 이기더라도 내 제자 녀석의 무공을 폐하지는 말게. 비록 신선이 될 자격은 없어도 내 하나 뿐인 제자이니 다시 개과천선할 기회를 주시게."

이렇게 말하자 비로소 일우와 매향은 천산신인이 왜 자신들을 돕는 지를 분명히 깨달았다. 일우는 함빡 웃음을 머금고 그에게 분명하게 말했다.

"제가 이 비무에서 설령 이긴다 해도 철륵가휴의 무공을 절대 폐하지 않겠습니다. 하오니 신인께서는 안심하시옵소서."

일우가 이렇게 확언하고 나오자 매향은 몹시 화가 났다. 그 원수 같은 철륵가휴의 무공을 폐해야 후환이 없을 텐데 앞으로 참 큰일이라는 생각이 들었다. 그녀는 못 마땅한 표정으로 일우를 흘겨보았다. 그러자 천산신인은 그녀의 생각을 알아차리고서는 그녀에게 부드럽게 말했다.

"매향 소저가 매우 못마땅한가 보구먼. 하지만 철륵가휴는 이번 비무에서 진다면 동돌궐부흥운동에서 일체 손을 뗄게야. 워낙 단순하고 직선적인 그인 지라 자신이 공개적으로 말해놓고 뒤집지는 절대 않을 걸세. 되레 충격을 받고 스스로 무공을 폐하지나 않을까 그것이 걱정일세. 그러니 아무 걱정 말고 내가 머무는 동굴로 가서 푹 쉬면서 비무 준비나 하시게. 자, 그럼 이제 그만 가세."

천산신인이 앞장을 서고 두 사람은 그의 뒤를 따라갔다. 천산신인은 눈이 덮힌 박달격봉의 정상에서 남쪽 능선을 따라 약 반식경을 걸어가다 갑자기 흰 눈과 얼음으로 덮힌 큰 바위 앞에 섰다. 그러더니 그는 오른 손을 내밀어 그 바위 위에 댔다. 그러자 바위가 드르릉 소리를 내며 열렸다. 한 사람씩 들어갈 공간이 생기자 일우, 매향 그리고 천산신인의 순서로 들어 온 뒤에 마지막에 천산신인이 다시 바위 문을 닫았다.

동굴 안은 매우 온화했고 이름을 알 수 없는 약초에서 나오는 신비로운 향기가 가득했다. 동굴 안은 사방이 약 10장 정도 되었는데 그곳으로부터 약 30장 정도를 지나 다른 동굴로 들어가는 입구가 있었고 그곳은 손님들이 머무를 수 있는 객실로 사용되고 있었다. 신인이 머무는 동굴 안은 밑에 옥돌들을 깔고 그 위에 두터운 호피로 덮었으며 사방에는 온갖 서책들과 악기들 그리고 차단지와 찻잎들 그리고 약초들이 진열되어 있었다.

동굴 안에서 그날 저녁 세 사람은 신인이 제공하는 약차 한 잔을 마셨는데 어찌나 온 몸에 기운이 넘치는지 피곤이 싹 가실 지경이었다. 그들은 무공과 천하 정세에 대해 이 이야기 저 이야기를 하다가 잠자리에 들었다.

일우와 매향은 신인이 안내하는 다른 동굴로 들어가서 거기 이미 준비해 놓은 푹신푹신한 별도의 옥돌을 깐 호피위에서 서로 등을 돌린 채 잠을 잤다. 그들은 지금까지 전속력으로 서돌궐 왕궁을 떠나 왕궁 호위병들과 가르포체의 추격을 피해왔기에 매우 피곤했다. 게다가 바로 가까운 곳에 천산신인이 있다는 생각에 서로 남녀의 정을 느낄 여유가 조금도 없어 그저 무림인들의 예법에 따라 평온한 마음가짐으로 그렇게 그 밤을 보냈다.

이미 밖에는 천산 박달격봉을 중심으로 가르포체와 왕궁 호위병들 3,000여명이 두 사람의 행적을 쫓아 그 주변을 샅샅이 뒤졌지만 그들이 어디로 사라졌는지 도무지 종적을 잡을 수가 없었다. 가르포체는 아무래도 철륵가휴의 스승인 천산신인이 두 사람을 돕고 있을 것이라는 의심이 들었다. 그렇지 않고서야 천산의 지리를 전혀 알지 못할 두 사람이 이렇게 귀신이 곡하게 사라질 수는 없는 것이었다. 그는 약 2시진 정도 천산 박달격봉 주위를 샅샅이 뒤지다가 할 수 없이 호위병들을 철수시킨 후 철륵가휴를 만나러 그가 머무는 동돌궐부흥군들의 진지로 찾아갔다.

두 사람은 거기서 일우와 매향의 향방을 놓고 한 시진 정도 갑론을박을 벌였다. 가르포체는 아무래도 박달격봉에서 그들의 행적이 사라진 것으로 보아 틀림없이 천산신인이 그들을 돕고 있다고 주장했다. 그러나 철륵가휴는 핏대를 올리며 자신의 스승이 무엇 때문에 그들을 돕겠느냐고 끝까지 부정했다. 두 사람은 할 수 없이 고구려 사신들과 고구려 천하비무단을 가한에게 말하여 감옥에 가두게 한 후 만일 두 사람이 비무 당일 날 안 나타나면 그들이라도 죽여 포를 떠서 죽은 동돌궐 부흥군 200명의 제사를 지내주자고 합의하였다.

한편, 다음 날 인시 끝 쯤 일우가 깨어나서 천산신인에게 문후를 드리러 갔으나 그는 이미 보이지 않았다. 일우는 분명히 그가 천지에서 수도하고 있을 것이라는 생각이 들어 천산의 중턱 아래 있는 천지를 향해 축지법을 써서 내려갔다. 그가 천지에 도착했을 때 물 한가운데 천산신인이 서 있었다. 일우는 즉각 그가 자신에게 수익신공에 대항하는 길을 가르쳐주려고 한다는 생각이 들었다. 그러자 천산신인이 일우에게 나지막하게 명령조로 말했다.

"나 있는 곳 앞 200장 정도 앞까지 물 위로 걸어오게."

"소생은 아직 수익신공을 익히지 못하여 물 위로 걸어갈 수 없습니다."

"쯧쯧, 자네 정도의 내공을 가진 사람이면 몸과 마음이 하나 되면 원영신이 나타나는 것 아닌가? 원영신의 상태가 되어 그냥 편안하게 물 위를 걸으면 되네. 시도해보시게."

천산신인이 이렇게 말하자 일우는 비로소 자신이 너무 겁을 먹고 있다는 생각이 들어 부끄러웠다. 그는 물가에서 칠성보의 주문을 외우며 정신을 통일하였다. 잠시 뒤에 그는 자신의 몸과 마음이 영으로 통일되어 원영신이 나타난 것을 알았다. 그는 즉시 물로 들어갔다. 그리고 전속력을 다하여 물 위를 걸어갔다. 그리고 천산신인의 앞 200장 정도의 앞에서 바로 멈추었다. 그러자 천산신인이 큰 소리로 말했다.

　"지금부터 계속 원영신의 상태에서 수익신공을 익힐 생각을 하여야 하네. 만일 겁을 먹거나 잡념을 가지면 바로 자네의 영이 몸과 마음으로 나뉘어져 물에 빠질 것이야. 자, 우선 수익신공의 1단계인 촬수격검(撮水擊劍)부터 시작하세. 이 신공은 내 주변의 물을 한 곳으로 모아 마치 칼을 던지듯이 상대를 물로 공격하는 것이네. 주의할 것은 물에 절대 맞지 말아야 하네. 물이 한 방울이라도 자네 몸에 맞으면 시전자의 내공의 깊이에 따라 큰 내상을 입을 수 있네. 이 내상은 백약이 무효하고 치료방법이 없네. 내가 철륵가휴에게 죽음의 상황이 아니면 절대 쓰지 말라고 했는데 그가 자네와 천지에서 비무를 한다는 것을 듣고 내가 그의 흉측한 공격에 대비하여 자네를 훈련시키는 것이야. 알겠는가? 자 시작하세."

　신인은 두 손을 모아 하늘로 높이 들은 후 두 손을 크게 벌려 원을 그리며 입으로는 무어라고 주문을 중얼거렸다. 그러자 갑자기 그의 앞에 있던 물들이 마치 살아 숨쉬는 용이 된 것 처럼 하늘을 날아 일우쪽으로 공격해 들어왔다. 촬수격검이었다. 일우는 모든 두려움과 잡념을 없앤 상태에서 그 물이 자신을 용처럼 공격해오자 온몸을 둥그렇게 말아 물을 피하였다. 그러나 그 물들은 계속 그를 압박해왔다. 일우는 물 위를 날으며 이리저리 피하고 있었다. 그러자 천산신인이 그에게 다시 큰 소리를 질렀다.

　"계속 피하지만 말고 자네의 내공을 동원한 최강의 장풍으로 그 물을 치게. 그렇지 않으면 결국 그 물에 맞아 크게 상할 것이야."

그러자 일우는 자신의 상중하 삼단전에 충일한 기를 양 손 바닥에 온통 집결시킨 후 그 물살을 향하여 엄청난 내공을 넣은 장풍을 날렸다. 순간 물살과 장풍의 내공이 맞부딪혀 *펑!* 하는 소리가 나며 일우의 몸은 물 위에서 약 100장 밖으로 쭈욱 밀려갔다. 그 물살은 천산신인에게 닿을 때 쯤 그가 자신의 내공을 거둬들였지만 자신의 몸에 상당한 충격이 느껴졌다. 신인은 일우의 내공과 순발력에 속으로 몹시 감탄하였다. 과연 청려선인이 제자 하나는 잘 두었군 하고 그는 생각하였다.

"자, 이번에는 수익신공의 2단계인 회수뇌도(劊手雷刀)일세. 이 초식은 형장의 망나니가 단 한 방에 죄수의 목을 따듯이 실로 전광석화처럼 빠른 물살이 상대의 몸을 절단내는 것이네. 이것을 막으려면 자네의 몸에 흐르는 음양오행의 기운 중 토성을 최상으로 형성하여 순간적으로 몸이 바위처럼 딱딱한 토성의 방탄지기를 형성하여야 하네. 그리고 이 초식을 이기려면 최강의 검기로 그 물살에 실린 내공을 무력화하여야 하네. 할 수 있겠나?"

천산신인은 차마 이 초식이 하도 독랄하여 시전하기 두려운 것 같다고 일우는 생각했다. 하지만 일우는 이것보다 더한 악랄한 초식이 있으리라고 짐작하고 큰 소리로 대답하였다.

"예, 신인님, 소생에게 인정을 두지 마시고 마음껏 시전하십시오."

"자, 그럼 회수뇌도를 막아보게."

천산신인은 물 위에 선 채로 갑자기 온 몸을 빙글빙글 회전하였다. 그러더니 일우의 앞에다 장풍을 날렸다. 그러자 그의 밑에 있던 물이 갑자기 용솟음쳐 올라와 큰 칼처럼 날카롭게 그의 목을 향해 공격해 들어왔다. 일우는 순간 초극성의 내공을 동원하여 토성의 방탄지기를 전신에 형성하였다. 그러자 그 물살은 일우의 전신을 타고 그의 목 부근으로 접근했다. 그 물살이 그의 몸에 부딪치자 일우는 그 충격으로 정신이 아득해지는 것 같았다. 마치 도부수의 큰 칼이 자신의 몸을 벽력같이 치는 것 같았기 때문이었다.

일우는 더욱 강한 내공을 총동원하여 자신의 몸에 부딪치는 큰 물살과 대항했다. 그러나 그 물살은 점점 더 날카롭게 그의 몸을 후려치고 있었다. 일우의 전신이 점점 혼미할 정도였다. 그는 순간 정신을 잃고 막 물에 빠지려고 하는 찰나 어디서 큰 짐승가죽이 자신의 발밑으로 날아왔다. 매향이 물가에서 던진 짐승가죽이었다.

그녀는 일어나 보니 신인과 일우가 둘 다 보이지 않았다. 두 사람이 수익신공을 익히러 천지로 갔을 것이라고 짐작한 그녀는 혹시나 해서 동굴 안에 있던 짐승가죽 하나를 들고 축지법을 써서 천지로 내려왔다. 그녀가 두 사람이 싸우는 것을 보니 막상 신인이 일우를 죽이려고 하는 것 같이 살벌하였다. 그리하여 일우가 막 물에 빠지려고 할 때 그녀는 그 가죽을 그의 발밑을 향해 던진 것이다.

그는 그 가죽을 타고 얼른 물 위로 솟구쳐 물가로 튀어 올랐다. 그리고는 그 순간 자신의 검으로 무극신검 전초식을 순간에 한 동작으로 구사하여 그 물살을 힘껏 후려쳤다. 그러자 그 물살은 산산조각이 나며 하늘로 솟구쳐 올랐다가 천산신인 쪽으로 떨어지기 시작했다. 잠시 뒤 천산신인은 내공을 거두어 그 물살을 그저 평범한 물로 환원시켰다. 그리고는 일우를 향해 크게 외쳤다.

"잘 했네. 하지만 이번 초식은 매향의 도움으로 이긴 것이니 완전히 이긴 것은 아닐세. 아까 같이 위험한 상황이 오기 전 피하려고만 하지 말고 토성의 방탄지기가 전신에 형성되자 마자 바로 총력을 다해 검기로 그 물살을 격파하게. 그리고 아무리 위험해도 물에 빠지는 일이 있으면 끝장이네. 자 이제 마지막으로 가장 독랄한 초식이 3단계 일수철검(溢水撤劍)일세. 이 초식은 시전자가 주변의 모든 물에 자신의 내공을 실어 미세한 검처럼 만든 후 상대를 공격하는데 물이 닿는 순간 물이 검처럼 상대의 몸을 뚫어버리는 마공일세. 너무나 무서워 이미 강호에서는 멸실된 것으로 알려져 있지만 내 제자 녀석이 그 무공을 내가 한 밤 중 천지에서 몰래 연성하는 것을 훔쳐보아 완성하였네. 내가 차마 생명이 위독할 경우가 아니면 쓰지 말라고 했지만 아마 단번에 자네를 죽이려고 그 독랄한 수를 쓸게 틀림없네. 그러니 몹시 위험하지만 지금 익혀놓는 것이 좋아. 자넨 어찌 하겠나?"

천산신인은 매우 일우를 걱정하는 표정이 역력했다. 어찌보면 이 세상에서 마지막이 될 지도 모르는 마공과의 대결이었다. 일우는 순간 뜨거운 투지가 살아 올랐다. 안 되면 죽음일 뿐이다. 일우는 단호한 의지로 천산신인에게 말했다.

"잘 알겠습니다. 설령 소생이 죽어도 후회는 없사오니 신인께서는 소생을 상대로 그 일수철검 초식을 구사해주십시오."

그러자 매향이 두 사람을 향해 소리를 질렀다.

"안 돼요. 너무나 위험해요. 차라리 그 마공을 상대하느니 우리 모두 합심하여 비무 전 철륵가휴를 물 밖에서 죽여 버립시다. 그가 세상을 횡행하면 누가 앞으로 강호뿐만 아닌 중원에 일어날 살겁을 피하죠?"

매향의 목소리는 일우의 걱정으로 몹시 떨리고 있었다. 그를 사랑하는 한 여인의 심정으로 돌아온 것이 분명했다. 일우는 그녀의 그 마음 씀에 가슴이 찡했다.

"매향 소저, 걱정하지 마세요. 이것도 제가 겪어야 할 길인 듯한데 설령 제가 죽는다 해도 그것은 제 운명이니 어찌하겠어요."

일우가 이렇게 말하자 매향은 천산신인을 향하여 따지듯이 말했다.

"철륵가휴를 가르친 신인께서 그를 불러 이런 비겁한 비무를 하지 말고 땅에서 당당히 싸우라고 명하시면 안 되나요? 왜 이런 말도 안 되는 물싸움을 해야 하는 거죠?"

그러자 천산신인은 물 밖으로 날아왔다. 그리고는 두 사람 앞에 조용히 무릎을 꿇었다. 그리고는 두 사람에게 진심으로 제자를 잘못 가르친 죄를 용서해달라고 사과했다. 자신은 이번 두 사람의 비무를 끝으로 철륵가휴를 때려잡아서라도 완전히 선계로 은퇴할 것이니 더 이상 걱정하지 말라고 간곡히 말하는 것이었다.

두 사람은 당대의 신선인 그가 이렇게 겸손하게 나오자 너무나 송구스러웠다. 과연 서방 최고의 신선임이 분명했다. 두 사람은 신인 앞에 함께 무릎을 꿇고 무례를 용서해달라고 사과했다. 그리고 수익신공의 마지막 3초식을 막는 연습을 하겠다고 말하였다.

천산신인은 다시 몸을 날려 천지의 한 가운데로 들어갔고 일우 또한 몸을 날려 그의 200장 앞서 물 위에 떠있었다.

"자, 이제 이 마공을 막을 수 있는 유일한 길은 하늘로 100장 이상을 솟구쳐 물살을 피하면서 하늘로부터 60갑자 이상의 내공을 검에 실어 미세한 검기를 물살에 흩뿌려 그 물살 전체를 감싼 후 어검술로 그 물살의 핵심을 공격하여 시전자의 내공이 무력화되게 만드는 것이네. 그 물살의 핵심은 바로 가장 어두운 부분일세. 알겠나? 자, 시작하세."

천산신인은 물 위에 서서 조용히 눈을 감고 주문을 외우고 있었다. 잠시 뒤 하늘이 어두워지더니 마치 큰 폭풍우가 불듯이 천지의 물이 미쳐 날뛰기 시작했다. 신인은 어디론가 사라졌는데 그 엄청난 물살은 큰 폭풍우처럼 우르릉거리며 일우를 향해 덮쳐들기 시작했다. 일우는 두 눈을 똑바로 뜨고 그 미쳐 날뛰는 물살을 응시했다.

어둠의 시원인양 그 물살은 어마어마한 힘으로 일우를 덮치려고 했다. 하지만 일우는 초극성의 내공을 동원하여 원영신의 상태가 되자마자 하늘로 약 100장을 치솟아 올랐다. 그리고 자신의 검에 온갖 내공을 실어 검기를 그 물살 전체에 흩뿌렸다. 그리고는 자신의 비수를 하나 빼어 물살의 가장 어두운 부분을 향해 초절정의 내공을 실어 그것을 집어던졌다.

잠시 뒤 그 물살이 줄어들기 시작하였다. 그러더니 다시 더욱 무서운 폭풍우가 되어 일우를 덮치려고 하였다. 아마 일우가 물살의 핵심을 잘못 판단한 것 같았다. 물살은 이번에는 일우의 밑에서 위로 치커뜨며 공격하고 있었다. 일우는 순간 눈을 질끔 감으며 가장 어두운 부분이라고 생각되는 부분을 향해 자신의 검을 들고 곧장 날아갔다. 그리고는 주변의 물살을 모두 검기로 후려쳤다. 그러자 물살은 더욱 혼란의 노도가 되어 일우를 집어삼켜버렸다. 일우는 이제 물살 속에 완전히 갇혀버렸다.

물살은 잠시 진정되는 듯 하였다. 순간 두 줄기 물살이 하늘을 향하여 100장 이상을 날아올랐다. 일우와 천산신인이 검으로 상대를 공격하며 수비하고 있었다. 공중에서 약 30여합을 겨룬 두 사람은 결국 승부를 내지 못하고 천지 물가로 나왔다. 그러나 두 사람의 몸에는 물 한 방울 묻지 않고 있었다.

일우가 무사히 살아 있자 그가 다 죽은 줄 알았던 매향은 눈물이 글썽글썽하며 그의 품에 와서 안겼다. 그리고는 한없이 눈물을 흘리었다. 천산신인은 껄껄 웃으며 일우의 등을 힘껏 두드렸다. 그러더니 그를 향하여 찬사를 던졌다.

"아마, 유사 이래 일우 군처럼 용기가 대단한 무사는 없을 것일세. 어떻게 그 물살 가운데를 직접 칼을 들고 날아올라 공격할 생각을 했나? 물에 맞아 죽을 것이 두렵지 않았나?"

"예, 제가 첫 공격에 실패했을 때 분명히 가장 어두운 부분은 제 눈으로 물살 속을 직접 확인해 보아야 한다는 확신이 들었습니다. 비록 물살이 제 몸을 갈기갈기 찢을 것처럼 아팠지만 원영신의 상태에서 극성의 토성이 방탄지기를 형성하고 있어서 다행히 다치거나 죽지 않았습니다. 그러나 분명한 것은 신인께서 손속에 인정을 많이 두신 것으로 생각이 듭니다."

일우가 이렇게 겸손하게 나오자 신인은 손사래를 저으며 두 사람을 향해 미소를 지으며 말했다.

"나는 분명히 100갑자 이상의 내공을 동원했네. 그러나 자네는 이미 100갑자 이상의 내공이 형성되어 금강불괴지신이 되었을 뿐 아니라 아마 신선이 아니고서 인간으로서 자네를 이길 상대는 천하에 없을 것이야. 즉 자네는 이제 칼로도 활로도 물로도 불로도 어떤 무기로도 자네를 죽일 수 없게 되었네. 그러니 이제 내 제자 녀석과의 비무는 아무 걱정 마시게."

그러나 일우와 매향은 그의 말에 무엇인가 이상했다. 분명히 일우의 내공은 60갑자를 완성했는데 어떻게 자신이 100갑자의 내공이 완성되었다는 것인가? 두 사람은 어젯밤 먹은 약차가 좀 이상했다. *그렇군. 저 신인께서는 우리 두 사람의 내공을 약 40갑자 이상 올릴 수 있는 선계의 비밀스런 약차를 주신 것이군.*

그때서야 두 사람은 신인의 자신들을 향한 한없는 은덕에 눈물이 났다. 그래서 두 사람은 자리에서 일어나 신인에게 큰 절을 올리려고 하였다. 그러나 그들이 자리에서 일어나 보니 신인은 이미 온데 간 데 없이 사라져버렸다. 두 사람은 눈이 휘둥그레져서 주위를 살피고 있는데 신인은 이미 박달격봉 정상에 앉아 두 사람에게 영음전법으로 말했다.

"내 제자를 아무쪼록 용서하시게. 그리고 천하제일의 검선이 되시거든 아무쪼록 고구려와 서돌궐의 평화를 위해 힘써주시게. 두 나라는 영원한 형제국가이네. 그리고 국가의 흥망성쇠는 하늘의 이법이니 너무 가슴 아프게 생각하지 마시게. 나는 이 길로 설산에 들어가서 한 달간은 폐관할 터이니 내 거처에서 마음껏 지내다가 비무가 끝난 후 이제 토번과 천축을 거쳐 꼭 해로로 고구려로 돌아가시게.

그간 함께 해서 매우 즐거웠네. 그대 큰 스승님 청려선인에게 꼭 안부 전해주시게. 그럼 잘 가시게."

두 사람은 박달격봉 정상을 향하여 큰 절을 올렸다. 그러나 순간 천산신인의 모습은 이미 그들의 시아에서 사라진 뒤였다. 두 사람은 꿈속에 다녀온 것 같은 느낌을 가지며 땅에서 짐승 가죽을 집어들고 천산신인의 거처인 동굴을 향하여 날아가기 시작했다.

그들이 천산신인의 거처인 동굴 앞에 도달해보니 동굴 문은 이미 열려 있었다. 아마도 천산신인이 두 사람을 위해 열어놓고 간 것이 틀림없다고 두 사람은 생각했다. 두 사람이 동굴안으로 들어가자마자 동굴 문은 스르릉 거리며 닫혀버렸다. 두 사람은 천산신인이 아직도 자신들의 주변을 떠나지 않고 있다는 것을 감으로 느꼈다.

그들이 동굴 안으로 들어갔을 때 두 사람은 은은한 약초 냄새가 바로 선단초에서 나오는 것임을 알아챘다. 두 사람은 동굴 안에 들어오자마자 천산신인의 침상 위에 수익신공이라는 한문으로 쓰여진 책자를 발견하였다. 그 책자의 앞머리에 이 책을 읽은 후 반드시 소각하라고 당부하는 말이 적혀 있었다. 두 사람은 천산신인이 두 사람에게 그 무공을 익히게 한 후 소각하게 하려고 일부러 그들의 눈에 띄도록 조처해놓은 것을 알았다.

두 사람은 천산신인이 가버렸을 설산 방향을 향하여 큰 절을 한 후 그 책에 나오는 모든 비결을 읽기 시작했다. 첫번째 비결은 천지의 물은 마음과 기를 따르니 물을 두려워말고 내공의 깊이로 그것을 조종하라.(天地之水 從御心氣 勿懼水也 操御水之 內攻深也) 두 사람은 내공의 깊이가 바로 물을 무기로 조종할 수 있는 근본임을 알아차렸다.

두 사람은 다음 비결을 침을 꿀깍 삼키며 읽어 내려갔다. 두 번째 비결은 온 몸의 기는 마음과 통일이 되어야 하며 기의 통일은 상단전을 제어하여야 하고 이 때 원영신이 나타나는데 이는 100갑자의 내공이 필요하다.(全身之氣 統一與心 氣也統一 御上丹田 元嬺身顯 次 內功也 要百甲子) 두 사람은 순간 서로 마주보았다. 두 사람은 이미 철륵가휴가 100갑자 이상을 완성했다는 것을 알고 전신에 소름이 돋았다.

두 사람은 결국 그날 밤을 꼬박 새우며 그 수익신공 비결을 공부하였는데 전체가 겨우 열 개의 비결로 된 수익신공의 비밀은 바로 몸과 기가 마음으로 통일되고 마음이 상단전까지 제어하면서 원영신이 나타난 상태에서 자신의 생각대로 물을 조종하고 물을 무기로 쓴다는 것이었다.

두 사람은 촬수격검, 회수뇌도, 일수철검의 3초식을 구사하는 비결을 더욱 깊이 공부하였다. 두 사람은 밤새 그 비결을 공부하여 모두 외우게 되자 그 책을 천산신인의 당부대로 소각해버렸다. 그런데 그런 후에 일우와 매향은 온 몸에서 솟구쳐 오르는 엄청난 힘으로 인해 도무지 견딜 수 없을 정도로 온 몸에 땀이 비오듯이 쏟아졌다.

두 사람은 즉시 손을 잡고 다시 동굴을 나와 천지로 비호처럼 뛰어 내려갔다. 잠시 뒤 천지에 도착한 두 사람은 물속으로 첨벙 뛰어들었다. 천지는 물안개가 피어올라 휘영청 떠 오른 달빛 아래 매우 신비스러웠다. 마치 태초의 신비를 그대로 간직하고 있어 그야말로 선계에 온 듯하였다. 두 사람은 천천히 자맥질을 하며 천지를 왔다

갔다 하였다. 온 몸이 매우 시원해지며 전신에 솟구치던 기운이 진정되어 갔다. 그때 매향이 일우에게 나지막하게 말했다.

"선우 공! 지금 수익신공을 한 번 연습해보죠. 그냥 앞에 철륵가휴가 있다고 여기고 공격을 해보세요. 저는 물 밖에 나가 있을 게요."

매향은 일우의 동의를 받지도 않고 물 밖으로 나갔다. 그러자 일우는 물위로 튀어 올랐다. 그리고 칠성주를 외우며 몸과 마음을 통일하였다. 그의 상단전에 모락모락 연기가 피어오르자 그의 원영신이 나타났다. 그는 자신의 몸에 엄청나게 충일한 기를 손바닥에 모아 물을 후려쳤다. 그러자 물이 *타닥타닥* 타는 소리를 내면서 멀리 100장까지 마치 자그만 비수 수백 개가 날아가듯이 앞으로 날아갔다. 촬수격검이었다.

일우는 몸을 공중에서 한 바퀴 돌면서 회수뇌도를 시전해보았다. 천산신인의 하던 그대로 흉내를 낸 것이었다. 그러자 물은 마치 망나니의 거대하고 날카로운 큰 칼처럼 100장 밖에서 갑자기 튀어 올라 날카롭게 공중을 후려쳤다. 완전한 회수뇌도의 성공이었다.

일우는 마음속에 수익신공을 완전히 익혔다는 확신이 섰다. 그는 조용히 눈을 감고 수익신공의 비결을 입으로 중얼거리며 심신을 통일한 후 주변에 물을 향하여 일어서라고 명령했다. 일수철검의 초식이었다. 순간 천지가 갑자기 어두워지면서 광풍이 불고 물은 노호한 용이 날뛰듯이 천지를 뒤덮기 시작했다. 얼마나 무섭고 살벌한 수익신공인가!

매향은 지금 물 밖에서 너무도 무시무시한 일수철검의 현장을 목도하고 몸서리를 쳤다. 만일 아무런 대비 없이 철륵가휴와 비무에 임했더라면 아무리 천하제일의 무사인 일우라 해도 속절없이 그에게 당할 뻔 하였으리라고 그녀는 생각했다. 잠시 뒤 물 밖으로 나온 일우는 얼굴이 하얗게 질려 있는 매향을 품에 꼭 안았다. 두 사람은 그동안 중원비무에서 경험하지 못한 무시무시한 무공의 세계가 서역에도 있음을 깨닫고 가도 가도 끝없는 무공의 길에 대한 일말의 두려움이 드는 것을 어찌할 수 없었다.

매향은 일우의 품에 안겨서 그저 그렇게 한없이 나약한 한 여자이고 싶었다. 일우는 매향을 품에 안고 극성의 내공을 동원하여 갑자기 원영신의 상태로 변하였다. 그리고 순식간에 시공을 이동하여 천산신인의 동굴로 들어왔다.

두 사람은 동굴 안에서 천산신인이 두 사람을 위해 준비해 놓은 선단초와 천산의 온갖 신비로운 약재를 먹고 마시었다. 그들은 일우의 일생일대의 위험한 비무를 앞두고서 아무런 인간적인 정욕의 발산이 없이 그저 정신적으로 깊은 사랑 속에서 조용히 남은 시간을 보내었다. 그렇게 그 동굴 속에서 그들은 내공을 연마하고 그동안 외운 수익신공을 머릿속으로 시전해보면서 시간을 보내고 있었다.

그러던 중 드디어 선우일우와 철륵가휴가 비무를 하기로 예정되어 있던 운명의 날이 밝았다. 그날은 날씨가 몹시 쾌청하여 비무를 하기에는 가장 좋은 날이었다. 하늘에는 구름 한 점 없이 푸르렀고 해발이 거의 1,910 미터가 넘는 천산 천지는 그 웅자를 드러내고 있었다. 일우와 매향은 철륵가휴와의 비무가 예정된 날의 사(巳)시가 시작되기 직전 그와의 비무를 위해 동굴 밖으로 나와 매향의 손을 잡고 천산천지를 향해 비호같이 뛰어가기 시작했다.

그들이 약 한식경도 채 못 되어 천지에 도착했을 때 천지 물가에는 약 오만 명이 넘는 인파로 뒤덮여 있었다. 천지 물가의 북쪽에는 아사나가노와 그의 후비들 그리고 황자와 황녀들을 위한 대형 일산(日傘)이 펼쳐져 있었고 그 주위에는 서돌궐의 문무제신들과 각국 사신들이 진을 치고 있었다. 아사나가노 바로 오른쪽에는 오늘의 비무 주인공인 철록가휴가, 왼쪽에는 가르포체가 서 있었다.

고구려 천하비무 인증단과 고구려 사신들은 가르포체 옆에서 전신을 포승줄로 꽁꽁 묶인 채 수백 명의 동돌궐 부흥군들의 감시 아래 서 있었다. 그 좌우로부터 천산어귀에까지는 서돌궐의 백성들과 당나라 및 토번과 천축 등에서까지 소문을 듣고 찾아온 무사들과 어중이떠중이 관중들로 새카맣게 뒤덮여있었다.

멀리서 이런 어마어마한 장면을 목격한 일우와 매향은 이들을 처음부터 간담을 서늘하게 하여야 하겠다고 작심했다. 그래서 일우는 매향을 안은 상태에서 초극성의 내공을 동원하여 원영신의 상태로 변했다. 그리고 순식간에 공간 이동을 하여 천산 물 위로 날아갔다. 잠시 뒤 두 사람은 철록가휴와 그 일행들이 포진해 있는 천산 물가로부터 50장 정도 떨어진 물 위에 갑자기 그 모습을 드러냈다. 하늘에서 솟아난 것 처럼 두 사람이 갑자기 모습을 나타내자 아사나가노를 비롯한 모든 사람들은 깜짝 놀라서 *아!* 하고 탄성을 질러대었다.

일우와 매향은 물 위에 서서 허리를 숙이고 아사나가노에게 인사를 했다. 그리고 일우가 우렁찬 목소리로 말하고 매향이 돌궐어로 통역을 했다.

"가한 폐하, 옥체 강령하시옵니까? 오늘 비무를 위해 저와 매향 소저가 약속을 지켜 이곳에 왔으니 저희 고구려 천하비무인증단과 고구려 사신들을 그만 풀어 주심이 마땅한 줄 아옵니다. 천하의 서돌궐 가한답게 애초의 약속을 지키시옵소서."

"알겠다. 하지만 비무의 결과에 따라 너와 이매향 그리고 너희 일행들 모두는 철륵가휴에게 그 생사여탈권을 넘겨주어야 하니 지금 풀어줄 수는 없다. 그런데 대체 너희들은 지금 어디서 나타난 것이냐? 그리고 어떻게 사람이 물 위에 빠지지 않고 서 있을 수 있단 말이냐?"

"저희는 철륵가휴와 가르포체의 암계에 빠져 폐하 황궁의 객관을 빠져 나간 후 천산에서 숨어 지냈습니다. 그리고 폐하와 모든 분들이 오늘 물 위에 서 있는 것보다 더한 것을 구경하실 수 있을 것입니다. 자세한 것은 저와 철륵가휴의 비무를 보시면 알 수 있을 것입니다."

일우가 비웃듯이 이렇게 말하자 아사나가노는 당황하여 오른편에 서 있는 철륵가휴를 힐끗 바라보았다. 그러나 그는 철륵가휴의 얼굴이 굳어져 있음을 보고 얼른 고개를 돌렸다. 그는 자리에서 일어났다. 그리고 천지 물가에 모인 모든 사람들을 향하여 외쳤다.

"짐은 전 동돌궐 힐리가한의 친위대장이었던 철륵가휴와 고구려 제일무사 선우일우의 비무를 선언하는 바이다. 오늘 비무 결과에 따라서 만일 철륵가휴가 이기면 선우일우와 매향 그리고 고구려 천하비무 인증단은 모두 그 생사여탈권을 철륵가휴에게 넘긴다. 또한 만일 선우일우가 이기면 철륵가휴의 무공을 짐 앞에서 고구려 천하비무 인증단으로 하여금 폐하게 할 것이다. 양 방은 짐의 선언에 이의가 있는가?"

아사나가노는 먼저 철륵가휴를 바라보았다. 얼굴이 아직 굳어 있는 그는 무감정한 표정으로 *예* 하고 동의했다. 그러자 가한은 일우와 매향 그리고 고구려 천하비무 인증단을 바라보았다. 그들 모두가 *예* 하고 대답하자 아사나가노는 온 천산이 떠나갈 듯이 외쳤다.

"비무를 개시하라!"

그러자 황실 의장대가 불어대는 *뚜우~* 하는 거대한 고적 소리가 온 천산 하늘에 울려 퍼졌다. 이 때 매향은 물 위에서 몸을 날려 고구려 비무인증단의 옆으로 가서 섰다. 그러자 철륵가휴는 그녀를 힐끗 노려보더니 몸을 날려 일우의 전방 200장 앞까지 날아갔다. 그러자 관객들 모두가 다 자리에서 일어나 이 기가 막힌 장면을 보고 *와!* 하면서 찬탄의 소리를 질러대었다.

철륵가휴는 물 위에서 일우를 향해 비수 다섯 개를 휙 날렸다. 그러자 그 비수들은 정확하게 일우의 상단전혈, 중단전혈, 하단전혈과 명치혈 및 회음혈을 향해 날아왔다. 일우는 순간 철륵가휴를 향해 비웃으면서 오른 손을 휘둘렀다. 그러자 그 비수들은 거꾸로 철륵가휴를 향해 날아갔다. 철륵가휴는 그 비수들을 향해 두 손을 뻗어 거두어들인 후 다시 자신의 허리 춤에 찼다.

그러자 일우가 갑자기 하늘로 향해 날아오르면서 무극신검 제1초식에서 3초식까지를 구사하여 철륵가휴를 머리 위로부터 공격했다. 철륵가휴는 일우의 검이 예상보다 훨씬 고강한 것을 느끼며 갑자기 주문을 외우더니 몸을 원영신의 상태로 바꾸었다. 그리고는 일우의 바로 앞까지 공간 이동을 하였다. 일우 또한 원영신의 상태로 몸을 바꾼 후 자신의 바로 가까이에 다가 온 철륵가휴를 향해 비수를 날렸다. 그리고 어검술로 그 비수를 조종하여 철륵가휴의 급소를 치게 했다.

지금 관중석에서는 난리가 났다. 비무하던 두 사람이 갑자기 사라져 버리자 대체 이게 무슨 일인가 하고 모두들 자리에서 일어나 물 위만 멍하니 응시하고 있었다. 그때였다. 철륵가휴가 몸을 드러내었고 일우도 몸을 드러내었다. 두 사람은 물 위에서 마치 땅위에서 싸우는 것처럼 검으로 약 30여합을 힘껏 겨루었다.

관중들은 *아!* 하고 탄성을 질러대었다. 물 위에서 싸우는 것도 신기한데 물 위에서 마치 제비들이 나르듯이 나르면서 검술을 겨루는 것에 그들은 너무도 신기했다. 한참 시간이 흐른 뒤 두 사람은 검을 가지고는 도저히 승부가 나지 않자 이제 본격적으로 비장의 승부수를 띄우기 시작했다.

철륵가휴는 지금 마음속으로 이 자가 수익신공을 알고 있다는 확신을 가질 수밖에 없었다. 그렇지 않다면 이렇게 자유롭게 물 위에 오랫동안 서 있을 수는 없었기 때문이었다. 그는 지금 스승 천산신인이 분명히 일우와 매향을 숨겨주고 있을 것 같다는 가르포체의 주장이 맞았다는 것을 느끼기 시작했다.

만일 이 자가 스승에게 수익신공까지 배웠다면 두 사람의 비무 결과는 도무지 예측불허가 될 것이 아닌가? 좋다! 아무리 이 자가 수익신공의 3초식까지 익혔다 하더라도 나의 마지막 공격은 절대 막지 못할 것이다.

이렇게 생각한 철륵가휴는 갑자기 원영신으로 변한 후 수익신공 3초식인 일수철검을 구사하기 시작했다. 갑자기 천지가 우르릉 거리며 노호하는 광풍 속에서 무시무시한 용의 모습처럼 변해갔다. 그 물살은 한 마리 사나운 용이 호랑이를 제압하듯 단 번에 일우를 향해 무서운 수 만개의 작은 칼이 되어 공격해 들어갔다. 일우는 운명처럼 다가오는 이 마지막 공격이 자신의 생명을 앗아갈 수도 있다는 일말의 섬뜩함이 전신에 솟구쳤다. 그러나 그는 무엇인가 천산신인에게 배운 것과는 다른 어떤 불길함을 그 일수철검 초식 속에서 느꼈다. 순간 그는 무시무시한 그 암흑의 물살 속에서 무엇인가 위험한 것이 숨어 있음을 무사의 직감으로 느꼈다. *무서운 함정이 숨어 있다!*

일우 또한 순간 원영신으로 변한 후 하늘 위로 100장 이상을 날아올랐다. 그리고 그 위에서 순간 멈추었다. 만일 그 물살이 100장 이상으로 날아오른다면 그는 차라리 물가로 달아나야 할지도 모른다. 만일 저 물살의 중심 속에서 철륵가휴가 자신이 전혀 생각하지 못한 암수를 베푼다면 그 때는 이미 자신의 운명은 끝장나는 것이다.

그는 공중에서 선 자세로 그 물살의 가장 어두운 부분 즉 중심을 향해 초절정의 내공을 동반한 장풍을 날렸다. 그리고 자신은 급속히 물살을 피해 반대편 물가로 날아갔다. 그러자 그 물살 속에서 갑자기 보도 듣도 못한 괴물이 그 어마어마한 모습을 드러냈다.

그 크기가 큰 코끼리의 열배도 더 되는 크기의 이 괴물은 용과 하마를 섞어놓은 듯한 일각 괴수(一角怪獸)였다. 그 괴물은 으르렁 거리며 일우를 한 손으로 움켜 채기 위해서 그 거대한 팔을 휘둘러댔다. 관중들은 대체 이런 괴이한 현상이 어떻게 나타났는지 도무지 이해할 수가 없었다. 철륵가휴는 대체 어디가고 이런 괴물이 갑자기 천지 물속에서 나타났다는 말인가?

그 괴물은 일우를 잡기 위해 얼마나 물 위를 **빠르게** 움직이는지 순간 순간 동에 번쩍 서에 번쩍 하며 일우를 공격하고 있었다. 일우는 어이가 없었다. 하지만 그는 이것이 전설의 일각수로서 깊은 물속에 사는 라와용(螺蛙龍)임을 알아챘다. 이 놈은 한 번 상대를 발견하면 반드시 잡아먹는 괴물로서 수명은 무한이요 그 능력은 무궁무진해서 물과 불과 독 등을 마음대로 구사할 수 있는 끔찍한 괴물이었다.

일우는 철륵가휴가 무공을 통해 자신과 비무를 해서 이기는 것이 목적이 아니라 자신을 반드시 죽이려고 하는 것임을 눈치챘다. 그가 수익신공이라는 마공으로도 안 되자 이제는 마물까지 동원하여 무조건 자신을 죽이려고 하는 것을 알아챈 것이다.

일우는 극성의 내공을 동원하여 그 엄청난 괴물을 장풍으로, 비수로, 장검으로 공격했다. 하지만 100갑자의 내공을 지닌 금강불괴지신인 그의 무공으로도 그 괴물은 아무런 상처를 입지 않았다. 이 광경을 물가에서 바라보고 있는 매향과 고구려 비무인증단들은 가슴이 메어질 듯 하였다. 인간의 힘으로는 도무지 이길 수 없는 괴물이 나타나 일우를 잡아먹으려고 발악하고 있는 이 상태를 어찌해야할 것인가? 그들은 포승줄에 묶인 상태에서 이제 자신들의 운명도 여기서 다하는가 하고 낙심이 들 정도였다.

이때였다. 일우가 갑자기 사라졌다. 일행은 이제 모두 자리에서 일어났다. 물 위에는 철륵가휴도 일우도 사라지고 오직 어마어마한 괴물이 먹이를 찾아 울부짖고 있었다. 괴물이 한 번 그르릉 하며 소리지를 때마다 관중들은 너무도 끔찍하여 차라리 귀와 눈을 가리었다. 지상 최대의 비무가 이런 끔찍한 상황으로 변할 줄 누가 알았겠는가?

그때였다. 철륵가휴가 모습을 드러내었다. 그는 그 괴물 쪽으로 가더니 물 위에서 몸을 날려 그 괴물의 등짝에 올라탔다. 그러더니 그는 괴물의 뿔을 사랑스럽다는 듯이 부드럽게 어루만졌다. 그러자 그 괴물은 갑자기 꼬리를 내리고 그르릉 소리를 내더니 점점 얌전해져갔다.

그러자 철륵가휴는 공중에 원영신의 상태로 숨어 있는 일우를 향해 외쳤다.

"야, 이 비겁한 놈아! 얼른 나와 내게 항복해라. 그렇지 않으면 네 계집과 동료 놈들을 모두 이 라우용를 통해 다 잡아 먹도록 하겠다. 열을 셀 동안 내 앞에 나타나 항복해라. 하나, 둘, 셋, 넷, 다섯, 여섯, 일곱........."

이때였다. 하늘에서 갑자기 붉은 광채가 나기 시작하더니 큰 구름 속에서 천산신인이 일우를 자신의 오른 편에 세우고 선계의 선인들 수십 명과 한꺼번에 천지 물 가운데 나타났다. 그들은 구름 위에서 물 위에 사뿐히 내리더니 아사나가노와 모든 관중들에게 엄숙히 선언했다.

"지금 이 비무는 고구려 제일 무사인 선우일우가 승리한 것이다. 너 철륵가휴는 감히 사람이 다가가서는 안 될 천지 물속 깊은 곳에서 조용히 잠들어 있던 라우용을 깨워 세상을 소란스럽게 한 죄를 범하였다. 이 짐승이 이 천지 물가에 나타난 것은 이 세상이 더욱 혼란스러워질 신호이다. 너는 정정당당하게 정통 무공으로 승부를 내지 않고 마공인 수익신공마저 구사하고 그것도 안 되니 이제는 마물마저 동원하여 네 사사로운 원수를 갚으려고 광분하였다. 우리 선인들은 네 한심한 작태를 용납할 수 없다. 그래서 우리는 네 무공을 폐하고 이 세상 밖으로 추방하고자 하는데 어떠냐? 마지막 기회를 줄 터이니 저 괴물을 깊은 물속으로 돌려보내고 선우일우와 물 밖에서 정정당당하게 싸울 것이냐 아니면 여기서 우리와 한판 겨룰 것이냐?"

철륵가휴는 순간 크게 낙담하였다. 아무리 자신이 라우용을 조종하여 일우와 그 일행을 잡고 싶어도 자신의 스승들과 그 동료 신선들의 그 무시무시한 합공을 이길 수는 없었다. 그는 무사로서 자신의 인생은 이미 끝났다고 생각하였다. 아울러 동돌궐부흥운동도 끝났다고 생각하였다. 그러자 그는 조용히 스승의 명을 따를 수밖에 없다는 결론을 내렸다.

"제가 졌습니다. 저는 더 이상 선우일우를 이길 수 없음을 선언합니다. 그리고 가한과 약속대로 제 자신 여기서 무공을 폐하겠습니다."

철륵가휴는 순간 자신의 기경팔맥 중 가장 중요한 임독맥혈을 중지 손가락으로 막으려고 하였다. 순간 일우가 *잠깐* 하고 구름 위에서 내려오더니 철륵가휴 앞 50장 앞 물 위에 섰다. 그리고는 장중한 목소리로 말했다.

"나는 네 스승이자 나의 스승이신 천산신인과 이미 약속했다. 나는 어떤 경우가 있어도 너의 무공을 폐하지는 않기로 하였다. 그러니 너는 더 이상 어리석은 짓을 말고 저 괴물을 심수(深水)로 돌려보내고 네 스승을 따라 천산 깊은 곳에 은거하여 신선의 길을 가라. 나와 너는 이제 한 스승이신 천산신인의 동문이 되었으니 우리 이제 더 이상 나라 문제로 인한 옛 원한을 잊기로 하자."

일우가 이렇게 말하자 철륵가휴는 마음속으로 승복하였다. 그 또한 한 스승 밑에 제자가 되었으니 어찌 더 싸울 수 있단 말인가? 그는 단순하고 직선적인 전형적인 돌궐 무사였다. 그는 일우에게 읍하여 감사를 표한 후 라우용에게 이제 네 집인 심수로 돌아가라고 부드럽게 달랬다. 그러자 라우용은 순식간에 천지 깊은 물속으로 사라져갔다.

두 사람과 천산신인 일행이 아사나가노 앞에 서자 아사나가노는 자리에서 벌떡 일어나 전설의 천산신인과 그 일행에게 큰 절을 하더니 당장 고구려 천하비무 인증단을 풀어주라고 좌우에 명령했다. 이미 가르포체는 사태가 이상하게 돌아가자 토번으로 달아난 후였다. 천산신인과 일행은 가한과 문무제신들을 격려하고 일우에게는 비무의 승리를 축하하고 이후 비무에서도 승리하라고 덕담을 나눈 후 철륵가휴를 데리고 졸지에 사라져갔다.

구금에서 풀려난 고천파와 유가휘, 정고등과 고선계 등 고구려 사신단은 일우에게 승리를 마음껏 축하하였고 일우와 매향은 그들이 그동안 구금당하면서 당했던 고통을 진심으로 위로했다. 그들은 그날 밤을 아사나가노가 황궁에서 베푸는 대주연에 참석하여 서돌궐의 황족들 및 문무제신들과 함께 모처럼 즐거운 시간을 보내었다.

다음날 새벽 일우와 매향 그리고 고천파와 유가휘, 정고 등은 기억도 하기 싫을 만큼 끔찍한 서돌궐을 뒤로 하고 다음번 비무 상대인 토번의 가르포체를 만나기 위해 토번 왕궁으로 천천히 말을 돌렸다.

제12장   토번(티벳) 왕궁으로 가는 길

일우 일행은 서돌궐 왕궁을 나와 토번 왕궁이 있는 라싸로 향하였다. 라싸로 가기 위해서는 지금의 투르판에 있는 고창국을 거쳐 누란으로 가서 타림대막[10]을 우회하여 토번으로 들어가는 길이 가장 이상적이었다. 일행은 새벽 인시가 시작될 무렵에 그 길에 들어서기 위해 말들을 몰고 투르판을 향하여 길을 재촉하였다. 짐들이라고 해보았자 어깨에 맨 장검과 허리춤의 비수 그리고 말에 실은 전대등이 고작이었다. 하지만 그 전대 속에는 아직도 엄청난 양의 황금이 남아 있어 천하비무를 끝내기에는 부족함이 없을 만 하였다.

마상에서 일우 일행은 서돌궐에서 있었던 철륵가휴와의 비무를 머릿속에서 깨끗이 잊고 싶었다. 생각만 해도 끔찍하였기 때문이었다. 하지만 이제 서역 비무의 두 번째 상대인 가르포체와의 결전은

---

10) 오늘날의 타클라마칸 사막을 말하는데 중앙아시아의 대사막으로 세계 최대의 모래사막 가운데 하나이다. 타림분지 중앙에 있으며 37만㎢의 면적을 차지하고 있다. 타클라마칸 사막의 고도는 서부와 남부가 약 1200~1500m, 동부와 북부가 약 2600~3300m이다. 북쪽의 천산산맥(天山山脈), 곤륜산맥, 서쪽의 파미르 고원 등 높은 산맥들로 둘러싸여 있으며, 동쪽은 점차 습한 로프노르 호로 이어진다. 서부 일부지역을 제외하고 사막 전체가 사구(砂丘)로 이어져 있는데 그중 85%가 이동성 사구다.

또 얼마나 위험하고 혹독한 시련이 될 것인지 그들은 막연하게나마 걱정이 되고 있었다. 그들이 말을 세 시진쯤 달렸을 때 남동쪽으로 멀리 화염산이 보이기 시작했다.

햇빛을 받으면 마치 불타는 듯 보인다고 해서 붙여진 이 붉은 사암산은 사막의 을씨년스런 분위기속에서 매우 튀는 듯한 모습이었다. 그런데 네 사람은 갑자기 앞이 어둑어둑해지는 것을 느끼기 시작했다.

"자, 빨리 달립시다. 아무래도 큰 눈이 올 것 같은데 투르판에 들어가서 빨리 거처할 곳을 찾아야 할 것 같소이다."

정고가 이렇게 말하자 일행은 마음이 축 가라앉는 것을 느꼈다. 이미 살을 에는 듯한 혹한의 추위였는데 이제는 폭설까지 내리기 시작할 상황이었다. 일행은 어떻게 토번까지 갈 것인지 막막해지기 시작했다. 다섯 사람은 서로 경쟁하듯이 전속력으로 말을 몰기 시작했다. 그러나 이미 눈발이 휘날리기 시작하더니 앞이 보이지 않을 정도가 되는 것이 아닌가? 곧 말도 사람도 앞을 볼 수가 없는 최악의 상황으로 변하고 말았다.

다섯 사람은 눈발이 휘날리는 초원과 사막을 지나 막막한 상태로 앞으로 한 걸음씩 나가기 시작했다. 두 시진쯤 사투를 하듯이 휘날리는 눈발 속에서 그들은 온갖 악전고투 끝에 마침내 고창국[11]의 성문 입구에 당도하였다. 성문 입구에는 그저 파수꾼들 열댓 명이 휘

---

11) 고창(高昌: 서기 460년-651년)은 고대 실크로드 도시국가로 중국의 신장 위구르 자치구의 타클라마칸 사막의 북쪽 주변에 존재했다. 교역을 중심으로 하는 도시국가로서 고창고성 유적은 현재의 투르판에서 북쪽으로 30km 부근에 있다.

날리는 눈발을 맞으며 멍하니 앞을 바라보고 있었다. 그러다 다섯 사람이 입구에 당도하자 그들은 자세를 바로 잡더니 창을 겨누고 다섯 사람에게 정지할 것을 요구했다.

"정지! 너희들은 웬 놈들인데 이 눈 속에서 돌아다니는 것이냐?"

그들은 능숙한 당나라말로 그들에게 소리쳤다.

일행은 서로를 마주보았다. 그러자 고천파가 능숙한 당나라말로 그들에게 말했다.

"우리는 고구려에서 온 장사치들인데 지금 토번으로 들어가는 길이오. 눈발이 너무 날려 그러는데 어디 머물만한 객잔이 없겠소?"

"객잔? 잠깐 기다려라."

그들 몇 사람이 갑자기 성문 안으로 사라졌다. 일우 일행은 긴장하여 기다리고 있는데 갑자기 수십 명을 이끌고 왕궁 수비대장이 나타났다. 아마도 그들에 대해 매우 수상쩍게 생각하고 있는 듯 했다.

"너희들은 무슨 장사치들인데 이렇게 일기가 안 좋은 때 돌아다니는 것이냐?"

30대 초로 보이는 수비대장은 매우 엄격하고 눈매가 날카롭게 생겼는데 체격이 매우 건장했다. 용모와 말투로 보아 한족이 분명했다. 그러자 고천파가 아무래도 그들에게 사실대로 말해야 할 것 같은 느낌이 들었다. 왜냐하면 고창국과 당나라는 매우 사이가 안 좋아서 고구려 사람들마저 좋아하지 않을 것이 분명하기에 거짓말이 안 통했다가는 경을 칠 형편이었기 때문이었다. 고천파는 정고와 귓속말로 이런 생각을 말하자 그는 고개를 끄떡였다.

"사실을 말씀드리면 우리는 고구려 천하비무단입니다. 우리는 최근에 서돌궐에서 가한 아사나가노의 친림 아래 서돌궐의 최강자인 철륵가휴를 물리치고 지금 투루판을 거쳐 누란을 지나 타림대막을 우회하여 토번으로 가려고 합니다. 하오니 저희의 신원을 의심하지 마시고 어디 객잔이 있는지 좀 소개해주시면 감사하겠습니다."

그러자 이번에는 그 수비대장이 놀랄 차례였다. 그는 이미 일우가 철륵가휴를 물리친 것을 알고 있었다. 그 자신 무인으로서 이미 그들의 천지에서의 비무를 관람했기 때문이었다. 그는 얼굴에 가득히 미소를 띠우고 고천파에게 물었다.

"그러면 그 선우일우 대협은 어느 분이시오?"

그러자 일우가 눈만 드러내는 두건을 벗고 앞으로 나섰다.

"제가 선우일우입니다."

그러자 그 수비대장은 진짜 일우를 확인하자 그에게 다가왔다. 그리고는 그에게 읍하며 들뜬 목소리로 말하였다.

"저는 국영찬이라고 하는 왕궁 수비대장입니다. 대협의 존성대명은 익히 들어 알고 있고 이미 천지 비무 때 뵈었습니다. 괜찮으시면 왕궁 객관에 잠시 머무르시다가 토번으로 들어가시는 것이 어떨까 싶습니다."

그러자 일우는 우선 매향의 얼굴을 쳐다보았다. 매향은 그의 뜻을 읽었다. 이미 당나라에서 고창 정벌을 추진하고 있는데 자신이 당나라의 병부상서의 딸인 것을 알면 얼마나 큰 문제가 될 것인가를 묻는 것이었다. 그녀는 눈을 깜빡거렸다. 거부하라는 뜻이었다. 그러자 눈치를 챈 일행은 일우의 입에서 나올 말을 잠잠히 기다렸다. 일우는 천천히 입을 열었다.

"장군님의 호의는 지극히 감사합니다만 저희는 눈이 그치면 당장이라도 토번으로 가야 하오니 해서해주시기 바랍니다."

"음, 그러시다면 눈이 그칠 때까지라도 제 집에서 잠시 머물다 가시지요."

왕궁 수비대장은 대단히 인품이 훌륭한 사람 같았다. 일우 일행이 말 못할 사정이 있음을 눈치채고 그저 자신의 집에서 머물라고 호의를 베푸는 것이다. 매향을 제외한 일우 일행은 그런 호의마저 거절할 수 없어 그의 제안을 받아들이고 싶었다. 다섯 사람은 얼굴을 서로 마주보고 다른 대안이 없지 않느냐고 이심전심으로 통했다. 그들은 잠시 뒤 왕궁 수비대장을 따라 화염산 맞은편의 왕궁에서 약간 떨어진 마을 어귀에 있는 그의 집으로 향했다.

그의 집은 한족 특유의 기와집으로서 대단히 호사스러웠다. 아마 그 지역에서 왕궁을 빼면 가장 좋은 집인 듯했다. 일우 일행은 그에게 상당한 숙박비를 내놓았으나 그는 한사코 그 돈을 받기를 사양했다. 손님에 대한 극진한 대접이 그가 원하는 것인 것 같았고 특히 일우와 친구로 사귀고 싶어 하는 것 같았다.

일우 일행은 그의 집에서 그날을 꼬박 머무를 수밖에 없었다. 온 세상을 하얗게 덮은 눈 속에서 말도 사람도 도무지 움직일 수가 없었기 때문이었다. 일우 일행은 방 하나씩을 차지하고 여장을 풀었는데 매우 편한 상태로 지낼 수가 있을 듯 하였다.

그들이 도착한 지 얼마 안 되어 주인이 서역 특유의 음식들인 양고기와 우유 그리고 삶은 감자들, 그리고 한족 특유의 잡채와 면 및 생선들을 가지고 와서 그들을 대접했다. 일행은 그것을 함께 들며 앞으로 토번에 어떻게 들어갈 것인지를 상의하기 시작했다. 우선 성질 급한 유가휘가 말문을 열었다.

"아무래도 이렇게 죽치다가는 한 겨울 내내 이곳 눈 속에서 옴짝 못할 것이니 눈이 그치는 대로 바로 타림대막을 북남으로 가로질러 갑시다. 만일 누란으로 우회하여 토번으로 가려다가는 아마도 명년 여름에나 갈 수 있을 것이오."

"그러나 문제는 타림대막을 지나기가 쉽지 않을 것이외다. 그곳은 한 번 들어가면 나올 수가 없는 곳이고 자칫 잘못해서 모래 폭풍이라도 만나는 날이면 대단히 위험해질 것이오."

정고가 근심어린 표정으로 말을 했다. 일행은 정고의 의견에 공감을 표했다. 타림대막이 어떤 곳인가? 바로 죽음의 사막인 고비 사막보다 더 혹독한 곳이 아닌가? 일행은 막막한 심정으로 그저 음식만 입에 집어넣고 있었다. 그러자 주인 국영찬은 묵묵히 일행의 대화를 듣고만 있다가 자신의 의견을 말하기 시작했다.

"만일 눈이 곧 그친다면 모를까 눈이 계속된다면 타림대막이 눈으로 뒤덮일 가능성이 많습니다. 또한 눈이 온 뒤에는 매우 추워지므로 동상에 걸릴 가능성이 많습니다. 따라서 유 대협의 의견대로 타림대막으로 질러가신다면 매우 위험한 상황에 이를 수 있습니다. 잘 생각해서 길을 택하시기 바랍니다."

국영찬의 이 말을 듣고 일행은 더욱 타림대막을 질러가는 것이 위험하다는 확신을 가지게 되었다. 그러나 눈발이 점점 심해지는 상황에서 자칫하다가는 타림대막을 우회하여 가다가는 눈 속에서 수개월을 허비하여야할 지 모른다는 점에 대해서 몹시 걱정이 되고 있었다.

일행은 주인공인 일우의 의견이 어떨지 궁금해서 그의 입만을 바라보고 있었다. 그러자 일우는 일행의 눈길이 자기에게로 쏠리는 것을 느끼고 자신의 의견을 피력해야 하겠다고 생각했다. 이윽고 그는 천천히 입을 열었다.

"제 생각으로도 유 말객님의 의견과 같습니다. 만일 타림대막을 우회하려고 하다가 수개월을 보낸다면 앞으로의 비무 일정에 큰 차질을 빚을 것 같습니다. 만일 눈이 오늘이라도 그친다면 내일이라도 바로 타림대막을 가로질러 곤륜산을 넘어 토번으로 들어가는 것이 나을 것 같습니다. 대막의 위험보다 더한 것이 한 겨울의 혹한과 폭설 아니겠습니까?"

일우가 이렇게 말하자 정고는 고개를 끄떡였다. 하지만 고천파와 매향은 타림대막을 가로질러 가는 것에는 매우 부담이 되고 있었다. 두 사람이 묵묵부답인 채 심각한 표정으로 있자 주인 국영찬이 또 말을 시작했다.

"만일 내일 오전 일찍이라도 눈이 멈추면 제가 아주 뛰어난 낙타 다섯 마리와 물 그리고 마른 음식을 준비해드릴 테니 눈이 멎자마자 타림대막으로 들어가서 전속력으로 달려 남쪽으로 직행하시어 곤륜산을 지나 토번으로 들어가십시오. 선우 대협이 지적하신 것처럼 만일 눈이 더 오는 날에는 정말 수 개월간을 꼼짝하지 못할 것입니다."

일행은 국영찬의 말을 듣고 타림대막을 거쳐서 토번으로 들어가는 수밖에 없다는 결론에 도달했다. 그들이 그런 결정을 하고 나서인지 다행히 그날 밤부터 오던 눈이 멎었다. 다음 날 이른 오전 일우 일행은 국영찬의 협조를 받아 아주 뛰어난 상등품의 다섯 마리 낙타를 얻어 타고 먹을 물과 마른 양식을 준비한 후 타림대막을 향하여 죽음의 길이 될 지도 모를 무서운 모험길에 나섰다.

그들이 땅에 살짝 쌓인 눈을 밟으며 타림 대막에 들어선 것은 그날 사시(오전 9시-11시)가 끝날 무렵이었다. 다행히 대막에는 눈이 별로 쌓이지 않아서 그들이 낙타로 여행을 하기에는 큰 문제가 없었다. 가도 가도 끝없는 모래사막이었다. 일행은 죽음의 사막이라는 이 곳을 들어서면서 남다른 각오를 하였는데 다행히 날씨가 청명하여 안도감이 들었다.

그러나 그들이 끝도 없이 펼쳐진 대막을 달릴 때 주변 곳곳에 뒹구는 해골들을 바라보면서 그들은 무엇인가 자꾸 불길한 감이 드는 것을 어찌할 수 없었다. 약 세 시진을 달렸을 때 이미 해는 서산에 기울기 시작했고 땅거미가 찾아왔다. 석양에 비치는 모래사장은 여인의 둔부처럼 미끄럽게 변해갔다. 멀리 서쪽 하늘 위에서 이름을 알 수 없는 새들이 *까옥 까옥* 이상한 소리를 내며 사막을 가로 질러 동쪽으로 향하고 있었다.

일행은 더 이상 갈 수 없다는 판단이 들어 어느 큰 사구(砂丘) 밑에서 쉬기로 했다. 그 길이가 50장은 될 듯한 큰 사구는 제법 바람과 빛을 막아줄 정도였다. 일행은 낙타에게 먹이를 먹인 후에 화톳불을 피워놓은 채 빙 둘러 앉아 식사를 하기 시작했다. 화톳불에 쓰이는 장작은 투르판에서 국영찬이 이미 각자 낙타 등에 전대 한 가득

씩 실어주었는데 그 속에는 불이 잘 붙는 인화성 물질인 송진과 솜 뭉치 등도 들어 있었다. 그들은 마른 육포와 떡을 씹으며 앞으로 이 밤을 어떻게 지낼 것인지에 대해 걱정을 하기 시작했다. 먼저 매향이 말을 시작했다.

"아무래도 느낌이 안 좋아요. 자꾸 이 밤에 무슨 일이 일어나는 것 아닌가 하는 생각이 들어요. 아직 대막의 반도 못 온 것 같은데 무사히 대막을 빠져 나갈 수 있을까 걱정이네요."

그녀는 여성의 섬세한 본능상 분명히 이 야밤에 무슨 일이 일어 날 지도 모른다는 불길한 느낌이 드는 것을 어찌할 수 없었다.

"글쎄 무슨 일이야 있겠소만 우리 모두가 똘똘 뭉쳐야지 별 방법이 없잖소?"

고천파 또한 무슨 불길한 느낌이 들었지만 명색이 인증단 대표라 너무 심각한 표정을 지을 수도 없었다. 그러자 유가휘가 예의 그 빠른 말투로 툭 던지듯이 말을 했다.

"아따 이 황량한 대막에서 무슨 별 일이 있겠습니까? 시방 무엇이 걱정되는 지 솔직하게 이야기해보십시다. 대체 매향 아가씨는 무엇을 걱정하는 겁니까?"

"만일에요 이건 정말 만일인데 가르포체가 이 대막에서 우리에게 함정을 파고 기다린다면 어떻게 하죠? 그 인간은 지난 번 흑토 사건에서 보았듯이 진짜 야비한 본성이 있거든요."

그러자 일행이 모두 긴장하여 매향에게 시선을 집중하였다. 그러자 정고가 무겁게 입을 열었다.

"가르포체의 암수라? 그러나 여기는 그저 모래사장인데 어떻게 복병 같은 것을 둘 수 있겠소?"

"아녜요. 그가 완성했다는 본류신검은 죽은 시체들을 마음대로 이용할 수 있다고 했어요. 즉 마와 귀가 완전히 그의 주술적인 본류신검에 놀아난다고 할 수 있지요. 그래서 만일 그가 어디선가 숨어서 우리를 기다리다가 이 야밤에 마귀들을 동원하여 우리들을 덮치지 않으리라는 보장이 없어요. 그는 이제 일우 공만 제거하면 명실상부한 천하제일검이 된다는 야망을 분명히 가지고 있을 겁니다."

매향이 이렇게 말하자 일행은 무거운 침묵에 빠져 들어 갔다. 차마 생각도 할 수 없을 만큼 끔찍한 상황 즉 보이지 않는 적의 손에 조종당하는 마귀와의 싸움이 벌어질 지도 모른다는 생각을 하니 철륵가휴와의 천지에서의 수전은 아무 것도 아니라는 생각이 들기 시작했다. 그러자 일우가 천천히 말을 시작했다.

"매향 소저의 말이 일리가 있어요. 하지만 지금으로서는 우리 모두가 뜬 눈으로 밤을 세울 수는 없지 않습니까? 차라리 한 사람씩 보초를 서면서 나머지 사람들은 잠을 좀 자는 것이 어떻겠습니까? 낙타나 저희들이나 새벽같이 떠나려면 체력이 많이 회복되어야 할 것 같습니다."

일행은 고개를 끄떡였다. 그리고 일우, 매향, 유가휘, 고천파, 정고의 순서로 보초를 서기로 하고 나머지 사람들은 눈을 붙이기 시작했다. 일우는 뜨겁게 타오르는 화톳불에 잘게 자른 장작을 넣으며 무심한 심정으로 불꽃을 바라보았다.

참 길고도 힘든 서역비무의 길이었다. 지금까지 중원에서 어중이떠중이 무사들과의 비무를 포함하여 수백 번의 비무를 경험해왔지만 이제는 마귀와의 싸움을 준비해야 한다니 참으로 어이가 없었다. 가도 가도 끝없는 무인의 길이었지만 어떻게 그렇게 마공의 세계에까지 자신을 던지는 자들이 있는지 그는 이해할 수가 없었다.

그가 이런 상념 저런 상념 속에 빠져 한 시진 가량을 보내고 난 후 매향과 임무를 교대하였다. 매향은 일어나자마자 칼을 자신의 옆에다 두고 잠시 옷매무새를 가다듬었다. 그리고 얼굴을 잠시 손으로 열댓 번 문질렀다. 그녀는 자신의 옆에서 눈을 감은 일우를 보며 슬며시 미소를 지었다. 언제 봐도 사랑스러운 그였다. 그녀는 그와 장안취루에서 뜨겁게 포옹하고 입맞춤을 하던 생각이 나서 웃음이 절로 났다.

대막의 밤 시간은 참 느리게 가고 있었다. 그녀는 밤하늘의 별자리를 보고 지금이 자시에 접어들고 있다는 생각이 들었다. 그녀는 앞으로 서역비무를 마치고 일우가 귀국하면 무조건 그를 따라 고구려로 들어갈 생각을 하니 한편은 매우 흥분되었다. 그러나 늙으신 두 부모님을 생각하면 눈물이 앞을 가렸다. 하지만 이미 일우와 사랑에 빠졌을 때부터 버린 조국이었다. 여자에게 있어 조국이란 그저 사랑하는 사람의 조국이 바로 자신의 조국이 아니던가?

게다가 그녀는 어려서부터 아버지에게 귀가 따갑도록 연개소문과 고구려 무술의 위대함을 듣고 자라났다. 그녀는 동방의 9백년 역사를 자랑하는 대강국인 고구려가 되레 그녀의 정신세계를 지배하고 있음을 알고 있었다. 그래서 그녀는 중원이라는 변화무쌍하여 불안정한 자존망대의 나라보다는 고구려에 대한 일종의 경외심을 간직해왔다. 더군다나 일우와 그 일행에게서 보이는 대인 같은 풍모에 그녀는 자신이 자라난 중원문화와는 다른 고상한 신선문화가 고구려에는 엄연히 존재함을 느끼고 있었다.

그녀가 이런 생각에 잠기며 한 시진을 보내다가 장래 일우와의 혼인 생활을 생각하며 여성 특유의 행복감을 느끼고 있을 때 칠흑같이 어두운 대막의 하늘 저편에서 무엇인가 반딧불 같은 불길이 한 줄기 떠올랐다. 곧 그 불길들은 수백수천으로 늘어나더니 갑자기 자신들을 향하여 날아왔다. 그리고는 *아~으* 하는 지극히 음산한 곡성소리와 뼈를 갈 때 나는 듯한 *스스슥* 하는 소리와 뼈가 부딪칠 때 나는 *으드득* 소리가 일시에 주변을 덮기 시작했다. 그녀는 일행에게 온 내공을 다해 큰 소리를 질렀다.

"일어나세요. 드디어 가르포체의 공격이 시작되었어요."

네 사람은 즉시 칼을 들고 자리에서 벌떡 일어났다. 그리고는 원형으로 둘러섰다. 그러나 이미 그들을 완전히 포위한 것은 어둠속에 눈의 인(燐)만 반짝반짝 빛나는 해골군단이었다. 수천의 해골들이 그들을 향하여 몰려왔다. 일행은 끔찍한 공포감이 들기 시작했다.

그때였다. 갑자기 *으으~* 곡소리를 내며 해골 수십 개가 매향을 향해 달려들었다. 매향은 칼을 휘둘러 무극현천검으로 엄청난 강기를 그것들에 퍼부었다. 해골들의 머리들 수십 개가 금방 잘려나갔다. 그러나 그것들은 그런 매향을 비웃듯이 다시 순간 머리와 몸통이 합치되었다. 질겁한 매향이 뒤로 물러서고 일우가 일행을 백 장 바깥으로 피하라고 일갈한 후 무극신검 전 초식을 일시에 휘둘러 해골들을 베었다. 수백 개의 해골들의 머리가 으드득 소리를 내며 가루가 되는 듯 했다.

그러나 잠시 뒤 어디선가 음산한 피리소리가 밤하늘에 울려 퍼지자 가루가 된 해골들은 다시 형체가 살아나더니 일제히 그들을 공격하기 시작했다. 이제 다섯 사람은 자신들의 전무공을 다 동원하여 해골 군단을 물리쳐야 했다. 그들은 베고 또 베었다. 한 시진을 그렇게 베었다고 생각한 순간 그들은 이제 다 가루가 되어 버린 해골들을 보고 잠시 숨을 돌렸다.

수천 구의 해골군단이 다 제거되었다고 생각한 순간이었다. 그러나 갑자기 또 그 피리소리가 밤하늘에 울려 퍼지자 해골들은 다시 우두둑 소리를 내며 원래의 형체로 복원되었다. 그러더니 해골들은 일렬로 대오를 지어 남쪽으로 사라지기 시작했다. 잠시 뒤 해골 군단이 다 사라지자 일행은 다음 공격이 어떤 것일까 하는 두려움에 서로를 바라보았다.

이미 다섯 사람의 몰골은 말이 아니었다. 옷들은 온통 모래와 해골들이 뿜어내었던 인(燐)가루들로 가득하였다. 머리들은 해골들이 잡아 뜯어서 온통 산발이 되었고 얼굴과 몸들에는 해골들이 잡아당기고 긁고 할퀴고 때린 상처가 가득했다. 그들은 이런 서로를 바라보며 실소를 하고 있었는데 이때 남녘 밤하늘에 갑자기 유령불이 넘실대기 시작했다.

형체도 실체도 없는 수천 개의 유령불이 갑자기 모이더니 일행을 공격하기 시작했다. 유령불은 마치 엄청난 횃불 같았는데 저절로 이동하며 일행들을 공격하기 시작했다. 특히 일우에게는 한꺼번에 수백 개의 유령불이 떼를 지어 공격했다. 일우는 전신에 방탄지기를 형성한 후 수익신공을 응용하여 빙한지기를 검에 충일하게 모아 그 유령불들을 공격했다. 꺼지지 않는 지옥불인 것처럼 유령불들은 다섯 사람을 계속 공격했고 이 와중에 고천파와 유가휘가 유령불에 부상을 입고 말았다.

한 시진 이상을 시달리던 다섯 사람들은 결국은 연환검진(連環劍陳)을 펼쳤다. 그들은 온 내공을 총동원하며 일우에게 내공을 몰아주었다. 그런 후 사상 최강의 빙한지기를 발동하여 방어막을 형성한 후 다섯 자루의 칼을 일우가 어검술로 조종하여 유령불들을 소멸시켜버렸다.

잠시 평화가 왔다. 그들은 한 숨을 돌리고 부상당한 고천파와 유가휘를 치료해야 했다. 다행히 큰 부상은 아니고 유령불에 얼굴과 팔등이 좀 데인 상태였다. 그러나 심각한 것은 그 유령불이 지독한 독성이 있다는 것이다. 매향은 문득 지난 번 청성산에서 천장신기 요천덕을 방문하기 전 서령설산의 치화동로(蛊化童老) 구팽천에게 받은 만독산이 생각났다. 그녀는 전대에서 그것을 꺼내어 그들을 정성껏 치료해주었고 그들은 부득이 당분간은 무공을 쓸 수 없는 형편이 되었다.

"자 이제 좀 쉴 수 있을 것 같은데 어떨까요?"

유가휘가 이렇게 이야기하자 정고와 매향이 손사래를 저었다.

"이제 또 무슨 짓을 할 지 모르니 부상당한 두 분은 쉬시고 나머지 세 사람은 다시 독랄한 공격에 대비해야할 것입니다."

매향이 이렇게 이야기하자 네 사람은 고개를 끄떡였다. 그들은 옷매무새를 다시 하고 몸에 붙은 먼지와 인가루들을 털어냈다. 그리고 머리를 다시 매만져 정상적인 상태가 되었다. 그러나 그들은 곧 어디선가 대군이 달려오는 듯한 소리를 지각하게 되었다. 그것은 말 발굽소리도 아니고 그렇다고 인간 군대도 아닌 특유한 짐승들의 엄청나게 빠른 발걸음 소리였다.

"이건 대막 시랑(이리)이외다. 엄청나게 잔혹하여 시체까지 깨끗이 먹어치운다는 놈들이오. 지금 아마 수천 마리가 몰려오는 것 같소이다. 참으로 잔인한 가르포체요. 지금 어디선가 숨어서 우리를 공격하고 있을 텐데 차라리 일우가 원영신으로 변해 그를 좀 찾아보게. 이러다가는 대막을 건너기도 전에 힘이 다 소진될 것이네."

정고의 그답지 않은 걱정에 일행은 매우 마음이 무거워졌다. 하지만 그의 말이 끝나기가 무섭게 시랑들 족히 삼천 마리가 그들의 앞에 모습을 드러냈다. 맨 앞에 선 시랑의 두 눈에서는 흉포한 야수의 본성이 그대로 드러냈다. 다섯 사람을 포위한 시랑들은 대장의 공격 명령을 기다리는 듯 했다. 그때였다. 고요한 대막 밤하늘에 *위~어~이* 하는 소리가 울려 퍼졌다. 그러자 대장 시랑이 화답하듯 *위~어* 하고 울부짖었다. 일우 일행은 순간 소름이 *쫘악* 끼쳤다.

순간 시랑들은 전속력으로 다섯 사람들을 공격했다. 몸의 독상 때문에 공격을 할 수 없는 고천파와 유가휘를 등 뒤에 보호한 채 세 사람은 시랑들의 공격을 물리쳐야 했다. 그때 일우가 갑자기 품에서 비수를 날려 대장 시랑을 날카롭게 공격했다. 그것이 *깨앵* 하고 단말마의 비명을 지른 후 숨통이 끊어지자 시랑들은 더욱 흉포하게 울부짖으며 공격할 태세였다. 그러나 일우와 매향 그리고 정고가 형성한 방어진이 매우 철벽같은데다 그들 뒤에서 불화살로 그들을 공격하는 고천파와 유가휘의 화공 때문에 시랑들은 다섯 사람의 몸에 접근을 못하고 있었다.

그때였다. 갑자기 그들 위에 흰 옷을 입은 유령 같은 물체가 나타났다. 그 물체는 공격을 망설이고 있는 시랑들 몇 마리를 즉결 처형했다. 그러자 시랑들은 일시에 세 사람에게 덤벼들었다. 흰 물체는 그 시랑들 위에서 함께 나르며 일우 일행에게 공격을 퍼부었다. 그러나 갑자기 일우 일행이 사라졌다. 흰 물체도 사라졌다. 시랑들은 멍하니 엉거주춤하고 있었다.

갑자기 사구 꼭대기가 무너지기 시작했다. 모래 바람이 휘몰아친 것이다. 시랑들은 대막의 무시무시한 모래폭풍이 시작된 것을 느끼고 전속력으로 달아나기 시작했다. 온 천지가 지금 모래 폭풍 속에 휩싸이자 일우 일행과 흰 물체는 낙타를 타고 전속력으로 모래 폭풍을 빠져나가기 위해 전력을 기울였다. 만일 모래 폭풍이 그 위에 덮친다면 천하의 신선이라도 살기 힘들 것이었다.

다섯 사람은 낙타를 재촉하여 남쪽으로 달리고 또 달렸다. 무려 한 시진 쯤 달렸다고 생각했을 때 멀리 오아시스가 보이기 시작했다. 악몽의 타림 대막에 끝에 이른 것이다. 일행은 서서히 안도의 한숨을 내쉬었다. 끔찍한 밤을 뒤로 하고 새벽의 여명이 대막의 하늘 동쪽을 붉게 물들이고 있었다.

잠시 뒤 일행은 지친 낙타들과 함께 오아시스의 물가에 앉아 물로 목을 축이고 있었다. 다섯 사람은 너무 충격을 받은 나머지 말을 못하고 그저 침묵 속에 빠져 있었다. 이윽고 일우가 자리에서 일어났다. 그리고는 네 사람을 향하여 길게 읍하였다. 그리고는 진심으로 그들의 노고를 치하했다.

"네 분의 노고에 진심으로 감사드립니다. 이 일전이야말로 우리 천하비무의 마지막 시련인 것 같습니다. 설령 가르포체가 이제 어떤 짓을 해도 단호히 물리치고 이번 비무를 마무리할 것이니 네 분이 조금만 더 고생을 하십시오. 너무 고생을 시켜 드려 죄송스럽기 그지 없습니다."

그러자 고천파가 빙긋 웃으며 그에게 천연덕스럽게 말을 했다.

"에고, 자네 하나 검선을 만들기가 이리도 힘드니 우리 고구려 가 900년 동안 살아남은 것이 얼마나 대단한 일인가 말일세."

"그런 고난 속에서 참으로 고구려 무예가 위대함을 갖춘 것 같 아요."

매향의 이 말에 일행은 절로 미소를 얼굴에 띠었다.

"그나저나 이제 선우 대형은 꼼짝없이 매향 아가씨와 혼례를 올려야지 이렇게 고생만 시켜놓고 몰라라 한다면 우리가 가만히 잊 지 않을 것이네."

유가휘가 통증 때문에 다친 팔을 들어 올리며 이렇게 말하자 일 우와 매향은 얼굴이 빨개지는 것을 느꼈다.

"아무래도 두 사람은 천생연분인 것 같네. 신려 엄마에게는 다 소 미안한 일이지만 이제 두 사람은 천하비무를 끝내고 고구려에 들 어가면 정식으로 혼례를 올리게. 그게 또한 우리를 도우신 이정 대장 군님을 위한 길일 것이야. 아마 자네 의형 연개소문 사질도 그것을 절대 바랄 것이고."

정고가 이렇게 말하자 일우와 매향은 부끄러움으로 안절부절 못 하고 있었다. 하지만 그렇게 신중하고 현명한 정고마저 이제 두 사람의 장래를 축복하니 두 사람은 마음속으로 지금 몹시 쾌재를 부르고 있었다. 지금까지의 고난에 찬 천하비무가 아무런 고생도 아닌 듯한 느낌이 들었다.

"어이고, 이 몸은 언제나 쓸 만한 각시 하나 만나 장가를 드노, 어느 남정네는 가는 곳 마다 각시들이 줄줄 붙는데 이 몸에겐 각시 가 어디 있을꼬?"

유가휘가 창을 하듯이 이렇게 읊어대자 일행은 배꼽을 잡고 웃 었다. 그들은 그 오아시스에서 충분히 휴식을 취하며 물과 음식을 먹 고 부상을 다시 치료하였다. 그들은 낙타에게도 충분한 휴식과 물 그 리고 음식을 준 후 이제 토번으로 가는 마지막 관문인 곤륜산을 향 하여 천천히 나아갔다. 다행히 날씨가 청명하여 어젯밤의 끔찍한 악 몽들이 마치 꿈속에서 있었던 일들같이 느껴지는 그들이었다.

약 한 시진이 지난 사시(오전 9시-11시)가 끝날 무렵에 그들은 토번행의 마지막 관문인 곤륜산맥[12)]을 넘고 있었다. 그들은 곤륜산맥 에서 가장 낮은 산맥인 바옌카라 산맥[巴顔喀拉山脈, 4,572m]을 넘어 동쪽 방향을 거쳐 라싸로 향하였다. 곤륜산맥의 남쪽 지맥으로 중국 의 두 개의 큰 강인 황하와 양자강 유역 사이의 분수계를 형성하는

---

12) 곤륜산맥은 아시아에서 가장 긴 산맥 중 하나로 3,000km 이상 뻗어있 다. 이 산맥은 티베트 고원의 북부를 따라 서쪽으로 뻗어있으며 티베 트 북쪽의 경계를 이루는 산맥이다. 또한 악명 높은 타클라마칸 사막 과 고비 사막이 있는 타림 분지의 남쪽 가장자리를 따라 뻗어있다. 타 클라마칸 사막의 호탄 오아시스로 흘러드는 카라카슈 강(중국어: 黑玉 河)과 유룽카슈 강(중국어: 白玉河)을 포함한 수많은 주요 강들의 발원 지이다. 또한 중국 도교의 서왕모의 전설로 유명한 상상의 유토피아로 알려져 있다.

이 산 또한 정상이 만년 설산이며 산맥 자체에 길이 거의 없어 통과하는데 매우 애를 먹어야 했다.

일우나 정고는 워낙 백두산에서 무공 단련을 하면서 고산을 오르내리는 것이 익숙해 있었다. 하지만 나머지 세 사람들 특히 부상을 당한 고천파와 유가휘에게는 고산을 오르내리는 것이 매우 부담이 되었다. 게다가 낙타까지 산을 넘어야 하니 매우 힘든 상황이었다.

산 밑은 얼음과 눈이 뒤섞인 데다 태초 때부터 시작된 원시림들로부터 떨어진 낙엽들이 허리춤까지 쌓여 있어 길을 막았다. 더군다나 산 중턱인 해발 600장(1,800m) 이상부터는 눈과 빙하가 쌓여 있어 발걸음을 옮기기가 몹시 힘들었다. 하지만 일우와 정고가 고천파와 유가휘를 부축하고 때로는 업어서 산을 올랐고 매향은 낙타들을 잘 인솔하며 등반을 하고 있었다.

산정으로 올라갈수록 눈발이 바람에 휘날리고 혹한의 추위가 살을 에우듯이 온 몸을 고통스럽게 하고 있었다. 그들과 낙타 일행들은 약 세 시진 동안 사투를 벌인 끝에 산 정상에 도착했다. 온 얼굴에 고드름이 달릴 정도로 무서운 추위였다. 이제 내려가는 길은 생각보다 어렵지 않게 느껴졌다. 그러나 그 생각이 곧 잘못이라는 것이 밝혀졌다. 토번 동쪽을 향해 가던 그들은 낙타 두 마리들이 얼음 구덩이에 빠져 도저히 꺼낼 수 없는 상황이 되어 버렸다.

일행은 눈물을 머금고 합장한 후 단칼에 그 낙타들의 목을 쳤다. 동료들의 죽음을 목도한 낙타들은 구슬프게 *꺼억* 이상한 소리를 지르며 하늘을 올려다보았다. 이제 세 마리 남은 낙타들을 끌고 갈 수밖에 없는 상황이었다. 하지만 빙판과 빙판 사이 길을 건널 상황에서 나머지 낙타들 또한 도무지 그 빙판 계곡길을 건너기를 두려워하여 눈물까지 흘리고 있었다. 다섯 사람들은 잠시 고민하다가 서로 상의한 후 낙타들을 향해 합장을 하고 그들의 명복을 빌었다. 그리고는 세 마리 낙타들을 부득이 목을 벤 후 저 먼 빙하 계곡 밑으로 밀어 던져 버렸다.

다섯 사람은 조심조심 빙판과 눈길 그리고 계곡 사이를 지나 두 시진 만에 드디어 토번의 동쪽 변경에 이르렀다. 벌써 어둑어둑해져서 도저히 더 이상 행군을 할 수 없는 상황이었다. 다섯 사람들은 부득이 산 밑의 인가를 찾아 헤매야 했는데 약 반 시진을 헤맨 끝에 어느 초옥 하나를 찾아 그 안으로 들어갔다. 아마도 곤륜산에서 약초를 캐며 살아가는 심마니의 집 같았다.

"주인장 계십니까?"

능숙한 토번어로 매향이 이렇게 말했는데도 아무도 나타나지를 않았다. 일행은 한참을 무료하게 기다리다가 다시 그 집 싸리문을 열고 안에다 소리를 질렀다. 그러나 아무리 기다려도 인기척이 나지를 않았다. 고천파는 일행에게 아무래도 주인이 출타 중인 것 같은데 그냥 들어가자고 말했다. 일행은 그의 말에 따라 그 초옥 안으로 들어섰다.

정고가 조심조심하면서 방문을 열었다. 그러나 방안에는 아무도 없는 것 같았다. 일행은 방안으로 들어갔다. 방안이 써늘했다. 아마도 주인이 오랫동안 집을 비워 놓은 듯 했다. 그러자 일행은 부싯돌을 꺼내 호롱불을 찾아 켰다. 그리고 짐을 푼 후 방에 불을 때기 위해 매향과 일우가 부엌으로 향했다. 다행히 부엌에는 마른 나무들과 장작들 그리고 마른 나뭇잎들이 많이 쌓여 있었다. 두 사람은 아궁이에다 불을 지폈다. 그리고는 장작들을 밀어 넣기 시작했다.

두 사람은 서로를 마주 보면서 깊은 사랑을 느꼈다. 몸에서는 오랫동안 씻지 못해 야릇한 냄새가 났지만 두 사람은 상대의 눈 속에서 영원한 사랑을 느꼈다. 두 사람은 불 앞에 앉아 도란도란 이야기를 나누면서 오붓한 시간을 보냈다. 반 시진 쯤 아궁이에 불을 땠을 때 그만 재미보고 들어오라는 유가휘의 방안에서의 짓궂은 외침에 두 사람은 하던 말을 중지하고 방안으로 들어갔다. 세 사람이 편안히 방바닥에 누워 있다가 자리에서 일어났다.

"아따 뭔 불을 이리 많이 때서 등짝이 데어 불겠네. 두 사람 연애하느라고 딥따 아궁이에 장작개비를 쑤셔 넣었구만. 이제 그만 뭘 좀 먹고 한 잠 때려 잡시다. 아이고 등짝이 따스하니 배는 또 왜 이리 고프다냐?"

유가휘가 이렇게 주워섬기자 일행은 전대를 풀러 먹을 음식을 꺼내었다. 그리고는 오랜만에 음식을 먹으며 편안한 심정이 되어갔다.

"그나저나 이 집 주인이 한 밤 중에 들이닥치면 어떡한다? 함께 자자고 할 수도 없고.............."

고천파가 걱정이 되는 지 혼자 말처럼 중얼거렸다. 그러자 정고가 그들을 향해 신중한 표정이 되더니 말을 시작했다.

"아마도 이 집은 가르포체의 미끼일 수 있소. 내 생각이 맞는다면 오늘 한 밤 중에 가르포체가 화공을 쏠 수 있소. 우리는 자는 척하고 있다가 그 떨거지들이 오면 어떻게 해서든지 말이라도 뺏어 타고 라싸 왕궁으로 들어가야 할 것이오."

"음, 그러고 보니 뭔가 좀 이상하다 싶었더니 가르포체가 이 집을 비워놓고 우리를 태워죽일 작정을 하고 있을 수도 있겠네요. 워낙 음험한 자니 그럴 수도 있겠네요. 그럼 우리는 자는 척하고 있어야지 잠이 들면 큰 일 나겠군요."

매향이 이렇게 말하자 다섯 사람은 고개를 끄떡였다. 다섯 사람은 실컷 육포와 떡 그리고 유즙(乳汁)[13]을 먹고 마셨다. 그런 후 호롱불을 끄고 잠이 든 척을 하였다. 일행은 어둠속에서 과연 언제쯤 가르포체의 공격이 시작될 것인지 숨을 죽이고 기다렸다. 시각은 점점 자시를 지나 축시(1시-3시)를 향하고 있었다. 그때 일우의 예민한 청각이 멀리서 말발굽 소리를 지각하였다. 그러자 일우는 일행에게 조용히 말했다.

"지금 밖으로 나가 야음 속에 숨어 있다가 토번 병사들을 몰래 죽이고 변장한 후 말을 빼앗아 타고 저들이 왕궁으로 행군할 때 함께 갑시다. 만일 가르포체가 화공에다 강궁 공격을 강행하면 우리 안전이 대단히 위험해질 수 있습니다."

그러자 일행은 그의 의견에 공감했다. 일행은 즉시 전대와 칼을 챙긴 채 방밖으로 나왔다. 그리고 경신술을 써서 지붕 위로 날아 올라갔다. 그리고 지붕위에 납작 엎드려 상황을 예의 주시하고 있었다. 과연 한식경도 채 되지 않아 말발굽에 신을 신긴 기마병 1천여 명이 어둠속에서 초옥을 향하여 그림자처럼 다가오고 있었다.

---

13) 지금의 치즈나 요구르트는 기원 7세기에 이미 북방 민족들에게는 일상화되어 있었다.

잠시 뒤 그들은 초옥 앞에 도착하였다. 그들은 모두 강궁과 수십 발의 화살이 담긴 전통 그리고 송진을 바른 솜더미를 가지고 있었다. 그들은 초옥의 전후좌우를 군사들이 몇 겹으로 삥 둘러 완전히 포위하였다. 개미 새끼 한 마리 빠져 나갈 수 없는 상황이었다. 일우 일행은 숨을 죽이며 그들의 다음 수를 기다렸다. 잠시 뒤 대장인 듯한 자가 손을 높이 치켜들었다. 그런 다음 손을 아래로 내렸다. 불화살을 쏘라는 의미였다.

　천여 명이 일시에 쏘아대는 화살은 즉시 어둠을 밝히고 초옥을 화광으로 충전케 했다. 일우 일행은 그들이 화살을 쏘는 순간 초절정의 경신술을 써서 비호같이 날아 전광석화 같이 초옥 뒤 가장 후열에 있는 토번 기마병 다섯 명을 순식간에 살해했다. 그리고는 그들의 군복을 벗기어 입고 말을 탄 채 조용히 침묵을 지키고 있었다.

　초옥이 훨훨 일시에 타는 장면을 보니 다섯 사람들은 모골이 송연했다. 만일 정고와 일우의 의견이 아니었다면 자신들은 벌써 잿더미가 되었을 것이었다. 반 시진 동안 잿더미로 변해가는 초옥을 바라보며 대장인 듯한 자가 일행에게 토번어로 외쳤다.

　"자, 어느 놈도 이 불 속에서 살아남을 수는 없을 것이다. 다섯 놈들 시체는 아마도 불타서 흔적도 없어질 것이다. 그러니 이제 우리는 그만 왕궁으로 돌아가자."

　"하지만 대장님! 군사께서 저들의 시체를 꼭 확인해 보라고 하셨는데 그냥 가지 말고 시체를 확인해보시지요."

　부관인 듯한 자가 그렇게 말하자 대장은 가르포체의 명령이 갑자기 생각났다. 그는 부하들에게 잿더미 속에서 시체 다섯 구를 확인해보라고 시켰다. 그러자 잠시 뒤 부하들 서 너 명이 초옥 뒤에서 불에 타서 새까맣게 타서 거의 해골만 남은 시체 다섯 구를 발견했다. 그들은 의기양양하게 소리를 질렀다.

"대장님! 여기 다섯 놈이 새까맣게 타서 해골만 남은 시체 다섯 구가 있습니다."

"핫핫, 고구려 천하비무단인가 뭔가 하는 놈들이 드디어 모두 죽었구나. 군사의 속이 이제는 후련하시겠다. 애들아, 되었다. 이제 왕궁으로 돌아가자. 자, 왕궁으로 전진!"

그 시체 다섯 구는 아까 일행이 다섯 명의 토번 병사들을 전광석화같이 살해한 후 일우가 원영신으로 변하여 전혀 자신의 몸이 안 보이는 상태에서 불타는 초옥으로 한꺼번에 던져 넣은 것이었다. 하지만 이 사실을 전혀 알 수 없는 토번 왕궁 직속 수비대 군사 1천명은 바람처럼 말을 달려 라싸로 향했고 두 시진도 채 되지 않아 라싸 왕궁 성문 입구에 도착했다. 일우 일행은 치를 떨면서 그들 속에 섞여 라싸 왕궁으로 들어갔다.

제13장   토번의 가르포체와의 비무

왕궁 수비군 1천명이 보무도 당당하게 왕궁으로 입성했을 때는 이미 묘시가 시작되고 있을 때였다. 군사들은 어둑어둑한 왕궁 연무장에서 곧 점호를 받은 후 해산할 예정이었다. 그러나 이상한 것은 그들이 모두 정렬하고 군사인 가르포체를 기다리고 있을 때였다. 평상시 같으면 가르포체가 이미 모습을 드러내야할 텐데 그는 전혀 모습을 드러내지 않고 있었다. 일우 일행은 여기서 어떻게 빠져 나가서 가르포체와 비무를 할 것인지 한참 궁리하고 있는 중이었다.

그때였다. 가르포체가 연무장 지휘대에 홀연히 나타났다. 그는 왕궁 수비대장을 앞으로 불렀다. 그러더니 그 대장의 귀에다 무어라고 속삭였다. 그 대장은 깜짝 놀라는 표정을 짓더니 군사들을 향하여 소리를 질렀다.

"주목하라. 어젯밤 작전은 완전히 실패하였다. 군사께서 확인한 바에 의하면 고구려 천하비무단 떨거지들은 한 명도 죽지 않았다 한다. 그 시체 다섯 구들은 바로 우리 왕궁 수비군들이었다. 그렇다면 지금 그 다섯 명은 간악하게도 우리 군사들을 비밀리에 살해하고 지금 너희들 속에 변장해서 잠입해 있는 것이다. 자, 각조 조장들은 소속 군사들을 일일이 확인해서 그 악질들을 잡아내라. 그렇지 않으면 그 조장들에게 엄한 벌을 내릴 것이다."

갑자기 웅성거리는 소리가 나며 50개조의 조장들이 자신의 소속 군사들을 일일이 확인하기 시작하였다. 일우는 일행에게 눈짓을 하였다. 자신이 가르포체를 직접 잡겠다는 뜻이었다. 일행은 그러지 말라고 눈짓을 하였으나 일우는 연무장 지휘대를 향해 나르듯이 말을 달려갔다. 일행 모두가 기절하여 그를 지켜보고 있었다.

놀란 토번군사들이 *어어* 하는 사이에 이미 일우는 3장 높이의 연무장 지휘대 위를 말위에서 날아올랐다. 그는 가르포체에게 칼을 일직선으로 겨누고 화살처럼 날아갔다. 실로 전광석화같은 공격이었기 때문에 가르포체 또한 몹시 놀라는 기색이 역력하였다. 그러나 가르포체는 일우의 무시무시한 일격을 슬쩍 피하더니 수도로 그의 머리를 후려쳤다. 실로 엄청난 힘을 실은 그의 수도 공격에 일우는 얼른 몸을 돌렸다.

이제 연무장에서 왕궁수비군 군사들과 고구려 비무인증단 및 매향은 일우와 가르포체의 진짜 비무를 구경하게 되자 모두들 넋을 놓고 그들의 비무를 감상하기 시작했다. 수비대장 자신마저도 어찌할 바를 모르고 두 사람의 현란한 무예에 압도되고 있었다. 가르포체는 수도로 수십 합을 공격했고 일우는 검으로 그를 공격했지만 도무지 두 사람의 승부가 나지 않았다.

그러자 가르포체는 몸을 날려 연무장 한 가운데로 날아갔다. 아마도 이제 검으로 승부를 내려는 생각인 것 같았다. 군사들이 지켜보는 가운데서 가르포체는 자신의 자랑인 본류신검을 빼들었다. 그리고 하늘을 향해 무어라고 주문을 외우며 일우의 주위를 빙빙 돌기 시작했다. 아마도 귀신을 부르려는 것이라고 일우는 짐작했다.

갑자기 그의 검에 *찌잉* 소리가 나더니 검에 환영이 일으났다. 가르포체는 자신의 검을 일우를 향해 초절정의 내공으로 집어던졌다. 그리고는 그 검을 조종하며 일우를 공격하게 했다. 그 검에서 나오는 환영과 비명 같은 음산한 소리와 기분 나쁜 지옥의 울음소리 같은 괴이한 현상이 칼 주변에 일어나고 있었다. 모든 군사들과 비무 인증단 및 매향은 너무도 괴이한 현상이 나타나자 온 몸에 소름이 돋는 것을 느꼈다.

일우는 평범한 검으로는 도저히 본류신검을 대항할 수 없음을 알았다. 그는 토번 군사들을 향해 큰 소리로 외쳤다.

"백장 바깥으로 피하시오. 만일 안 피하면 즉시 죽음일 것이오."

그가 그렇게 외쳐대자 왕궁 수비대 군사들과 비무단 및 매향은 얼른 100장 바깥으로 피해 달아났다. 일우는 자신의 주변을 빙빙 돌며 공격하고 있는 가르포체를 향해 외쳤다.

"이제 그만 항복하고 목숨을 보전하라. 만일 계속 대항하면 죽음뿐이다."

"훗훗! 내가 네게 할 소리다. 여기까지는 잘 살아왔지만 이제부터 너는 내 본류신검에 죽어야 할 운명이고 네 계집 매향은 원래 내 것이니 원래대로 내가 차지할 것이다. 자, 각오해라."

가르포체는 입으로 이상한 주문을 웅얼거리기 시작했다. 마귀의 도움을 청하는 것 같았다. 그러자 점점 그의 검은 온갖 변화를 일으키며 마치 일우를 원 안에 가둬놓은 것처럼 그렇게 그를 귀기로 옭아매며 잔혹하게 공격하고 있었다. 한 초식 한 초식이 마치 죽음을 집행하는 망나니의 칼과 다름이 없었다.

그러자 일우는 분노 속에서 무극신검 전 초식을 일시에 구사했다. 마지막 제 5초식 파천황검결이 구사되자 연무장에는 텅 빈 태허같은 정적이 깃들이기 시작했다. 두 사람의 칼은 모든 내공을 다 동원하여 서로를 공격하고 있었는데 만일 내공이 조금이라도 밀리면 바로 끝장인 그런 상황이었다.

모든 사람들이 숨을 죽이고 약 반 시진 동안 그들의 칼과 내공과 주술이 빚어내는 사상 최대의 비무에 빠져 들어가고 있었다. 이미 100갑자의 내공을 완성한 정도 무협인인 일우의 기운이 점점 마귀의 도움을 받아 150 갑자 이상의 내공으로 조종하는 본류신검에게 밀리는 듯이 보였다. 만일 순간이라도 실수하는 날이면 상대의 검이 자신의 목을 일거에 뚫어버릴 것임을 두 사람은 다 알고 있었다. 무극신검과 본류신검의 대결은 그렇게 초박빙의 승부로서 만인에게 무공의 절대 경지를 보여주고 있었다.

그러나 승부는 점점 본류신검 쪽으로 기울고 있었다. 마귀의 힘을 빌어 계속 내공을 강화하며 온갖 귀기를 동원한 본류신검이 오직 정통적인 방법의 내공에 의해 파사현정의 정기가 실린 무극신검을 밀어내고 있었다. 일우는 점점 자신의 내공이 딸려 본류신검에 뒤지고 있다는 것을 느끼고 있었다. *아아! 그러나 조천지력승어혼천지력(肇天之力勝於混天之力)이 아니던가!? 어떻게 이런 마공이 있을 수 있단 말인가!?* 일우는 가슴이 답답해 옴을 느끼고 칼을 얼른 거둘 수밖에 없었다.

그러자 본류신검이 일우의 몸을 절단내기 위하여 360개 방향에서 칼이 그의 전신을 공격하듯이 날아왔다. 일우는 이제 자신이 여기서 이 칼을 피하지 못할 경우 죽음에 이른다는 사실을 알고 있었다. 그러나 그는 자신을 향하여 360개 방향에서 날아오는 본류신검을 그대로 몸으로 맞을 수밖에 없음을 알았다.

일우는 죽음을 앞두고 청려선인과 아들 신려 그리고 아내 설랑과 정인 매향의 얼굴이 떠올랐다. 그는 순간 무심히 눈을 감았다. 그리고 조용히 죽음을 앞에 두고 '일시무시일 석삼극'으로 시작되는 천부경 81자[14]를 조용히 읊조리기 시작했다. 이런 그를 바라보는 매향과 정고는 자신의 죽음을 바라보듯이 가슴이 찢어지는 듯이 아팠으며 당장이라도 두 사람의 비무를 중지시키고 싶었다. 하지만 이미 본류신검의 360개 방향의 칼은 일우의 머리부터 발끝까지 온 몸을 난자하고 있었다.

그러나 순간 일우의 영과 육이 하나가 되면서 원영신 즉 금강불괴지신의 몸이 나타났다. 그러자 360개 방향의 칼들은 일우의 몸에서 튕겨 나가버렸다. 본류신검은 감히 그의 몸에 침투할 수 없었던 것이

---

14) 一始無始一 析三極 無盡本 天一一 地一二 人一三 一積十鉅 無匱化三 天二三 地二三 人二三 大三合六 生七八九 運三四 成環五七 一妙衍 萬往萬來 用變不動本 本心 本太陽昂明 人中天地一 一終無終一의 81자로서 환인시대 구전을 환웅천왕이 신지혁덕을 시켜 녹도문(사슴문자)으로 써놓은 것을 신라 말 최치원 선생이 한문본으로 전했다. 이것을 1911년 운초 계연수가 환단고기에 실어 세상에 알렸다고 한다. 우주와 천지자연 및 인생의 원리를 집약한 경문으로서 어떻게 끊어 읽느냐에 따라 온갖 해석이 달라진다. 위작이라는 설도 있으나 고대로부터 내려온 한민족 고유의 경전인 것은 분명하다.

다. 모두가 경악하여 자리에서 벌떡 일어났다. 어떻게 사람이 저렇게도 잔인한 마검의 공격을 받고도 조금도 상처를 입지 않을 수 있단 말인가?

일우의 몸이 갑자기 사라졌다. 가르포체 또한 사라졌다. 그러나 일우는 이미 가르포체의 검기를 뚫고 그의 면전에 서 있었다. 가르포체는 어이가 없어 도무지 이 사태를 해결할 방안이 막막했다. 자신의 본류신검의 그 잔혹한 마공이 전혀 통하지 않는 유일한 사람이 바로 일우였던 것이다.

일우는 가르포체의 면전에서 그의 정수리와 상단전 그리고 인중의 혈도를 눌러 그를 완전히 제압하였다. 일우는 가르포체가 꼼짝을 못하게 되자 자신의 일행들을 불렀다. 안심한 네 사람은 말에서 내려 일우 앞으로 갔다.

"자 이제 이 마물을 어떻게 해야 할 지 여러분의 판결을 기다립니다. 이 자는 나와의 비무 이전에 수도 없이 비열한 수로 우리를 모두 죽이려고 했으니 이 자를 죽이던 살리던 이제 여러분들의 마음에 달려 있습니다."

일우는 매우 분격해 있는 상태임이 분명했다. 그러나 다섯 사람은 왕궁 수비군사 1천명이 자신들을 향해 강궁을 겨누고 있는 사실을 즉시 알아챘다. 가르포체를 죽이고 이들 1천명과 죽기 살기 싸운 후 천축으로 가면 된다. 하지만 부상당한 고천파와 유가휘는 어떻게 해야 하는가? 일행은 순간 고민을 하지 않을 수 없었다.

이때였다. 갑자기 연무장 지휘석에 누런 비단 옷을 휘감은 고관대작 한 사람이 수 백 명의 호위병에 둘러싸인 채 자리를 잡았다. 그는 일우 일행과 왕궁 수비대 모두를 향해 큰 소리로 외쳤다.

"양쪽은 모두 멈추라! 나 토번 재상 가르통첸이 명한다."

일우 일행은 그 유명한 토번의 실세 재상인 가르통첸15)이 나타나자 매우 놀랐다. 토번을 오늘날의 강국으로 만든 군사 실력자이자 영웅이며 정치에도 달인인 그는 한 마디로 토번의 중심인물이었다. 비록 송첸캄포라는 절대 군주가 있다 해도 그가 없이 토번은 오늘날의 강국으로 부상하지 못했을 것이다.

일우 일행은 가르포체의 혈도를 제압한 상태에서 가르통첸을 쳐다보았다. 왕궁 수비대 군사들은 일우 일행을 겨눈 활을 내리고 그를 올려다보았다.

그러자 가르통첸은 장중하면서도 위엄있는 목소리로 일우 일행을 향해 물었다.

"그대들은 어디서 온 누구이며 대체 무슨 사유로 이 토번 왕궁 연무장까지 와서 우리 군사를 겁박하고 있는지 사유를 말하라."

그러자 고천파가 연무장 지휘대 바로 앞까지 다가갔다. 그는 가르통첸을 향해 정중하게 읍한 후 유창한 토번어로 말을 시작했다.

"멀리 고구려국에서 온 천하비무 인증단 대표인 고천파가 합하

---

15) 가르통첸(? ~ 667년)은 티베트 전역을 통일하여 토번(吐蕃)의 전성기를 연 33대 첸포 송첸캄포(松贊干布) 시대의 재상이다. 중국 역사서에서는 그의 이름을 녹동찬(綠東贊)으로 기록하고 있다. 그는 송첸감포의 정책을 보좌하여 법제를 만들고 신분질서를 정하였으며 조세 정책을 개혁했다. 또 티베트 내의 강족 세력과 토욕혼(吐谷渾) 등을 멸망시켜 토번이 티베트를 통일하는 데 큰 공을 세웠다. 또 당나라와 네팔 등 주변 세력과 우호 관계를 맺기 위해 노력했다. 당태종의 양녀인 문성 공주를 송첸캄포와 결혼시키기 위해 당태종에게 청혼하러 갔을 때 당태종이 낸 매우 어려운 여섯 가지의 문제를 해결한 육시혼사(六試婚使)의 일화는 가르통첸의 지혜를 잘 나타내 주고 있다.

를 뵈옵니다. 우리 고구려는 토번국의 발전을 크게 경하드리며 양국의 우호가 더욱 증진되기를 바라시는 저희 태왕 폐하의 소망을 귀국에 전하는 바입니다. 우리는 저희 태왕 폐하의 성지를 받들어 천하비무에 임해왔습니다. 저희는 그간 백제와 신라 및 왜를 거쳐 중원 무림을 제패하였습니다. 최근에는 서돌궐의 철륵가휴를 물리친 후 귀국의 제일무사인 가르포체와 비무를 하고자 이 나라에 들어온 것입니다. 그러나 가르포체는 서돌궐에서 비무 이전부터 철륵가휴와 짜고 저희 모두를 죽이려고 온갖 암수를 다 썼습니다. 그러다가 안 되자 귀국으로 달아나서 저희들이 오는 길목인 타림대막에 매복해 있다가 해골군단, 유령불, 대막 시랑 등으로 저희들을 무자비하게 공격하였습니다. 저희가 간신히 곤륜산맥을 넘어오자 이번에는 빈 초옥에 들었던 저희들에게 무려 1천명이나 되는 왕궁수비대 군사들을 이끌고 와서 화공과 강궁 공격으로 저희들을 모두 몰살하려고 하였습니다. 저희는 간신히 탈출하여 이 궁까지 들어왔는데 그는 정정당당하게 무공으로 승부를 내는 것이 아니라 본류신검이라는 사악한 마공까지 동원하여 저희 비무자인 선우일우를 죽이려고 하였습니다. 그러나 선우일우가 금강불괴지신인 것을 모르고 그를 마공으로 잔혹하게 죽이려고 하였다가 실패하여 지금 선우일우에게 혈도를 제압당하게 된 것입니다. 만일 그가 이런 끔찍한 마공을 계속 구사한다면 강호의 안녕 뿐만 아니라 귀국의 앞날에도 큰 사달이 날 수 있으니 이런 자는 가장 엄하게 응징하여 세상에 정의가 살아 있음을 보여야 할 것입니다. 재상님은 천하의 현자로 유명하신 분이니 이 문제를 현명하게 처리해주실 줄 믿습니다."

고천파의 당당한 토번어 해명에 모두가 놀라고 있었다. 그러자 가르통첸은 깊이 충격을 받은 듯 잠시 할 말을 못하고 가만히 있었다. 그러더니 그는 동생인 가르포체를 향하여 엄한 목소리로 물었다.

"군사는 여기 이 분의 말씀에 항변할 말이 있으면 해 보라."

"…………………………………………"

지금 일우에게 생사여탈이 달린 가르포체는 너무나 기가 막힌 일을 당한 데다 이제는 자기 친형이 자기의 비밀스런 마공까지 알게 되었으니 도무지 할 말이 없었다. 그러나 자기 형이 재상이자 실질적인 군권을 쥐고 있는 상황에서 자신을 용서해줄 리가 없는 것을 그는 잘 알고 있었다. 개인적으로는 슬기롭고 봄바람처럼 온화한 형이었지만 공적으로는 엄하기가 추상같은 사람이었음을 그는 잘 알고 있었다. 이제 그가 취할 길은 단 하나 자결의 길 뿐이었다. 하지만 일우에게 혈도가 집혀 있는 현재로서는 그것마저 자신의 뜻대로 할 수가 없었다.

이때였다. 가르통첸이 자리에서 벌떡 일어나 연무장 지휘석 아래로 성큼 성큼 내려왔다. 그는 일우 일행을 향하여 빠른 걸음으로 다가왔다. 그리고는 일우 일행에게 무릎을 꿇고 동생의 잘못을 용서해 달라고 빌기 시작하였다. 일국의 재상이 체면을 불구하고 친동생을 살리기 위해 자신들에게 용서를 구하자 일우 일행은 가르포체를 죽이고 싶은 마음이 점점 옅어져갔다.

"내가 내 손으로 이 아이의 무공을 폐하여 다시는 마공을 쓰지 못하게 할 테이니 공들은 내 체면을 보아서라도 내 동생을 살려주시오. 이렇게 빌겠소이다."

가르통첸의 겸손하지만 정중한 태도와 동생에 대한 사랑에 일행은 매우 깊이 감동하고 있었다. 그러자 일행은 가르포체가 본류신검이라는 마공을 쓰지 못하게만 해주신다면 살려주겠노라고 약속했다. 그러자 가르통첸은 그들과 모든 왕궁수비대 군사들이 직접 보는 가운데서 가르포체의 무공을 폐하여 버렸다. 사실 토번의 제일 명문가문에서 마공을 쓰는 자가 나왔다는 것은 가문의 명예를 몹시 더럽혔으니 바로 죽음일 수밖에 없었다. 그러나 혈육을 끔찍이 사랑하는 명재상은 그의 무공을 폐함으로써 동생도 살리고 가문도 살리는 일석이조의 현명한 처신을 했던 것이다.

이후 일우 일행은 가르통첸의 간곡한 초대를 받아 왕궁 객관에 잠시 머무르게 되었는데 우선 토번왕인 송첸캄포를 알현하였다. 무술경기를 무엇보다도 좋아하는 송첸캄포의 요청으로 일우 일행은 왕궁 연무장에서 토번의 고수들과 수 차례 친선 비무를 하였다. 또한 그의 절세 무공의 극한 경지를 보여달라는 송첸캄포의 거듭되는 요청에 따라 일우는 문무백관의 입회하에 무극신검과 수익신공 및 원영신이 나타나는 금강불괴지신의 경지를 보여주었다.

그들은 고구려 무술에 대해 찬탄하다 못해 지극한 경외심을 보이며 양국이 더욱 돈독한 형제애를 쌓기를 갈망하였다. 또한 그들은 일우 일행과 친숙한 교제를 쌓기를 갈망했다. 한편 가르통첸은 그들을 국빈으로 대접하면서 현재의 천하 정세를 논하며 무공과 학문에 대해 깊이 논의하고 마지막 남은 천축 비무에 대해서도 상의하였다. 그는 일우의 천축 비무를 위해 토번이 자랑하는 또 다른 무술고수이자 학승인 톤미나탑으로 하여금 일우 일행을 수행하도록 조치하였다.

제14장 천축에서의 비무

그들은 라싸에서 암드록초 호수-장체-시가체-리하체-팅그리-니아람-카트만두-포카라-룸비니를 통해 북인도 지방으로 들어갔다. 당시 인도 지방은 수많은 왕국으로 분열되어 있었고 현장법사가 비슷한 시기에 인도를 방문했을 때 무려 138개국이나 난립했었다고 그의 대당서역기에서는 기록되어 있다.

그러나 우리의 주인공들은 히말라야 산맥의 네 개 이상의 설산을 거쳐 갠지스강에 이르는 동안 고행과 명상을 수행하고 있는 수많은 요기들과 만났다. 그들은 공중부양을 하기도 하고, 물 위를 거닐기도 했다. 심지어는 물속에 들어가서 수 시진을 보내도 아무 이상이 없었고 불속에 들어가도 타지 않았다. 또한 땅속이나 눈 속에서 수개월을 보낼 만큼 깊은 내공을 단련한 것을 볼 수 있었다. 그러나 그들은 일우 일행과 내공의 경지를 겨루는 것 이외에는 일체 비무에는 응하지 않았다. 그 이유는 그들이 믿는 신성한 브라만교 즉 힌두교에서 살생을 금하기 때문이라는 것이다.

당시 당나라에서는 지금의 인도를 천축이라고 불렀는데 그 천축의 수많은 나라들 중에서 지금의 북인도지역을 통일하여 강성한 세

력을 자랑하던 나라는 카나우지에 도성을 두고 있던 하르샤 왕국16)
이었다. 그 왕은 하르샤 바르다나로서 그는 정복왕이자 문인으로서
유명했는데 천하의 숱한 문인들과 무사들 그리고 술객들을 우대하여
찬란한 궁정문화를 꽃피우고 있었다. 그는 당나라와도 교역을 하고
있었으나 주변의 나라들과 통일전쟁을 수행하느라고 심각한 긴장 관
계에 있었다.

일우 일행은 갠지스강가에서 목욕한 후 천천히 천축의 문물을
감상하며 수도인 카나우지로 향하였다. 일행은 무덥고 비가 자주 내
리며 습한 천축의 기후를 겪으며 자신들의 조국과는 전혀 다른 이국
의 풍경을 신기한 듯 감상하면서 약 한 달간의 여행 끝에 카나우지
에 당도하였다.

일우 일행은 카나우지에서 톤미나탑의 통역과 주선으로 하르샤
왕국 객관에 머물게 되었다. 그때는 영류태왕 23년(정관 14년, 서기
640년) 12월 중순 경이었다. 객관에 머문 지 3일 만에 일우 일행과
톤미나탑은 하르샤왕을 알현할 수 있는 기회를 얻게 되었다.

국왕 알현을 하게 되던 날 일우 일행은 목욕재계하고 고구려 복
장으로 갈아입었다. 물론 매향은 당나라 복장이었고 톤미나탑은 토번
복장이었다. 그들이 본 하르샤 왕국의 도성은 그 길이가 대략 20여
리이고 너비는 4~5리였다. 성의 둘레에 파여진 해자는 매우 견고하고
대각(臺閣)들은 서로 마주보고 있었다. 꽃이 만발한 숲과 연못들은 눈
부시고 선명하며 거울처럼 맑았다.

---

16) 현장이 쓴 대당서역기에는 이 나라 이름을 갈야국사국이라고 한다.

왕궁은 마치 거대한 정원 속에 있는 금빛 찬란한 돔형 건물 같았다. 왕궁을 한 가운데 두고 펼쳐져 있는 도로는 전부 백석으로 아름답게 장식되었고 왕궁 입구에서 국왕의 정전까지는 대리석으로 된 약 300장 정도의 길이였다. 그 주변에는 온갖 꽃들과 식물들 그리고 짐승들과 새들이 뛰놀고 있었다. 특히 남국 정서를 나타내는 흰 꼬리 원숭이들과 화려한 공작새들 및 각종 앵무새들은 마치 여기가 지상 낙원에 온 것이 아닌가 하는 착각이 들 정도였다.

그들이 정전에 도착했을 때는 이미 머리에 각종 장식과 색으로 장식한 터번을 둘러쓰고 화려한 비단옷을 입은 만조백관들이 저 먼 고구려라는 동방에서 온 친선사절인 천하비무단을 호기심어린 눈초리로 기다리고 있었다. 일우 일행은 이미 국왕 호위대에 의해 무장을 완전히 해제당한 상태였다. 그들은 좌우에 도열해 있는 만조백관들 사이를 지나 국왕 앞에 도착하여 삼고구배의 예를 하였다.

일우 일행이 본 하르샤 왕은 52세에 나이에 비해 몹시 젊어 보여 그저 30대 중반 정도로 보였다. 국왕은 만면에 미소를 머금고 일우 일행에게 부드럽게 말했다.

"그 먼 동방 나라인 고구려에서 이곳까지 왕림한 고구려 천하비무단을 환영하는 바이오. 그대 나라의 국왕께서는 강녕하시고 국민들은 모두 평안하시오? 그리고 오늘 입조한 것은 무슨 까닭인지 말씀해주시면 감사하겠소."

그러자 천하비무단 대표인 고천파가 가운데 서서 국왕에게 읍한 후 당당하게 토번어로 말하고 톤미나탑이 천축어로 통역을 했다.

"저희들을 환영하시고 환대해주신 국왕 폐하의 성덕에 깊이 감사드리옵니다. 폐하의 위대하신 통치로 바르다나 왕가가 천축 천하를 통일하시니 감축드리옵니다. 저희 고구려 태왕 폐하께서도 강녕하시며 국민들 또한 태평성세를 누리고 있사옵니다. 저희들이 오늘 입조한 것은 고구려 비무단이 그간 백제, 신라, 왜, 당, 서돌궐, 토번을 거쳐 이제 마지막으로 천축에서 무공의 최고수들과 비무를 한 후 그간 10년의 천하비무를 총결산하고 귀국하기 위함입니다. 폐하께서는 아무쪼록 저희들의 소청을 물리치지 마시고 천축 제일 무사들과 비무를 할 수 있는 기회를 주시옵기를 간청하옵니다."

"음, 천하비무의 마지막이라? 그럼 이번 천축 비무에서 우리 측 무사가 이긴다면 사실상 천하 최강의 무인이 되는 것이오?"

"그러하옵니다. 폐하. 저희 측 비무자인 선우일우 무사를 물리친다는 것은 그가 곧 천하제일의 무사임을 입증하는 것이옵니다."

하르샤 국왕의 눈빛이 번쩍 빛났다. 사실 하르샤 국왕은 워낙 호기심이 많아 문학과 예술 및 무공과 술법들을 사랑하였다. 그는 천금을 들여서 천하의 재사들을 불러 모아 궁정문화를 찬란하게 꽃피워온 것으로 유명했다. 그러니 자신의 무사들이 무공으로 천하를 제패할 수 있는 이런 기회를 놓칠 수가 없었다. 물론 그 자신이 최강의 전사 중 하나였지만 그가 서역과 중원 및 동방의 모든 무술에 정통한 것은 아니었기에 이번 비무가 만만치는 않을 것이라고는 생각했다.

하지만 워낙 넓은 영토와 각 지역별 언어 및 종교와 문화 그리고 계급 등이 달라 가뜩이나 국민들의 통합이 어려워서 통치에 애를 먹고 있는 그였다. 그가 볼 때 천하 최강의 무사를 자신의 무사들이

꺾는다면 국민들이 가질 그 궁지와 자존심은 국민통합에 최적일 것이었다. 그러나 만일 지는 경우에는 동방의 무예가 워낙 고강하고 천축 무예와는 워낙 다른 것이니 국민들이 이해할 수도 있을 것이었다. 하지만 자신이 혼자서 결정하면 귀족들이 들고 일어날 테니 국왕은 일단 조정의 논의를 거친 후에 대답을 해야 하겠다고 생각했다. 그는 만면에 미소를 머금으며 일우 일행에게 말했다.

"하하, 무공으로 천하를 제패하는 것도 몹시 흥미로운 일이겠구려. 그러나 이 문제는 워낙 국가적 자존심이 걸린 문제이니만치 조정의 회의를 거쳐야 할 것이오. 그러니 귀공들은 객관에서 머물면서 당분간 기다리시오. 짐이 결정되는 대로 확답을 드리리다. 여봐라! 이 귀한 분들을 잘 모시고 추호도 접대에 소홀함이 없도록 하고 특히 이 분들이 먹는 음식에 각별히 조심하도록 하라. 그럼 공들은 객관에 가서 쉬시도록 하오."

국왕이 이렇게 말하자 환관장이 일우 일행에게 객관으로 모시겠다고 말하였다. 일우 일행은 국왕에게 다시 삼고구배를 한 후 왕궁 정전을 나와 머물던 객관으로 돌아갔다.

한편, 일우 일행이 나가고 난 뒤 국왕은 신하들에게 고구려 천하비무단과 한판 승부를 벌려 천축 무술의 위대함을 보여주는 것이 어떻겠냐고 그들의 의견을 물었다. 대다수 무신들은 몹시 기뻐하며 찬성하였다. 그들 입장에서는 지던 이기던 과연 천하 최강의 무술의 경지를 구경할 수 있는 것만 해도 엄청난 소득일 것이었다.

하지만 문신들은 고구려 천하비무단의 수준을 알 수 없는데 괜히 비무에서 지기라도 하면 국민들의 실망감을 어떻게 감당할 수 있겠느냐고 반대했다. 게다가 그러려면 전국무술대회를 개최하여 천축 최강의 무사를 선발해야 하는데 이 경우 들어갈 비용이 천문학적 수준이라 국고에 고갈을 가져올 것이라고 반대하였다. 차라리 현재 국가가 통일 전쟁을 치르느라고 몹시 어수선하니 천축 천하를 주유하면서 개별적으로 비무를 하라고 권유하는 것이 상책일 것이라고 주장하였다.

그러자 이번에는 무신들이 문신들을 공박하며 만일 우리가 고구려 천하비무단의 도전을 안 받아들이면 토번과 서돌궐, 중원에서까지 우리를 우습게 여기고 침략을 감행할 위험이 있고 게다가 호시탐탐 왕국을 분열시키려는 천축의 다른 왕국들의 비웃음을 받게 될 것이라고 주장하였다. 그들은 이 기회에 전국에 숨어서 무공과 내공을 연마하는 인재들을 국가가 발탁하여 이후 통일 전쟁에서 유용하게 쓰자고 주장하였다.

그날 하도 두 세력 간에 논쟁이 치열하여 국왕 하르샤는 도무지 양측을 중재할 길이 없었다. 결국 그날 회의는 몇 시진이 흐르도록 아무 결론도 못 내고 말았다. 이후 그들은 약 3일간의 격론 끝에도 결론을 내리지 못하고 있었다. 그날 밤 하르샤는 머리가 하도 아프다 보니 자신이 애지중지하는 후비인 라트나바리 공주의 방으로 들어갔다. 그는 공주의 머리를 베고 누워서 멍하니 천장을 바라보고 있었는데 공주는 그런 그에게 말 못할 고민이 있음을 알고 상냥하게 물었다.

"폐하, 무슨 고민이 있으시옵니까? 안색이 안 좋아 보이십니다."

그녀의 몸에서 나는 그윽한 사향 향기에 빠져 그녀의 무릎을 베고 누운 하르샤왕은 평안함을 느꼈다. 문득 그는 그녀의 의견을 들어보고 싶은 생각이 들었다. 그녀는 천하대소사에 무불통달하여 모르는 것이 없었고 그 지혜는 아마 천축 제일이라고 해도 과언이 아닐 것이기 때문이었다.

"으음, 고구려에서 천하비무단이 내조하여 천축 제일 고수와 천하제일을 놓고 한 판 승부를 내자고 하오. 그러나 조정의 중신들이 하자 말자로 나뉘어 의견 대립이 극심하오. 그러니 이를 어떻게 하면 좋을 지 답이 안 나오는 구료."

"호호, 폐하, 그런 문제 때문에 요즘 고민하고 계셨군요. 그런 문제라면 그리 걱정하실 것이 없습니다. 그 문제는 병무대신인 아라나순[17]에게 넘겨 버리세요. 그가 조정의 대소 신료들을 잘 장악하고 있으니 폐하는 구경만 하고 계시고 대신들이 결정하는 대로 따르겠다고 하시면 되지 동방의 일개 친선사절 때문에 고민을 하시다니요. 영명하신 폐하답지 않습니다."

그녀의 이 말에 하르샤는 매우 마음이 평안해졌다. 사실 천하비무니 뭐니 하는 것은 따지고 보면 국왕 자신이 신경을 쓸 일이 아니었다. 병무대신 아라나순이 하자고 우기면 모든 신하들이 그의 눈치를 보고 따르지 않을 수 없을 것이었다. 그날 밤 하르샤는 후비인 라트나바리 공주와 꿈같은 밤을 보낸 후 다음날 아라나순을 불러 라트

---

17) 서력 648년에 계일왕(당나라에서 하르샤를 부르던 이름)이 서거하자 그의 권신 아라나순(Alanashun)이 자립하여 왕위를 빼앗고 사신 왕현석을 거절하므로 현석은 이에 토번, 니파라의 병을 거느리고 공격하여 그를 생포해서 귀국했다고 한다.

나바리 공주의 가르침대로 이번 비무의 일을 그에게 일임하였다. 천축 천국무술대회를 열어서 최고 일인자를 뽑아 고구려 제일 무사와 비무를 하든 말든 모두 네가 알아서 하라는 국왕의 지시였다.

아라나순은 라트나바리 공주의 친 오라비였는데 그 또한 천하제일의 기재였다. 그는 국왕의 절대 신임 하에 사실상 부왕처럼 행세하고 있었기 때문에 그가 하자고 하면 감히 반대할 대신이 없을 것이었다. 그는 이번 비무에 대한 득실을 냉정히 따져 보았다. 만일 잘만 되면 자신의 권위와 세력이 엄청 커질 것이었다. 하지만 현재로서 과연 고구려 제일무사라는 선우일우의 무공의 경지가 과연 승부를 떠나 천축인들에게 어떤 감흥을 줄 것인지가 매우 중요한 문제였다.

하룻밤을 깊이 생각한 끝에 그는 다음날 객관으로 수하를 보내 선우일우 일행을 자신의 사저로 불러 함께 만찬을 하기로 하였다. 만찬장에서 아라나순은 일우의 그간의 비무 행적을 꼬치꼬치 캐물었고 일우 일행은 톤미나탑의 통역으로 그간의 천하비무행에 대해 사실대로 이야기했다. 그들의 이야기를 흥미진진하게 경청하던 아나라순은 일우와 자신의 최고 호위무사인 푸리케사와 비공식 비무를 시켰다.

비무 결과야 일우의 일방적 승리였기 때문에 그는 비로소 설령 모든 수단을 다 동원해 천축 고수들이 일우와 일대일로 싸우면 그를 이길 수는 없다는 사실을 깨달았다. 그러나 일우가 전혀 예상할 수 없는 천축 고유의 전투 수단으로 변칙적으로 승부를 낸다면 혹시 이길 가능성이 있지 않을까 하는 생각이 들었다. 하지만 설령 천축의 무예가 고구려 무예에 진다해도 그 엄청난 무공의 절대 경지가 존재함을 천축 무인들에게 주지시켜 그들의 각성을 촉구하는 것도 상당한 이익이 있으리라고 그는 확신하였다.

다음날 국왕이 결석한 조정 회의에서 그는 자신이 직접 일우를 만나서 들은 천하비무의 이야기를 장황하게 설명하였다. 그리고 승부를 떠나 천축의 강력한 미래를 위해서 이 비무는 필히 열려야 할 것이라고 중신들에게 힘주어 말했다. 그의 열변에 모든 중신들은 주눅이 들었으며 그의 막강한 권세를 두려워하여 감히 그에게 이번 비무를 하지 말자고 주장할 수 없게 되었다.

결국 아라나순의 주재 하에 새해 첫 달 말일에 하르샤 왕국 수도인 카나우지의 대연무장에서 천축 전국무술대회를 열어 최고수를 선발한 후 다음 날 고구려 제일무사인 선우일우와 천하무술의 패권이 걸린 일전을 치르기로 결정하였다. 그는 이 사실을 선전관을 통해 일우 일행에게 전하였고 일우 일행은 드디어 서역비무의 마지막을 치르게 되었다.

다음날부터 천축 전국 방방곡곡에는 천축 전국무술대회를 알리는 방이 걸리게 되었다. 내용은 천축의 제일 무사를 선발하여 멀리 동방에서 온 고구려 제일무사와 천하의 패권을 놓고 일전을 겨루게 되는데 우승자는 국왕 호위대 부대장으로 임명되고 국왕의 사위가 되며 큰 저택과 수천금의 녹봉을 평생 지급받게 될 것이며 일시불로 금화 3만량을 하사한다는 내용이었다. 실로 엄청난 상급이었다.

그러다보니 천축 사람들은 고구려 제일무사가 대체 어떤 사람이기에 그를 이기면 이렇게도 엄청난 상을 준다는 것인지 궁금하기가 짝이 없었다. 그리하여 주인공 선우일우에 대한 밑도 끝도 없는 소문이 천축 천지에 퍼져나갔다. 당시 불교 공부를 하기 위해서 천축에

와 있던 당나라, 신라, 백제, 토번, 서돌궐 등 각국 학승들은 이번 비무에 대해 특히 비상한 관심을 보이고 있었다. 그 결과에 따라 온 천하에서 최고의 무인이 결정되는 것이고 또한 어마어마한 상을 받을 수 있는 것이다. 그들은 이 얼마나 대단한 일이냐고 하면서 비무 날짜가 다가올수록 더욱 자신들끼리 수군덕거리며 그 귀추에 촉각을 곤두세우고 있었다.

일우는 천축 무술에 대해 경험이라고는 최근에 아라나순의 호위 대장과 했던 비무 밖에 없었다. 그러나 일우는 천축무술이 사실상 당나라 소림사 무술의 원조인 달마대사의 무술이고 게다가 천축에 들어오면서 설산에서 만났던 요기들의 초인적인 내공의 경지를 생각할 때 과연 그들을 쉽게 이길 수 있을 지 고민이 되고 있었다. 게다가 중원 및 새외 무술 정보에 정통한 매향마저도 도무지 천축무술을 알고 있지 못해서 매우 근심이 되고 있었다.

게다가 아라나순의 계책에 의해 그들은 고구려의 친선 사절 환영이라는 미명하에 거의 매일 천축 고관들과 명사들 특히 궁정시인 바나와 그 일행들의 초청 행사에 초대되어 다니며 매일 밤을 천축의 신비한 음주 가무 속에서 시간을 보내고 있었다. 사실상 아라나순의 음모 속에 진행되는 이번 비무의 함정이 무엇인지 짐작을 할 수 없는 그들은 새해를 맞이할 때까지 아무 비무 준비도 하지 못하고 그저 연회에 참석하면서 시간을 보내고 있었다.

새해가 되고 일주일이 지난 어느 화창한 아침에 일우는 매향에게 근처 절에 소풍을 가지 않겠느냐고 제안했다. 혹시 매향이 그곳에 온 토번 중들을 통해서 천축 무술에 대해 어느 정도 정보를 입수할 수 있지 않느냐 하는 생각 때문이었다. 매향이야 둘이 절로 소풍을 갔다 온다는데 하등 반대할 이유가 없었다.

두 사람은 인증단 사람들에게 자신들의 출타에 대해 말해주어야 할 것 같아서 고천파와 유가휘 방에 가보았지만 두 사람은 전날 연회로 인해서인지 아직도 드르렁 코를 골며 잠들어 있었다. 다만 정고는 일어나서 자기 방에서 고요히 운기조식을 하고 있었다. 두 사람은 밖에서 한참을 기다렸다. 드디어 정고의 으음 하는 기침소리가 났다. 운기조식이 끝났다는 뜻이었다. 일우는 공손하게 방을 향해 말했다.

"스승님! 저희 두 사람은 근처 절에를 좀 다녀오겠습니다."

"절에를? 무슨 일이 있는가?"

정고는 방문을 열고 두 사람을 바라보며 물었다.

"아, 네, 근처 절에 가서 토번 출신 스님을 만나 천축 무술에 대해서 정보를 좀 얻고자 합니다."

일우는 스승을 바라보면서 조용하게 말했다.

"그렇다면 근처 절까지 갈 필요가 없지 않은가? 톤미나탑 스님에게 물어보면 천축무술을 잘 알 수 있을 것인데 무엇 하러 알지도 못하는 절에를 간다는 것인가? 혹시 두 사람이 개인적인 일로 가는 것인가?"

정고는 매우 의외라는 듯이 두 사람을 바라보며 정색을 하며 물었다.

순간 일우와 매향은 서로를 마주보았다. 이제껏 왜 그 생각을 못했는지 두 사람은 어이가 없었다. 일우는 매향이 토번어를 아니 그녀와 함께 가서 톤미나탑 스님에게 천축무술을 좀 알아보아야 하겠다고 생각했다. 그들은 이런 생각을 하고 자신들의 방 뒤쪽 객관에 있는 톤미나탑 스님을 만나러 갔다. 그 또한 일찍 일어나서 예불을 하고 있는 중이었다. 두 사람은 밖에서 무료하게 기다리기보다 둘이서 방 앞 정원에 앉아 도란도란 이야기를 나누기 시작했다.

반 시진 쯤 흐른 후에 톤미나탑 스님이 얼굴에 미소를 머금은 채 방문을 열었다. 이미 그는 그들이 온 것을 알고 있었지만 정해진 예불을 빼먹을 수 없다 보니 그대로 진행하고 난 뒤였다. 그는 두 사람을 안으로 들어오라고 해서 대화를 나누었다. 그러자 그들이 온 목적이 이번 비무에 필요한 천축 무술에 대해 알고자 함임을 알고 그들에게 필요한 정보를 자세히 제공하였다. 그리고 필요하다면 자신이 천축 무공 고수로서 수도를 하고 있는 고승을 하나 소개하여 연습을 시켜주겠다고 약속했다.

그는 자신이 알고 있는 천축 무술에 대해 상세히 정보를 말해주었다. 그 내용은 대략 다음과 같았다.

천축무술은 원래 중원 무술이나 동방 무술의 원조라고 할 수 있는데 지역적 특성에 따라 남부 케랄라 지역의 무술인 '카라리' 와 봉술을 주무기로 하는 '실람바탐' 그리고 실전용 무술인 '드라비디언' 그리고 요기들을 중심으로 한 내공 호흡법과 요가가 있다.

카라리는 7층 단을 모시며 수련하는데 이는 수련자들의 7신을 상징한다. 그 7신은 비그네시바(근력), 차니기(끈기), 비시누(지도력), 바두가시체(폼새), 타다구루(훈련), 카리(표정), 바카스타-푸루슈(소리) 등이며 이 수련은 반드시 파야투라고 불리는 장소에서만 행해야 한다, 또 카라리는 4개의 단계에 맞춰 훈련을 하는데, 맨몸, 막대기, 금속무기, 빈손으로 무기든 사람을 상대하는 단계로 나아간다. 이것이 5세기 인도에서 중국으로 파져나간 소림사 달마대사의 무술의 원형이라고 생각된다.

드라비디언 무술은 남인도에서 스리랑카까지 퍼져있던 크샤트리아(귀족, 전사계급)의 실전용 무술로서 아디싸다(오늘날의 킥복싱), 쿠투 바리사이(손과 발 전투), 마르마 카라이(압력으로 허를 찌르는 공격), 마류삽(격투)가 있다. 무기로는 긴 대나무봉, 작은 대나무봉, 두 배 지팡이, 짧은 지팡이, 구부려진 지팡이, 갈고리 철퇴, 두 배 칼, 단 하나 칼, 방패, 창, 마체테, 작은 회검, 양날 크리스, 나선형 강철 채찍, 삼지창, 사슴 경적, 나선형 경적, 활과 화살, 누워서 침 뱉기 등이 있다.

이런 드라비디언 무술의 특징은 시바신을 조종으로 하는 힌두교 의식 속에서 전사 계급의 필수적인 의무인 정복과 방어의 수단이라는 것이다. 따라서 전사는 죽음을 초월하여 자기 부족의 생명을 담보하기 위하여 초인적인 종교적 수련과 수양 그리고 무자비한 전투를 통하여 자아를 실현하는 즉 자아가 범아에까지 이르는 일종의 제의적 수단이라는 사실이다.

톤미나탑의 이런 설명을 듣고 나서 일우와 매향은 천축 무술의 근원이 힌두교에 있음을 알게 되었고 매우 잔혹하고 신비적인 영적 세계에 속해 있음을 알게 되었다. 따라서 전통적인 천축무술을 사악한 영적 의도를 가지고 수행을 하면 결국은 바라문대신장접신 마공까지 이를 수 있다는 것이다.

일우는 이틀 뒤 톤미나탑의 절친한 친구인 천축승인 구마다홀이 시전하는 천축 무술과 각종 실전을 벌였다. 막상 천축 무술과 대하자 일우는 그것이 중원 및 고구려 무술 보다 더 직선적이고 실전적인데 종교적인 의식에 기반하고 있음을 알 수 있었다. 그러나 그가 본 천축무술은 결코 자신이 고구려에서 배운 삼신사상에 기초를 둔 고구려 무술보다 결코 뛰어나지 않다는 사실을 알게 되었다. 그가 이런 생각을 말하자 톤미나탑은 실권자 아라나순이 워낙 꾀가 많은 인간이라 비무의 방법과 원칙을 어떻게 정할 지 알 수 없는 것이 가장 큰 문제라고 걱정을 말하였다.

일우는 다음 날 비무인증단 전원과 매향 그리고 톤미나탑을 왕궁 객관의 정원 앞 연못 주위로 부른 다음 천축 무술을 그동안 연마한 사실을 보고하였다. 그리고 이제 앞으로 열닷새 앞으로 다가 온 비무에 대해 어떻게 준비를 해야할 지 일행의 고견을 물었다. 여섯 사람은 머리를 맞대고 아라나순의 음모에 대항하여야 할 필요를 절감했다. 먼저 고천파가 일행을 대표해서 말을 시작했다.

"천축 무술이 고강하고 신비롭다 하나 그동안 선우 대형이 바라문대신장접신 마공까지 물리쳤는데 무엇 하러 그렇게 걱정할 필요가 있는가? 이제 그동안 음식과 상태를 조절하면서 천축 무술을 더욱 익히면 될 것이라고 보네. 너무 신경쓸 일이 아닌 듯 하이.........."

"맞습니다. 지금까지 천하 최고수들만 물리친 선우 대형이 이번 비무에서 결코 질 리가 없으니 그리 걱정할 필요가 없을 듯 합니다."

유가휘는 별로 걱정이 안 된다는 눈치였다. 하지만 정고와 매향은 근심어린 표정을 숨기지 않고 있었다. 매향이 일행의 어수선한 분위기속에 흐르는 침묵을 깨고 자신의 의견을 말했다.

"문제는 주최 측 농간이 아닐까요? 톤미 스님의 말씀을 빌자면 이번 비무의 주관자인 아라나순은 매우 교활한 자라 분명히 자신들이 이기기 위해서 온갖 변칙적인 비무 방법과 규칙을 정하리라는 것입니다. 그러니 이쪽에서 그쪽 수를 파악해야지 그냥 단순한 비무라고 생각했다 전혀 기상천외의 비무 방법이 나오면 대책이 없이 당하는 것 아닐까요?"

그녀는 매우 날카롭게 문제의 핵심을 집어 나가고 있었다.

"으음, 톤미 스님께서 보시기에 정말 아라나순이 그리도 사악한 인간입니까? 그런데 왜 영명한 국왕이 그런 자에게 실권을 맡겼을까요?"

정고의 톤미나탑을 향한 직설적인 질문이었다. 그들의 대화를 묵묵히 듣고만 있던 톤미나탑은 정고의 질문에 빙긋이 미소를 띠더니 아무 말도 하지 않고 눈길로 연못 안을 가리켰다. 일행은 눈치를 채고 연못을 보니 대롱 두 세 개가 둥둥 떠 있었다.

연못 속 물속에서 누가 이들의 대화를 엿듣고 있다는 것이다. 일행은 기가 막혀 입을 다물어버렸다. 그리고는 엉뚱한 소리들을 반 시진 가량 떠들다가 각자의 처소로 들어갔다. 그들은 자신들이 아라나순에게 감시당하고 있다는 것을 생각하니 매우 기분이 언짢았다.

다음 날부터 일행은 더욱 음식을 조심하였는데 특히 매향은 일우의 옆에 붙어 매 식사 때마다 그의 음식에 은비녀를 대어 독이 있나 없나 살펴보았다. 그들 일행은 함께 모이고 싶어도 그들을 감시하고 있는 번뜩이는 눈길들 때문에 모이지도 못하고 그저 각자의 처소나 정원에서 혼자 혹은 한 두 명이 나와 영음전법으로 대화를 나눌 뿐이었다.

일행이 내린 결론은 아라나순이 전혀 일우 일행이 생각하지도 못한 미증유의 비무 방법과 규칙 그리고 변칙적인 무기와 상상할 수 없을 만큼 거대한 힘을 동원하여 이 비무에서 반드시 이기려고 할 것이라는 점이었다. 그러나 그것이 무엇이 될 지는 도무지 알 길이 없었다.

이러는 와중에 시간은 흘러 어느덧 새해 일월 말이 되었다. 이 날 천축 도성인 카나우지 대연무장에는 십오만이 훨씬 넘는 관중이 이 희대의 천하비무에 참가할 도전자를 뽑기 위한 천축 전국무술 대회에 구경을 왔다. 그러나 이 날 대회에는 일우 일행은 전혀 참관할 수 없도록 객관에 연금을 당하였다. 무려 3천명의 왕궁 수비대 군사들이 그들이 머무는 객관을 철통같이 보호하고 있었다.

한편 그날 하루 종일 대연무장에서는 국왕인 하르샤의 친림 아래 아라나순의 주재로 전국에서 참가한 비무신청자 일만 칠천 육백 오십 명이 각자의 무공을 마음껏 펼쳤다. 결국 사시(오전 9시)부터 시작한 무술대회는 유시(오후 5시)가 되어서야 대단원의 막을 내렸다. 이 대회에서는 천축 사상 가장 막대한 상급이 걸린 최대의 무술 대회답게 천축의 130여개 국가의 모든 나라에서 최고수들이 참석하였다. 결국 내공 호흡, 권법 및 차력, 금속 병장기, 봉술과 궁술, 동물 타고 격투하기 부문들에서 치열한 비무 끝에 다음의 다섯 명이 최종 도전자로 선정되었다.

찬슐라(바라문), 마하타라(불법승), 카라슈트(귀족), 토슈라티(천민), 하무샤삼차(전사)

국왕 하라샤는 관중들의 열광적인 환호 속에서 이들 모두를 왕궁 수비대의 천인대장으로 당장 임명하고 금화 삼천 량과 최고 품질의 보검을 하나씩 하사하였으며 내일 이곳에서 있게 될 천하제일 무사 결정전에 나갈 자격을 인증하였다.

드디어 운명의 날은 다가왔다. 이제 새해 두 번째 달 첫날을 맞이하여 일우와 고구려 천하비무 인증단은 왕궁 객관의 연금에서 해제되어 도성의 대연무장으로 초치되었다. 이 날은 약 십 오만 명의 관중이 대연무장에 꽉꽉 들어차 있었는데 그야말로 발 딛을 틈도 없었다.

일우 일행이 대 연무장을 보니 자신들의 나라에 있는 대연무장보다 매우 커서 약 15만 명을 능히 수용할 수 있을 듯 한 크기였다. 그러나 색다른 것은 연무장 한 가운데에 수심이 몹시 깊은 듯한 큰 연못이 있었고 연무장 사방 둘레는 몹시 울창한 밀림이었는데 군데군데 만근 가량의 바위들이 있다는 점이었다. 게다가 좌우 양편에는 큰 짐승 우리들이 있는데 벵골산 호랑이와 표범 및 코끼리 등이 그 안에서 으르렁거리고 있다는 점이었다. 일우 일행은 대연무장에 들어서는 순간 매우 기분이 좋지 않았다. 마치 무슨 검투장에 들어서고 있는 느낌이었다.

선우일우와 다섯 명의 비무자들이 국왕과 대신들 그리고 심판단 및 고구려 천하비무 인증단 앞에 섰다. 국왕은 매향이 당나라 대장군의 딸임을 고려하여 자신의 오른편 자리 최고 귀빈석에 자리를 내주었다. 잠시 뒤 온 천지가 떠나갈 듯한 *뚜우~* 하는 고적소리가 하늘에 울려 퍼졌다. 그러자 국왕 하나샤가 대연무장 지휘석 중앙에 있는 거대한 일산 가운데의 옥좌에서 천천히 일어났다. 그리고는 쩌렁쩌렁한 목소리로 비무개시를 선언하였다.

"짐은 오늘 우리 하나샤 왕국의 통일을 기념하고 또한 장차 있을 전 천축 통일을 위하여 위대한 천하제일 무사를 뽑는 천하비무를 여는 것을 선언하는 바이다. 오늘 비무 대상자들은 자기 나라를 대표하여 비무한 후 이제 천하제일 무사의 영예와 막대한 상급을 얻는 만큼 최선을 다하여 정정당당하게 승부하라. 비무자 제군들과 만 백성들의 행운을 비는 바이다."

만좌에 우레와 같은 박수가 터져 나왔다. 박수소리는 끝이 없었다. 아마도 하나샤 국왕의 친서민 구휼 정책과 육영 사업 및 문화 창달의 업적을 찬양하는 백성들과 귀족들의 환호와 갈채가 끝이 없이 이어지는 것이리라. 약 반다경의 시간이 흘러서야 박수와 환호 및 웅성거리는 소리가 잦아들었고 그때서야 오늘의 비무 주재자인 아라나순이 자리에서 당당하게 일어나 오늘의 비무 원칙을 선언하였다.

"오늘의 비무는 우선 첫째가 내공 호흡의 능력을 시험하는 것이다. 둘째는 맨손으로 차력을 써서 만근 바위를 누가 많이 들어 올리나 하는 것이다. 세 번째는 맨 손 격투를 실시한다. 네 번째는 이곳에 있는 온갖 병장기를 써서 상대를 격파하는 것이다. 다섯 번째는 이곳에 있는 온갖 동물들을 타고 격투를 벌여야 한다. 이상 다섯 가지 비무의 결과를 종합하여 오늘 비무의 최종 우승자를 결정한다. 이상!"

일우 일행은 어이가 없었다. 이건 완전히 일방적인 경기로서 천축 측에 유리하게 짜여진 각본이었다. 그러나 천하비무를 주최 측이 어떻게 해야 한다는 규정이 정해진 것은 없다보니 도전자인 일우가 불리한 것은 당연했다. 일우는 첫 수부터 기선을 제압당했음을 느끼고 과연 톤미나탑 스님의 말처럼 아라나순이 매우 교활한 인간임에 치를 떨지 않을 수 없었다.

하지만 이제 이 마지막 서역 비무에 자신의 운명이 걸린 것이다. 비록 불리하기 짝이 없는 경기 규칙이었지만 자신이 승복하고 싸울 수밖에 없는 것이다. 그가 이런 생각을 하면서 삼신하느님께 이번 비무에서 당당히 이기게 해달라고 마음속으로 기도를 하고 있었다.

이때였다. 심판장이 외쳤다.

"모든 비무자는 이 연못 속으로 들어가라. 가장 물속에서 오래 버티는 사람이 이 부문에서 10점을 받고 두 번째 버티는 사람은 7점, 세 번째 사람은 5점을 받는다. 준비되었는가? 실시!"

일우와 다섯 명의 비무자들은 대연무장 중앙의 큰 연못으로 몸을 던졌다. 물이 제법 쌀쌀했다. 일우는 물속에 들어가자마자 천천히 호흡을 하며 온 몸의 기가 잘 순환이 되도록 했다. 이미 백두산 청려선방 시절부터 차가운 천지 물속에서 한 시진 이상을 버티는 훈련을 했고 이후 내공이 초절적으로 심화되어 하루 종일을 물속에 있어도 아무 문제가 없는 그였다.

일우는 물속에서 무념무상의 경지로 온 몸의 구멍으로 호흡을 하기 시작했다. 머리털과 온 전신 피부의 모공과 항문 등의 아홉 가지 구멍으로 호흡을 시작하자 전신의 경락이 신체 각 부분에 혈과

기를 제대로 운행하고 있었다.

한식경이 흘렀을까? 한 사람이 물 밖으로 고개를 내밀었다. 탈락한 것이다. 귀족 출신 카라슈트였다. 또 한식경이 흘렀다. 또 한 사람이 물 밖으로 고개를 내밀었다. 전사 계급 출신 하라사삼차였다. 그러나 네 사람은 반의 반 시진이 다 되도록 물 밖으론 나올 생각을 안 하고 있었다. 결국 반의 반 시진이 되었을 때 천민 출신 토슈라티가 고개를 물 밖으로 내밀어서 탈락했다. 이제 세 사람이 목숨을 건 내공 호흡법에 도전하고 있는 중이었다.

반의 반 시진이 더 흐르자 국왕 이하 모든 사람들이 지치고 있었다. 대체 이 인간들은 물속에서 혹시 죽지 않았나 걱정이 들었다. 심판장은 이윽고 반 시진이 흘렀을 때 세 사람 모두에게 물 밖으로 나오라고 명령했고 세 사람은 아무 피해 없이 물 밖으로 나왔다. 세 사람 모두 무승부로 10점씩을 얻었다. 그러자 관중들은 이 희대의 내공 고수들에게 우레와 같은 박수갈채를 치며 환호했다.

심판장이 비무자 일행에게 외쳤다.

"다음은 자신의 내공을 총 동원하여 여기 만 근 바위를 얼마나 많이 움직이느냐의 경기이다. 각 비무자는 각각 바위들 앞에 서라. 그리고 자신의 모든 내공을 총동원하여 이 바위들을 최대한 멀리 옮기라. 역시 1, 2, 3위 각각 10점, 7점, 5점을 줄 것이다. 준비되었는가? 실시!"

여섯 사람은 각자에게 배정된 바위 앞에 섰다. 그리고 기마 자세를 한 후 두 팔을 어깨 넓이만큼 벌리고 두 손을 바위위에 대었다. 그리고 단전의 온 내공을 끌어 모은 뒤 차력을 발휘하여 앞으로 밀기 시작했다. 찬슐라(바라문)는 공기 돌을 굴리듯이 바위를 굴려 약 300장(900m)을 보내었다. 마하타라(불법승)은 바위위에 올라가 두 다리로 바위를 굴리고 있었는데 약 400장(1.2km) 정도를 갔다. 카라슈트(귀족)과 토슈라티(천민)와 하라사삼차(전사)는 끙끙거리며 바위를 움직여 약 100장(300m) 정도를 움직이고 있었다. 하지만 일우는 바위돌을 두 손으로 가볍게 든 후 약 1,000장(3km) 정도 앞의 밀림 속으로 집어던졌다.

국왕 이하 아라나순 그리고 만조백관들과 15만의 토번 관중들은 일우의 엄청난 힘에 경악하였다. 대체 어떻게 샌님같이 유순해 보이는 사람의 힘으로 저런 괴력이 나올까 의심스러운 그들이었다. 결국 이 내공 차력 부문에서 일우가 10점, 마하타라가 7점, 찬슐라가 5점을 얻었다.

심판장이 다시 다음 부문을 진행하기 위해 비무자 일행에게 외쳤다.

"다음은 맨 손 격투기이다. 아무런 병장기를 쓰지 않고 오직 맨손으로 상대를 쓰러뜨려야 한다. 여섯 명이 서로 치고 받고 싸워 최종 승자가 10점, 그 다음이 7점, 그리고 마지막 세 번째까지 버틴 사람이 5점이다. 실시하라!"

이제 여섯 명이 서로가 서로를 쓰러뜨려야 하는 정글의 싸움이었다. 그런데 갑자기 다섯 명 모두가 일시에 일우에게 덤벼들었다. 아무래도 그들 모두는 연합해서 최강자인 듯한 일우를 쓰러뜨린 다음에 자신들끼리 승부를 내고자 하는 것 같았다.

우선 마하타라가 마치 호랑이 같이 어홍! 하는 괴성을 지르며 하늘을 날아 날카로운 손톱이 달린 손으로 일우의 면상을 후려쳤다. 호휘조도(虎揮爪刀)의 매서운 권법이었다. 휘익 하는 날카로운 소리가 일우의 귓전을 휙 지나갔다. 한 대 맞았으면 바로 얼굴의 살점이 떨어져 나갈 것이 분명했다. 일우는 전광석화같이 얼굴을 피하고 바로 공격 자세로 전환했다.

이번에는 찬슐라가 대나이신법(大那移身法)으로 공중을 날아오면서 연속적인 12번의 발차기로 일우의 명치를 가격했다. 실로 천근의 무게가 실린 어마어마한 필살기였다. 일우는 그의 공격을 잽싸게 피했다. 그러자 이번에는 토슈라티가 하라사삼차의 도움을 받아 공중제비를 하면서 일우에게 가까이 다가왔다. 그러자 카라슈트는 열 손가락을 펴서 일우의 눈을 집중적으로 찌르려고 하였다.

일우가 카라슈트의 눈 공격을 피하려고 하자 토슈라티가 일우의 다리 가랑이에 자신의 다리를 넣더니 그의 팔을 잡고 그의 몸을 땅에다 패대기를 쳤다. 관중들은 열광하면서 자리에서 일어났다. 이번에는 일우가 도무지 이 다섯 명의 공격을 빠져나갈 수 없는 듯이 보였기 때문이었다. 그러나 일우는 땅에 부딪치는 순간 두 발로 공중제비를 돌며 카라슈트의 목과 등판의 급소를 두 발로 가격했다. 카라슈트는 억 하면서 쓰러져 의식을 잃었다.

그러자 네 사람은 서로를 마주 보았다. 동시에 공격하자는 신호였다. 네 사람은 온 내공을 손에 모으고 마치 칼처럼 무시무시하게 변한 수도로 일우의 상단전과 인중과 명치와 회음부를 가격하려고 했다. 하지만 네 사람의 손이 그의 몸에 도착했다고 느끼는 순간 네 사람은 각각 일우의 두 손과 두 발에 의한 강타에 온 몸이 찢어지는 듯한 통증을 느꼈다. 순간 생의 의욕이 사라질 정도의 고통이었다.

하지만 네 사람은 이제 모두 팔을 마치 팔랑개비처럼 휘두르고 다리는 크게 원을 그리면서 급속한 회전을 하였다. 그리고 순식간에 그의 어깨죽지를 강타하려고 하였다. 하지만 일우는 이미 그들의 머리 위를 날아 그들의 백회혈에 무극신장을 한 방씩 날렸다. 토슈라티와 하라사삼차가 몸을 앞으로 꺾고 쓰러졌다. 그리고는 그대로 죽 널부러졌다.

이제 찬슐라와 마하타라는 서로 연합하기보다 무조건 일우의 허점을 공격하여 쓰러뜨리기로 결심했다. 찬슐라는 갑자기 온 몸을 둥그렇게 말았다. 그러더니 마치 공이 날아가듯이 일우를 향하여 날아갔다. 그에게 가까이 오자 찬슐라는 온 몸을 다시 쭉 뻗으며 두 팔을 뻗어 일우의 오른쪽 어깨를 휘감았다. 그리고는 온 몸을 뱅뱅 돌리기 시작했다.

일우는 듣도 보도 못한 그의 공격에 너무 놀랐는데 마치 뱀이 팔을 꽉 문 것처럼 찬슐라는 그의 오른쪽 팔을 마구 짓눌렀다. 그리고는 오른쪽 다리로 그의 음랑을 마구 차려고 하였다. 일우는 그의 사아맹공(蛇牙猛攻) 수법에 속수무책으로 당하고 있었는데 그때 마하타라가 공중을 날아 일우의 머리통의 백회혈 부분을 수도로 강타하였다. 실로 극히 위험한 순간이었다.

이미 일우는 온 몸의 내공을 극성으로 끌어올려 방탄지기를 형성하였었다. 그리고 두 사람의 공격을 마치 연체동물처럼 흐느적거리면서 슬쩍 빠져나갔다. 관중들은 지금 손에 땀을 쥐며 자신의 영웅들이 이 동방의 무사를 제압하는 장면을 감상하고 있었다.

두 사람은 이제 일우를 맨 손 공격으로는 도저히 안 되겠다는 생각이 들자 각자 무공의 최고봉인 바라문천강신공과 금강호법신공을 쓸 수밖에 없다는 결론에 도달했다. 바라문천강신공은 바라문의 정도 무공의 마지막 경지로서 30갑자의 내공을 동원하여 온 몸을 강철처럼 만들어 상대를 부수는 무공이었다. 금강호법신공은 내공을 극성으로 끌어올려 약 50만근의 힘으로 상대를 압살시킬 수 있는 불가 무공의 절기였다.

　　두 사람이 이상한 주문을 외우면서 일우의 둘레를 빙빙 돌자 일우는 섬뜩한 기분이 들기 시작했다. 그들의 눈이 사람의 눈이 아니라 신장(神將)의 것이라고 느껴졌을 때 두 사람은 일시에 일우에게 달려들었다. 찬슐라는 마치 강철이 된 듯 하였고 마하타라는 마치 금강역사가 된 듯 하였다. 두 사람은 일우를 마치 그물로 잡는 것 처럼 그렇게 협공을 해왔다. 일우가 마하타라의 무시무시한 허리조르기를 얼른 피하는 순간 찬슐라의 강철팔이 일우의 앞 명치를 가격하였다.

　　일우는 억 하면서 몸을 앞으로 꺾었다. 승기를 잡은 두 사람은 일우를 동시에 덮쳤다. 그리고는 그의 전신을 강철팔과 발로 때리고 짓누르고 할퀴고 짓밟고 온갖 압박을 다 하였다. 두 사람은 일우가 계속 얻어맞으면서 비명을 지르자 매우 신이 났다. 그들은 자신들이 사문이라는 사실을 잊고 마치 불구대천의 원수인양 일우를 인정사정 없이 패고 있었다. 그들은 일우가 몸을 앞으로 꺾자 이 정도면 그가 이제는 지쳐 쓰러질 것이라고 생각하였다. 관중들은 모두 자리에서 일어나서 열광하기 시작했다. 그들은 일우가 앞으로 꼬꾸라지자 그는 이제 곧 쓰러질 것임을 확신하였다.

이제 두 사람은 즉시 몸을 일으키자마자 서로가 으르렁거리며 서로를 공격하기 시작했다. 마하타르는 찬슐라의 강철팔과 강철발을 요리저리 피하면서 그를 어떻게 해서든지 양 팔 안에 가두고 짓눌러 쓰러뜨릴 요량이었다. 그러나 찬슐라는 강철팔을 휘두르고 강철발로 차면서 마하타르의 급소를 공격하려고 하였다.

순간 찬슐라는 누군가 뒤에서 자신을 엄청난 힘으로 마하타르에게 밀고 있음을 느꼈다. 본능적으로 마하타르는 찬슐라의 목을 두 팔로 잡고 그의 몸을 온 힘을 다해 짓눌렀다. 50만근의 힘이 졸지에 그에게 가해지자 찬슐라는 온 몸에 힘이 빠지고 얼굴이 노랗게 되었다. 그는 앞으로 푹 꼬꾸라지고 말았다.

그러나 마하타르는 자기가 1등이라고 확신하는 순간 엄청난 힘이 자신의 앞이마를 때리는 것을 느꼈다. 그는 앞이 아득해지면서 앞으로 꼬꾸라졌다. 일우의 탄지신공이었다. 그러자 관중석에서는 난리가 났다. 그들은 흥분해서 물건들을 연무장에 집어던지고 일우를 향해 온갖 욕설을 다 퍼부었다. 너무나 간교한 일우의 술책에 두 사람이 깨끗이 당한 것임을 그때서야 깨달은 것이다. 하지만 천하비무 인 중단과 매향은 일우의 이런 재치에 매우 흡족하였다. 이제는 일우가 꾀에는 꾀, 매에는 매를 쓸 줄 아는 성숙한 강호인이 된 것이다.

관중석에서 소동이 한참 일자 심판장은 할 수 없이 경비병들에게 관중들을 조용하게 하라고 명령하였다. 일우가 경기 규칙을 위반한 사실도 없고 보니 처벌할 하등의 근거도 없는데 그의 재치에 속았다고 해서 흥분한 관중들에게 더 문제가 많다고 생각한 것이다. 이윽고 관중석의 소요가 가라앉자 심판장이 다시 비무자들을 일렬로 세웠다. 그리고는 다음 비무에 대해서 말해주었다.

"다음 비무는 병장기로 싸우는 것이다. 이 앞에 있는 모든 무기들을 다 써도 무방하다. 경기 규칙은 아까 맨손 격투기와 똑같다. 따라서 여섯 명이 서로 싸워서 최종 승자가 10점, 다음 사람이 7점, 그 다음 사람이 5점이다. 자 이제 무기들을 우선 들어라."

그들의 앞에 놓인 병장기들은 천축 특유의 무기들이었다. 그것들은 긴 대나무봉, 작은 대나무봉, 두 배 지팡이, 짧은 지팡이, 구부려진 지팡이, 갈고리 철퇴, 두 배 칼, 단 하나 칼, 방패, 창, 마체테, 작은 회검, 양날 크리스, 나선형 강철 채찍, 삼지창, 사슴 경적, 나선형 경적, 활과 화살 등이 몇 벌 씩 준비되어 있었다.

즉시 찬술라는 방패와 칼을 들었고 마하타라는 나선형 강철 채찍을 들었다. 카라슈트는 활 및 화살을 들었으며 토슈라티는 삼지창을 들었다. 하라사삼차는 갈고리 철퇴를 들었다. 일우는 긴 칼을 들었는데 이 번 경기 또한 5대 1의 불리한 싸움이 될 것임을 생각하면서 불퇴전의 전의를 불태웠다.

일행이 모두 무기를 들자 심판장은 그들에게 싸우라고 외쳤다. 그러자 역시 다섯 명이 이번에도 일우 하나를 물리친 후에 서로 싸우려고 하는 것이 분명했다. 그들은 무기를 든 채 일우를 다섯 방향에서 포위하였다. 그들은 먼저 경기에서 일우에게 당한 기억을 가지고 있기에 입에 흉포한 미소를 머금은 채 필살의 자세로 일우를 공격하려고 노려보았다.

먼저 하라사삼차가 갈고리철퇴를 휘둘러 일우를 박살내려고 하였다. 일우는 잽싸게 그 철퇴 공격을 피했다. 그러자 토라슈티가 삼지창을 순식간에 내질러 그의 심장을 찔렀다. 일우는 공중으로 몸을 들어 올려 그 삼지창 공격을 피하였다. 그러자 이번에는 카라슈트가 일우에게 연속적으로 화살을 다섯 발을 날렸다. 얼마나 화살이 자신에게 빠르게 날아오는지 일우는 순간 공포심이 들었다. 그는 3장이나 공중으로 몸을 날려 그 무섭게 빠른 화살을 피하였다.

그러자 마타하르가 나선형 강철 채찍을 일우에게 휘둘러댔다. 그의 무시무시한 내공이 실린 강철 채찍 소리는 실로 소름이 끼쳤다. 일우는 그 강철 채찍에 슬쩍이라도 맞았다가는 뼈가 으스러질 것임을 느꼈다. 일우는 자신의 칼에다 온 내공을 실어 그 강철 채찍을 후려쳤다. 그러나 마타하르는 이런 일우를 비웃으며 잽싸게 그의 칼을 돌돌 말았다. 그러더니 그의 칼을 자신 쪽으로 힘껏 댕기었다.

일우는 그의 채찍에 감긴 칼에다 온 내공을 집중하였다. 그리고 칼을 마타하르쪽으로 밀어버렸다. 그리고는 어검술로 그 칼이 역으로 마타하라의 가슴을 후려치고 자신 쪽으로 돌아오도록 했다. 일우의 칼이 제 멋대로 마타하라의 복부를 후려치더니 채찍에서 벗어나왔다. 칼은 다시 찬슐라를 겨냥하여 그의 목을 베듯이 그에게로 날아갔다.

찬슐라는 일우의 칼이 자신의 목으로 날아오자 도무지 피할 시간이 없음을 느꼈다. 그는 갑자기 약 3장 정도 공중으로 날아오르더니 일우를 향해 칼을 겨누고 마치 화살처럼 날아갔다. 이미 그의 검은 바라문신공 중 가장 높은 경지인 바라문대신장접신마공의 경지에 이르렀는데 그가 일우에게 날아와서 휘두른 검법은 일우가 고구려전 국무술대회 때 상대했던 양밀각의 검보다 더 독랄한 것 같았다.

찬슐라는 입으로 바라문의 주술을 외우며 칼을 휘둘렀는데 마치 신장이 하강한 듯 그의 칼에서 휘황찬란한 빛이 흘러나왔고 그 빛은 마치 부채살 모양으로 일우를 향하여 공격하였다. 전설적인 기전광파검(氣電光波劍)이라는 마공이었다. 이 빛에 맞으면 바로 죽거나 최소한 그 부위는 타버리는 것이 특징인 사상 가장 독랄한 마검이었다.

순간 일우는 공중으로 백장을 날아 그 빛을 피하였다. 일우는 도무지 이 다섯 명의 무공의 경지가 어디까지인지가 짐작이 되지 않았다. 전설의 기전광파검까지 구사하는 고수를 상대하기가 버거운데 나머지 네 명 또한 초절적인 무공 고수들인 것이다. 일우는 결국 찬슐라나 마하타라와 다시 생사투쟁을 하여야 함을 느끼고 있었다. 그는 나머지 셋을 우선 모두 물리친 후에야 이 둘과의 싸움이 가능하리라고 믿었다. 일우는 공중에서 무극신검 4초식 무상무기까지를 일시에 시전하였다.

순간 하늘에서 엄청난 검기가 쏟아지자 다섯 명 모두가 필사적으로 하늘을 날아 그의 검기를 피하였다. 그러나 역시 카라슈트, 토슈라티, 하라사삼차 세 사람은 일우의 검기에 부상을 입고 말았다. 그들은 더 이상 비무에 참가할 수 없을 정도로 부상을 입자 나머지 비무를 포기하고 들 것에 실려 나갔다.

이제 일우와 찬슐라, 마타하라 세 사람의 목숨을 건 비무가 되었다. 관중들은 찬슐라가 시전한, 생전 듣도 보도 못한 기전광파검에 모두 입을 벌리고 있었는데 또한 일우의 신같은 경지의 무공에 할 말을 잃고 말았다. 이제 세 사람이 벌이는 비무는 흥미진진을 넘어 온 몸이 전율하는 수준으로 되어갔다.

우선 세 사람에게 부상을 입힌 일우에 대해 찬슐라와 마타하라는 몹시 화가 났다. 두 사람은 서로 눈길을 교환하였다. 일우를 우선 함께 제압하자는 뜻이었다. 그러자 마타하라는 강철 채찍을 휘둘러 그 강기(剛氣)안에 일우를 가두려고 하였다. 그가 휘둘러대는 강철 채찍은 *까아앙 까아앙* 기분 나쁜 소리가 나며 엄청난 강기를 발산하였는데 살짝이라도 그 강기에 맞으면 중상이나 사망일 것이었다. 일우는 그의 필살의 강기를 자신의 검기로 중화하기 위해 무극신검 전초식을 일시에 구사하였다.

하지만 찬슐라와 마타하라는 그의 그 무서운 검기를 전혀 두려워하지 않고 자신들의 비장의 수를 준비하였다. 마타하라가 순식간에 수백 가지의 변화를 일으키며 필살을 목표로 휘두르는 강철 채찍으로 일우를 후려치고 있었다. 일우는 찬슐라가 다시 기전광파검을 시전하기 전에 마타하라를 쓰러뜨리기로 결심했다.

그가 갑자기 사라졌다. 그리고 순식간에 마타하라 뒤편에 나타났다. 그는 당황한 마타하라의 머리 정수리를 살짝 수도로 후려쳤다. 그러나 이미 마타하라는 그의 엄청난 힘을 견디지 못하고 쿵 하고 쓰러지고 말았다. 결국 마타하라마저 들 것에 실려 나갔다.

이제 찬슐라와 일우만 남았다. 찬슐라와 일우는 서로 최대한의 내공을 동원하여 각자의 절기인 기전광파검과 무극신검으로 싸우려고 했다. 그러나 두 사람이 막 자신들의 절기를 시전하려고 할 때 심판장이 중지하라고 소리쳤다. 이번 병장기 비무는 두 사람이 우승했으니 모두 10점이라는 것이다. 그리고 이제 나머지 네 사람은 탈락했으니 더 이상 병장기 비무를 그만 하라는 것이다. 그리고 심판장은 큰 소리로 외쳤다.

"이제 두 사람은 동물을 타고 격투를 시작한다. 동물은 코끼리와 호랑이 두 마리이다. 누가 무엇을 탈 것인지는 추첨으로 결정한다. 동물을 탄 상태에서는 병장기나 맨 몸 격투기나 차력이나 내공 호흡법이나 어떤 수단을 써도 된다. 다만, 동물에서 떨어지거나 동물로부터 벗어나거나 사람이 동물을 공격하면 그 사람은 실격한다. 자, 손님을 대접하는 뜻에서 선우일우가 먼저 이 항아리 속에서 옥구슬을 골라라. 그 안에 만일 호랑이던 코끼리이던 쓰여 있는 것을 타고 싸우면 된다. 자, 선우일우는 앞으로 나와 항아리 속에 손을 넣어 옥구슬 두 개 중 하나를 골라라."

일우는 사실 코끼리를 타 본 적도 없고 또 제대로 본 적도 없다. 다만, 이야기를 듣고 상상해왔을 뿐인데 코끼리를 타고 싸워야 한다니 참 난감했다. 호랑이야 백두산 시절부터 하도 많이 타고 다녀서 매우 친숙한 동물이었다. 그는 호랑이를 선택했으면 하고 손을 항아리 속으로 밀어 넣었다. 그리고 옥구슬 하나를 집었다. 그가 그것을 심판장에서 건네주었더니 호랑이가 선택되었다는 것이다. 일우는 순간 안도의 한숨을 내쉬었다.

그러나 막상 찬슐라가 코끼리를 타고 호랑이를 탄 자신을 내려다보았을 때 자신이 아라나순에게 당했다는 것을 알 수 있었다. 찬슐라가 탄 코끼리는 몸길이가 2장 반(7.5m), 어깨높이 1.5장(4.5m)이며 몸무게가 13,330관(약 8t), 엄니의 길이는 1장 반(4.5m), 무게는 12관(45kg)이었다. 일우가 탄 호랑이는 몸길이 1장(3m), 몸무게 약 40관(150kg)이었는데 첫 눈에 보아도 제대로 먹지 못하고 병이 들었는지 눈에 눈곱이 끼고 매우 유약한 모습이었다.

싸울 무기로서 찬슐라는 활과 화살 및 긴 칼을 들었고 일우는 그냥 긴 칼을 들었다. 두 사람이 무기를 들고 각자 동물 위에 올라타자 심판장은 비무를 시작하라고 외쳐대었다. 그러자 찬슐라의 코끼리는 그의 말을 알아들었는지 앞발을 들고 *우어~*하고 요란한 소리로 울어댔다. 일우의 호랑이는 멍하니 서서 도대체 싸울 생각조차 안 하고 있는 것 같았다.

찬슐라는 높다란 코끼리 위에 앉아 일우를 내려다보며 일우를 향해 화살을 연속으로 다섯 발 날렸다. 일우는 호랑이 등짝에 바싹 몸을 댄 체 호랑이를 움직여 화살을 피했다. 그러나 코끼리가 갑자기 연무장 땅을 *쿵쿵* 울리면서 전속력으로 달려오더니 호랑이를 앞발로 후려쳤다. 매우 호전적인 코끼리였다.

호랑이는 그저 *어흥* 하고 한 번 울더니 간신히 코끼리의 공격을 피했다. 일우는 호랑이에게 그러지 말고 네 앞발을 쓰라고 달랬지만 호랑이는 전혀 싸울 생각을 안 하고 도망 다니기에 급급했다. 그럴 때 마다 찬슐라는 일우를 향해 날카롭게 화살을 쏘았다.

시간이 흐를수록 코끼리의 공격이 거세어졌다. 코끼리는 심지어는 그 긴 코를 써서 호랑이를 패기 시작했다. 호랑이는 무참하게 얻어맞으며 천천히 무너져 갔다. 코끼리는 마지막 일격을 호랑이에게 가하기 위해 앞발을 들더니 *우어~* 하고 소리를 질렀다.

일우는 이 호랑이하고 함께 있다가는 코끼리에 짓눌릴 것 같은 느낌을 받았다. 그는 부득이 양 팔로 호랑이 가슴을 안은 채 이령대력(以靈大力)의 비법을 썼다. 즉 호랑이를 자신의 초절적인 힘으로 하늘로 끌어올린 후 코끼리 위로 치올랐다. 그리고는 자신을 향해 화살을 쏘아대는 찬슐라에게 검을 날렸다. 찬슐라는 검을 들어 일우의 검을 막았다.

그러나 일우는 이제 호랑이를 탄 채 코끼리 등위에 앉아 찬슐라와 다시 자기 손으로 돌아온 검으로 싸우기 시작했다. 코끼리는 길길이 뛰며 호랑이를 등판에서 떼어놓으려고 발광을 하였다. 두 사람은 마구 흔들리는 코끼리 위에서 떨어지지 않으려고 악착같이 코끼리 등판을 붙잡은 채 서로 검을 휘둘렀다.

그러자 코끼리는 매우 화가 났는지 연못으로 마구 달려가더니 그 긴 코로 연못의 물을 계속 빨아들였다. 연못의 물이 엄청 줄어 들어갔다. 그러더니 코끼리는 자기 등짝에 붙어 있는 일우와 호랑이를 향해 코로 물을 힘차게 내뿜었다. 일우와 호랑이는 코끼리가 내뿜는 거대한 물살에 온 몸이 젖고 도저히 견디기가 힘들었다. 그러나 찬슐라는 승기를 잡았다고 생각하고 일우를 향해 최후의 일검 즉 기전광파검을 쏘아댔다.

일우는 즉각 호랑이를 다시 안고 공중으로 약 100장을 날아 올라갔다. 그리고는 수익신공의 제3식인 일수철검(溢水撤劍) 즉 시전자가 주변의 모든 물에 자신의 내공을 실어 미세한 검처럼 만든 후 상대를 공격하는데 물이 닿는 순간 물이 검처럼 상대의 몸을 뚫어버리는 마공을 구사했다. 코끼리가 내뿜는 물이 모두 갑자기 일우의 몸 쪽으로 모여들었다. 일우는 그 물에 자신의 백 갑자의 내공을 실었다. 그리고 마치 수만의 미세한 검처럼 만든 후 그것으로 찬슐라를 공격했다. 실로 마공 대 마공의 대결이었다.

갑자기 *펑!* 하는 소리가 났다. 기전광파검에서 나오는 광파검과 수익신공에서 나오는 미세수검(微細水劍)이 부딪치면서 초절정의 기운끼리 충돌하는 소리였다. 그러나 *찌지직* 소리와 함께 기천광파검의 빛은 사라지고 미세수검이 찬슐라의 온 몸을 파고들었다. 그는 순간 온 몸의 세포가 다 칼로 찢기는 고통을 맛보고 그 자리에 쓰러지더니 코끼리위에서 떨어지고 말았다.

온 관중이 자리에서 벌떡 일어났다. 그들 모두는 이 전대미문의 마공의 대결이 주는 끔찍한 결과를 보고 경악하였다. 그들 모두는 인간이 추구하는 무공의 절대 경지가 이런 비참한 경지라는 사실에 몸서리를 쳤다. 그들 모두는 *우와* 하고 울부짖으며 자신들의 영웅의 죽음을 안타깝게 생각했다. 과격한 젊은이들 수천 명은 대연무장으로 뛰어내려와 일우를 죽이겠다고 외쳐대고 있었다. 완전히 격분한 관중들이 질러대는 고함소리와 난동으로 인해 대연무장은 일대 무법천지로 변하고 말았다.

국왕은 옆의 아라니순을 흘낏 보았다. 그는 아라니순에게 이 사태를 빨리 수습하고 시상식을 갖도록 하라고 엄한 목소리로 명령했다. 그러자 아라니순이 자리에서 일어났다. 그는 대연무장 한 가운데로 뚜벅뚜벅 걸어왔다. 그러더니 일우를 때려죽이겠다고 협박하는 수천의 청년들을 향해 외쳤다.

"여러분! 오늘 비무의 주관자인 병무대신 아라니순이요. 물론 오늘 여러분의 영웅인 찬슐라 선인이 비무 도중 죽은 것에 대해서는 정말 가슴 아픈 일입니다. 그러나 사실상 전설적인 마공인 기전광파검을 먼저 쓴 것은 찬슐라 선인이요. 이 선우일우 무사는 부득이 코끼리가 뿜어대는 물줄기를 활용하여 물로 만든 미세검으로 공격을 한 것이오. 물론 수익신공이라는 이 무공도 마공인 것은 사실이오 그러나 제반 여건을 볼 때 그는 다섯 명의 절대 고수와 상대를 했고 또한 최후에는 도무지 피할 길 없는 마공의 공격을 받았소 그래서 선우 무사는 수익신공으로 정당방위를 한 것뿐이오. 즉 먼저 마공을 쓴 찬술라 선인이 잘못한 것이외다. 나 같아도 선우 무사 같은 수를 쓸 수밖에 없었을 것이오 그러니 지금 여기서 선우 무사를 해치려고 난리를 친다는 것은 우리 대하나샤 왕국의 위신에 먹칠을 하는 것이오. 차라리 5대 1의 승부에서 우승한 선우 무사를 깨끗이 천하 최강의 무사임을 인정하고 기쁘게 보냅시다. 만일 이 일이 온 천하에 알려지면 우리 하나샤 왕국은 온통 강호 무인들에게 비웃음을 살 것이오. 자, 이제 그만 제 자리로 들어갑시다."

오늘 비무의 모든 말도 안 되는 변칙적인 규칙을 통해 일우를 꺾으려고 했던 아라나순의 의도가 결국은 이런 끔찍한 결과를 가져온 것이었다. 그가 선우 일우의 정당방위를 옹호하고 나서자 격분한 관중들은 이성이 돌아왔다. 또 설령 자신들이 선우 일우를 쳐 죽일 길도 없고 죽였다 해도 온 천하의 웃음거리가 될 것이 분명했다. 그들은 구시렁거리면서도 할 수 없이 관중석으로 돌아가서 자리에 앉았다.

모두가 침묵 속에 빠져 들었을 때 그간 숨을 죽이고 있었던 고구려 천하비무 인증단과 매향은 하염없이 눈물을 흘리고 있었다. 이제 시상식이 끝나면 10년의 천하비무를 마치고 고국으로 돌아가게 된다. 비록 연개소문과의 마지막 일전이 남아 있지만 이제는 고국행이라고 생각하니 그들 모두는 가슴이 벅차왔다. 이제는 선과 악의 경지를 초월하여 자신을 지킬 수 있게 된 대장부 선우일우를 보는 그들은 마치 자신들의 성공을 보는 것처럼 가슴이 뿌듯했다.

일우를 비무 도중 반드시 죽게 만들라는 영류태왕의 명령을 받은 고천파도, 또 그를 반드시 제거하라는 왕당 대모달 이철곤의 명령을 받은 유가휘도, 또 그의 이 천하제패를 위해서 청려선방 모두의 기대를 안고 출림했던 정고나, 유부남인 줄 알면서도 어쩔 수 없이 그와 사랑에 빠져 부모와 조국까지 등지면서도 일우를 쫓아 여기까지 온 매향이나 모두가 다 승리한 사람들이었다. 이제 그들에게는 일우가 자신이었고 자신들 또한 천하제일 무사가 되었다.

잠시 뒤 모든 관중이 진정되었을 때 오늘의 우승자인 일우에게 국왕 하라샤가 직접 시상식을 거행하였다. 원래 약속대로라면 일우는 오늘부로 국왕 하라샤의 부마가 되어서 국왕 호위대의 부대장이 되어야 한다. 그러나 일우는 국왕에게 자신은 이미 고국에서 혼인한 몸이고 또 고국의 왕당 대형의 관직을 가지고 있기에 이런 과분한 상급을 받을 수 없다는 것을 간곡히 말하여 국왕의 윤허를 받았다.

또 일우는 자신이 받을 대저택 및 평생 녹봉과 일시불로 받을 금화 3만량은 국왕 하나샤의 육영사업과 구휼 사업에 모두 써달라고 쾌척하였다. 그가 받을 막대한 상급을 모두 백성들에게 쾌척하였다는 내용이 아라나순에 의해 전 관중에게 발표되었을 때 온 관중들은 깊은 감동을 받았다. 그들은 모두 자리에서 일어나 이 동방의 절대 고수에게 끝없는 박수와 환호로 최대한의 경의를 표하였다.

일우 일행은 시상식 뒤에 비로소 서로 얼싸안고 그간 십년의 천하비무 성공에 대해 서로를 격려하였다. 이후 그들은 국왕과 아라나순이 베푸는 연 3일간의 우승 축하 연회에 참석한 후 하나샤 왕국의 모든 문무 대신들과 아쉬운 작별을 하게 되었다.

일우 일행과 작별하면서 톤미나탑 스님은 당분간 더 천축에 체류하면서 불법과 범어를 비롯한 언어들을 더 공부하기로 했다고 말해주었다. 그는 그들과 지냈던 시간들이 생애 최대의 행복한 시간이었다고 말하며 눈물이 글썽글썽한 상태로 그들과의 이별을 몹시 아쉬워했다.

국왕은 일우 일행이 바닷길로 여행해서 고국에 돌아갈 수 있도록 백제의 무역단 선장에게 충분한 여행비용을 지불하고 그들이 최대한 안전하고 편안하게 귀국할 수 있도록 주선해주었다.

영류태왕 23년(서기 640년) 2월 초순 고구려 천하비무단 일행은 드디어 귀국 길에 올랐다. 그들은 당시 백제와 왜, 중원과 서역 및 천축과 바사(페르시아)까지 바다를 주름잡으며 해상 무역을 독점하고 있던 백제 무역선을 타고 이제 마지막 비무대상자인 연개소문을 만나기 위해 고구려 땅으로 향했다. (계속)

판 권
소 유

한상륜 고구려 무협 역사소설
천부신검3-천하제패의 종결지

2022년 2월 16일 인쇄
2022년 2월 21일 발행

지은이 | 한상륜
발행처 | ㈜ 함께 통일로 가는 길
주소 | 서울 은평구 통일로 71길 2-1, 4층 44호(대조빌딩)
 Tel | 02-2226-0548, 010-3349-2895
신고번호 | 제2021-0091호
정가 13,000원
ISBN 979-11-977500-3-8 03810